PAS UN MOT...

DU MÊME AUTEUR

L'Ivresse du démon, Jean-Claude Lattès, 1999.

Jugé coupable, Jean-Claude Lattès, 1999.

Cache-cache avec Amanda, Jean-Claude Lattès, 2000.

A la trappe !, L'Archipel, 2001.

ANDREW KLAVAN

PAS UN MOT...

traduit de l'américain
par Bernard Ferry

l'Archipel

Si vous désirez recevoir notre catalogue et
être tenu au courant de nos publications,
envoyez vos nom et adresse, en citant ce
livre, aux Éditions de l'Archipel,
34, rue des Bourdonnais, 75001 Paris.
Et, pour le Canada,
à Édipresse Inc., 945, avenue Beaumont,
Montréal, Québec, H3N 1W3.

ISBN 2-84187-346-3

A Richard Friedman

Prologue

LE DÉNOMMÉ SPORT

Puisqu'il était difficile de trouver l'appartement adéquat, ils tuèrent la vieille dame. Le dénommé Sport frappa à sa porte. Il était vêtu d'une combinaison verte semblable à celles que portent les plombiers. Maxwell, lui, se tenait sur le côté, hors du champ de vision du judas. Il portait lui aussi une combinaison verte, mais il ne ressemblait en rien à un plombier. Personne ne lui aurait ouvert sa porte.

Mais Sport, lui, était présentable. C'était un jeune homme au visage rond et doux. Une mèche de cheveux bruns qui lui barrait le front en lui donnant une allure juvénile, un sourire éclatant, des yeux marron, un regard tendre et intelligent.

La vieille dame s'appelait Lucia Sinclair. Elle entendit frapper à la porte.

— Qui est-ce?

Une voix haute et flûtée, une voix de riche. Sport n'aimait pas ce genre de voix. Adolescent, à Jackson Heights, il avait travaillé le dimanche comme coursier pour l'A & P. Lucia Sinclair avait le même genre de voix que ces femmes qui lui disaient de poser le sac de provisions sur la table de la cuisine. Parfois, elles ne lui accordaient même pas un regard.

— C'est le plombier! lança Sport aimablement.

Il entendit le glissement du petit cache métallique sur le judas et offrit à Lucia Sinclair son plus beau sourire.

— C'est Rick qui nous envoie, expliqua-t-il. Mme Welch, en dessous, a une fuite dans sa salle de bains. On s'est dit que peut-être ça venait de chez vous.

Le judas se referma. Bruit de chaîne. Il lança un coup d'œil à Maxwell, qui lui sourit. Maintenant, Maxwell était excité.

9

La porte s'ouvrit devant Lucia Sinclair. *Pas mal, pour une vieille peau*, se dit Sport. Elle était mince et menue, le visage en forme de cœur, les joues un peu tirées mais pas ridées, les cheveux argentés coiffés à l'ancienne mode. Elle était vêtue d'un ample chemisier en flanelle et d'un jean bleu pâle. Un jean coûteux, comme ceux des femmes chez qui il allait livrer les courses. Elles se penchaient sur leur sac à main pour en tirer leur porte-monnaie et montraient ainsi leur cul. « Mettez les sacs dans la cuisine », disaient-elles. Elles ne le regardaient même pas.

Eh bien ! Maxwell va se payer du bon temps avec celle-là !

Lucia Sinclair fit un pas en arrière pour laisser entrer Sport. En souriant, elle passa la main dans ses cheveux pour rectifier sa coiffure.

— Excusez-moi de me montrer comme ça, mais je faisais un peu de jardinage.

D'un geste gracieux, elle montra les portes-fenêtres du salon, qui donnaient sur un petit balcon où l'on apercevait des plantes en pot et des bacs à fleurs.

— C'est vraiment un tout petit peu de jardinage, ajouta-t-elle d'un ton plaisant, mais ça fait beaucoup de saleté, et…

Elle s'interrompit. Sport sourit en voyant la façon dont les mots vinrent mourir sur ses lèvres. Elle regardait fixement devant elle et Sport lut la peur dans ses yeux. Elle regardait Maxwell.

Maxwell entra et ferma la porte derrière lui.

Sport se rappelait encore le jour où il avait vu Maxwell pour la première fois. C'était à la prison de Rikers Island. Sport travaillait là comme agent de surveillance, c'est-à-dire comme gardien. C'était en début d'après-midi, et Sport, assis sur une chaise appuyée contre le mur du dortoir C, prenait un peu de repos. Lorsqu'on amena Maxwell, Sport demeura bouche bée. Les pieds de la chaise s'abaissèrent lentement jusqu'au sol de ciment.

— Merde alors, murmura-t-il.

Ça c'est le genre de mec avec qui on a envie de devenir copain.

Car ce Maxwell faisait plus d'un mètre quatre-vingt-dix. Il avait les épaules voûtées, et ses bras musculeux pendaient lourdement le long de ses flancs. Il était bâti comme un grizzly : lourd, massif, il se déplaçait en traînant les pieds et portait la tête en avant comme un ours ou un homme des cavernes. Sa large poitrine tendait l'étoffe de son uniforme de prisonnier à le faire éclater.

Mais son visage… C'est ce qui attira d'emblée l'attention de Sport. L'expression qui s'y lisait. Il avait un visage petit, plutôt carré, surmonté de cheveux fins et blonds. Un grand nez épaté, des lèvres épaisses, et puis des yeux bruns profondément enfoncés dans leurs orbites, des yeux qui semblaient vous considérer avec tristesse, comme s'ils étaient piégés dans ce visage.

Bon Dieu, se dit Sport, *on ne dirait pas un visage d'être humain*. Mais ce n'était pas non plus celui d'un animal. On eût dit une tête de bébé juchée sur un corps d'ours. Toute cette puissance, et ce visage de bébé terrorisé.

En pénétrant dans le dortoir, Maxwell avait eu peur. Sport s'en était aussitôt aperçu. Il avait peur de la prison. Il faisait la moue, comme s'il était sur le point d'éclater en sanglots.

Ses yeux ne cessaient d'aller et venir entre les lits de camp, les cantines métalliques et les hommes, la plupart noirs, qui le dévisageaient d'un air méfiant, presque hostile.

On apprit plus tard qu'il s'agissait de son premier séjour en prison. Il avait écopé six mois pour s'être livré à une séance d'exhibitionnisme dans une cour de récréation. Son avocat avait réussi à lui éviter une inculpation pour violences sexuelles.

Et au premier coup d'œil, Sport avait vu que cet homme n'en resterait pas là.

Incapable de prononcer le moindre mot, Lucia Sinclair continuait de regarder Maxwell. Elle savait qu'elle venait de commettre une erreur, Sport le lisait dans ses yeux. Il avait l'impression d'entendre ce qu'elle se disait : *Si seulement je n'avais pas ouvert la porte, si seulement je n'avais pas ouvert la porte…*

Trop tard, salope ! songea Sport.

Il sourit à nouveau d'un air affable.

— Et maintenant, si nous pouvions jeter un œil à votre salle de bains, m'dame.

Lucia Sinclair hésita : elle cherchait un moyen de s'en sortir. La peau molle autour de ses lèvres se mit à trembler.

— Oui, bien sûr… je voudrais seulement…

Elle fit un mouvement en direction de la porte d'entrée, chercha à contourner Maxwell, tendit la main vers la poignée…

Maxwell la saisit par le poignet.

— Ôtez vos mains…

Une grimace de douleur, ses yeux se remplirent de larmes. Maxwell lui serrait fortement le poignet. Lentement, il écarta son bras de la poignée de la porte. Un sourire rêveur passa sur ses lèvres.

— Je vous en prie…, murmura Lucia Sinclair.

Maxwell relâcha son étreinte. Elle tituba en arrière et tomba sur le sol, puis recula jusqu'au mur. Elle ne tenta pas de se relever. Ça, ça plaisait bien à Sport. Elle ne jouait plus les grandes dames, hein, maintenant ? Elle restait là, recroquevillée, à se masser le poignet. Elle leva les yeux vers Maxwell, qui se tenait au-dessus d'elle. Il respirait bruyamment et ses larges épaules se relevaient et s'abaissaient en rythme.

— Maintenant, m'dame, si vous voulez bien nous montrer votre salle de bains, dit tranquillement Sport.

La vieille dame se tourna vers lui.

— Je vous en prie !

Le ton flûté avait disparu. Il n'y avait plus que la voix brisée et tremblante d'une vieille femme.

— Je vous en prie, vous pouvez prendre tout ce que vous voulez.

— Max ! lança Sport.

Maxwell la ramassa par terre et la vieille dame poussa un cri de douleur. Il l'avait attrapée d'une seule main sous l'aisselle, et elle avait dû se remettre elle-même sur ses pieds pour qu'il ne lui déboîte pas complètement le bras. Elle continuait de regarder Sport d'un air suppliant. Elle devait savoir qu'il ne servait à rien de supplier Maxwell.

— Je vous en prie, dit-elle à nouveau, ne me faites pas de mal. Ne le laissez pas me faire du mal !

Sport leva la main en un geste rassurant.

— Il ne vous fera pas de mal, m'dame. Accompagnez-le simplement à la salle de bains.

— Je vous en prie !

Lucia Sinclair pleurait, les larmes ruisselaient sur ses joues, ses lèvres tremblaient.

Maxwell la tira le long du petit corridor en direction de la salle de bains. Elle continua de s'adresser à Sport.

— Je vous en prie. Je ne peux pas vous faire de tort. Je n'appellerai même pas la police.

Maxwell ouvrit la porte de la salle de bains, la poussa brutalement à l'intérieur et la suivit.

Sport l'entendit supplier encore une fois. « Je vous en prie ! »
Puis elle poussa un cri d'une voix rauque : « Non... ! »

Et la porte de la salle de bains se referma.

Bien entendu, il n'était plus question d'arrêter Max à présent.
On ne pouvait plus rien faire dès lors qu'était apparu cet air
étrange sur son visage, ce sourire rêveur. Il était comme ça,
Maxwell : ça lui plaisait, ça l'excitait. Comme quand ils s'étaient
payé le Freak. Rien qu'à lui trancher la gorge, Maxwell avait
bandé, et dur, avec ça ! Le Freak gigotait sur le sol en battant des
pieds et en gargouillant. Il se tenait la gorge à deux mains et le
sang giclait entre ses doigts. Et Maxwell était là à le regarder, les
yeux brillants, les lèvres ouvertes, un filet de salive coulant sur le
menton, et une grosse bosse tendant l'étoffe de son pantalon,
comme un mât de tente. Sport était sûr que Max allait la sortir.
Qu'il allait la sortir comme ça, brusquement, tandis que l'autre
était en train de se contorsionner sur le sol. Mais Sport avait
attrapé Maxwell par l'épaule et lui avait hurlé : « Foutons le camp !
Foutons le camp ! » Maxwell avait fini par acquiescer comme un
toutou en passant la main dans ses fins cheveux blonds.

Pourtant, il s'était encore attardé quelques instants. Simplement pour voir mourir le Freak.

Tandis que Maxwell était occupé à la salle de bains avec la
vieille dame, Sport fit quelques pas dans le salon. Chouette de
piaule qu'elle avait, la vieille ! Classe, et tout ! Pas de soleil
directement, mais une belle lumière d'automne qui inondait la
pièce à travers les baies vitrées. Des tapis aux teintes cuivrées sur
le parquet. Une table tout en verre avec des chandeliers en argent
posés dessus. De lourds fauteuils en bois avec des accoudoirs et
des pieds en volute, et recouverts de tissu à motifs de fruits et de
vigne. Des bibliothèques en bois sombre remplis de vieux livres.
Et puis des placards en bois de rose et des vitrines avec de jolis
bibelots : timbales en argent, pots en étain, petits bouddhas et
petits chevaux en ivoire ; dans des cadres en argent, des photos
d'un couple souriant, une maison de banlieue, une petite fille
blonde et rieuse, un petit garçon aux cheveux filasse.

Sport s'immobilisa devant les vitrines. Les mains croisées derrière le dos, il se pencha pour examiner les bibelots. *C'est vraiment la classe*, se dit-il.

Enfant, quand il vivait à Jackson Heights, il voulait être chanteur. Pas comme ces pédés de chanteurs de rock, non, mais un vrai chanteur de charme. Du genre Julio Iglesias, Tom Jones ou même Sinatra. Il se voyait en smoking, chantant des ballades, le micro dans une main, l'autre main tendue vers le public de la boîte de nuit. Les femmes qui poussent des cris et qui soupirent. La fumée de cigarette qui flotte autour de lui. Il aurait aimé vivre dans un appartement comme celui de la vieille. En fait, il rêvait d'une maison à Hollywood, en bas de celle de Johnny Carson. Mais une maison élégante, comme celle-ci, avec de beaux meubles sculptés que les gens auraient admirés.

Malheureusement, il n'avait jamais pu chanter dans une boîte de nuit, vêtu d'un smoking. Et la seule femme qu'il eût entendue crier était sa mère. Il se rappelait – il lui semblait parfois sentir – ce visage lunaire pressé contre le sien. Son haleine chaude et l'odeur de bière qu'elle répandait,

« Je pète mieux que tu ne chantes ! », lui avait-elle dit avec la voix d'un chat pris dans un mixer. Et elle en avait fait la démonstration. « T'entends ? Eh bien, c'est comme ça que tu chantes ! » Elle avait à nouveau pété. « Je chante ! avait-elle beuglé. Écoutez-moi, écoutez-moi, je chante avec mon cul ! » Et l'éclat de son rire l'avait à nouveau enveloppée des puanteurs de la bière.

Un bruit venu de la salle de bains attira l'attention de Sport. Il jeta un coup d'œil en direction du couloir. Qu'est-ce que c'était que ce bruit ? Un bruit sourd, comme quelque chose qui tombait. Ou alors un grognement, un gémissement. Il se rappela alors une chose que lui avait dite Maxwell lorsqu'ils avaient commencé à mieux se connaître, à Rikers Island. Un soir qu'ils discutaient à voix basse dans la salle de bains, après l'extinction des feux, Maxwell s'était confié à lui avec timidité, presque avec douceur. Il lui avait expliqué qu'il aimait couper la langue à des chats et leur briser ensuite les pattes pour voir comment ils essayaient de miauler.

Sport s'éloigna des vitrines en secouant la tête. Ce Maxwell, quel phénomène !

Il s'approcha ensuite des baies vitrées donnant sur le balcon et regarda au-dehors. Les mains toujours croisées derrière le dos, il se mit à se balancer sur les talons.

Le balcon lui-même était très petit. Un simple petit triangle en béton. Les plantes et les fleurs dont la vieille femme s'occupait à leur arrivée emplissaient presque tout l'espace. De là où il se trouvait, Sport pouvait apercevoir la petite cour, cinq étages plus bas. C'était une étroite bande de gazon agrémentée de quelques buissons de pachysandras. Çà et là étaient disposés des bancs en bois, et des dalles d'ardoise formaient un chemin au milieu. Le chemin courait entre une tonnelle recouverte de vigne vierge, sur la gauche, et un petit bassin à poissons, rectangulaire, sur la droite. Le quatrième côté de la cour était formé par l'arrière d'une église. Le mur de pierres brunes percé de vitraux s'élevait juste derrière le bassin.

Le regard de Sport quitta la cour et alla se poser sur la bâtisse en face. L'appartement de Lucia Sinclair se trouvait à l'arrière de son immeuble de la 35ᵉ Rue Est. Le bâtiment de l'autre côté de la cour se trouvait, lui, sur la 36ᵉ. Il était proche, une vingtaine de mètres tout au plus. Suffisamment proche, en tout cas.

Derrière lui, un bruit aigrelet. Les bibelots qui s'entrechoquaient sur les étagères. Visiblement, Maxwell s'obstinait sur son travail. *Acharné*, se dit-il, *à m'obtenir la location de cet appartement.* Il se mit à nouveau à inspecter l'appartement.

C'était une combine que Sport avait apprise d'un trafiquant de drogue, à Rikers Island. Une pointure, ce type-là, du nom de Mickey Raskin. Mickey lui avait appris l'art de trouver un appartement à louer pour peu de temps. *D'abord,* lui avait-il conseillé, *lis les rubriques nécrologiques des journaux, et trouve un macchabée, de préférence célibataire. Ensuite, va voir le propriétaire ou le concierge, avec le loyer d'un an dans une enveloppe. Dis-lui que tu as besoin de l'appartement pour un mois, deux au maximum, mais qu'il ne faut pas te poser de questions. Le seul risque,* concluait Mickey, *c'était de tomber sur un propriétaire honnête. En d'autres termes, c'était infaillible.* Sport était d'accord, c'était une bonne méthode.

Mais le coup des rubriques nécrologiques, ça demandait trop de travail. Et puis Sport n'avait pas besoin d'un appartement quelconque. Il lui fallait celui-ci ou l'appartement juste à côté. Il n'avait pas le temps de parcourir les rubriques nécrologiques, il lui fallait créer ladite rubrique. Ainsi, lorsque l'annonce paraîtrait dans le journal, il irait voir le concierge. « J'ai appris la mort de la vieille dame par le *News,* dirait-il, et j'aimerais louer son appartement pour un mois, lorsque la police aura terminé son travail. » D'abord, le concierge risquait d'être horrifié, voire méfiant. Mais alors Sport lui glisserait une enveloppe dans la main. En sentant l'épaisseur de l'enveloppe, le concierge cesserait aussitôt d'être dégoûté ou méfiant. Une fois l'enquête de police terminée, l'affaire d'une semaine ou deux, il prendrait possession des lieux.

La porte de la salle de bains s'ouvrit. Des pas lourds. Maxwell fit son apparition à l'autre bout du salon.

La large poitrine de l'homme se soulevait lourdement. Il hochait la tête. Le sourire avait disparu sur ses lèvres épaisses, les yeux étaient vitreux et le regard distant. Ses longs bras pendaient de part et d'autre de son corps et ses gros doigts étaient couverts de sang. Il s'essuya maladroitement sur sa cotte d'ouvrier. La cotte elle-même était déjà maculée de sang. La tête baissée, il avançait d'un air soumis.

— C'est fait, mon grand ? demanda Sport avec un sourire charmeur.

Maxwell opina du chef d'un air timide.

— C'est fait, dit-il dans un souffle.

Avant d'aller le rejoindre, Sport lança un dernier regard par la fenêtre. Il hocha la tête. C'était parfait. Avec une bonne paire de jumelles, il verrait tout ce qui se passait dans l'immeuble en face.

C'est-à-dire dans l'appartement du Dr Nathan Conrad.

PREMIÈRE PARTIE

LE PSYCHIATRE DES DAMNÉS

Le Dr Nathan Conrad était seul dans son cabinet. Il posa les mains sur les accoudoirs de son fauteuil en cuir et renversa la tête en arrière. *Et merde !* se dit-il en laissant son regard courir sur la moulure du plafond.

Il commençait à avoir mal à la tête. Devant son œil droit, son œil le plus faible, des taches rouges se mettaient à danser. Son estomac criait famine. Pas de doute : la séance avait été déprimante.

C'était encore Timothy. Timothy Larkin. Vingt-sept ans. Un chorégraphe de talent, promis à une brillante carrière. Il avait déjà travaillé comme assistant sur deux spectacles de Broadway et, l'année précédente, avait dirigé un ballet exécuté en plein air dans le cadre du festival d'été du World Trade Center. Un mois plus tard, environ, il avait découvert qu'il était atteint du sida.

Au cours des six derniers mois, Conrad avait assisté à la déchéance de ce jeune homme. Son corps de danseur, autrefois souple et musclé, était devenu frêle et tremblant. Le visage qu'on eût dit ciselé dans le marbre était devenu flasque et ratatiné. Il avait subi des rayons pour différents cancers et avait également perdu son abondante chevelure noire.

Conrad se frotta les yeux pour chasser les nuages rouges. En soupirant, il parvint à s'extraire de son fauteuil. Il était resté assis pendant une heure, et sa jambe droite, sa mauvaise jambe, était ankylosée. Il gagna en boitant la machine à café qui se trouvait sur une desserte près de la salle de bains. Une machine de la marque Mister Coffee. Ah ! cher M. Café. Son altesse café. Saint café.

Sur la tasse noire posée à côté de la machine, on pouvait lire : *Life's a bitch, then you die*[1]. Il y versa un reste de café.

---

1. La vie est une garce, et à la fin on meurt.

— Aaaah, dit-il à voix haute.

Ça avait un goût de vase. En hochant la tête, il retourna à son fauteuil, la tasse à la main. C'était sa troisième tasse de ce breuvage depuis le début de la matinée.

Difficile de croire qu'il n'était que 9 h 15.

Conrad avait pris Timothy à la demande de l'Alliance sanitaire des gays et lesbiennes. C'était le médecin de l'Alliance, une femme nommée Rachel Morris, qui avait présenté la requête.

— Tu sais que je n'ai plus les moyens d'accueillir tes patients, lui avait dit Conrad.

— Tu t'es pourtant inscrit sur la liste, Nathan, avait-elle rétorqué.

— Oui, mais tu ne m'avais pas dit que j'étais le seul à figurer sur cette liste !

Elle se mit à rire.

— Que veux-tu que je te dise ? Tu t'es fait une véritable réputation dans les services sociaux de la ville.

— Ah bon ? Et qu'est-ce que c'est, ma réputation ?

— On t'appelle le psychiatre des damnés.

Conrad se prit la tête dans sa main restée libre.

— Je suis flatté, Rachel, très touché. Mais tu sais, maintenant, je suis un célèbre psy de l'Upper West Side. J'ai une femme, un enfant et une Mercedes à entretenir.

— Tu parles !

— Bon… enfin, j'ai une femme et un enfant. Et j'aurais certainement une Mercedes si vous cessiez de faire sans arrêt appel à moi.

— Et ta femme est sûrement capable de gagner sa vie.

— Ah bon ? Tu crois qu'elle est capable de m'acheter une Mercedes ?

— Mais enfin, Nathan ! finit par s'écrier Rachel. Il n'a pas d'argent, son assurance ne couvre pas cette maladie. Il est complètement suicidaire et il ne sait pas à qui s'adresser. Il a besoin de toi.

Conrad continua de réfléchir pendant un moment, puis laissa échapper un soupir de résignation.

Le cabinet du Dr Conrad se trouvait dans un immeuble néo-gothique du côté de Central Park Ouest, entre la 82e et la 83e Rue, au rez-de-chaussée, à l'arrière du bâtiment. Son unique fenêtre donnait sur le triste puits de lumière que son immeuble partageait avec la bâtisse voisine, au coin de la 83ᵉ Rue. La fenêtre était toujours aveuglée par des volets en bois. Aucune lueur n'y filtrait, on avait de la peine à deviner qu'une fenêtre existait à cet endroit. Il régnait dans ce bureau sombre une atmosphère confinée, presque artificielle.

Le cabinet était divisé en une salle d'attente et une salle de consultation. Les deux pièces étaient petites. La salle d'attente se réduisait à une bande de forme rectangulaire, meublée d'étagères, de quelques chaises et d'une table basse sur laquelle Conrad avait disposé des exemplaires du *New York Times* et de *Psychology Today*. Lui-même ne lisait jamais aucun de ces deux journaux.

La salle de consultation était un peu plus grande, mais encombrée. La fenêtre donnait au nord, et la salle de bains au sud. Tous les murs étaient occupés par des étagères chargées de livres, où l'on apercevait entre autres les différents tomes de *La Sexualité et l'Enfant*, *Psychopharmacologie* et les œuvres complètes de Sigmund Freud. Il y avait également un bureau à cylindre dans un coin ; le couvercle était relevé et le plan de travail recouvert de papiers et de journaux. Au milieu de tout ce fatras, on devinait un téléphone et un répondeur. De l'autre côté du bureau, un réveil de voyage.

Et puis les meubles principaux de ce cabinet : le fauteuil de Conrad, inclinable et en cuir, le divan pour les analysants et le gros fauteuil jaune pour les patients en psychothérapie.

En s'asseyant ce jour-là dans le fauteuil jaune, Timothy avait semblé se ratatiner. Ses bras fins reposaient sur les accoudoirs, ses mains amaigries tremblaient légèrement. Sa tête dodelinait comme si son cou n'avait plus la force de la supporter. Une casquette de base-ball, pitoyablement grande, était posée de travers sur son crâne pour tenter de dissimuler sa calvitie.

En le regardant, Conrad dut faire un effort pour ne pas se laisser submerger par la pitié, pour composer son masque habituel d'impassibilité. Il respira lentement, chassant l'air par une poussée de l'abdomen, et attendit que s'installe en lui cet état particulier de réceptivité. Ni jugements ni interprétations. Les connexions devaient venir d'elles-mêmes. *La voie du tao est simple*, récita-t-il mentalement, *il suffit d'abandonner toutes ses opinions.*

— Vous savez, dit Timothy doucement, la culpabilité est pire que la peur. En fait, quand j'y pense, je me sens très mal... mais je n'ai pas vraiment peur de mourir.

Conrad écoutait silencieusement. Cela faisait des semaines que Timothy parlait de la culpabilité et de la honte qui pesaient sur lui aussi lourdement que la mort. Il en connaissait déjà les causes, mais il tentait d'en comprendre mieux le sens.

Il leva la tête d'un air las et regarda Conrad.

— Ce qui me fait mal, c'est cette impression... que Dieu me punit. Que le sida est une sorte de sanction divine. Que je suis puni pour mes péchés.

Conrad bougea un peu dans son fauteuil.

— De quels péchés parlez-vous? demanda-t-il avec douceur.

— Oh... vous savez. Les péchés habituels. Ma vie, mon style de vie. Ma sexualité... Je veux dire, c'est ce qui arrive quand on fait l'amour avec des hommes.

— Ah bon?

Les yeux du jeune homme se remplirent de larmes. Il se mit à regarder le plafond.

— C'était comme si, quelque part dans mon esprit, il y avait une sorte de prêcheur intégriste, vous voyez? Comme dans ce film de Woody Allen, une sorte de prêcheur qui vit dans ma conscience et qui pointe sur moi un doigt vengeur : « Tu vois, Timothy, tu vois, on ne peut pas se moquer de Dieu. Voilà ce qui t'est arrivé pour avoir fait des choses sales avec des garçons. »

Conrad sourit de la façon la plus charmante qu'il pût.

— Excusez-moi de jouer à ce point les psychiatres, mais ce personnage de prêcheur ne vous rappelle-t-il pas un peu votre père?

Timothy hocha la tête en riant.

— Je crois qu'effectivement mon père penserait comme ça. Si je lui parlais, il ne le dirait probablement pas ouvertement, mais je suis sûr qu'il penserait que... je suis puni parce que je suis homosexuel.

— C'est une question théologique intéressante, remarqua Conrad. Si le sida est la sanction de l'homosexualité, que vient alors sanctionner la leucémie de l'enfant? Le fait de n'avoir pas prêté ses jouets?

Timothy rit à nouveau doucement.

— La pluie tombe sur le juste et l'injuste, dit Conrad.

— C'est bien, ça, dit Timothy en renversant la tête sur le fauteuil. Et c'est de qui ? De Freud ?

— Probablement. Encore un Juif intelligent.

Pendant un long moment, Timothy demeura assis dans le fauteuil, la tête renversée en arrière. Puis Conrad aperçut des larmes qui coulaient sur les joues du jeune homme avant d'aller mouiller la tapisserie jaune du fauteuil.

Conrad jeta un coup d'œil au réveil sur le bureau. 9 h 13. *Ouf ! C'est presque fini.* L'espace d'un instant, il sentit à nouveau la pitié l'envahir. C'était insupportable et il parvint à la faire taire.

Il reporta le regard sur son patient. Timothy demeurait immobile, la tête rejetée en arrière, les larmes coulant sur ses joues. *Dépêche-toi, Timothy,* songea Conrad, *tu es en train de me tuer.*

Finalement, le jeune danseur regarda son psychiatre. Les larmes séchaient déjà sur son visage. Les lèvres étaient serrées. Avec émotion, Conrad vit se durcir le regard du jeune homme.

— Je suis content d'avoir aimé les gens que j'ai aimés, dit Timothy. Je ne veux pas mourir honteux, je suis content.

Puis ses lèvres se mirent à trembler, à se déformer. Il se remit à pleurer.

Conrad se pencha en avant.

— L'heure est venue, dit-il doucement. Nous allons en rester là.

Timothy irait mieux, se dit Conrad en s'enfonçant dans son fauteuil pour siroter son café. S'il avait le temps de travailler, Timothy finirait par composer avec sa maladie et sa culpabilité. D'une façon mystérieuse, il retrouverait une sorte de fraîcheur, une sorte de paix.

Et ensuite il mourrait, lentement, douloureusement, horriblement, et seul.

Et merde ! Conrad secoua la tête. *Ah, mon cher Nathan,* se dit-il, *quelle attitude magnifique que la tienne !* Et il n'était que 9 h 20. Il ne pouvait se permettre d'être déjà déprimé. Il devait encore recevoir June Fefferman, un petit bout de femme qui ressemblait à une souris, très douce, dont le mari, pilote d'avion, était mort l'année précédente dans un accident de voiture en revenant de l'aéroport. Et puis Dick Wyatt, un cadre dynamique de quarante-cinq ans qui avait glissé dans la véranda de son bel immeuble de Brooklyn, un matin, et qui était resté paralysé. Et puis, pire que tout, Carol Hines, qui avait perdu son enfant de cinq ans d'une tumeur au cerveau. La fille de Conrad, Jessica, avait elle aussi cinq ans. Il détestait s'occuper de Carol Hines.

Conrad ferma les yeux. *Psychiatre des damnés !* songea-t-il en soupirant. Mais bon sang, où donc se trouvaient ces névrosés millionnaires dont il avait tant entendu parler ? Le mieux qu'il pouvait faire pour ses patients, c'était de soigner leurs fantasmes, de façon à ce qu'ils puissent vivre leurs cauchemars.

La porte d'entrée, celle qui donnait sur la salle d'attente, s'ouvrit en grinçant et se referma avec un bruit sourd. Il regarda à nouveau le réveil : 9 h 25. Mme Fefferman et son mari mort étaient arrivés cinq minutes en avance. Cinq minutes. Il avait le temps de se détendre un peu avant cette nouvelle séance. D'un air content, il prit sa tasse et huma l'arôme du café.

La sonnerie du téléphone retentit. Une feuille du bloc glissa du bureau et descendit doucement jusqu'au sol. Le téléphone noir à touches sonna de nouveau. Conrad posa sa tasse de café sur son travail du moment, un article sur le chagrin des enfants, et décrocha le combiné.

— Docteur Conrad à l'appareil.

— Salut, Nate, c'est Jerry Sachs.

Conrad fit la grimace. Adieu ses cinq minutes.

— Salut, Jerry, dit-il le plus cordialement qu'il put. Comment ça va ?

— Oh, je ne ramasse pas les dollars à la pelle comme les célèbres psys de Central Park Ouest, mais ça va. Et toi ?

— Ça va, merci.

— Écoute, Nate, j'ai quelque chose, ici, qui devrait être tout à fait dans tes cordes.

« Nate » secoua la tête. Il imaginait Sachs à l'autre bout du fil, derrière son immense bureau de l'hôpital psychiatrique municipal Impellitteri. Enfoncé dans son fauteuil, les pieds sur le bureau, une main sur son imposante bedaine. Son énorme tête d'œuf renversée en arrière, en sorte que la lumière du plafond se reflétait sur ses lunettes noires. Et la lourde plaque en onyx posée devant lui : *Gerald Sachs, M.D., Director.* Une plaque qui ne devait pas avoir loin d'un mètre de long.

Mais Conrad ne pouvait s'empêcher de se dire que ce titre de directeur, Sachs l'avait bien mérité. Cela faisait dix ans qu'il léchait consciencieusement les bottes du maire du quartier de Queens, Ralph Juliana. Conrad avait vu Juliana aux actualités télévisées : le vrai cheval de retour politique avec sur le dos un complet coûteux et aux lèvres un cigare bon marché. Dix ans de léchage de bottes, cela n'avait pas dû être une entreprise facile. Sachs avait dû passer une grande partie de son temps à rire aux plaisanteries du politicard. A se montrer à ses réceptions. A jouer le rôle du « psychiatre respectable », susceptible de valoriser le bonhomme aux yeux de ses amis. Sans parler de ses témoignages en justice en qualité d'expert pour le compte de Juliana. Finalement, il avait réussi à se faire nommer directeur d'Impellitteri. Il régnait désormais fièrement sur ses murs de parpaings verts, ses dortoirs pauvrement meublés, ses sordides salles de jour, et dirigeait de façon intrépide une équipe de médecins de seconde zone, d'aides-soignants à moitié analphabètes et d'infirmières-bouledogues aux allures de bassets. Il avait tout du roi python dans son nœud de vipères.

Et pourtant, Conrad était en dette vis-à-vis de lui. Il avait connu Sachs une quinzaine d'années auparavant, alors qu'ils étaient tous deux internes au centre médical de l'université de New York et, à cette époque déjà, il ne l'aimait guère. Or il y avait cinq ans, Conrad avait reçu en traitement un adolescent maniaco-dépressif du nom de Billy Juarez, issu d'une famille indigente, et qui commençait à se comporter de façon violente. Il avait déjà frappé un professeur qui l'interrogeait sur ses absences, et parlait de s'acheter un pistolet. Billy avait besoin de médicaments et d'une hospitalisation, mais il était sans ressources. Conrad redoutait de le voir partir pour une de ces effroyables institutions publiques. L'État de New York lança à ce moment-là un programme expérimental qui prévoyait l'envoi de patients d'Impellitteri dans une agréable clinique privée du côté de Harrison. Ce programme prévoyait également l'administration de lithium aux patients qui en auraient besoin.

Conrad avait alors appelé Jerry Sachs en lui rappelant qu'ils avaient été condisciples à l'université et en lui demandant de faire placer Billy Juarez, ce que Sachs avait accepté.

Ainsi, il lui était redevable d'un service.

— Ah bon, tout à fait dans mes cordes ? dit-il sans enthousiasme. Eh bien ! je t'écoute, Jerry. Je suis assez occupé en ce moment, mais...

— Allez, Nate ! s'exclama Sachs avec cette camaraderie joviale qui exaspérait tant Conrad. Tu ne peux pas te contenter de rester planté du côté de Central Park Ouest à soigner des richards qui s'emmerdent à force de compter leur fric. Je sais bien, pourtant, que vous autres, praticiens privés, savez comment guérir ce genre de névroses.

Ouais, songea Conrad, *de la même façon que les lécheurs de bottes dans ton genre savent guérir les politiciens incorruptibles.* Mais il demeura silencieux. Au bout d'un moment, Sachs cessa de s'esclaffer à ses propres plaisanteries et reprit le fil de la conversation.

— Non, sérieusement, Nate, c'est un cas intéressant. Un article 330-20.

— Une affaire criminelle ?

— Ouais, c'était dans les journaux et tout ça.

— Ah bon, dans les journaux et tout ça !

— Mais oui, c'était il y a trois semaines, environ. L'affaire Elizabeth Burrows. Ne me dis pas que tu es devenu trop respectable pour lire les faits divers.

— Euh...

— Eh bien ! le tribunal nous l'a envoyée en observation pour une période de trente jours, pour voir si on peut la considérer comme pénalement responsable. Elle a dix-huit ans. Diagnostic de schizophrénie paranoïde. Hallucinations auditives de type impératif, abondance de fantasmes et, par-dessus le marché, une histoire personnelle tissée de violence.

— Ça ressemble fort à une droguée.

— Pas à notre connaissance.

— Ah bon ? Mais elle est violente.

— Et comment ! dit Sachs avec un petit sifflement. Écoute : j'ai commencé à lui poser des questions. Ça marchait bien, très bien, même. Elle disait qu'elle m'aimait, elle n'arrêtait pas de parler. Et puis, brusquement, badaboum ! Elle devient, comme on dit, agitée. Elle a complètement déjanté. Elle s'est jetée sur moi et elle a bien failli m'étrangler avant que j'aie pu demander du secours. Et c'est une petite bonne femme, Nate. Tu n'imaginerais pas sa force. Il m'a fallu quatre personnes pour la mettre à l'isolement et deux autres en plus pour lui passer la camisole. Quand on l'a fait sortir de là, on l'a fait accompagner spécialement par un infirmier, et du genre balaise de cent kilos, eh bien ! même ce type-là n'est pas rassuré avec elle. Finalement, on lui a injecté de quoi assommer un éléphant, et je l'ai mise dans une chambre du service médico-légal. Et alors tu sais quoi ? La catatonie quand je suis là. Pas un mouvement, pas une parole, elle reste là, à me regarder...

— T'inquiète pas, Jerry, grommela Conrad. J'arrive avec mon atomiseur spécial anti-hallucinatoire. Mais enfin, qu'est-ce que tu veux que je fasse pour elle ?

— Rien. On ne cherche pas à la soigner, mon vieux. On a besoin de quelqu'un qui la fasse parler. On a besoin de savoir si elle est accessible à une sanction pénale et on doit rendre un rapport.

— Alors confie-la à un de tes experts psychiatres. C'est à ça qu'ils servent. Écoute, j'ai une patiente dans une minute, est-ce qu'on ne pourrait pas...

— Dis-lui de se calmer un peu les hauts talons, tu veux. (Il se mit à rire.) Bon, écoute, sérieusement. Il y a trois ans, tu as participé à cette étude à Columbia, sur les catatoniques. A l'époque, tu avais fait du très bon travail. Même *Science Times* en a parlé. Tu as une vraie réputation, Nathan. Eh bien ! aujourd'hui, c'est le même genre de cas clinique.

Un moment de pause. Conrad hochait la tête en silence.

— C'est une grosse affaire, Nathan, reprit Sachs. Pourquoi est-ce que tu crois que c'est à toi que je me suis adressé en premier ? Les grosses légumes m'attendent au tournant. Les journaux aussi. Pour eux, ton nom est une sorte de garantie.

Et comme Nathan Conrad ne répondait toujours pas, Sachs renchérit :

— C'est un service que je te demande, Nate, vraiment.

Conrad regarda à nouveau son réveil : 9 h 34. Mme Fefferman allait commencer à s'impatienter. Il se passa la main dans les cheveux.

— Euh... enfin, pourquoi a-t-elle été arrêtée ?

Sachs laissa échapper un gros rire, moitié soulagé, moitié triomphant.

— Bon sang, mais tu ne lis vraiment pas les journaux, toi ! L'affaire Burrows, ça ne te dit rien ? Elizabeth Burrows ? Elle a tué un homme, Nathan. Elle l'a égorgé. Elle l'a coupé en morceaux, ce malheureux...

AGATHA

Nathan Conrad était un homme de petite taille, frêle, les épaules voûtées. Il avait un visage rond, mélancolique : des yeux profonds, d'un doux marron, et des lèvres épaisses ourlées vers le bas lui donnaient un air grave et pensif. Quelques cheveux blonds parsemaient encore un crâne presque entièrement dégarni. Il avait quarante ans.

Ces années pesaient sur lui. En dehors de son heure de marche quotidienne pour se rendre à son travail, il ne prenait jamais d'exercice et se sentait souvent fatigué, les articulations rouillées. Après avoir bien mangé toute sa vie sans prendre le moindre kilo, il commençait à avoir de la brioche. Et parfois, ou plutôt souvent (c'est-à-dire tous les jours), il se surprenait à somnoler dans son fauteuil inclinable après avoir avalé le yaourt et les fruits secs que sa femme lui avait donnés pour son déjeuner.

Les journées comme celle-ci étaient particulièrement éprouvantes. Après sa première séance avec Timothy, il était demeuré assis dans son fauteuil inclinable de 8 heures à 19 h 30. Toute la journée, et avec de rares interruptions, il avait écouté des patients.

Après le déjeuner, il avait avalé deux aspirines, mettant ainsi un terme à ses vertiges et à ses maux de tête. Mais sa jambe droite commençait à le faire souffrir. En quittant son cabinet, il boitait.

Au bord du trottoir, il se mit à attendre un taxi. La circulation s'écoulait avec fluidité le long de Central Park Ouest. Dans la fraîche nuit d'octobre, les feux verts brillaient tout au long de la large avenue. De l'autre côté, dans le parc, les branches des sycomores griffaient le ciel de leurs feuilles mortes. Certaines feuilles tombaient sur le trottoir, d'autres flottaient dans l'air, tourbillonnaient au-dessus du mur du parc. Conrad les observait.

Sa jambe lui faisait très mal. Il ressentait des élancements dans le genou. Il se promit de bouger plus souvent au cours de la journée, de marcher, d'étirer ses muscles.

Ce genou, se rappela-t-il, c'était la faute d'Agatha. C'était elle qui l'avait mis dans cet état-là.

Mais cette pensée le fit sourire.

Il avait fait la connaissance d'Agatha à l'âge de dix-sept ans. C'était la première fois qu'on avait emmené sa mère, sa mère à lui. Elle revenait du Grand Union avec un sac plein de provisions, et elle avait trébuché contre quelque chose, ou s'était tout simplement évanouie. En tout cas, elle était tombée sur le trottoir, juste à côté du parking. Le contenu du sac s'était répandu sur le sol : tomates rouges, citrons jaunes, boîtes de thon. Une femme et la caissière d'un magasin voisin s'étaient précipitées pour l'aider, mais sa mère restait là, par terre, tremblante, la bouche ouverte, le regard fixé sur le sac de papier brun. Sur la boîte d'œufs. Sur les coquilles brisées. Et en voyant le jaune d'œuf maculer le papier brun, elle se mit à hurler.

La femme s'efforça de la calmer. La caissière voulut la relever. Mais sa mère continuait à hurler et à les invectiver. Dans le sac, elle avait vu un amoncellement de globes oculaires. Du sang jaillissait de ces yeux – visqueux, écarlate – suivi bientôt par des araignées. Sa mère hurlait de plus en plus fort. Elle n'avait pas l'habitude. Certes, elle buvait beaucoup depuis une dizaine d'années, mais c'était sa première crise de delirium tremens.

Nathan, alors âgé de dix-sept ans, fut le premier à se rendre à l'hôpital. Il avait appris la nouvelle en revenant de l'école, et n'avait pas même eu le temps d'ôter son manteau. Il se jeta dans la vieille Chevrolet sur laquelle il avait travaillé tout l'été et se précipita à l'hôpital. Assis à côté du lit, il dut faire face aux sanglots de sa mère, à la fois terrifiée et humiliée. Doucement, il écarta les cheveux de ce visage gris, autrefois si majestueux, avec son nez de patricienne. Elle était si fière de son nez. Ce n'était pas un nez juif. « Mon père ne nous a jamais fait vivre au milieu des Juifs », disait-elle avec hauteur. Et en prononçant ces mots elle relevait le menton, mettant en valeur son cou de cygne, son fin profil.

Nathan lui tenait la main. La peau était si pâle qu'il apercevait l'aiguille de la perfusion dans sa veine. Elle ne cessait de pleurer.

Le bon Nathan, sur qui on peut compter. C'est comme ça que l'appelait son père. Son père... qui au bout d'une heure n'était toujours pas venu. Nathan le soupçonnait de prendre délibérément son temps avant de quitter son bureau. Bien sûr, il était occupé, il était dentiste, mais tout de même... Son père attendait que Nathan eût essuyé les plâtres avant d'apparaître lui-même sur scène. Ainsi, une fois sur place, il lui serait plus aisé d'administrer une petite claque sur l'épaule de Nathan et de lui dire avec un petit rire : « Tu vois, c'est pas si grave. » Un sourire éclairerait son visage rond, un clin d'œil rétrécirait ses yeux derrière ses grosses lunettes. « C'est pas grand-chose, hein ? »

Nathan avalerait alors sa salive avec difficulté. « C'est vrai, papa. » Et papa se mettrait à rire encore une fois et se détournerait d'un air misérable.

Au bout d'une heure, son père finit par arriver. Nathan le laissa au chevet de sa mère et alla prendre une tasse de café à la cafétéria de l'hôpital. Il s'installa à une table d'angle, la tête penchée sur sa tasse. Au bout de dix minutes, il releva la tête. Agatha se tenait devant lui.

Elle travaillait comme bénévole à l'hôpital. Et comme si son uniforme rayé blanc et rose n'était pas suffisamment mignon, elle avait le plus joli visage qu'on pût imaginer. Des joues rondes qui rougissaient et des yeux bleus qui devenaient plus brillants quand elle souriait. Ses cheveux acajou étaient rassemblés sous sa coiffe rose et blanc, mais Nathan devinait leur épaisseur. Il les imaginait répandus autour de son visage, mis en valeur par son teint, aussi rose et blanc que son uniforme.

Nathan était un garçon timide, presque renfrogné. Il n'avait qu'un ami, Kit, son fidèle compagnon depuis l'école primaire. Il n'avait jamais eu de petite amie. Il était bien sorti quelquefois avec Helen Stern, mais elle avait rompu avec lui lorsque les choses étaient devenues « trop sérieuses ». En général, il considérait les représentantes de l'autre sexe comme des écervelées peu dignes de confiance.

Il n'avait jamais vu Agatha auparavant et ne savait pas ce qu'elle observait ainsi. Ce grand sourire, l'éclat de ces yeux le mettaient à l'aise. Il faillit se retourner pour s'assurer qu'elle ne regardait pas quelqu'un d'autre.

Mais Agatha – c'était le nom inscrit sur la plaque d'identité qu'elle portait sur la poitrine, mais qu'il osait à peine regarder, par peur que son regard ne se rive aux rondeurs qui tendaient sa blouse rose et blanc – Agatha s'adressa à lui sans détour.

— Tu sais, tu ne peux pas la sauver, dit-elle. Personne n'attend ça de toi.

Les mots avaient si bien atteint leur but qu'il se sentit obligé de se défendre. Les yeux baissés sur sa tasse, il grommela :

— Je ne cherche à sauver personne.

A sa grande surprise, elle posa la main sur son poignet. Ses doigts étaient frais et doux.

— Tu essaies de sauver tout le monde, dit-elle doucement. Je t'ai vu. Je vais à North aussi. Je suis en première. Je t'ai entendu discuter avec M. Gilian à propos du gamin et de sa carte de sortie, l'autre semestre.

— Ce Gilian est un con, murmura Nathan. Il avait presque fait pleurer le gamin.

— Avec ce que tu lui as dit, tu aurais pu être renvoyé. Et puis avant les vacances de printemps, je t'ai vu dans la cour t'interposer entre le petit et Hank Piasceki. Hank Piasceki est deux fois grand comme toi. Et il sait se battre.

Nathan ne put s'empêcher de sourire. C'est vrai qu'il s'était montré courageux. Mais il écarta l'argument d'un geste.

— Je n'allais pas me battre avec lui. Piasceki m'aime bien. L'année dernière, je l'ai aidé pour les examens de bio.

Agatha lui sourit et une lueur dansa dans ses yeux bleus.

— Tu vois bien que j'ai raison !

Nathan leva les yeux vers elle. Elle se mit à rire. Il rit aussi.

Conrad avait passé son enfance à Long Island, à une trentaine de kilomètres de Manhattan, dans une banlieue nommée Great Neck, une banlieue pimpante avec de grandes pelouses et de belles maisons blanches. La plupart des habitants étaient, comme lui, juifs et aisés. Libéraux modérés en matière politique, ils étaient foncièrement conservateurs dans leur comportement. On avait beau être en plein dans les années soixante, l'amour libre, la drogue et les manifestations contre la guerre n'avaient encore fait qu'effleurer cette région. Seuls quelques rebelles, des adolescents à problèmes et des réprouvés s'étaient laissé attirer.

Ce n'était pas le cas de Nathan. De tout cela, il ne voulait pas entendre parler. Il comptait devenir médecin, chirurgien. Il n'avait pas de temps à perdre dans de telles élucubrations. La première fois qu'il avait vu un garçon plus âgé que lui avec un jean à pattes d'éléphant, il avait émis un vague grognement, levé les yeux au ciel et s'était enfermé chez lui pour potasser ses livres de classe. La plupart de ses condisciples d'école professaient les mêmes opinions. Pour le moment, en tout cas.

Mais Agatha était différente. D'abord, elle n'était pas juive. Et ensuite elle ne venait pas d'une famille riche. Son père travaillait comme cantonnier municipal, et elle habitait sur Steamboat Road. Cette longue rue était bordée de maisons à bardeaux à moitié délabrées, de petites épiceries, de casses automobiles, de bars, etc. C'est là que vivaient les bonnes (enfin, la plupart), les employés de stations-service, les jardiniers, les Noirs. Au bout de la rue, près de Kings Point Park, vivaient quelques familles polonaises et irlandaises. C'est là que se trouvait la maison d'Agatha, une maison à bardeaux, verte, à un étage.

A cette époque, Nathan accordait peu d'attention aux différences de classes. Pour lui, tous les jeunes allaient à l'école et vivaient la même vie. De toute façon, il n'avait guère d'amis à l'école. C'est ainsi qu'il mit plusieurs mois à se rendre compte que, puisque le nom de famille d'Agatha était O'Hara, elle était probablement d'origine irlandaise. Cette pensée lui vint de façon fugitive et quitta son esprit aussi rapidement.

Ce qu'il remarqua, en revanche, c'est que la vie des O'Hara à Steamboat Road ne ressemblait pas à celle des Conrad de Wooley's Lane. Par exemple, la sœur aînée d'Agatha, Ellen, avait quitté le lycée. Elle avait quitté le lycée comme ça, brusquement, avait quitté la maison familiale et travaillait comme esthéticienne sur Middle Neck Road. Et M. O'Hara, un costaud aux cheveux d'argent, plutôt rude, se laissait parfois aller à dire, après une bière ou deux, que le président Lyndon Johnson n'était qu'un connard de trou-du-cul, et que John Fitzgerald Kennedy – Dieu ait son âme – ne valait guère mieux ! Mme O'Hara, alors, se mettait à hurler depuis sa cuisine : « Arrête de dire des ordures devant les enfants ! » Et son mari répondait en hurlant lui aussi : « On t'a demandé quelque chose, à toi ? » et il sortait en général de la maison en claquant derrière lui la porte-moustiquaire.

La tête de Nathan lui tournait. Dieu sait que sa mère buvait, mais dans sa famille, personne ne hurlait. Ni ne sortait en claquant la porte. Ni ne votait républicain. Qu'est-ce que c'était que cette maison ?

Et puis il y avait Agatha elle-même. Quand elle ne revêtait pas son uniforme rayé, elle ne portait pas seulement des pantalons pattes d'éléphant, mais aussi des tee-shirts teints et des gilets de daim qui lui laissaient la taille nue. Et parfois pas de soutien-gorge, bien que ses seins fussent lourds et ronds, et que l'on pût voir ses mamelons pointer sous le tissu de sa chemise.

A seize ans, elle fumait des cigarettes devant ses parents. Et seule avec lui dans son petit appartement, au-dessus du garage de la maison, elle lui offrit sa première cigarette de marijuana, que Nathan refusa fermement.

Toutefois il ne se montra pas aussi guindé lorsqu'il l'embrassa pour la première fois et qu'elle guida sa main dans l'échancrure de sa chemise. Ou, deux mois seulement après leur premier rendez-vous, lorsqu'elle lui proposa de faire l'amour.

Tous deux étaient vierges. Mais Agatha avait une sœur aînée pour la conseiller. Ce jour-là, un après-midi, dans le petit appartement au-dessus du garage, elle se déshabilla devant lui, calme et sereine. Nathan était assis sur le bord d'un vieux fauteuil, les mains serrées entre les jambes. En la regardant, il frissonna.

Agatha était de petite taille, plus petite encore que lui. Mais elle était robuste et ronde, avec des hanches larges, et... des seins, des seins merveilleux, avec des aréoles roses de la taille d'une pièce en argent. Jusqu'à aujourd'hui, Nathan se rappelait la douceur liquide de sa peau, l'odeur du talc Ammens et ses petits baisers furtifs. Il se souvenait des moindres détails de cet après-midi-là, et de tous les après-midi de leur premier printemps passé ensemble. La petite pièce avec son plafond bas. Le vieux canapé convertible. Les cris qu'elle étouffait avec le dos de sa main. Le chant des moineaux juchés sur la balançoire rouillée, dans la petite cour de derrière.

Mais surtout, il se rappelait ce canapé convertible. Cet effroyable canapé convertible.

C'était une véritable antiquité. Le matelas était mince, sale, il ondulait, s'affaissait. A travers ce matelas, Nathan sentait les ressorts et les barres métalliques du mécanisme. Il sentait particulièrement la barre métallique située juste au centre. Quelle que fût la position d'Agatha, de quelque façon qu'elle se tournât, dès qu'il s'étendait sur elle, cette barre lui rentrait dans les genoux.

Or le prix à payer semblait peu élevé. En échange, il avait la douceur de ses lèvres, le goût de ses seins, la longue vague de chaleur entre l'étreinte de ses cuisses. Parfois, il avait si mal au genou qu'il pouvait à peine grimper le petit escalier de la maison. Mais il serrait les dents. Et quelques instants plus tard, il se retrouvait au-dessus d'elle, en elle, qui criait, et, il était bien obligé de se rendre à l'évidence, dans la seule position que lui autorisait le vieux matelas : le genou raclant cette saleté de barre métallique.

Vingt-trois ans plus tard, lorsqu'un taxi vint se ranger devant lui, le long du trottoir, le Dr Nathan Conrad dut tirer sa jambe droite à lui après s'être installé à l'arrière de la voiture.

Le taxi s'insinua rapidement dans la circulation. Le chauffeur, un homme au teint mat, le visage rébarbatif, et qui se nommait Faroul, lui jeta un coup d'œil dans le rétroviseur.

— 36e Rue, dit Conrad. Entre Park et Madison.

Le taxi prit de la vitesse. Conrad s'enfonça dans le siège avec lassitude. Il observa le mur du parc qui défilait devant lui, et les branches des arbres, semblables à des toiles d'araignées. D'un air absent, il frotta son genou endolori, puis s'efforça de tendre la jambe et de la replier dans le peu d'espace que lui offrait l'arrière de la voiture. Vraiment, il fallait qu'il pense à marcher un peu au cours de la journée. Il n'avait aussi mal que lorsqu'il demeurait dans son fauteuil une journée entière.

En fait, il n'avait pas pu s'éloigner d'Agatha. Il n'avait pas pu changer de lit. Ni trouver une autre chambre. Ni faire la moindre chose qui eût empiété sur le temps qu'il consacrait à lui faire l'amour.

Finalement, avant son dix-huitième anniversaire, son genou s'était dérobé sous lui. Le temps qu'il surmonte son embarras et se rende chez un médecin, son genou avait pris la taille d'une petite citrouille. Pauvre Dr Liebenthal. Il soignait Nathan depuis sa plus tendre enfance, lui avait fait ses premiers vaccins, lui avait recousu le front quand il était tombé de la cage à poules dans la cour de récréation, etc. En regardant ce genou, il avait hoché la tête en se frottant le menton d'un air dubitatif.

— Ça m'a tout l'air d'un sérieux hygroma, avait-il dit. Mais c'est le genre de chose qu'on rencontre d'habitude chez des sujets plus âgés. Chez des gens qui travaillent à genoux, comme les femmes de ménage ou les réparateurs d'engins, tu vois. Et tu dis que tu n'as pas la moindre idée de la façon dont ça t'est arrivé ?

— Non, c'est un vrai mystère.

Plus tard, Agatha et lui, assis par terre, avaient ri aux larmes en évoquant l'histoire. Puis ils étaient remontés sur le lit.

Le taxi atteignit l'extrémité du parc. Conrad regarda la statue de marbre du Maine Memorial – une femme héroïque à la proue d'un bateau – qui le saluait au passage. Puis le taxi s'engagea dans la courte section sordide à l'entrée de Broadway, avant la débauche de néons et Times Square.

Au coin de la 53ᵉ Rue, la voiture s'immobilisa à un feu rouge. Conrad, le menton dans la main, observait d'un air absent un trio de prostituées. Il y avait une Noire et deux Blanches, toutes trois vêtues de jupes en cuir, particulièrement hautes sur les cuisses, et de tee-shirts chatoyants, trop légers, lui sembla-t-il, pour la saison.

Le chauffeur lui jeta un regard complice dans le rétroviseur.

— Une p'tite partie de jambes en l'air ?

Conrad ne quitta pas les putains du regard. Il songeait à Agatha.

— Bonne idée, dit-il en souriant. Conduisez-moi chez moi.

JESSIE

Le taxi le laissa sur la 36ᵉ Rue Est, devant un élégant pâté de maisons, entre Madison et Park Avenue. La partie nord était occupée par la bibliothèque J. P. Morgan, un bâtiment bas, élégant, affectant la forme d'un temple, avec une entrée flanquée de lionnes. Des projecteurs faisaient ressortir la façade en marbre au milieu de l'obscurité. Les statues et les frises brillaient à travers le feuillage des sycomores bordant le trottoir.

Conrad, lui, pénétra dans le bâtiment qui se trouvait immédiatement en face : un immeuble en brique d'avant-guerre, d'une hauteur de quatorze étages, et qui occupait la moitié du pâté de maisons. Le vieux concierge se leva en titubant en voyant Conrad pousser les portes vitrées.

— B'soir, docteur.

Conrad lui adressa un sourire. Au fond du hall, il aperçut la porte ouverte de l'un des ascenseurs.

— Je monte ! lança-t-il d'une voix forte, en se précipitant, sa mallette bringuebalant au bout du bras.

Les portes commençaient à se refermer, mais une main les retint. Conrad s'engouffra à l'intérieur.

Dans l'ascenseur, il se retrouva face à un homme jeune, d'environ vingt-cinq ans. Grand, bien bâti, beau garçon. Un visage doux, anguleux, et les cheveux noirs coupés court. Un sourire timide, mais des yeux vifs, féroces ; un costume visiblement coûteux, en serge bleu marine, rayé de gris. *Un jeune loup de Wall Street,* songea Conrad.

Lorsque Conrad appuya sur le bouton du cinquième étage, le jeune homme se tourna vers lui.

— Eh bien ! je crois que nous sommes voisins.

Il avait une voix assurée, une pointe d'accent du Middle West. Conrad sourit poliment. Le jeune homme lui tendit la main.

— Je me présente : Billy Price. Je viens d'emménager. Au 5H, au bout du couloir.

Conrad serra la main qui lui était offerte.

— Enchanté, Nathan Conrad.

— Ah oui, le médecin. Le réducteur de têtes. Il va falloir que je fasse attention à ce que je raconte, hein ?

Conrad réussit à rire comme s'il entendait la blague pour la première fois. Au cinquième étage, les portes s'ouvrirent et les deux hommes se séparèrent. Price se dirigea vers la gauche et Conrad vers la droite.

— A bientôt, dit Price.

Conrad fit un geste par-dessus son épaule.

Il était près de 20 heures lorsque Conrad pénétra dans son appartement. Il imaginait déjà le déroulement de la soirée : il prendrait son dîner, tandis qu'assise à côté de lui sa femme lui parlerait. Il aimait bien l'écouter. Il aimait le son de sa voix. De toute façon, il était trop fatigué pour beaucoup parler lui-même.

Après le dîner, ils iraient au lit ensemble. Puis, après un court repos d'un quart d'heure, il se relèverait et irait travailler à sa table jusqu'à environ 1 heure du matin. C'était ainsi qu'il voyait cette soirée.

Il ouvrit la porte de l'appartement.

— Papa !

La petite fille jaillit de la cuisine et se précipita vers lui, les bras grands ouverts, ses longs cheveux flottant derrière elle.

— Oh, papa, papa-papa-papa, papa-papa-papa, papa-papa-papa !

L'enfant heurta de plein fouet sa jambe douloureuse, l'entoura de ses bras et pressa sa joue contre elle, les yeux fermés.

— Oh, ma petite !

Conrad essayait de sourire, mais son sourire ressemblait à une grimace.

— Ma petite Jessica, mon trésor, je t'en prie. Ma jambe. Aïe...

Avec douceur, il l'écarta de lui. Elle saisit sa main et se mit à sauter devant lui.

— Maman m'a permis de ne pas aller au lit pour te voir.

— Chouette !

Je vais la tuer, songea-t-il. *D'abord je vais dîner, ensuite je la tue, et ensuite on ira se coucher.*

— Parce que, n'oublie pas, reprit Jessica, tu m'as promis de faire une partie de jeu de l'oie avant que j'aille au lit.

— Ah bon ? Euh… d'accord, on va bien s'amuser.

— Maman elle a dit que c'était juste, parce que tu l'avais promis.

— Ah oui ? Eh bien, maman a raison, c'est juste.

D'abord je la tue, et après seulement j'irai dîner.

Il posa sa mallette, puis Jessica l'entraîna vers la cuisine. Ils avaient presque atteint la porte lorsque sa femme apparut.

Vingt-trois ans après leur rencontre, Agatha avait encore ce sourire joyeux, celui qui faisait rosir ses joues, et ses yeux bleus n'avaient rien perdu de leur pétillement. Ses cheveux aux reflets acajou étaient un peu plus courts, mais ils tombaient toujours sur ses épaules en boucles magnifiques. Cependant sa silhouette ronde était un peu plus ronde, ce que ne parvenaient pas à dissimuler son ample chandail noir et son large pantalon kaki.

— Bonsoir, docteur, dit-elle en déposant sur ses lèvres un baiser léger.

De la cuisine, derrière elle, s'échappait une odeur de poulet rôti, d'ail et de beurre chaud.

Peut-être commencerait-il par aller au lit avec elle, se dit-il.

Mais que devait-il faire ensuite ? Impossible de s'en souvenir.

Le jeu de l'oie semblait ne jamais devoir finir. Jessica déplaçait son pion sur les cases avec une lenteur exaspérante.

— Uuuun, deuuuux, troooois…

Puis elle se trompait.

— Oh, attends un peu. Où est-ce que j'en étais ?

Elle reposait son pion sur la case de départ, « Uuuun, deuuuuux, troooooois », tandis que Conrad songeait : *Quatre, cinq, quatre, cinq, Jessica, je t'en supplie !*

Mais au bout de quelque temps, Agatha lui apporta une bouteille d'eau pétillante et quelques crackers qui apaisèrent sa faim. Il commença à se détendre.

Jessica avait les mêmes cheveux blond cendré que lui… autrefois. Les cheveux de l'enfant étaient épais, et elle portait une natte, de façon à ce que sa mère n'eût pas à se battre tous les soirs pour les démêler. Pour le reste, elle ressemblait tout à fait à Agatha, avec ses joues en pommes, ses yeux bleus et son grand sourire. Margaret, son institutrice au Friends Seminary, leur avait dit qu'elle était douée pour les arts, comme l'était Agatha. En tout cas, elle y prenait autant de plaisir que sa mère. Presque tous les jours, elle revenait de l'école privée quaker avec un dessin : une maison rectangulaire avec un toit en forme de triangle, une femme toute droite avec une robe également triangulaire, ou la mer avec des vagues, ou des arbres en forme de sucette... les parents applaudissaient. Les plus beaux de ces dessins étaient accrochés dans le Metropolitan Museum de Jessica : le petit bout de couloir entre sa chambre et la cuisine. Conrad n'aurait su dire si ces dessins étaient ou non beaux, mais il se prenait de temps à autre à les regarder, et se félicitait de leur débauche de couleurs et de la force de leur composition. Il n'y décelait aucune tendance à l'abstraction et à la dissociation, comme dans certains dessins d'enfants perturbés. Parfois, il s'était même dit qu'elle, au moins, n'aurait pas besoin d'un psychiatre. *Évidemment, il n'y avait rien de mal à aller voir un psychiatre, mais elle, pourquoi irait-elle consulter ? Sa mère n'était pas alcoolique. Son père n'était pas un lâche. Aucune raison qu'elle ne soit pas parfaitement heureuse et adaptée.*

En tout cas, l'enfant semblait avoir hérité des heureuses dispositions de sa mère. De sa générosité. De sa propension à aider autrui. L'une de ses deux « meilleures amies » était une fille douce mais laide et gauche qui, dans la cour de récréation, avait été mise à l'écart par les autres enfants. Jessica avait invité la petite fille, Adrienne, à se joindre au jeu de la licorne avec son autre amie, Lauren. Depuis lors, Jessica s'était occupée d'Adrienne. C'était exactement ce qu'aurait fait Agatha.

Néanmoins, si Jessica ressemblait incontestablement à sa mère, Conrad retrouvait en elle des traits, subtils, qui venaient de lui. Elle était facilement effrayée, par exemple, et la moindre critique la faisait pleurer. Petit garçon, Conrad était ainsi, et il espérait que Jessica n'aurait pas à trop s'endurcir, à enterrer ses peurs trop profondément, qu'elle n'aurait pas, enfin, et comme lui, à apprendre douloureusement à se prendre en charge. *Mais pourquoi en aurait-il été ainsi ? Sa mère à elle n'était pas alcoolique. Son père n'était pas un lâche. Aucune raison qu'elle ne soit pas parfaitement heureuse et adaptée.*

Or pour tendre et affectueuse qu'elle se montrât envers sa camarade exclue par les autres, Jessica n'en cherchait pas moins à se faire accepter par les filles les plus aimées de sa classe.

Certaines l'avaient rejetée en raison de son amitié avec des filles comme Adrienne, mais Jessica avait continué de les inviter à ses petites fêtes. Dans cette attitude, Conrad retrouvait sa propre ambition, tranquille, silencieuse et opiniâtre.

— Uuuuun, deeeeeux, trooooois…

Elle continuait de faire avancer son pion sur le tableau. Elle avait la tête penchée en avant, la natte rejetée par-dessus l'épaule.

Conrad sourit. Il n'éprouvait plus aucune impatience. Elle se concentrait tellement sur le jeu ! Le simple fait de compter jusqu'à cinq lui demandait beaucoup d'efforts.

Il se pencha et lui caressa doucement le bout du nez.

— Honk ! dit-il.

— Arrête, papa, j'me suis trompée.

— Tu sais quoi ?

— Oui, dit-elle en levant les yeux au ciel. Tu m'adores. C'est ça ? Conrad se mit à rire.

— Tu as raison. Mais comment le sais-tu ?

— Tu dis toujours ça.

— Excuse-moi, je ne te le dirai plus jamais.

— Ah non ! Il faut que tu le dises encore. Tu es mon papa !

— Ah oui, c'est vrai, j'avais oublié.

L'enfant poussa un soupir de lassitude.

— J'crois qu'y va falloir que je recommence à compter. Où j'en étais ?

Il lui montra la case et elle se remit à compter. Son pion se trouvait tout près de l'arrivée.

— Oh non ! s'écria-t-elle.

Conrad s'aperçut que le pion de Jessica était arrivé sur une case retour. Elle recula encore de quelques cases.

Le sourire de Conrad disparut. Ce jeu ne finirait jamais.

En fait, il se termina à 20 h 30. Sa jambe le faisant moins souffrir, Conrad porta sa fille dans ses bras jusqu'à sa chambre et la déposa dans son lit. Il l'embrassa sur le front et prononça les paroles rituelles : « Cauchemars, sortez tous des placards ! Vous n'embêtez pas Jessica ! » Puis Agatha vint lui chanter sa berceuse, et Nathan, sa tâche accomplie, put quitter la chambre.

Il gagna le salon, une pièce toute en longueur qu'Agatha avait divisée en trois parties. Dans la première, près de la porte, se trouvait un espace de travail, avec un bureau qu'Agatha utilisait pendant la journée et Nathan pendant la nuit. La partie du milieu servait de salle de jeu, avec, pour les repas, une table pliante poussée contre un mur. La troisième partie de la pièce, du côté des baies vitrées et du balcon, servait de salon : deux gros fauteuils marron et un long canapé de même couleur entouraient une table ronde en marbre, posée sur un tapis persan.

Conrad prit son verre d'eau gazeuse et gagna le salon. Il s'installa dans l'un des fauteuils et se tourna de façon à pouvoir observer l'immeuble d'en face, avec ses fenêtres illuminées. Une femme dans sa cuisine. Un homme en sous-vêtements, qui buvait une bière en regardant la télévision. Une vieille femme aux cheveux argentés, vêtue d'un tablier, qui travaillait de l'argile sur une table.

Et puis, juste en face de lui, une fenêtre sombre. C'était là que la vieille dame avait été assassinée, quelques semaines auparavant. Il contemplait cette fenêtre d'un air absent, en écoutant Agatha chanter sa berceuse.

— Chut, petit enfant, ne dis plus un mot, maman va t'acheter un oiseau moqueur...

Jessica commençait peut-être à être un peu trop grande pour cette berceuse-là, songea-t-il. Mais ça faisait partie du rituel du coucher, et il était difficile de le changer. D'ailleurs, Conrad lui-même en éprouvait une sorte d'apaisement.

Il revit sa fille en train de compter et sourit. Il se sentait mieux. Il n'avait plus mal ni à la tête ni à la jambe. Rien de tel qu'une bonne partie de jeu de l'oie pour apaiser les tensions de la journée !

Il ne s'était pas aperçu qu'Agatha avait cessé de chanter et fut un peu surpris en apercevant son reflet dans la vitre. Elle se tenait derrière lui et lui mit les mains sur les épaules. Il posa une main sur la sienne.

— Elle dort ? demanda-t-il.

— A poings fermés. Après l'école, je l'ai emmenée, avec Lauren, au parc de jeu de Waterside. Elle est épuisée. Je ne sais pas comment elle a fait pour rester éveillée jusqu'à ton arrivée.

Il sourit à nouveau, puis porta la main de sa femme à ses lèvres.

Agatha s'assit sur le dossier du fauteuil et lui embrassa le sommet du crâne. Ses cheveux acajou vinrent balayer sa calvitie, et Conrad fut enveloppé de son parfum. Il ferma les yeux et respira profondément.

— Alors, docteur, quoi de neuf ? lui demanda-t-elle doucement.

— Mmm?

— Tu m'as l'air bien déprimé. Ça se voit tout de suite. Que se passe-t-il?

— Non, non, dit-il en renversant la tête en arrière de façon à pouvoir la regarder. C'est un jeudi, c'est tout. J'ai rassemblé trop de cas difficiles le jeudi. Je finis par attraper le blues du jeudi.

— Ah, je vois. Et c'est très différent du blues du mercredi, celui que tu avais hier?

— Euh… le blues du mercredi, c'est une sorte de bleu lavande, avec une nuance d'aigue-marine. Le jeudi, c'est plutôt le genre bleu nuit, avec des taches d'azur.

Agatha se mit à rire.

— Ah! là, là! docteur, vous êtes en train de vous moquer de votre fidèle compagne.

— Non, non, pas du tout, dit-il en détournant le regard. C'est vrai, c'est le blues du jeudi.

D'un air distrait, Agatha lissa les dernières mèches de cheveux qui ornaient encore le sommet du crâne de son mari.

— Ces derniers temps, dit-elle, tous les jours ont ressemblé à des jeudis.

— C'est pas ce que je t'avais promis quand on s'est mariés? Que tous les jours seraient des jeudis?

— Non, tu m'avais promis que ce serait tous les jours les vacances.

— Ah bon…

— Nathan, j'aime pas du tout quand tu joues ce jeu-là, dit-elle en lui prenant le lobe de l'oreille entre le pouce et l'index.

— Quel jeu?

— Le genre, je-suis-le-psychiatre-et-je-n'ai-aucun-problème. Le genre, je-m'occupe-de-tout-le-monde-mais-personne-ne-doit-s'occu-per-de-moi. Je déteste ça. Et si tu ne me dis pas tout de suite ce qui te tracasse, je vais te serrer le lobe jusqu'à t'arracher l'oreille.

— Ah, ces jeux cruels de l'amour! Ça me donne des frissons. Aïe!

— Parle. Raconte-moi ce qui te tracasse.

— Bon. D'abord, j'ai mal à l'oreille.

— Difficile de rester psy quand on est sourd. Parle!

— D'accord, d'accord.

Conrad écarta la main de sa femme de son oreille puis, avec un grognement, s'approcha des baies vitrées. Dans la vitre, il vit

Agatha se glisser à sa place dans le fauteuil. Son vieux chandail noir lui remonta au-dessus du nombril. Elle le remit en place. Conrad, lui, regardait une fenêtre de l'autre côté de la cour : la vieille femme qui travaillait l'argile.

— Je ne peux pas les aider, dit-il avec plus de hargne qu'il ne l'aurait voulu. Je ne peux pas les aider. Voilà. Et maintenant, on peut dîner ?

— Tes patients ? Tu ne peux pas aider tes patients ?

Il se tourna vers elle.

— Ce genre de conversation m'ennuie à mourir, Agatha. Ça ne veut...

— Je sais, je sais, approuva Agatha en levant la main. Tais-toi et parle.

Avec un haussement d'épaules, il se retourna vers la fenêtre.

— Oui... mes patients. Je ne peux pas les aider. C'est le genre de patients que personne ne peut aider. Il semble que je suis devenu expert en névroses traumatiques. Je ne reçois jamais de ces patients qui viennent te dire : « Docteur, vous savez, je mène une vie merveilleuse, alors pourquoi est-ce que je me sens si mal ? » Tu sais, de ces patients qui parlent pendant cinq ans, et qui terminent en te serrant la main, des larmes dans les yeux, et t'avouent : « Merci, docteur, vous avez changé ma vie. » Personne ne m'envoie ce genre de patients. Je reçois des gens comme Job. Si Job était encore de ce monde, c'est moi qui serais son psychiatre.

Agatha sourit.

— Si j'étais un psy, je dirais que si tu soignes les névroses traumatiques, c'est probablement ça que tu veux.

Il hocha la tête sans se retourner.

— Mouais. C'est ça que je veux. Je suis bon là-dedans, c'est mon domaine. Les gens qui viennent me voir ont perdu leur enfant, ils ont la nuque brisée ou quelque chose comme ça... Ils me parlent et ils apprennent à revivre.

— Ça me paraît bien, docteur.

— Et alors ? A quoi ça sert ? Leurs enfants sont toujours morts et leur nuque toujours brisée.

Il fut reconnaissant à Agatha de ne pas se moquer de lui. Elle se leva, l'enlaça par-derrière et posa la tête contre son dos.

— Il faut vraiment que je te rappelle que tu ne peux pas changer le monde ? Ta mère est morte, tu ne peux plus la sauver, et tu ne peux pas sauver le monde non plus.

— Je t'en prie, dit-il sans méchanceté. J'ai fait dix ans d'analyse, je comprends tout ça.

Il l'amena entre ses bras et posa sa joue contre la sienne.

— En fait, je ne comprends rien du tout.

Elle l'embrassa avec douceur.

— J'ai l'impression que tu regrettes le temps où tu regardais le soleil.

Non, il ne regrettait pas cette époque. A ce moment-là, ils étaient tous les deux étudiants, Nathan à Berkeley et Agatha à l'université d'État de San Francisco. Ils partageaient une chambre sur Telegraph Avenue. Nathan portait les cheveux longs, sous les épaules, et une barbe blonde qui le faisait ressembler à la fois à Jésus-Christ et à Charles Manson. Il mettait parfois des tee-shirts teints et noués, ses jeans étaient délavés jusqu'au blanc, et il passait la plus grande partie de son temps à étudier les religions d'Extrême-Orient. Agatha le qualifiait de prézen. L'après-midi, quand il faisait très chaud, il avait pris l'habitude de se rendre au sommet de Seminary Hill, au nord du campus. Il s'installait sur les rochers surplombant la baie de San Francisco et prenait la position de demi-lotus. Puis il observait la boule rouge du soleil incendier d'orange les eaux de l'océan et rosir les nuages. Il méditait, comptait ses respirations, respirait le plus lentement possible en expulsant l'air par la pression de l'abdomen, amenant son esprit vers un état de sombre réceptivité. Ni opinions ni interprétations. Les associations devaient se faire d'elles-mêmes. *La voie du tao est simple. Il suffit d'abandonner toutes ses opinions.*

Il pensait s'être élevé à de nouveaux niveaux de conscience. Jusqu'à la mort de sa mère, jusqu'au jour où il avait failli se rendre aveugle, il ne s'était pas rendu compte qu'il était tout simplement en train de déjanter.

— Au moins, à l'époque, je croyais savoir quelque chose, dit-il.

De ses deux mains, il enserra le visage d'Agatha et plongea les yeux dans ses yeux bleus.

— Ces gens... mes patients. Leurs enfants morts ; leurs mutilations. C'est... c'est terrible, Aggie. C'est l'horreur absolue. Et on peut appeler qui on veut à la rescousse, Dieu, les lumières, la catharsis, ou même la politique, tout ce que tu voudras, mais au bout du compte ça te mine, il n'y a pas d'explications à ça, on ne peut pas s'en arranger ni s'en sortir. Les enfants meurent, les gens sont meurtris et ça mine. Et quand ils viennent me dire : « Merci, docteur, maintenant je peux vivre avec », eh bien ! je me sens coupable ! J'ai l'impression que je leur ai fait accepter l'inacceptable. Mais enfin, comment est-ce qu'ils peuvent vivre avec ça ? Comment est-ce qu'ils font pour affronter ça ?

— Comment ils peuvent, eux ? demanda Agatha en souriant.

Conrad ferma les yeux et laissa échapper un soupir.

— Oui, comment est-ce qu'ils font ? Et moi... comment est-ce que je fais ?

Ils demeurèrent silencieux pendant un moment. Puis Agatha déposa un doux baiser sur ses lèvres et posa la main sur sa nuque.

— C'est une question très importante, lui dit-elle. Viens plutôt t'occuper de moi.

Conrad ferma la porte d'entrée pour la nuit : le verrou, la serrure et la chaîne. Puis il attendit Agatha dans la chambre, face à la fenêtre.

La chambre n'était pas aussi profonde que le salon. Agatha n'avait réussi à la séparer qu'en deux. Dans la première partie, près de la porte, elle avait installé sa table à dessin et son tabouret. Éparpillés sur la table, accrochés au mur ou étalés par terre, ses dessins, ses peintures, ses esquisses. Il y avait là une maquette de couverture pour *Sam's Kite*, des illustrations à l'aquarelle pour *A Day with Santa*, des esquisses au crayon pour *Count the Bunnies* et différents dessins à peine ébauchés.

Dans l'autre partie de la pièce se trouvaient le lit, une télévision et un fauteuil. Et les baies vitrées qui occupaient toute la largeur de la paroi. Conrad se tenait face aux fenêtres et regardait dehors. On n'apercevait plus rien dans l'immeuble d'en face. Il songeait aux mots qu'il avait prononcés.

Comment peuvent-ils vivre avec quelque chose d'aussi horrible, comment font-ils ? Comment les choses peuvent-elles encore avoir du sens après ça ?

Il se faisait l'effet d'un vieux con qui fait sa crise de la quarantaine. Bientôt, on le retrouverait dans un motel du New Jersey, en train de danser avec une gamine de seize ans, et il aurait un abat-jour sur la tête. Mais d'abord, pourquoi est-ce qu'elle lui avait parlé de cette façon ? Il ne détestait rien tant que de s'entendre se plaindre de...

Quelque chose attira son regard. Une lumière dans un appartement en face. Derrière l'une de ces fenêtres obscures. Ce n'était pas une lumière électrique, ça ressemblait plus à une flamme, à une allumette. L'espace d'une seconde. Une lueur orange. Et elle avait disparu rapidement, comme si quelqu'un avait soufflé la flamme ou mis sa main devant pour la dissimuler.

La porte de la salle de bains s'ouvrit derrière lui. Conrad jeta un coup d'œil par-dessus son épaule. Agatha avait fait son apparition, vêtue de son peignoir blanc en éponge. Il était trop grand pour elle et lui remontait autour des oreilles comme une collerette. Ses yeux bleus pétillaient de malice.

— Dis-moi, demanda-t-il, ce n'est pas l'appartement où cette vieille dame a été assassinée ?

— Lequel ?

Agatha, qui adorait les potins, fut immédiatement attentive. Elle s'approcha de son mari qui lui montrait une fenêtre sombre, de l'autre côté de la cour.

— Oui, c'est celui-là. C'est l'appartement de Lucia Sinclair ou, plutôt, « L'appartement de la mort sur Park Avenue », comme l'écrivait notre journal favori. Pourquoi me demandes-tu ça ?

— Quelqu'un y a emménagé de nouveau ?

— Pas que je sache. Et je l'aurais su.

— Hum, dit Conrad. Je crois que j'ai vu quelqu'un gratter une allumette.

Agatha secoua la tête.

— Le meurtre a eu lieu il n'y a même pas trois semaines. Je ne pense pas que la police autoriserait qu'il soit reloué aussi vite. (Elle fronça le nez.) De toute façon, j'imagine mal que quelqu'un veuille le louer aussi peu de temps après ce qui s'est passé. Tu te souviens de ce que racontaient les journaux : ils avaient maintenu cette pauvre femme en vie pendant qu'ils...

En riant, Conrad se retourna et l'arrêta d'un geste de la main.

— Je n'aurais pas dû t'en parler. (Il se toucha la tempe de l'index.) Mon œil me préoccupait aujourd'hui. C'était probablement un simple scintillement dans l'obscurité.

— Entendu, concéda Agatha, puisque les nouvelles locales ne t'intéressent pas...

D'un geste gracieux, elle se débarrassa de son peignoir qui glissa à ses pieds. Le regard de Conrad parcourut lentement ce corps qui s'offrait à lui.

— Oublie tout ça, dit-elle doucement, et ferme les rideaux.

Elle quitta d'un pas le peignoir enroulé autour de ses chevilles.

— On ne sait jamais qui peut regarder, chuchota-t-elle.

LA FEMME SUR LA CHAISE

L'hôpital psychiatrique municipal Impellitteri se trouvait à quelques pâtés de maisons de Queens Boulevard, non loin de la prison du comté. Éclairé par de petits lampadaires, il ressemblait à un énorme cube gris flottant dans l'obscurité. La pluie tombait sur les lampadaires, et les ombres de ce rideau d'averse jouaient sur la surface en pierre du bâtiment. En pénétrant sur le parking, Conrad eut l'impression que l'immeuble tanguait et dérivait sous les paquets d'eau.

Il avait annoncé à Jerry Sachs qu'il serait là à 19 h 30, ce vendredi soir. Il était 19 h 30 tapantes lorsqu'il gara sa Corsica — une belle berline bleu métallisé — devant l'entrée principale, sur l'un des emplacements « Réservé aux médecins ». Lorsqu'il eut coupé le contact, le bruit de la pluie redoubla sur le toit de la voiture.

Il aurait aimé être chez lui et jouer au jeu de l'oie.

Il prit sa mallette sur le plancher de la voiture, la posa sur ses genoux, l'ouvrit et en sortit un petit enregistreur Sony. Il appuya sur le bouton rouge et approcha de sa bouche l'appareil à microphone incorporé.

— Vendredi 12 octobre. Première séance avec Elizabeth Burrows.

Il fit revenir la bande en arrière, s'écouta, « ... séance avec Elizabeth Burrows », puis glissa l'enregistreur dans la poche intérieure de sa veste. Dehors, la pluie giflait la façade de l'hôpital.

Elle a tué un homme, Nathan. Elle l'a égorgé. Elle l'a coupé en morceaux, ce malheureux...

Conrad laissa échapper un long soupir. « Eh bien ! », s'exclama-t-il à haute voix.

Il prit sa mallette, ouvrit la portière et courut sous la pluie jusqu'aux marches de l'hôpital.

— J'ai bien peur que ça ne soit pas le genre de tes matrones bon chic bon genre de l'Upper West Side, dit Sachs. Elle est allée d'institution en institution depuis l'âge de dix ans. Et aussi bien dans ces centres qu'à l'extérieur, elle a été mêlée à des affaires de violence. D'après son dossier au Centre pour enfants de Manhattan, elle a un jour ouvert le visage d'un enfant avec un couteau de cuisine. Et d'après le procureur, elle a été arrêtée deux fois par la police pour coups et blessures. Cette fois-ci, il va falloir te salir les mains, Nate.

Sachs se renversa dans son fauteuil et son visage se fendit d'un large sourire rose. C'était un homme de haute taille, qui faisait bien trente centimètres de plus que Conrad. Son visage était large et gras. Ses épaules et sa bedaine tendaient l'étoffe de sa chemise blanche. Au moindre mouvement, il respirait fortement et se trempait de sueur. Des auréoles de transpiration tachaient sa chemise aux aisselles, et son crâne chauve et rose luisait. Il avait relevé ses grosses lunettes noires au-dessus de ses sourcils, et Conrad n'attendait qu'une chose : qu'elles lui glissent sur le nez.

Sachs éclata d'un rire sinistre.

— Une fois, dit-il, elle a transformé en charpie un marin hollandais. Je te le jure sur ma tête. Apparemment, elle se baladait du côté de Times Square, et le malheureux l'a abordée. (Il rit encore, d'une voix fêlée.) Elle lui a cassé les deux bras et lui a broyé un testicule. A l'époque, elle avait seize ans. Et elle est petite, tu le verras par toi-même. Il a fallu trois flics pour la maîtriser alors qu'elle s'acharnait encore sur le bonhomme. Quand elle a repris ses esprits, elle semblait surprise. Elle a dit que ce n'était pas elle qui avait fait ça. C'était son ami, son ami secret.

Conrad se pencha en avant. Le dossier en bois de sa chaise lui rentrait dans le dos.

— Son ami ? Tu veux dire, comme une autre personnalité ?

— Non, c'est plutôt comme une voix, une voix impérative qui lui ordonne de faire certaines choses, quoiqu'il semble qu'il y ait aussi une sorte de composante visuelle. En tout cas, ça la met dans tous ses états. Elle devient complètement sauvage, elle acquiert une force extraordinaire. Elle est capable de faire des trucs vraiment durs, d'une violence sauvage. C'est apparemment ce qui est

50

arrivé avec l'autre malheureux bonhomme, celui qu'elle a découpé en morceaux. Elle a déclaré que pour lui aussi c'était son « ami secret » qui était responsable. (Il se mit à pouffer.) Je te l'avais dit, Nate, tu vas regretter de ne pas être resté sur Park Avenue.

Conrad sourit.

— Je le regrette déjà, Jerry, crois-moi.

Il changea de position sur sa chaise ; il souffrait le martyre. Par ailleurs, le bureau de Sachs avait l'air confortable. L'espace était vaste, les murs orange et le sol recouvert d'un linoléum brun. A la gauche de Conrad, contre le mur, un canapé brun. Dans un coin, un petit réfrigérateur, et à côté un joli portemanteau où était suspendu l'imperméable de Conrad, dégouttant d'eau. Et bien sûr, derrière le vaste bureau de Sachs et devant la large baie vitrée donnant sur le parking, son énorme fauteuil en cuir. Le dossier en était si haut que l'appuie-tête surplombait comme un vautour le crâne luisant du directeur. Tout cela respirait le confort.

Mais la chaise qui se trouvait devant le bureau – la chaise de Conrad – était en bois. Petite, le dossier arrondi, dure. Sur l'assise, un petit creux était ménagé, censé peut-être rendre plus confortable la surface du bois. Conrad, lui, avait l'impression d'être assis sur une fourmilière. Aucune position n'était agréable.

— Ce malheureux bonhomme, dit-il en réprimant une grimace de souffrance, alors c'est ça l'affaire actuelle.

— Oui. C'est une situation un peu semblable à celle du marin. Ce type, ce... (Sachs fouilla dans un dossier) ce Robert Rostoff. Apparemment, il a réussi à convaincre Elizabeth de l'amener dans son appartement à elle. Mais quand il a commencé à se montrer tendre : couic ! (Sachs tira un mouchoir de sa poche et se moucha trois fois.) Elle l'a vraiment découpé en morceaux. Elle lui a arraché un œil et lui a coupé la bite. Pas eu de pot, ce pauvre Rostoff.

Conrad tenta de trouver un endroit moins hostile sur sa chaise. Il ne pourrait supporter longtemps un tel supplice.

— Elle n'avait pas pris de drogue ? demanda-t-il.

— D'après les analyses, non.

— Elle prenait autre chose, des médicaments ?

Sachs jeta un nouveau coup d'œil à ses papiers.

— Oui, de l'Haldol. Mais seulement dix milligrammes, en deux prises. Cela faisait deux ans qu'elle en prenait, sans être hospitalisée. J'ai fait tripler la dose.

Conrad acquiesça.

— Ce qui est troublant, reprit Sachs, c'est qu'elle semblait en rémission. Elle vivait de façon indépendante, elle voyait son psy, et elle avait un petit boulot dans un de ces centres de jour alternatifs, ou une connerie comme ça, dans le Village. Tout semblait baigner, tu vois ce que je veux dire ? Et puis brusquement, v'là le Rostoff qui passe de vie à trépas.

Une quinte de toux s'empara de lui, et ses lunettes finirent par lui glisser du front et par atterrir sur son nez dans une petite éclaboussure de sueur.

— Apparemment, reprit-il, elle prenait encore ses médicaments au moment des faits.

— Elle a simplement piqué une crise ? Elle a eu des réactions ? Dystonie ? Convulsions ? Quelque chose ?

Sachs secoua la tête.

— Non. Cela dit, je n'ai pas eu beaucoup le loisir de l'interroger avant qu'elle se rue sur moi.

— Et maintenant, elle est catatonique. Est-ce qu'elle mange ? Est-ce qu'elle dort ? Est-ce qu'elle se lève pour aller aux toilettes ?

— On peut la nourrir par voie orale. Elle s'est endormie. Elle n'est pas allée à la salle de bains et n'a pas eu de selles. Elle a uriné sur sa chaise. Mais on l'a lavée : on ne voulait pas que ce soit trop dur pour toi.

Il s'efforça de rire, mais son gloussement s'étrangla dans sa gorge. Il dégoulinait de sueur.

— Tu continues à lui administrer des médicaments ? demanda Conrad.

— Oui, par injections.

Sachs laissa alors tomber ses mains sur ses cuisses avec un grand bruit. Il arborait toujours son large sourire mais semblait tendu. Un filet de sueur coulait le long de sa joue jusque dans son cou.

— Le problème, dit Sachs, c'est qu'elle ne parle plus. Et pourtant, Nate, je peux t'assurer qu'elle était de bonne volonté. Elle avait eu une bonne expérience avec son dernier médecin, le type qui l'a fait sortir de l'hôpital psychiatrique de Manhattan, qui a réussi à la stabiliser. Elle se montrait aimable, disposée à parler. Et puis brusquement, plus un mot. (D'un revers de main, il essuya la sueur qui perlait à ses lèvres.) Alors, qu'est-ce que t'en penses, Nate ?

Pendant un long moment, Conrad ne put qu'observer son interlocuteur. La tête d'œuf, le crâne luisant, le regard presque traqué derrière les verres épais. *Ce ne devait pas être facile, se dit-il, d'avoir sans cesse sur le dos le maire du quartier de Queens. De n'avoir que trente jours pour présenter un rapport alors que le sujet est devenu mutique.*

Conrad ramassa sa mallette posée sur le sol.

— Allons la voir.

Il aurait fait n'importe quoi pour quitter cette chaise.

Un ascenseur les conduisit au quatrième étage : le service de détention hospitalière pour les femmes. Une gardienne de l'administration pénitentiaire était assise à un bureau métallique, devant les doubles portes donnant accès au service. Cette femme était noire et obèse, et elle jeta un regard méfiant sur la carte épinglée au revers du veston de Sachs. Elle opina du chef et Sachs ouvrit les portes avec une grosse clé.

Conrad le suivit.

Un couloir long et étroit, semblable à une caverne, des néons qui jetaient sur le haut plafond une lueur morte, tantôt rougeâtre et tantôt grise. Au fur et à mesure que les deux médecins s'avançaient, l'extrémité du couloir semblait s'évanouir dans l'obscurité.

C'était l'heure du dîner. En passant devant la cafétéria, Conrad aperçut des femmes qui prenaient leur repas. Une dizaine de Noires, penchées sur leurs plateaux en plastique. Des femmes sans formes, vêtues de vieilles nippes fournies par la municipalité. La mâchoire pendante, elles mâchonnaient des pommes de terre et du pain, sans prendre la peine d'ôter les miettes qui leur tombaient sur le menton.

Dans le couloir, tout était calme. Seules des aides-soignantes circulaient dans les deux sens, et elles se déplaçaient en silence. Elles étaient noires, ces silhouettes grises, et elles émergeaient une à une de l'obscurité, saluaient Sachs d'un signe de tête, sans une parole, sans un sourire. Plusieurs fois, Conrad jeta un regard par-dessus son épaule pour les voir disparaître dans la pénombre.

Finalement, Sachs s'immobilisa devant une porte frappée du chiffre 3, une épaisse porte en bois avec une vitre verticale armée d'un treillis métallique. Sachs lança un coup d'œil à

Conrad, gloussa, hocha la tête. Conrad comprit alors qu'il se voulait rassurant.

Sachs ouvrit la porte et pénétra le premier dans la pièce. Lorsque Conrad y entra à son tour, Sachs se tenait au milieu.

La pièce était petite et ressemblait plutôt à une cellule, avec sa faible lumière et son unique éclairage au plafond. Un lit métallique était poussé contre le mur, sur la gauche. En face, une table en plastique avec une petite bassine posée dessus. *Une alcôve était ménagée dans un des coins, probablement pour des toilettes,* se dit Conrad. A gauche de l'alcôve, le mur était percé par une fenêtre à double fermeture protégée par une lourde grille.

Devant la fenêtre, une jeune femme était assise sur une chaise.

En la voyant, Conrad s'immobilisa. Sidéré.

Sachs tendit la main vers elle, comme un majordome faisant les présentations.

— Elizabeth Burrows, dit-il d'un ton grave.

Nathan ne prononça pas un mot.

Mon Dieu, songeait-il. *Regarde-la.*

VOUS NE VOULEZ PAS ME TOUCHER ?

Elle avait un visage d'ange, un visage de madone. Ses cheveux d'un blond vénitien, raides et soyeux, lui tombaient en dessous des épaules, soulignant ses pommettes saillantes, ses hauts sourcils, et un teint d'albâtre pourtant lumineux. Ses grands yeux verts et limpides fixaient le néant.

Elle semblait détendue sur sa chaise en bois, mais se tenait très droite, la tête levée, regardant devant elle. Elle portait un pantalon brun en velours côtelé et une chemise d'homme à manches courtes. Mais même ces vêtements fournis par la municipalité ne parvenaient pas à enlaidir cette mince silhouette gracieuse, et l'infecte nourriture de l'hôpital ne l'avait pas encore fait grossir. Ses bras nus étaient très blancs. Ses mains reposaient croisées sur ses genoux.

Lentement, Conrad laissa filer l'air de ses poumons. Il se redressa et se força à parler.

— Bonjour, Elizabeth, je suis heureux de faire votre connaissance.

Elle ne dit rien. Ne fit pas un geste. Regardait droit devant elle. Conrad fronça les sourcils.

Trois ans auparavant, on lui avait demandé de participer à une étude à la Columbia Presbyterian. On essayait une nouvelle approche face aux réactions de retrait, thérapie mise au point par lui-même et un autre médecin, Mark Bernstein. L'idée était de s'appuyer moins sur les médicaments et plus sur la relation avec le thérapeute. Utilisant à la fois les médicaments et des techniques relationnelles actives, voire radicales, Conrad réussit rapidement à modifier le rapport de plusieurs patients avec la réalité. Dans un ou deux cas, il obtint même d'importantes rémissions.

Au cours de son étude, Conrad avait travaillé avec plus d'une dizaine de patients complètement repliés sur eux-mêmes ou catatoniques. Il avait vu un homme de quarante-deux ans replié en position fœtale. Il avait vu une jeune fille qui demeurait immobile, les bras écartés, une jambe levée, comme une ballerine prête à être enlevée dans les airs. Il avait vu des patients qui vibraient comme des cordes pincées et d'autres qui regardaient droit devant eux en bavant, sans bouger. Il y avait une femme, Jane, victime d'un viol au cours de son enfance, qui allait et venait en disant : « Non », d'un ton très ferme, toutes les trois secondes exactement.

Mais Conrad n'avait jamais vu personne comme Elizabeth Burrows.

Ce n'était pas seulement sa beauté. C'était son attitude, son apparente sérénité. Ses bras nus étaient souples et détendus, ses mains reposaient si paisiblement sur ses genoux. Le regard était distant, mais ses yeux semblaient plonger au plus profond d'elle-même. Conrad eut brièvement l'impression qu'il pouvait la voir dans ces yeux, encore vive et éveillée.

Il se tourna vers Sachs et se força à sourire.

— Tu veux bien nous laisser seuls, Elizabeth et moi, pour que nous puissions faire connaissance ?

Sachs hésita une seconde. Visiblement il lui en coûtait, mais il n'avait pas le choix. Lui aussi se força à sourire.

— N'hésite pas à m'appeler si tu as besoin d'aide ou...

Il glissa la clé dans la main de Conrad et sortit en refermant la porte derrière lui.

Toujours souriant, Conrad se retourna vers Elizabeth.

— Je vais allumer un magnétophone, dit-il en sortant le petit appareil de sa poche.

Il appuya sur une touche et le déposa sur la table, à côté de la bassine. Puis, en deux pas, il traversa la pièce, posa sa mallette sur le lit et l'ouvrit. Au cours de toutes ces opérations il ne regarda pas Elizabeth, mais il lui sembla qu'elle le suivait des yeux.

De sa mallette il sortit un stylo. Lorsqu'il se retourna, elle était toujours assise tranquillement, le regard perdu devant elle.

Conrad s'avança jusqu'à elle.

— Excusez-moi.

Il se pencha et rapidement, mais avec douceur, lui releva la paupière avec le pouce, puis alluma brièvement une petite lampe de poche. Il répéta l'opération avec l'autre œil. Frappée par la lumière, la pupille se contractait. Entre ses doigts, le battement de paupière était également normal.

Il glissa la lampe dans sa poche et lui prit le poignet droit. La peau blanche était chaude. Le pouls régulier. Il leva le bras de la jeune fille à hauteur de l'épaule, et le laissa tomber en surveillant sa réaction sur son visage.

La main de la jeune fille retomba un peu, puis demeura suspendue en l'air. Ses lèvres pâles se contractèrent. Puis la main s'abaissa lentement jusqu'aux genoux. Elle posa dessus son autre main et se remit à regarder devant elle, imperturbable.

A l'autre extrémité du lit se trouvait une seconde chaise en bois. Conrad alla la chercher et s'assit à califourchon face à elle, le dossier devant lui. En souriant, il se pencha vers elle.

— En fait, il aurait dû rester en l'air. Je veux parler de votre bras. Les vrais catatoniques présentent ce qu'on appelle une flexibilité plastique des membres. Ils demeurent dans la position où on les met.

C'était risqué, il le savait. Il pouvait se tromper. Et même s'il avait raison, il pouvait déclencher une réaction violente. C'était une fille petite, presque frêle, comme Sachs l'avait décrite. Mais si son « ami secret » faisait irruption, nul doute qu'elle pût l'envoyer à l'hôpital, sinon à la morgue.

Mais au début, elle ne réagit pas. Entre eux deux, les mots pesaient dans le silence.

Puis, lentement, Elizabeth tourna la tête dans sa direction. Tandis que les yeux d'un vert profond se posaient sur lui, Conrad sentit son cœur cogner dans sa poitrine et le sang battre à ses oreilles. Le doux visage encadré par les cheveux longs sembla s'animer. Un soupçon de rose commença de colorer la blancheur de la peau. Elle lui faisait l'effet d'un mannequin de grand magasin qui s'éveillerait lentement à la vie.

Elle leva la main, déboutonna sa chemise et lui donna à voir ses seins nus.

— Vous pouvez me toucher, murmura-t-elle, si ensuite vous me laissez seule.

— Euh...

Malgré lui, Conrad parcourut du regard la peau blanche et tendre. Ses seins étaient petits mais de forme gracieuse, et s'il ne s'en était défendu, leur pointe rose lui aurait coupé le souffle.

Il la regarda dans les yeux.

— Je vous en prie, Elizabeth, reboutonnez votre chemise.

Elle eut l'air stupéfait.

— Vous... vous ne voulez vraiment pas me toucher?

Je t'en supplie, songea Conrad, *ne pose pas une question pareille.*

— Je veux vous aider, dit-il d'une voix calme. Et je ne crois pas que ce soit le meilleur moyen. S'il vous plaît, reboutonnez votre chemise.

L'air toujours aussi étonné, Elizabeth ramena sur sa poitrine les deux pans de sa chemise. Conrad détourna les yeux, de peur de laisser son regard s'attarder sur elle.

Le malheureux l'a abordée, et elle en a fait de la charpie. (Il lui semblait entendre encore le gros rire de Sachs.) *Et ce Robert Rostoff, quand il a commencé à se montrer tendre : couic ! Elle l'a découpé en morceaux.*

Et toi, Jerry, qu'est-ce que tu lui as fait? songea Conrad. *Qu'est-ce que tu lui as fait qui l'ait mise dans une telle rage?*

Vous ne voulez vraiment pas me toucher?

Lorsqu'il reporta à nouveau son regard sur elle, il fut soulagé de voir qu'elle avait reboutonné sa chemise. Ses mains de retour sur ses genoux. Elle fixait sur lui un regard circonspect, mais aussi curieux.

Conrad se pencha vers elle et lui parla avec prudence.

— Elizabeth... vous êtes accusée de meurtre. Vous le comprenez?

Elle ne répondit pas tout de suite. Puis elle secoua la tête.

— Je ne veux pas... Je ne veux pas vous parler.

Elle parlait de façon un peu automatique, comme on psalmodie. Cela la rendait distante, comme si elle commentait des événements qui ne la concernaient pas.

— Je ne veux pas vous parler. Vous pouvez être l'un d'entre eux.

Conrad acquiesça mais ne dit rien.

La fille se recula sur son siège, d'un air arrogant.

— Au début, ils font tous semblant d'être gentils. Parfois je m'y laisse prendre. Mais je sais ce qu'ils veulent vraiment. Je le sais.

Elle le regarda, le menton toujours levé. Elle souriait, sûre de la supériorité que lui donnait son secret.

— C'est bon, dit Conrad. Qu'est-ce qu'ils veulent?

Elle se pencha vers lui.

— Ils veulent sortir ma mère.

— Votre mère, fit Conrad en écho, avec un mouvement de tête encourageant.

— Oui. C'est ce que m'a dit Robert Rostoff.

— Robert Rostoff. C'est l'homme qui a été tué.

— Oui. Il me l'avait dit, il m'avait avertie. C'est ce qu'ils allaient faire.

— Et ça vous a rendue furieuse.

Elizabeth esquissa un geste d'acquiescement, mais s'interrompit.

— Oh non ! dit-elle prudemment. C'est pas moi. C'est pas moi qui étais furieuse. C'était l'ami secret. Il est devenu fou de rage. Il a fait quelque chose de mal, de très mal. C'est pour ça que je suis ici. Mais c'était pas moi. C'était l'ami secret.

Conrad attendit un moment, mais elle ne dit rien de plus. Elle regardait au-delà de lui en mâchonnant sa lèvre. Apparemment, elle essayait de se remémorer quelque chose.

Conrad l'encouragea.

— L'ami secret ne voulait pas qu'ils sortent votre mère.

— Oui. C'est ça. Oui.

— Et pourquoi, Elizabeth ?

— Hein ? (Son regard revint à lui.) Eh bien… parce que maintenant il y aurait des vers qui lui sortiraient des yeux. Des vers… et les os des doigts qui sortiraient de la chair. (Elle fit la moue, frissonna.) Et sa chair serait comme des chiffons avec des os qui en sortiraient, et il y aurait ses yeux vides avec les vers dedans…

Conrad sentit un frisson glacé lui parcourir la nuque. Il jeta même un regard furtif en arrière pour s'assurer que personne ne le surveillait. Mais il n'y avait que la petite cellule faiblement éclairée. La porte en bois avec la fenêtre verticale. La bassine, dont l'ombre s'étendait sur la table en plastique. Le lit vide, aux draps tendus.

Il s'éclaircit la gorge et reporta le regard sur elle.

— Vous voulez dire que votre mère est morte.

— Oui. Oh oui ! Et s'ils la sortent, vous savez, son âme pourrait s'échapper. Et alors il ne resterait plus rien d'elle nulle part. (Elle secoua la tête d'un air triste et le regarda avec ferveur.) Tout le monde a une âme, vous savez. Tout le monde. Même moi. La mienne, je la sens parfois. Je ne voudrais pas qu'elle s'envole. Je la sens à l'intérieur de moi.

Elizabeth leva alors les mains et les posa sur ses épaules en croisant les bras sur sa poitrine. Conrad eut peur qu'elle ne se déshabillât à nouveau, mais elle n'en fit rien. Elle ferma les yeux, offrit son visage à la lumière comme s'il s'agissait du soleil, et se mit à se balancer doucement d'avant en arrière.

— Je la sens, maintenant. Je sens mon âme, murmura-t-elle. Elle est encore là. Moi, je suis encore là.

Conrad ne bougeait pas. Il l'observait, incapable de détacher ses yeux d'elle. Elle continuait de se balancer sous la lampe, serrant contre elle ses bras croisés. Puis l'expression de son visage se mit à changer. Les coins de la bouche s'abaissèrent, le menton se plissa, ses lèvres se mirent à trembler comme si elle était sur le point d'éclater en sanglots...

Soudain, avec un cri étouffé, elle ouvrit les yeux et le regarda. Conrad eut l'impression de recevoir un coup. Il se recula un peu sur sa chaise. Ces yeux de cristal vert s'étaient éclaircis jusqu'en leurs tréfonds. Et dans ses yeux il vit sa douleur. Une douleur nue et brûlante comme le feu.

— Mon Dieu ! murmura-t-elle. Je suis encore là.

Elle avança une main et saisit celle de Conrad.

— Mon Dieu ! mon Dieu ! s'écria-t-elle à voix basse. S'il vous plaît. S'il vous plaît, docteur. Je suis encore là.

LE CIMETIÈRE

Le soir, Conrad se rendit au cimetière. Un endroit exigu et délabré. Les vieux monuments et les croix celtiques se dressaient, ébréchés et de guingois, dans la lumière violette du crépuscule. Une brume glacée, rendue fétide par la ville, lançait ses vrilles entre les tombes.

L'endroit qu'il cherchait se trouvait au fond du cimetière, près du grillage métallique à moitié couché. On y voyait la statue d'une femme en pleurs, penchée vers la tombe, une main tendue. Conrad s'en approcha, au milieu du brouillard.

Arrivé près de la tombe, Conrad s'aperçut que le trou n'avait pas été rebouché. Il s'y attendait. Et pourtant, son estomac se noua. En se penchant, il aperçut le cercueil, une lourde boîte grise avec une croix gravée sur le couvercle. Puis il leva les yeux et pour la première fois remarqua quelque chose de curieux dans la statue. La femme éplorée souriait. Elle le regardait avec un sourire éclatant, un sourire fou. Un frisson parcourut l'échine de Conrad. Ses jambes semblaient ne plus pouvoir le soutenir.

C'est alors qu'un bruit lui parvint du cercueil en dessous.

Il voulut courir. Impossible. Il ne voulait pas regarder. Et pourtant il le fallait. Il baissa les yeux sur la tombe béante. Le bruit lui parvint à nouveau, un murmure distant, interrogateur. Conrad savait que le cercueil allait s'ouvrir, il avait déjà vu cela des dizaines de fois dans les films. Mais il ne pouvait toujours pas s'enfuir, ni même se retourner. Le couvercle se souleva lentement... Un gémissement lui échappa, il se mit à trembler.

Le cercueil s'ouvrit tout à fait et il la vit. Il étouffa un cri. Elle tendit vers lui deux bras de chair décomposée. Elle lui sourit et ses yeux s'ouvrirent comme des coquilles d'œufs, laissant échapper des araignées.

— Je suis encore là, Nathan, chuchota-t-elle. Tu ne veux pas me toucher ?

Avec un cri, Conrad s'assit dans son lit. Son cœur battait à tout rompre. Il haletait. Il lui fallut quelques instants avant de comprendre qu'il s'agissait d'un rêve. La forme du poste de télévision se découpa dans la pénombre. Les plis des rideaux, l'odeur de la pluie d'automne. Il vit sa femme sous les couvertures et posa la main sur sa hanche.

Puis il reposa la tête sur son oreiller trempé de sueur.

Le rêve ne le quitta pas de toute la matinée. Le rêve... et la fille. C'était un samedi ; c'était à lui d'accompagner Jessica à son cours de violon. Il l'aida à se préparer, discuta et plaisanta avec elle dans le bus qui les emmenait sur la 11e Rue, l'écouta jouer avec les autres enfants, mais pendant tout ce temps il ne cessait de penser à son rêve et à Elizabeth.

Conrad aimait bien accompagner sa fille à son cours de violon. Il aimait bien la vieille école de musique. Il aimait bien déambuler dans les couloirs et écouter la musique qui s'échappait des différentes classes. Les pianos hésitants, les violons grinçants. Il aimait aussi guigner dans la salle de danse les filles en justaucorps qui levaient la jambe à la barre. Tous ces enfants qui apprenaient la musique et la danse... cela le rendait à la fois heureux et mélancolique.

Lui-même n'avait jamais appris à jouer d'un instrument. Il entendait encore sa mère lui demander, alors qu'il avait environ dix ans : « Mais pourquoi n'apprends-tu pas à jouer d'un instrument, Nathan ? » Il la revoyait dans son fauteuil, dans le salon, devant la fenêtre. Le cerisier, dehors, lui faisait un écrin de rose et de blanc. Elle sirotait un verre de jus de pamplemousse (secrètement allongé de vodka) et lui disait en faisant la moue : « Mais pourquoi n'apprends-tu pas à jouer d'un instrument ? » Elle adoptait un ton particulier pour ce genre de conseils. Le même ton vaguement désespéré qu'elle utilisait pour dire : « Pourquoi ne pratiques-tu pas un sport, Nathan ? » Ou alors : « Pourquoi ne t'inscris-tu pas à un club, après l'école ? » Une petite voix faible, distante, qui ne l'aidait en rien.

Alors son père, assis sur le canapé, levait les yeux de son journal. « J'ai toujours pensé que si on ne fait pas les choses bien, autant ne pas les faire du tout. » Ce ton habituel de bon conseil, la voix de la sagesse. Le même ton qu'il employait parfois pour s'adresser à sa femme : « Évidemment, j'ai envie que tu arrêtes de boire, ma chérie. Simplement, je ne crois pas qu'il faille arrêter brusquement. Petit à petit, c'est ça le secret. » Un homme plein de bon sens, ce cher papa !

Mais la vérité, c'est que tous leurs encouragements n'y auraient rien changé. Sa mère aurait pu lui acheter un Stradivarius et lui donner sa bénédiction, son père aurait pu le prendre par les épaules et lui dire : « Vas-y, mon bonhomme, accroche-toi », il n'en aurait pas pour autant appris à jouer d'un instrument. Il n'aurait pas plus pratiqué de sport ni ne se serait inscrit à un club. Et il n'aurait rien fait de tout cela parce que cela l'aurait éloigné plus encore de chez lui. Sa mère serait restée plus seule encore. Seule avec ses bouteilles de vodka pas si secrètes que ça. N'était-ce pas pour ça, avant tout, qu'elle lui suggérait, sans grande conviction, il est vrai, toutes ces activités ? Pour se débarrasser de lui ? En tout cas, à l'époque, c'est ce qu'il pensait.

Cela dit, il aimait bien, aujourd'hui, se rendre dans cette école avec sa fille. Il était heureux pour elle, et aussi un peu jaloux. Il s'asseyait en tailleur sur le parquet de la salle de danse, une vaste pièce aux murs décorés de miroirs. Les enfants, avec leurs violons, se rassemblaient en cercle autour de la jeune femme souriante qui leur faisait cours. Ils jouaient « Twinkle Twinkle, Little Star », « Go Tell Aunt Rhody » et « Song of the Wind ». Conrad regardait sa fille et acquiesçait d'un air approbateur. Elle glissait un regard vers lui, et un petit sourire naissait sur ses lèvres en le voyant ainsi hocher la tête.

Mais aujourd'hui, son esprit était ailleurs. Il était encore dans son rêve et songeait à la fille. Il se rappelait encore la terreur qui s'était emparée de lui au bord de la tombe. Et il songea alors au petit frisson qui avait couru sur sa nuque lorsque Elizabeth Burrows avait décrit sa mère.

Il y aurait ses yeux vides, avec les vers dedans.

Un doute irrationnel. Le frisson qui naît de la rencontre avec la folie.

Lorsque Jessica coula un regard dans sa direction, il hocha la tête en souriant. Le groupe jouait « Oh, Come, Little Children ». C'était un des morceaux les plus difficiles pour les débutants. A certains moments, il y avait un double coup d'archet particulièrement compliqué. La semaine précédente, Jessica avait dû, avec quelques autres, s'asseoir pendant que les plus avancés continuaient à jouer. Mais toute la semaine, elle avait répété. A présent, alors que quelques enfants demeuraient encore assis, elle avait pris place au milieu de ceux qui jouaient. Il lui adressa un clin d'œil quand elle le regarda. Elle lui sourit et reporta toute son attention sur son violon.

Conrad continuait de la regarder, mais de façon plus détachée. Il songeait de nouveau à Elizabeth.

Ils veulent sortir ma mère. Ça a rendu furieux mon ami secret. Il a fait quelque chose de mal.

Conrad avait l'expérience de ce petit frisson qu'on éprouve quand on pénètre dans le monde d'un fou. On a l'impression de s'avancer sur un territoire inconnu, et, soudain, de s'enfoncer dans les sables mouvants...

Parce que maintenant il y aurait des vers qui lui sortiraient des yeux. Et les os des doigts qui sortiraient de la chair...

On se retrouve plongé dans une jungle souterraine, au milieu d'ombres menaçantes, de vampires chtoniens surgis des marécages, et qui tendent les bras vers vous...

Et sa chair serait comme des chiffons avec des os qui en sortiraient, et il y aurait ses yeux vides avec les vers dedans...

Et pourtant, ce monde, cette jungle, est fait des mêmes matériaux que notre monde. Il est aussi intériorisé. Sa logique n'est pas moins grande. La main qui le façonne est aussi autoritaire, aussi imprévisible et aussi inconnue. Et l'on frissonne, parce que l'ignorance dans laquelle on vit tous les jours pourrait être tout simplement la folie.

L'ami secret a fait quelque chose de mal. C'est pour ça que je suis là.

La chanson prit fin. Conrad reprit ses esprits à temps pour adresser à Jessica un signe d'encouragement, le pouce levé. Elle souriait, contente d'avoir réussi.

— Racontez-m'en plus, lui dit-il. Dites-m'en plus à propos de cet ami secret.

Il n'avait pas prévu de revoir Elizabeth avant mercredi. Mais M. Blum avait annulé sa séance de 16 h 30, arguant d'une de ces nombreuses maladies qui lui servaient à s'expliquer à lui-même pourquoi sa femme l'avait trahi, puis quitté. Il avait appelé le matin. Mû par une soudaine impulsion, Conrad avait téléphoné à son rendez-vous de 17 h 30, Mme Halliway, pour lui proposer un autre rendez-vous, le mardi à 19 heures. Et c'est presque avec surprise qu'il prit le volant, en route pour l'hôpital Impellitteri.

Elizabeth se trouvait dans le même état que le vendredi précédent. Elle portait les mêmes vêtements, était assise sur la chaise, près de la fenêtre, les mains sur les genoux, le regard perdu au loin. Sachs avait dit à Conrad qu'elle n'avait pas reparlé depuis sa dernière séance avec lui. Mais elle avait mangé toute seule et s'était levée pour aller aux toilettes. Cependant, elle était retournée immédiatement à sa chaise, et Sachs n'avait pas voulu courir le risque de l'exaspérer à nouveau. Il avait ordonné aux aides-soignantes de garder un œil sur elle mais, en dehors de cela, de la laisser seule si elle ne demandait rien. Conrad jugea la mesure extraordinairement subtile et intelligente pour un homme comme Sachs. Visiblement, cette canaille avait une envie folle de voir les choses aboutir.

Conrad, lui, n'en attendait pas grand-chose. Il était heureux que la patiente eût rompu son silence avec lui, mais s'attendait à des semaines de conflit paranoïde, de radotage décevant. Avec elle, il n'espérait guère dépasser ce stade-là.

Et pourtant, quand il pénétra dans la pièce, elle lui jeta un regard. Et bien qu'elle ne sourît pas à proprement parler, il lui sembla lire dans ses yeux comme un éclair de plaisir.

Il sortit son enregistreur de sa poche, appuya sur le bouton et le posa sur la table. Puis il plaça une chaise en face d'elle et s'assit dessus à califourchon, comme il l'avait fait la première fois.

— Comment allez-vous aujourd'hui, Elizabeth? demanda-t-il en souriant.

Elle le regarda à nouveau, puis détourna les yeux. Elle ne répondit pas.

— Vous avez de beaux cheveux, dit-il.

Il avait remarqué qu'elle les avait brossés. Les mèches raides, blond vénitien, étaient soyeuses et brillantes.

A nouveau, il sentit que son compliment lui avait fait plaisir. Mais elle ne parlait toujours pas.

Quelques secondes de silence. Puis :

— Vous ne voulez pas me parler, c'est ça?

Cette fois-ci, elle le regarda plus longuement.

Il y avait toujours la même circonspection dans ce regard, mais en même temps quelque chose d'un peu joueur.

— Vous pourriez être l'un d'entre eux, dit-elle doucement, presque en chuchotant. N'importe qui pourrait être l'un d'entre eux. Je n'en sais rien.

— C'est pour ça que vous n'avez rien dit de tout le week-end ?

Elle inclina doucement la tête.

— Le Dr Sachs, lui, il est l'un d'entre eux. Je le sais. Et les autres… Je n'en sais rien.

Elle s'interrompit, serra les lèvres comme pour s'empêcher de poursuivre.

— Lui, il le sait.

— Qui ça, lui ?

— Lui. Vous savez.

— Votre ami secret ?

Elle acquiesça.

— Et votre ami secret, qu'est-ce qu'il vous dit à propos de moi ? demanda Conrad.

Elle sourit, ses lèvres pâles se colorèrent de rose et ses joues blanches s'empourprèrent légèrement. Conrad en reçut comme un choc. Elizabeth baissa les yeux avec timidité.

— Vous ne m'avez pas touchée, dit-elle.

— C'est exact.

— Il ne vient pas quand vous êtes là. Vous ne le mettez pas en colère. Vous ne…

Elle leva les yeux vers lui, mais sa voix s'éteignit.

— Je ne fais pas quoi, Elizabeth ?

— Vous ne voulez pas sortir ma mère.

— C'est exact. Alors je ne suis pas l'un d'entre eux ?

— Non. Je ne… je ne crois pas.

Conrad hocha la tête pendant quelques instants. Essayant de gagner du temps, de voir jusqu'où il pouvait aller. Finalement, il se pencha vers elle.

— Dites-m'en plus. Dites-m'en plus à propos de votre ami secret.

Elle mit un long moment avant de répondre. Un très long moment. Elizabeth le considérait d'un air pensif. Conrad attendait, se demandant ce qu'elle allait dire. *Probablement poursuivrait-elle la joute avec lui. Ou alors garderait-elle le silence. Toujours souriante, elle garderait ses déceptions pour elle, les protégeant de lui comme si elles étaient ses enfants.*

Ou alors…

66

En la regardant, Conrad sentait sourdre en lui une petite poussée d'adrénaline. Sa demande allait peut-être la déstabiliser. Peut-être convoquerait-elle l'ami secret en personne.

L'espace d'un instant, il l'imagina bondissant sur lui, les babines retroussées, les griffes en avant, visant la gorge. Il se força à respirer profondément.

Et c'est alors qu'Elizabeth fit ce qu'il n'attendait absolument pas.

Elle se mit à lui raconter son histoire.

L'AMI SECRET

— La première fois qu'il est venu, dit-elle, c'était un petit garçon. Il change toujours, vous savez. Il est toujours différent. La première fois, c'était un petit garçon avec une chemise rayée, des cheveux roux et des taches de rousseur. Il s'appelait Billy. Il jouait avec moi à l'école du soleil, et ensuite il est venu me voir à l'appartement. A l'époque, je vivais avec ma mère.

« J'aimais bien jouer avec lui à l'école du soleil. J'étais très seule. Ma mère et moi nous ne vivions pas dans un endroit très joli, et personne de bien ne venait jamais nous rendre visite ; il n'y avait jamais d'enfants. Parfois, je descendais et j'allais voir Katie Robinson, mais elle était vieille. Il n'y avait pas d'enfants et je ne sortais presque pas, sauf quand ma mère m'emmenait au magasin ou allait voir ses amis.

« L'immeuble était tout le temps sombre. Ça sentait mauvais. Et je me souviens que souvent j'ai vu des rats. Ils étaient en bas, juste sous l'escalier. En haut, notre chambre était sombre aussi. Les seules fenêtres donnaient sur un mur de brique. Et c'était tout le temps sale, il y avait des ordures dans la poubelle et par terre, autour de l'évier. Des assiettes sales, des restes de nourriture. Ça sentait. Et il y avait des gros cafards et des punaises. Les cafards surtout me dégoûtaient. Ils étaient si gros. Une fois, ma mère en a écrasé un avec sa chaussure, et ça a fait un gros bruit et une espèce de jus jaune. J'avais horreur de ça.

« Je n'avais pas de lit. Ma mère, elle, avait un lit de camp près de la fenêtre. Mais moi je dormais par terre, dans un sac de couchage, de l'autre côté de la pièce. C'est pour ça que je n'aimais pas les cafards, parce qu'ils grouillaient juste sous mes yeux. J'avais aussi peur des rats, mais ils ne sont jamais montés.

« En tout cas, comme je vous l'ai dit, Billy a commencé à l'école du Soleil. C'était l'endroit où j'allais quand ma mère avait des hommes. En fait, c'était dans mon imagination – je veux dire l'école – mais c'est de là que vient Billy. Parfois c'est très confus. Et puis j'aime pas beaucoup y penser.

« Alors les hommes venaient et ma mère… bon, elle faisait l'amour, comme on dit. Ma mère, elle me disait d'aller dormir pendant ce temps-là. Je me tournais contre le mur. On aurait dit que je dormais, mais c'était pas vrai. Ils faisaient des bruits terribles, comme des animaux sauvages dans la forêt. Quand ils avaient fini, ils fumaient de la drogue. Est-ce qu'on vous a dit que ma mère, elle faisait ça ? Elle fumait de la drogue, et puis… aussi, elle en mettait dans son bras, avec une aiguille. Elle se l'injectait. Très souvent, les hommes, ils lui donnaient de la drogue. Je crois que c'est pour ça qu'elle faisait l'amour avec eux.

« Mais parfois… parfois un homme refusait de lui donner de la drogue si elle ne le laissait pas me toucher aussi. Et ma mère le laissait. Elle se détournait et regardait par la fenêtre. Je pleurais. Je la suppliais de ne pas accepter. Mais elle me lançait un regard par-dessus son épaule et elle me disait : "Ferme-la ! Ferme-la !" Alors les hommes mettaient leur main à l'intérieur de moi. Vous savez où. Ça ne me plaisait pas du tout. Je n'y pense plus vraiment. Je sais que tous les médecins, ça les intéresse, alors c'est pour ça que je vous le dis. Même les femmes, elles veulent tout savoir à ce sujet-là. Personnellement, je trouve ça dégoûtant.

« En tout cas, ce que j'essaie de vous dire, c'est que c'est comme ça qu'a commencé l'école du Soleil. A l'époque, je n'allais pas à la vraie école. J'y étais allée un petit peu, mais ensuite ma mère, elle avait dit que les professeurs ils se mêlaient de ce qui ne les regardait pas. Et puis on a emménagé dans un nouvel appartement sur l'avenue A, et je ne suis plus allée à l'école du tout. Moi, je le regrettais. J'aimais bien l'école. Alors quand ma mère faisait des choses avec les hommes, je m'enroulais dans mon sac de couchage, je fermais les yeux et j'allais dans l'école de mon imagination.

« Comme je vous l'ai dit, elle s'appelait l'école du soleil. Il y avait une grande pelouse et je jouais avec les autres enfants. L'institutrice c'était ma mère, et elle restait sur le côté à nous regarder en souriant. Billy – le petit garçon avec les cheveux roux et la chemise rayée – il était là aussi. On jouait à chat ensemble.

Il ressemblait à un garçon que j'avais connu à l'autre école, l'ancienne. Je l'aimais bien.

« Billy aussi, il m'aimait bien. C'est pour ça qu'il s'est mis tellement en colère cette nuit-là. Ce jour-là Billy était venu à l'appartement, et un des hommes de ma mère m'a vraiment fait mal. Il était petit, avec une grosse moustache. Il avait une sorte d'accent étranger. Il est venu ce soir-là et il a fait… bon, il a fait l'amour avec ma mère, quoi. Mais il ne voulait pas lui donner la drogue qu'elle demandait. Il disait qu'il voulait aussi me faire quelque chose.

« A l'époque j'avais neuf ans. Je m'en souviens, parce que le jour d'avant c'était mon anniversaire. Quand j'ai entendu ce que disait l'homme – il voulait me toucher –, j'ai fait semblant de dormir. Ma mère lui a même dit : "Oh, laisse-la tranquille, elle dort." Mais l'homme ne voulait pas lui donner sa drogue, et finalement elle l'a laissé. Il a posé les mains sur moi et il m'a dit de me réveiller. J'ai commencé à pleurer. J'ai dit à ma mère de l'empêcher, mais comme d'habitude elle m'a dit de la fermer. Mais l'homme, il était brutal. Il ne m'a pas simplement touchée. Il a mis son truc un moi, son pénis comme on dit. Ça faisait très mal. Bon, y a pas de quoi en faire un plat. J'y pense même plus du tout. Mais à l'époque ça m'a fait mal et j'ai pleuré. Mais ma mère ne l'a pas empêché. Elle s'était détournée, elle ne regardait pas.

« En tout cas, je crois que c'est pour ça que l'ami secret est venu.

« A ce moment-là, l'homme était parti. Il avait donné la drogue à ma mère et il était parti. Ma mère s'était mis la drogue dans le bras et elle était étendue sur le lit, comme si elle dormait. Je suis allée à la salle de bains pour me laver. J'ai fait couler un bain et je suis restée assise longtemps dans la baignoire.

« Ensuite, j'ai mis ma chemise de nuit, Ça ne me faisait plus très mal, mais je pleurais encore et je reniflais. Je suis sortie silencieusement de la salle de bains pour que ma mère ne me regarde pas, parce que, quand je pleurais ou que je me plaignais de quelque chose, ça lui arrivait de se mettre en colère.

« En tout cas, j'ai franchi la porte, et il m'a parlé. J'entendais sa voix dans mon oreille.

« — Ta maman a fait quelque chose de mal, qu'il a dit.

« Il était en colère, ça s'entendait à sa voix.

« J'ai fait non avec la tête, et je lui ai dit à voix basse :

« — C'était pas maman. Elle a dû faire ce que l'homme lui a dit. C'est à cause de la drogue, parce qu'elle a très besoin de la drogue.

« Mais l'ami secret a dit :

« — Ta maman est méchante. Il faut la punir.

« — Non, Billy, non, j'ai dit.

« Parce que je savais que c'était Billy. Je savais qu'il était là, avec la chemise qu'il portait d'habitude, rayée bleu et blanc. Il avait un ballon sous le bras. (Parfois, à l'école du soleil, on jouait au ballon avec les autres enfants.) J'ai dit :

« — Non, Billy. Maman, elle peut aussi être gentille. C'est vrai. Elle peut être gentille.

« Mais Billy ne voulait pas m'écouter.

« — Alors c'est moi qui vais la punir, qu'il a dit. Et alors elle regrettera.

« Je ne pouvais rien faire. J'ai fermé les yeux pour ne pas voir, mais même ça, ça n'a pas marché. J'arrivais à voir. J'ai vu Billy s'approcher du lit de ma mère. Ma mère était allongée sur le dos, elle souriait en regardant le plafond. Je lui ai dit : "Je t'en prie, Billy, ne fais pas ça." Mais Billy ne m'écoutait pas. Il a jeté le ballon qui s'est mis à rebondir partout dans la pièce. Et puis il a enlevé l'oreiller de sous la tête de ma mère. Je ne pouvais rien faire. "S'il te plaît, Billy !" j'ai dit. Et il a appuyé l'oreiller sur le visage de ma mère. Il appuyait très fort. Ma mère a essayé de se lever. Elle a essayé de pousser l'oreiller de côté. Je voyais qu'elle commençait à donner des coups de pied, et je voyais son corps qui s'agitait dans tous les sens. Elle a pris les bras de Billy et elle a tapé dessus, elle les a griffés. Je croyais que Billy allait lâcher prise, qu'il allait être obligé. Mais il était tellement fort, Billy, tellement fort ! Il avait comme des... comme des pouvoirs spéciaux. Ma mère ne pouvait pas se lever. Elle a continué à se débattre, mais elle n'a pas pu. Et Billy qui continuait à lui appuyer l'oreiller sur la figure. Il était tellement fou ! Il voulait la punir. Moi, je criais "Billy !" Mais je ne pouvais rien faire.

« Et puis, au bout d'un moment, maman a cessé de se débattre. Elle n'a plus essayé de se lever. Ses mains sont tombées sur le lit.

« Alors Billy l'a laissée. Il a remis l'oreiller sous la tête de ma mère. Ma mère était là, la bouche ouverte. Elle avait les yeux ouverts, aussi. On aurait dit qu'elle regardait le plafond, stupéfaite.

« — Maintenant elle va regretter, a dit Billy.

« Après ça, il est parti. Je me suis remise dans mon sac de couchage et je me suis endormie. »

Le visage de Conrad n'avait jamais changé d'expression. Il s'appuyait contre le dossier de sa chaise sans cesser de regarder Elizabeth. Lui-même semblait détendu. Il demeurait impassible tout en étant compréhensif. Mais au fond de lui-même, il était bouleversé.

Elle, pendant tout ce temps, avait parlé d'une voix monocorde, comme on psalmodie. Une voix d'enfant très douce. Ses yeux étaient vides et innocents. Lorsqu'elle avait dit : « Et puis au bout d'un moment, maman a cessé de se débattre », elle avait eu un léger haussement d'épaules, et même un petit sourire un peu crispé. On eût dit que pour elle il s'agissait d'un incident plutôt curieux qui était arrivé à quelqu'un d'autre.

A présent, elle inclinait la tête dans sa direction, comme si elle s'attendait de sa part à une réflexion sur le temps qu'il faisait.

— Je vois, dit-il tranquillement. Et ensuite, quand avez-vous revu l'ami secret ?

— Oh, aussitôt après, répondit Elizabeth sans hésiter. Ou plutôt quelques jours après. Il était dans le camion qui allait au cimetière.

— Parlez-moi donc de ça, dit-il en s'efforçant de respirer le plus calmement du monde. (Mais il dut interrompre sa respiration abdominale : il commençait à avoir des nausées.)

— Eh bien ! reprit Elizabeth, le matin, le lendemain matin… après que Billy est venu, je suis descendue voir Katie Robinson. Katie était une vieille dame noire qui vivait à l'étage en dessous. Elle était toujours gentille avec moi quand j'allais la voir. Une fois ou deux, elle m'a même donné un bonbon ou un petit jouet. J'ai frappé à la porte et je lui ai dit : « Ma mère ne s'est pas réveillée. Je crois qu'elle est morte. » Je me souviens que Katie Robinson a dit : « Mon Dieu, mon Dieu », et qu'elle a ensuite appelé la police.

« Pendant qu'elle appelait, je me suis sauvée. Je savais que les policiers ne me croiraient pas pour Billy. Je pensais qu'ils allaient me mettre en prison. Je suis allée dans une salle de jeux et je suis restée près des jeux vidéo. Je n'avais pas un dollar, mais il y avait un garçon qui jouait aux Space Invaders. Je suis restée là à le regarder jusqu'à ce qu'il parte à l'école. Quand je suis revenue, il y avait encore des voitures de police dehors, alors je me suis cachée dans la ruelle. Il y avait une ruelle juste à côté de la porte, c'est là que le propriétaire mettait les poubelles. Elle était fermée par une grille, mais je pouvais me glisser entre les barreaux. Je me suis cachée derrière de vieilles poubelles, mais de toute façon personne n'est venu me chercher. De temps en temps, je pleurais. Je ne me sentais pas bien à cause de ma mère.

« C'était le printemps et il faisait chaud, alors ça ne m'embêtait pas de rester là. Je ne suis retournée dans l'immeuble qu'à la nuit tombée. A ce moment-là, la police était partie. Je suis allée voir Katie Robinson. Elle était très inquiète. Elle m'a dit que la police m'avait cherchée partout. Je lui ai dit que je ne voulais pas aller avec la police, qu'ils allaient me mettre en prison. Mais Katie Robinson s'est mise à rire et m'a dit que j'étais folle. Elle a dit qu'on ne mettait pas les petites filles en prison. Elle a dit qu'on me trouverait quelqu'un d'autre pour s'occuper de moi. Après ça, je me suis sentie un peu mieux.

« J'avais très faim. J'avais volé deux oranges dans une épicerie pour le petit déjeuner, mais depuis lors je n'avais rien mangé et c'était l'heure du dîner. Katie Robinson m'a donné un peu de ses céréales. Elle a dit que je pourrais rester avec elle pour la nuit et que le matin elle appellerait à nouveau la police. Je suis allée chercher mon sac de couchage en haut et je suis venue dormir chez elle.

« Le soir, avant d'aller dormir, j'ai demandé à Katie Robinson où on avait emmené ma mère.

« — Eh bien ! en ce moment, elle doit être à l'hôpital Bellevue, à la morgue.

« — On va la garder là pour toujours ? j'ai demandé.

« — Oh non, a dit Katie. Après, on va sans doute l'emmener dans l'île. Elle s'appelle Hart Island. C'est un endroit très joli où il y a un cimetière rien que pour les gens comme nous qui n'ont pas de quoi dépenser beaucoup d'argent pour leur enterrement. Le cimetière s'appelle Potter's Field, et on fera un très bel enterrement à ta maman, pour qu'elle repose en paix.

« — Je peux y aller ?

« Je voulais voir le bel enterrement de ma mère. Je voulais lui dire que je regrettais pour Billy, et aussi lui dire au revoir. Mais Katie Robinson m'a dit que les gens n'avaient pas le droit d'aller sur Hart Island. De nouveau, je me suis sentie pas bien. Cette nuit-là, au lieu de dormir, je suis restée éveillée et j'ai pleuré.

J'avais peur que ma mère pense que c'était moi qui l'avais fait, et qu'elle le dise à tout le monde au ciel. Je voulais lui expliquer pour Billy, lui dire que je ne pouvais pas l'arrêter.

« Le lendemain matin, avant que Katie Robinson se soit réveillée, je me suis glissée silencieusement hors de mon sac de couchage et je suis partie. Je savais à quoi ressemblait l'hôpital Bellevue, parce qu'une fois ma mère avait dû y aller. Elle saignait trop. C'était ses saignements de femmes, vous voyez. Ses règles, comme on dit. Mais en tout cas, je me rappelais bien à quoi ressemblait l'hôpital. Il me suffisait de demander à l'épicier, M. Garcia, dans quelle direction ça se trouvait. C'était sur la Première Avenue, cette grande avenue qui va vers l'autoroute et le fleuve.

« C'était une longue marche, mais il était encore tôt quand je suis arrivée à l'hôpital. Ce n'était pas un joli bâtiment. Il était grand et sale, tout marron et sombre. J'étais une petite fille, vous savez, et pour moi ça ressemblait à un énorme monstre qui jaillissait de l'herbe. La morgue se trouvait derrière, sur un des côtés. C'était un bâtiment plus moderne, une sorte de boîte en verre et en parpaings verts.

« Il y avait un parking devant la porte et je l'ai traversé. Je m'apprêtais à entrer pour demander où était ma mère, mais à ce moment-là j'ai entendu un homme qui parlait de Hart Island. "Un autre chargement pour l'île", qu'il disait. La voix venait de derrière, de l'autre côté.

« Je suis allée jusqu'au coin du bâtiment et j'ai jeté un coup d'œil. Il y avait un camion blanc qui était garé là, un petit camion blanc avec un arrière carré, comme une camionnette, vous voyez le genre, avec "Bellevue Hospital" ou quelque chose comme ça écrit sur le côté. L'arrière était tourné vers le bâtiment, face à une porte métallique. La porte était ouverte, et aussi la portière arrière du camion. J'entendais des voix d'hommes venues de l'intérieur du bâtiment. Et puis, une seconde plus tard, les hommes sont sortis.

« Ils étaient deux. Un était habillé tout en bleu, avec un jean et une chemise de travail. L'autre avait une chemise à carreaux. Ils sont sortis avec une grosse boîte. J'ai su tout de suite que c'était un cercueil.

« Ils ont chargé le cercueil à l'arrière du camion. Et puis l'homme en bleu a dit : "C'est le dernier, Mike. Reviens signer et tu peux partir." Les deux hommes sont rentrés dans le bâtiment.

« Je savais ce qui se passait… enfin, je le devinais. Ils emmenaient les pauvres à Hart Island pour leur enterrement. Je me suis dit que ma mère devait être dans le camion. Brusquement, je me suis sentie tout excitée. Mon cœur battait très fort. Je sentais que j'allais faire quelque chose.

« D'abord, j'ai pas bougé. J'avais trop peur. Je savais que les deux hommes allaient ressortir d'un moment à l'autre. Et puis alors j'ai entendu quelqu'un qui m'appelait, tout doucement : "Elizabeth." Comme ça, tout doucement. "Elizabeth." Ça venait de l'intérieur du camion.

« J'avais pas le temps de réfléchir. J'ai couru aussi vite que j'ai pu ; le camion était haut pour moi, mais j'ai agrippé le bord et je me suis hissée. Il y avait une dizaine de boîtes dedans. Des cercueils. J'ai regardé autour de moi, mais j'ai vu personne. J'entendais plus la voix.

« Et puis les hommes sont revenus. J'en ai vu un, celui qui avait la chemise à carreaux, qui repartait vers la morgue. Il s'est retourné et il a fait un signe de la main. "Salut, Lou, à tout à l'heure." Moi, je le regardais, j'étais pétrifiée.

« Et puis j'ai de nouveau entendu la voix, "Elizabeth".

C'était tout ce qu'elle disait. Tranquillement. Mais je savais ce qu'elle voulait que je fasse. Je me suis accroupie et je me suis cachée derrière deux boîtes empilées l'une sur l'autre. J'ai entendu les pas de l'homme qui traversait le parking, et puis un bruit de portière. La lumière à l'intérieur du camion a disparu : il faisait noir. J'ai voulu me lever, crier, lui dire que j'étais là, mais je ne l'ai pas fait. Je ne pouvais pas. Je ne sais pas pourquoi.

« Il n'y avait que moi avec les boîtes. Et il faisait très sombre.

« Je me souviens que j'ai crié une fois. J'ai crié : "Au secours ! Au secours ! Je suis encore là." Mais le moteur a démarré à ce moment-là. Il faisait beaucoup de bruit et je crois que personne n'aurait pu m'entendre. Je voulais frapper contre les parois du camion, mais les cercueils étaient empilés à ces endroits-là, et je ne voulais pas trop m'en approcher. Le camion a commencé à bouger, et je me suis assise sur le plancher. Je pleurais. Je m'arrachais les cheveux en criant : "Maman, maman, maman."

« Je ne voyais rien et ça, c'était vraiment effrayant. Je savais que les boîtes étaient tout autour de moi, mais je ne pouvais pas les voir. Je ne pouvais pas voir… si elles étaient encore fermées. J'avais peur que quelqu'un en sorte. C'était seulement des planches clouées ensemble, avec deux planches par-dessus. Les planches auraient pu se déclouer, quelqu'un aurait pu en sortir. Et même ma mère. Elle aurait pu être fâchée contre moi. Elle devait penser que j'étais méchante. Et il faisait trop noir pour que je la voie avant qu'elle soit juste devant moi, avec son visage mort qui me souriait. Je pleurais et je pleurais. Je murmurais : "S'il te plaît, s'il te plaît, s'il te plaît."

« Et puis, petit à petit, j'ai commencé à y voir quelque chose. Des ombres, des formes. Je voyais les boîtes, une douzaine, peut-être quinze, entassées deux par deux contre les parois. Certaines étaient très petites. Pas plus grandes que des cartons de cigarettes. Je n'arrêtais pas de les surveiller, pour être sûre qu'aucune ne s'ouvrait. Je pleurais encore beaucoup. Mon visage était tout mouillé, et j'avais de la morve qui me coulait sur les lèvres.

« C'est alors que quelqu'un a chuchoté à mon oreille : "Elizabeth."

« J'ai hurlé et je me suis mise à tournoyer sur moi-même. Je ne pouvais pas la voir dans l'obscurité, mais je savais qu'elle était là, qu'elle était assise juste à côté de moi. Maman. Ma maman. Sois pas furieuse, maman, c'était pas moi, c'était Billy. Voilà ce que j'ai dit. Mais maman n'a rien dit de plus. Elle restait là, assise, invisible dans le noir. Et je sentais bien qu'elle me regardait.

« J'ai reculé, reculé jusqu'aux cercueils. Oh, maman, s'il te plaît…

« "Elizabeth." Elle murmurait encore mon nom. "Elizabeth."

« Je continuais à tourner dans le camion, j'essayais de la trouver. Je savais qu'elle était là, avec ses cheveux qui pendaient autour du visage comme des algues, ses yeux comme du verre, qui me regardaient, qui me regardaient. Elle souriait. Elle avait son sourire doux, un peu rêveur. Moi, je ne pouvais pas prononcer un mot. Je m'essuyais le nez avec ma manche et je claquais des dents, tout mon corps tremblait.

« Mais alors, il s'est passé quelque chose. Maman — ma mère — a changé. Sa voix a changé. Brusquement, sa voix… ressemblait à ce qu'elle était à l'école du soleil, quand elle regardait les enfants jouer et que de temps en temps elle les appelait. Elle était gentille. Sa voix était gentille, et elle disait : "N'aie pas peur, Elizabeth. C'est moi. Je suis ici."

« Et c'était drôle, enfin c'était étrange. C'était elle, c'était sa voix à elle, mais en même temps c'était comme la voix de Billy. Je veux dire que ça venait du même endroit. C'était comme la même personne qui parlait avec deux voix différentes, comme dans ma tête, dans mes oreilles. Et la voix, ma mère, disait : "Ne t'inquiète pas, Elizabeth, ne t'inquiète pas. Tu n'es plus seule. Je suis ici. Je suis ton amie. A partir de maintenant, je serai ton ami secret."

« Et après ça je me sentais un peu mieux. J'étais assise dans le camion, dans le noir, et je n'avais plus autant peur. Au bout d'un certain temps, je me suis même mise à explorer l'intérieur, avec le camion qui sautait sur les bosses de la route. J'ai commencé à regarder les boîtes. Sur chacune, il y avait une étiquette blanche, avec un nom, un numéro, et aussi un espace pour l'âge et la religion. J'ai lu toutes les étiquettes, mais je n'ai pas trouvé le nom de ma mère. D'abord, j'ai pensé qu'elle n'était pas là et que peut-être Katie Robinson s'était trompée en me disant ce qu'on allait faire avec elle.

« Mais alors, sur une des boîtes, j'ai lu : "Femme blanche non identifiée." Je le revois encore très clairement : le nom et le numéro tapé à la machine juste à côté, et puis les espaces blancs pour l'âge et la religion. J'ai compris que ça devait être elle. Ils ne devaient pas savoir son nom parce que je n'étais pas là pour le leur dire.

« J'ai posé la tête sur le cercueil. J'ai pressé ma joue contre le bois râpeux. Le camion bringuebalait et je serrais le cercueil très fort. Et la voix me parlait dans la boîte : "Je suis avec toi, Elizabeth. Je suis encore avec toi. Je suis encore ici." »

Un frisson glacé parcourut l'échine de Conrad. Il hocha la tête d'un air compréhensif.

La jeune fille serrait les bras autour de son corps et se balançait doucement sur sa chaise en souriant.

— Je suis avec toi, murmura-t-elle à nouveau. (Des larmes roulaient le long de ses joues.) Je serai toujours avec toi.

Conrad attendit un moment jusqu'à ce que la jeune fille eût posé le menton sur la poitrine, jusqu'à ce que ses larmes se fussent taries. Il lui demanda alors :

— Que s'est-il passé, ensuite ?

Lentement, Elizabeth leva les yeux. Elle se sécha les joues avec la paume de la main et laissa échapper une longue expiration.

— Eh bien… on a roulé, on a roulé longtemps, ça m'a semblé très long. Et puis j'ai entendu des bruits et des voix… Je crois qu'on était sur le ferry-boat qui nous amenait sur l'île. Finalement, l'homme à la chemise à carreaux a soulevé la porte de derrière. La lumière était tellement vive ! J'ai dû mettre la main devant mes yeux. Et l'homme… il s'est mis à hurler : « Mon Dieu ! Jésus ! Mon Dieu ! » Il avait dû me prendre pour un fantôme.

En prononçant ces mots, Elizabeth se mit à rire. D'un rire étrangement normal. Ses joues s'empourprèrent. En la regardant, Conrad entrevit avec amertume la femme qu'elle aurait pu être.

Je suis encore là.

— D'autres hommes sont arrivés en courant, reprit-elle. Un d'entre eux, un Blanc, a grimpé dans le camion et m'a fait descendre.

« On était dans un terrain vague au bout d'un vieux quai. L'eau se trouvait derrière moi, et devant, à travers les arbres, j'ai aperçu des baraques grises entourées de barbelés.

« Il y avait de plus en plus d'hommes qui nous entouraient, surtout des Noirs, vêtus de vêtements vert foncé. Et il y avait aussi quelques Blancs, mais ils portaient des chemises blanches et des pantalons bleus. Les Blancs portaient un badge sur la chemise et un gros pistolet à la ceinture.

« Tous ces hommes n'arrêtaient pas de parler de moi. C'étaient des prisonniers – ceux en vert. C'étaient eux qui travaillaient dans le cimetière. C'étaient eux qui enterraient les pauvres. Les autres, ceux avec les pistolets, c'étaient les gardiens.

« Je leur ai dit que j'étais venue voir l'enterrement de ma mère. Je leur ai expliqué qu'elle était dans la boîte où il y avait marqué "Femme blanche non identifiée", et je leur ai dit le numéro (je l'avais lu tellement de fois pendant le voyage que je le savais par cœur). Les hommes, y se sont regardés. Y en avait un, un Blanc, avec une tête ronde et des yeux drôles, je crois que c'était lui le chef. Il s'appelait Eddie. Il m'a confiée à un des gardes et il est monté dans le camion. Après, quand il est ressorti, il m'a prise par la main et il m'a conduite jusqu'à un arbre au bord du terrain. Il m'a dit de m'asseoir là et d'attendre.

« Je me suis assise et j'ai regardé les prisonniers décharger le camion. Ils ont d'abord sorti les grandes boîtes et ensuite les petites, celles qui avaient la taille d'un carton de cigarettes. Eddie inscrivait des noms et des numéros sur le côté de chaque cercueil. Ensuite, les prisonniers les ont chargés sur un autre camion, ou plutôt une benne à moteur, et sont partis avec sur une petite route goudronnée. Moi, j'attendais sous un arbre. Un des gardes était resté avec moi.

« Au bout d'un certain temps, Eddie est revenu avec la benne. Il m'a fait monter dans la cabine et on est partis aussi sur la route goudronnée. D'un côté, la route longeait le rivage, une plage de cailloux. De l'autre côté, du côté de l'île, il n'y avait que des arbres, des gros arbres avec des buissons, des mauvaises herbes et de la vigne. De temps en temps, on apercevait des bâtiments, des vieux bâtiments en brique, derrière les arbres. Les vitres étaient cassées. Il y avait des hommes qui me regardaient à travers les branches.

« Et puis il n'y a plus eu d'arbres. Rien qu'un grand terrain vague. Et j'ai vu une tranchée.

« C'était une longue tranchée, avec de la terre et des herbes arrachées d'un côté. On avait mis toutes les boîtes dedans. Eddie m'a dit qu'on avait mis le cercueil de ma mère sur le dessus, pour que je puisse le voir. Pendant qu'on recouvrait les cercueils avec de la terre, il est resté avec moi et il m'a tenu la main. »

Une image s'imposa à l'esprit de Conrad, une image de son rêve. L'espace d'un instant, il vit à nouveau l'ange sourire et le cercueil s'ouvrir. Il se frotta les yeux pour chasser la vision.

Elizabeth reprit son récit.

— Eddie disait des choses, je crois que c'était une prière. Il demandait à Dieu d'accueillir ma mère parce que j'avais dû l'aimer beaucoup pour faire tout ce chemin jusqu'à Hart Island. Et tout le temps qu'il parlait, je regardais le cercueil de ma mère. Et je me disais... je me disais que j'étais contente. J'étais contente que Billy ait fait ce qu'il avait fait. Parce que, vous voyez, désormais, ma mère était gentille. Désormais, ma mère était mon ami secret. C'était pas comme avant quand il y avait la drogue, les hommes, et qu'elle était méchante. Maintenant, elle était gentille. Elle serait toujours gentille. Vous comprenez ?

Elle hocha la tête d'un air solennel et le regarda droit dans les yeux. Puis elle se pencha en avant comme pour lui confier un secret.

— C'est pour ça que mon ami secret était si fâché, chuchota-t-elle. Vous comprenez ? Ma mère est mieux comme elle est, beaucoup mieux. Si elle revenait, elle pourrait être encore méchante... et dégoûtante comme elle était avant. Mon ami secret, il ne veut pas de ça. C'est peut-être pour ça qu'il a tué cet homme, Robert Rostoff. C'est pour ça qu'il lui a tout coupé... les yeux, la gorge, la poitrine ; et puis sa figure, son ventre, son machin et...

Elle s'interrompit. Elle expira avec une sorte de sifflement.

— Je crois…

Conrad dut s'éclaircir la voix.

— Je crois que ça suffira pour aujourd'hui.

BONJOUR, DOCTEUR CONRAD

— Je dois être honnête avec toi : je n'ai aucune réponse. On était vendredi soir. Conrad était assis sur ce qu'il nommait désormais sa chaise de douleur. Le dossier incurvé lui cisaillait les épaules. L'assise en bois lui donnait l'impression d'être dévoré par les fourmis rouges, et il ne cessait de passer d'une fesse sur l'autre comme s'il exécutait une curieuse chorégraphie.

De l'autre côté du bureau, Sachs ne cessait de hocher sa tête chauve. *Presque comme s'il écoutait,* songea Conrad.

— D'abord, avec toi, elle ne parle pas, reprit Conrad. Et puis, brusquement, en deux séances, elle me raconte tout. Enfin, elle me raconte toute son histoire, bon, d'accord, c'est une histoire de schizo, mais c'est cohérent. Je... je ne saurais dire la part de vérité là-dedans et la part de fantasme, et, même s'il n'y en a pas, une partie destinée à lui éviter la prison. (Il soupira.) Écoute, Jerry, vu son histoire, un diagnostic de schizophrénie paranoïde me semble s'imposer. Quant à savoir ce qu'il y a de vrai dans l'histoire de sa mère... (Il haussa les épaules.) A mon avis, Elizabeth a subi un traumatisme sévère à la mort de sa mère, ce qui a conduit à l'apparition des premiers symptômes. Quant à son histoire de camion où elle aurait été enfermée avec le cercueil de sa mère, bon, moi ça me semble être du fantasme, mais... Tout ce que je peux dire, c'est que ça véhicule ses fixations. Elle projette sa propre sexualité dans le corps de sa mère. Et toute tentative d'exciter sa sensualité équivaut pour elle à exhumer le corps de sa mère, elle le vit comme un complot pour « sortir sa mère » de terre. Ça réveille donc sa rage contre cette mère qui n'a pas su la protéger, ce qui se transforme en retour du parent mort qui vient jouer son rôle protecteur : c'est l'ami secret.

Sachs hocha de nouveau la tête d'un air solennel. Il ôta ses lunettes de son crâne et se mit à les agiter d'un geste pompeux. Conrad changea à nouveau de position, pressé d'en finir.

— Bon, la question essentielle, c'est de savoir si elle peut passer en procès, dit Sachs. Est-ce qu'elle a une bonne mémoire ?

— Oui, elle semble excellente. Je lui ai fait répéter son histoire, et les détails sont toujours les mêmes. Mais ses affects sont bouleversés, totalement inappropriés ; elle a des hallucinations auditives de type paranoïde...

Sachs se pencha en avant.

— Est-ce qu'elle peut passer en procès, Nathan ?

Conrad voulut répondre, mais quelque chose dans l'attitude de Sachs – une sorte d'empressement – le fit hésiter. Finalement, il déclara :

— Non. Bien sûr que non ! Elle est complètement schizophrène, Jerry. Schizophrène paranoïde. C'est mon diagnostic.

— Et tu serais prêt à en témoigner ?

A nouveau, Conrad hésita. Puis :

— Oui, oui, bien sûr. Il est évident qu'elle est pénalement irresponsable. Elle ne peut pas passer en procès.

Visiblement, c'était la réponse qu'attendait le directeur d'Impellitteri. Il s'enfonça dans son doux fauteuil et remonta ses lunettes sur son front. Il croisa les mains sur son imposante bedaine et un sourire rose s'épanouit sur ses lèvres.

— C'est bon. C'est bon.

Conrad n'en pouvait plus ; il se leva. Le sang recommença de circuler dans ses fesses endolories.

— Bon... il faut que j'y aille, mais...

Sachs bondit sur ses pieds et lui tendit une main large comme une roue de brouette.

— Tu as fait un boulot fantastique, Nate. (Conrad se raidit en sentant sa main happée dans l'énorme battoir.) Car enfin, cette fille a fini par te faire confiance, hein ? Elle parle un peu aux aides-soignantes. Elle prend ses médicaments, elle mange bien. Bientôt, tu verras, tu vas te retrouver avec une jolie petite névrose de transfert, t'as du pot. (En riant, il lui administra une claque sur l'épaule.) C'est un beau p'tit lot, hein ?

Avant que Conrad eût pu répondre, Sachs lui avait passé le bras autour des épaules et le poussait vers la sortie.

Bientôt, tu verras, tu vas te retrouver avec une jolie petite névrose de transfert, t'as du pot. C'est un beau p'tit lot, hein ?

Mon Dieu, ce type est vraiment imbuvable, se dit Conrad.

Au volant de sa petite Corsica, il traversa le pont de la 59e Rue, qui menait à Manhattan. Les gratte-ciel de la ville brillaient devant lui dans l'obscurité. Des voitures passaient en sens inverse, poussant des paquets d'air à travers sa vitre ouverte.

Une jolie petite névrose de transfert...

Bon Dieu de bon Dieu !

Il se précipita au milieu de la circulation et demeura obstinément dans la file de droite. Au-dessus de lui, les lumières dansantes de la ville. Le vent froid de l'automne lui mordait le visage. Il songeait à Elizabeth.

Cette semaine-là, il lui avait parlé tous les jours. Le mardi, il avait à nouveau annulé des rendez-vous pour pouvoir la voir. Le mercredi, il avait recommencé. Elizabeth lui avait parlé de son enfance. Des orphelinats et des familles d'adoption. Des enfants qui la battaient et la persécutaient. Et de ces voix qui lui parlaient, bien que personne ne pût les entendre.

Elle lui avait parlé de l'ami secret et de ce qu'il avait fait.

Par exemple, il y avait eu cet incident au Centre pour l'enfance de Manhattan. Là-bas, Elizabeth s'était sentie aussi seule que chez elle. Elle dialoguait à voix basse avec Billy, le garçon roux de son imaginaire école du soleil. Billy avait grandi, tout comme elle, mais apparemment sa personnalité n'avait pas beaucoup changé.

Il y avait cette fille noire, au Centre, qui, d'après Elizabeth, la persécutait. Cette fille l'avait obligée à faire certaines de ses corvées et lui avait volé de la nourriture. Un jour, la fille avait menacé de lui faire subir ce qu'elle appelait des « touchettes ». Cela avait rendu Billy – l'ami secret – fou furieux. Billy avait volé un couteau à la cafétéria et, le soir, il s'était rué sur la persécutrice et lui avait tailladé la joue. A l'époque, Elizabeth avait onze ans. D'après les rapports contenus dans son dossier, il avait fallu quatre gardiens, des adultes, pour la maîtriser et lui arracher son couteau.

Une autre fois, un des gardiens avait tenté de se glisser la nuit dans le lit d'Elizabeth. L'ami secret s'était alors transformé en lion et s'était jeté sur lui. Lorsqu'on avait réussi à maîtriser le lion, le visage du gardien n'était plus qu'une masse sanguinolente. D'après le rapport du Centre, on avait retrouvé des morceaux de chair entre les dents d'Elizabeth.

Quant au marin hollandais, la mère morte d'Elizabeth était revenue pour lui donner une leçon.

Elle lui a cassé les deux bras et lui a broyé un testicule. Il a fallu trois flics pour la maîtriser alors qu'elle s'acharnait encore sur le bonhomme.

Conrad avait écouté toutes ces histoires. Il avait passé beaucoup de temps à réfléchir et à lire le dossier de la fille. Il s'était efforcé de séparer la réalité des fantasmes et des hallucinations. Mais son esprit continuait de battre la campagne. Il continuait de penser à d'autres choses, au son de la voix d'Elizabeth, à son apparence.

Avec lui, elle devenait un peu plus animée. Elle ne parlait plus tout le temps avec ce ton de psalmodie monocorde, qui parfois laissait place à son propre murmure vaporeux. De temps à autre, elle riait, et quand elle riait ses joues blanches rosissaient et ses yeux verts brillaient. Le son de sa voix, sa présence devant lui, tout cela lui tournait la tête.

C'est un beau p'tit lot, hein?

Chaque fois qu'il se rendait à Impellitteri, il espérait la voir ainsi, l'entendre rire et chuchoter.

T'as du pot.

Et il avait à nouveau rêvé d'elle. Dans la nuit du mercredi. Elle se tenait devant la porte d'une maison. Elle lui avait fait signe et il s'était avancé vers elle. En s'approchant, il s'était aperçu que c'était la maison où il avait passé son enfance. Il savait qu'il se trouvait quelque chose de terrible dans cette maison, mais il n'en continuait pas moins d'avancer. Elle disparut à l'intérieur et il comprit qu'il devait la suivre. Mais avant d'avoir atteint la porte, il s'était éveillé. Son cœur cognait dans sa poitrine. Son oreiller était trempé de sueur.

Puis le lendemain, jeudi, c'est-à-dire la veille, il avait eu un fantasme. Il était alors pleinement éveillé. Il se trouvait avec une patiente, Julia Walcott. Julia était assise dans le fauteuil et lui parlait de l'amputation de sa jambe. Conrad respirait calmement, complètement absorbé par ce qu'elle lui disait. Et puis, brusquement, il avait décroché. Il pensait à Elizabeth. Il l'imaginait nue sur un lit, qui lui tendait les bras. Elle lui était reconnaissante de la soigner. Elle voulait lui prouver sa reconnaissance : « Vous ne voulez pas me toucher ? », murmurait-elle. Conrad avait dû faire un gros effort pour retourner aux propos de Mme Walcott.

A présent, dans sa voiture, il changea de position au volant, mal à l'aise. Au souvenir de son fantasme, une érection lui était venue.

La Corsica quitta le pont et se mêla au flot des voitures sur la Deuxième Avenue. D'un geste rapide, Conrad alluma la radio. Jusqu'à son arrivée chez lui, il écouta les informations.

Agatha était assise dans la salle à manger. Les coudes sur la table, ses cheveux acajou pendant des deux côtés du visage, elle se tenait la tête dans les mains.

— Maaaa-man...

Un gémissement désespéré venait de la chambre d'enfant.

— Dors, ma chérie, dit Agatha entre ses dents.

— Mais j'arrive pas à dormir, répondit Jessica d'une voix entre-coupée de sanglots.

— Alors ferme les yeux et repose-toi tranquillement, dit Agatha plus gentiment.

Comme elle feint habilement la patience, se dit Conrad en pénétrant dans la pièce.

Il referma la porte derrière lui. Agatha leva les yeux.

— Dieu merci, voilà la cavalerie, dit-elle.

Conrad réussit à sourire.

— Tu ne voudrais pas aller dans la chambre et étrangler notre chère enfant? demanda Agatha. Ça fait une heure et demie que ça dure, cette histoire!

Conrad hocha la tête d'un air las. Il posa sa mallette sur le sol et entra dans la chambre de Jessica.

Cette chambre était le chef-d'œuvre d'Agatha. Elle l'avait peinte de façon magnifique. Les murs étaient bleu ciel. Sur l'un elle avait peint un arc-en-ciel et sur l'autre un palais en cristal. Partout, des nuages et des licornes. La couleur s'assombrissait au fur et à mesure que l'on s'approchait du plafond, qui lui-même était noir et orné d'étoiles et de constellations.

Jessica dormait sous les étoiles, sur un lit en mezzanine qui arrivait à la hauteur du visage de son père. Elle était ce soir-là couchée en chien de fusil, la couette roulée en boule à ses pieds. Elle portait une chemise de nuit rose et tenait fermement contre elle une tortue rose en peluche. Conrad se rappela que c'était une tortue Tot et qu'elle s'appelait Moe. Jessica avait le visage chiffonné et des yeux brillants de larmes.

— Bonsoir, papa, dit-elle d'un ton misérable.

Conrad ne put s'empêcher de sourire. Il tira la couette et la ramena sous le menton de sa fille, puis embrassa Jessica sur le front.

— Comment ça se fait que tu ne dormes pas à une heure pareille ? demanda-t-il.

— J'arrive pas à dormir.

— Tu sais qu'on doit se lever tôt, demain. On va faire un tour à la campagne. On va aller voir les feuilles qui changent de couleur.

— Je sais, mais j'ai peur.

— De quoi as-tu peur ?

Elle renifla d'un air pitoyable.

— J'ai peur des Frankenstein. Il y avait une émission avec des Frankenstein sur Disney Channel, et maintenant j'en ai peur.

— Oh, oh ! dit Conrad.

— Maman m'a déjà dit qu'il y avait pas de Frankenstein, dans la vie réelle, mais j'en ai pas peur dans la vie réelle.

— Ah bon. Alors où en as-tu peur ?

— Dans mon esprit.

— Ah.

Une larme solitaire coula de l'un des yeux de la petite fille. Elle roula sur son nez et fut absorbée par la peluche de la fidèle Moe.

— Maman dit qu'y sont seulement dans mon esprit. Mais quand je ferme les yeux, c'est là que je les vois. C'est pour ça que j'ai peur.

Pendant un moment, Conrad ne put que hocher la tête.

— C'est dur, ça, dit-il finalement.

— Je sais. Et j'arrive pas à dormir.

— Bon... (Conrad se gratta la joue d'un air pensif.) Et si je te chantais une chanson ?

— Tu sais pas chanter, papa.

— Ah oui, c'est vrai, j'avais oublié. Attends, laisse-moi réfléchir. (Il se gratta encore la joue. Sa fille le regardait d'un air solennel. Moe absorba une nouvelle larme.) Bon, ça y est, dit finalement Conrad. Et si on chassait les monstres ?

Jessica renifla.

— Comment tu peux faire pour chasser les monstres s'ils sont seulement dans mon esprit ?

— C'est très simple, dit Conrad, mais ça te coûtera cent vingt-cinq dollars de l'heure. C'est d'accord ?

— D'accord.

— Bon, alors ferme les yeux.

— Mais à ce moment-là, je vois les monstres !

— Si tu veux les chasser, il faut d'abord les voir, non ?

Elle acquiesça et ferma les yeux.

— Tu les vois ? demanda Conrad.

Elle acquiesça à nouveau.

— Et maintenant, dit Conrad, imagine une torche.

Elle ouvrit les yeux.

— C'est quoi, une torche ?

— C'est un bâton avec du feu au bout.

— Ah bon. (Elle referma les yeux.) Ça y est.

— Bien. Et maintenant, agite la torche devant les monstres.

— Pourquoi ?

— Parce que les Frankenstein détestent le feu. Dès qu'ils voient du feu, ils s'enfuient.

— Comment tu le sais ?

— J'ai vu le film.

— Ah.

— Allez, agite la torche devant leurs yeux. Tu les vois s'enfuir ?

Lentement, les yeux toujours fermés, Jessica se mit à sourire.

— Oui…, répondit-elle. Oui.

Conrad se pencha et lui embrassa à nouveau le front.

— Bonne nuit, ma chérie, murmura-t-il.

— Bonne nuit, papa.

Il retourna au salon et Agatha leva le visage de ses mains.

— Tu es mon héros, dit-elle.

— Parce que j'ai chassé des monstres imaginaires ?

Elle sourit d'un air las.

— C'est ton gagne-pain.

Cette nuit-là, en lui faisant l'amour, il fut troublé par un étrange sentiment de regret.

Il n'avait jamais fait l'amour avec une autre femme. Il en avait reluqué d'innombrables dans la rue. Il en avait imaginé tellement, nues, gémissantes sous son poids. Certains jours, au printemps, il s'était dit qu'il allait mourir s'il ne possédait pas l'une de ces jeunes créatures qui passaient devant lui dans leurs robes fleuries. Mais dans la réalité, c'était toujours Agatha. C'étaient ses yeux, accueillants et un peu malicieux. Ses seins, ses seins contre lui, qui lui faisaient regretter leurs premiers temps ensemble. C'était la façon dont elle retenait sa respiration en jouissant, la façon dont ses yeux se remplissaient de larmes. Dans la réalité, c'était d'habitude suffisant.

Cette nuit-là, pourtant, la douleur, le regret ne disparaissaient pas. Il l'embrassa, murmura son nom. Les doigts d'Agatha effleurèrent sa nuque, pétrirent son dos. Et il se sentait vide, presque nostalgique. Comme s'il avait manqué quelque chose dans sa vie. Quelque chose dont il avait éperdument envie, mais qu'il n'avait jamais pu avoir.

Agatha creusa les reins, retint sa respiration. Les larmes jaillirent de ses yeux. Et Conrad, avec un sentiment de panique, sentit disparaître son érection.

Instinctivement, il semblait savoir quoi faire. Il ferma les yeux et murmura : « Aggie, je t'aime. » Mais en même temps, il pensa à Elizabeth, à la blancheur de sa peau, à ses joues qui s'empourpraient, à ces petits seins délicieux qui s'offraient soudain à lui entre les pans de la chemise ouverte... *Vous ne voulez pas me toucher ?*

Le mari et la femme atteignirent ensemble à l'orgasme et reprirent leur souffle dans les bras l'un de l'autre.

Il était 22 h 01 précisément. Même les yeux fermés, Conrad le savait. Il entendait cracher M. Plotkin.

Leo Plotkin était un ouvrier retraité de l'industrie textile, qui vivait dans l'appartement situé juste au-dessus de celui des Conrad. C'était un vieux juif grincheux qui n'avait plus jamais adressé la parole à Conrad depuis qu'il l'avait vu entrer dans l'ascenseur avec un arbre de Noël. Tous les soirs, à 22 h 01, Conrad et sa femme l'entendaient cracher. Le bruit leur parvenait directement par le conduit de chauffage qui passait dans leurs deux salles de bains. Conrad appelait ça le raclement de 22 heures. On pouvait régler sa montre dessus.

Ce soir-là, en entendant le raffut, Conrad ouvrit les yeux et regarda Aggie. Elle lui rendit son regard et se mit à rire. Puis elle se lova contre lui et enfouit sa tête contre la poitrine de son mari. Lui regarda longuement les cheveux d'Agatha, humant leur parfum.

— Est-ce que je peux te poser une question idiote ? demanda-t-il au bout d'un moment.

Agatha avait posé la main sur la poitrine de Conrad et jouait doucement avec son mamelon.

— Ça dépend, murmura-t-elle. Est-ce que je pourrai me moquer de toi ?

— Je serai déçu si tu ne le faisais pas.

— Alors, vas-y.

Conrad prit une profonde inspiration.

— Est-ce que tu crois — et je mets de côté toutes ces histoires de Dieu et tout le bataclan surnaturel — est-ce que tu crois que les êtres humains ont une âme ?

— Hou ! là, là ! s'exclama Agatha. Tu sais, je fréquente surtout les milieux de l'édition... mais j'imagine qu'en théorie, c'est possible. Mais qu'est-ce que tu veux dire, exactement ?

— Eh bien... est-ce que tu crois que tu pourrais parler à quelqu'un, un psychotique par exemple, ou un patient qui souffre de la maladie d'Alzheimer à un stade avancé, ou disons une personne qui a de multiples personnalités, quelqu'un dont le moi est éclaté au-delà de tout, et pourtant trouver chez eux une individualité essentielle ? Une sorte d'unité primordiale qui demeurerait envers et contre tout ?

— Non !

Conrad se mit à rire.

— Ah bon ?

Elle lui déposa un baiser rapide sous le menton.

— Si tu délires encore, dit-elle, je prends la voiture et l'appartement.

Il acquiesça en souriant.

— Il n'y a pas d'âme, dit Agatha doucement. On meurt. Tu as quarante ans. La vie est dure. Dors.

Elle l'embrassa à nouveau, puis se tourna sur le côté. Quelques secondes plus tard, sa respiration prit un rythme régulier, et il sut qu'il était seul.

Son sourire s'évanouit et il se mit à regarder le plafond.

Si tu délires encore...

C'était curieux la façon dont ça s'était passé, songea-t-il. *Délirer, craquer. C'était curieux cette impression de grandir, de devenir plus sage. Cette impression de comprendre finalement comment marchait le monde. Ce sentiment de souffrir, mais en même temps d'accéder aux lumières. Alors qu'en fait, tout le temps, on est demeuré immobile. Immobile tandis que le garrot de la névrose se resserre autour du cou.*

Le lendemain de la mort de sa mère, il s'était senti bien. Plus fort. Le Nathan de cette époque — l'étudiant aux cheveux longs et aux tee-shirts colorés — avait le sentiment de s'être élevé au-dessus de ces émotions triviales, comme le chagrin. Oh, bien sûr, il n'était pas au-dessus des petites émotions. Cela l'agaçait, par exemple, que son père eût attendu d'aussi longues heures pour l'appeler. Il ne voyait pas l'intérêt, disait-il, de le réveiller pour lui annoncer une aussi mauvaise nouvelle. Et, bien sûr, la perte de sa mère... l'attristait. Mais du chagrin ? C'était bon pour les gens aliénés.

Son père lui avait expliqué que sa mère était tombée dans la cuisine en voulant se faire une tasse de thé en pleine nuit. Elle était soûle, bien sûr. Elle portait une ample chemise de nuit en soie. Nathan s'en souvenait : elle était blanche, avec des impressions de chrysanthèmes violets. En posant la bouilloire sur le feu, la manche flottante de sa chemise de nuit s'était enflammée. D'après son père, la chemise de nuit avait dû prendre comme du papier. Mais Nathan ne pouvait pas s'empêcher de se dire que, si elle avait été à jeun, elle s'en serait sortie. Peut-être que si quelqu'un d'autre que son père avait été là...

Son père lui avait dit qu'elle avait agonisé toute la nuit. Nathan préférait ne pas y penser. Et il n'avait pas aimé non plus entendre son père pleurer au téléphone. Mais à part ça, dans l'ensemble, il se sentait fort. Il se sentait en paix, expliquait-il à Agatha, sceptique. Il était parfaitement serein. Il lui expliquait que grâce à la méditation, à l'étude du zen, il transcendait le dualisme de la vie et de la mort. Le temps lui-même était une illusion. N'importe qui pouvait s'en rendre compte.

Avant de reprendre le train pour New York, il s'était rendu sur Seminary Hill pour méditer.

C'était au coucher du soleil, son moment préféré. Le soleil disparaissait dans la baie au milieu d'un coussin de nuages roses, verts et bleu lavande. Ils s'enroulaient les uns sur les autres et s'étiraient, poussés par le vent. Nathan s'assit sur une grosse pierre plate, en position de demi-lotus, car le lotus complet lui faisait trop mal aux genoux. Il se mit à compter ses respirations, expulsant l'air lentement avec le ventre. Il laissa son esprit dériver et se mit à contempler le soleil. Bientôt, il s'abîma dans le *samadhi*, ou état de parfaite concentration.

Ce n'est qu'au bout d'une demi-heure que quelqu'un le retrouva : une jeune et jolie femme, professeur de littérature. Elle était venue sur la colline pour assister au lever des étoiles. En le voyant, elle s'était arrêtée net. Elle pensait avoir affaire à un ivrogne. Il titubait dans la pénombre, les mains devant lui. Prudente, la jeune femme fut sur le point de rebrousser chemin, mais un cri effroyable, un cri d'angoisse, la cloua sur place. Elle écouta. Le jeune homme pleurait. Elle s'avança vers lui.

— Ça ne va pas?

— Mes yeux! lui cria-t-il. Mes yeux!

Oubliant toute prudence, la jeune femme s'était précipitée vers lui et l'avait pris par les épaules.

— Oh, ma mère! sanglotait Nathan. Mon Dieu, mon Dieu, mes yeux!

Pendant deux jours, il demeura complètement aveugle et assista à l'enterrement de sa mère la tête entourée de bandages. Agatha dut le conduire jusqu'au bord de la tombe ouverte. Il n'avait rien vu. Il avait dû imaginer le cercueil, sa mère dedans, les yeux ouverts, qui le regardait.

Je suis encore là.

Dans son lit, à présent, Conrad caressa la hanche de sa femme. *Pauvre Aggie*, se dit-il. Même à la suite de cet incident, il avait fallu à Agatha plusieurs semaines pour le convaincre d'aller voir un psychiatre. Lorsque enfin il s'y décida, il lui fallut six mois encore pour admettre qu'il avait fait une dépression nerveuse. Puis, selon lui, dix ans furent nécessaires pour qu'il s'en remît. Mais à ce moment-là, il était lui-même devenu psychiatre.

Et ses yeux, comme son genou, le tracassaient de temps à autre. Le manque de sommeil et de trop longues journées de travail le faisaient souffrir. Il voyait des éclairs rouges – comme des images en surimpression de nuages autour du soleil couchant.

Si tu délires encore...

Sa main quitta le corps d'Agatha. Il se mit à regarder le plafond. Jusqu'au moment où c'était arrivé, jusqu'à ce qu'il eût craqué, il n'avait pas su. Il ne s'était pas rendu compte que quelque chose n'allait pas.

Il ferma les yeux et se mit à respirer plus lentement. Elle était là. Devant lui. Ses longs cheveux de soie semblables à l'or. Ses pommettes hautes, sa peau blanche. Les pans de sa chemise ouverte. Elizabeth.

Vous ne voulez pas me toucher?

Elle est si belle, songea Conrad. Il commençait à sombrer dans le sommeil.

Elle était si belle.

Le radio-réveil se déclencha à 8 heures. Un journaliste annonçait qu'un avion privé s'était écrasé sur un quartier résidentiel près de Houston. Conrad éteignit la radio et s'assit dans son lit.

Il avait dormi profondément. Son genou était raide. Il s'étira en grimaçant. Il sortit précautionneusement la jambe du lit, puis gagna la salle de bains. Il prit une douche, laissant l'eau chaude ruisseler sur son genou. Il avait fait un autre rêve. Quelque chose à propos d'un hôpital. Il chercha à se le rappeler, mais les images se dissipèrent comme des nuages. Il sortit ensuite de la douche et s'enveloppa dans une serviette. Agatha l'attendait, souriante, les yeux mi-clos.

— Tu as bien dormi? lui demanda-t-il en l'embrassant.

— Mmm. Très bien. Le sommeil délicieux de la femme sexuellement comblée.

Elle pénétra dans la salle de bains tandis qu'il se dirigeait vers la chambre à coucher. Son genou lui faisait moins mal.

Il regarda par la fenêtre. Il faisait gris, mais il ne pleuvait pas. Ce serait pourtant bien si la pluie se décidait à tomber. Puis, tandis qu'Agatha prenait sa douche, il s'habilla : un jean et une chemise de cow-boy de couleur orange. Il songea un moment à enfiler un sweat-shirt, car le temps risquait d'être plus frais à la campagne, mais il ne se sentait pas à l'aise avec les sweat-shirts. D'ailleurs, il ne se sentait à l'aise qu'avec ses complets gris.

Après avoir boutonné sa chemise, il retourna à la fenêtre et ouvrit les rideaux.

Agatha sortit alors de la salle de bains. Il se retourna et la vit, dans l'encadrement de la porte. Elle se dirigeait vers la cuisine, nouant autour de sa taille la ceinture de sa robe de chambre. Un moment plus tard, il l'entendit appeler :

— Allez, mon poussin. Debout, là-dedans !

Il gagna le salon. Agatha posait des boîtes de céréales sur la table. Raisin Bran pour lui, Granola pour elle et Rice Krispies pour Jessica. Agatha retourna à la cuisine en chantant à voix haute :

— Debout, paresseuse ! On n'a pas envie d'être bloqués dans les embouteillages.

Conrad prit place à table, tandis qu'Agatha revenait avec le lait et des bols.

— Elle s'est endormie tard à cause de ces affreux Frankenstein, dit-elle. On ne sera pas partis avant midi.

Elle gagna la chambre de l'enfant.

— Ma chérie, debout maintenant.

En souriant, Conrad versa des céréales dans son bol.

— Nathan ? fit derrière lui la voix d'Agatha. Est-ce que Jessica est déjà levée ?

— Qu'est-ce que tu veux dire ? répondit-il en prenant la bouteille de lait et en la reniflant pour s'assurer que le lait n'avait pas tourné.

— Elle n'est pas dans son lit, dit Agatha.

Conrad versa du lait sur ses céréales.

— Comment ça ?

— Je veux dire qu'elle n'est pas dans son lit !

Agatha traversa le salon pour se rendre à la salle de bains.

— Où es-tu, Jessie ? lança-t-elle à voix haute.

Conrad écouta.

— Jessie ? répéta Agatha.

Conrad repoussa sa chaise, se leva et se dirigea vers la chambre de sa fille.

— Comment ça, elle n'est pas dans son lit ? maugréa-t-il. Où est-ce qu'elle est, alors ?

La voix d'Agatha lui parvint à nouveau, mais cette fois de la chambre d'enfant.

— Jessie, tu es là, ma chérie ?

Conrad pénétra dans la chambre. Le lit surélevé était vide. La couette était repoussée au pied du lit. La tortue avait disparu.

Elle doit être cachée dans le grand placard, songea Conrad. *Elle y allait parfois pour jouer tranquillement*

Il ouvrit la porte. L'espace qu'on avait ménagé au sol à son intention était jonché d'animaux en peluche. Mais pas de Jessica.

Il retourna au salon. Agatha attendait.

— Tu l'as trouvée ? demanda-t-elle.

— Non. Tu as regardé dans notre chambre ?

— Oui. Elle n'y est pas. (Agatha eut un sourire un peu crispé.) Où peut-elle bien être ?

— Elle doit être dans notre chambre, dit Conrad. Où voudrais-tu qu'elle soit, sans ça ?

Conrad alla voir lui-même dans la chambre, suivi d'Agatha. Dès le premier coup d'œil, il comprit que la chambre était vide. Il regarda pourtant dans le placard, puis derrière le lit. Intrigué, il jeta un coup d'œil à sa femme.

— Nathan ?

— Mais où est-elle?

— Mon Dieu, le balcon! s'écria soudain Agatha.

— Elle ne sait pas y aller, dit Conrad.

Mais comme sa femme quittait précipitamment la chambre, il la suivit.

Elle ouvrit les portes-fenêtres et sortit sur le balcon. Elle se pencha par-dessus la rambarde pour regarder dans le jardin.

Lorsqu'elle se retourna, il fut soulagé de voir l'expression de son visage.

— Non, dit-elle, ça va. Mais alors?...

Ils retournèrent tous les deux dans le salon et se mirent à chercher vaguement autour d'eux, ne sachant exactement que faire.

— Jessica! lança Agatha d'une voix forte. Où te caches-tu?

— Jessica! s'écria alors Conrad, d'un ton autoritaire.

Agatha alla fouiller dans le placard de l'entrée.

— Jessica, dit alors Agatha. Arrête de te cacher, mon poussin. Tu fais peur à maman.

Lorsqu'elle se tourna vers lui, Conrad lut l'inquiétude sur son visage.

Mû par une soudaine inspiration, Conrad regarda sous la table de la salle à manger. Il s'attendait à y voir Jessica, roulée en boule, serrant contre elle sa tortue Tot. Elle allait lui crier: « Bouh! » et éclater de rire.

Elle n'y était pas.

— Jessica, dit alors Agatha d'une voix tremblante. Arrête de te cacher, veux-tu? Je suis sérieuse. Je suis vraiment inquiète.

Elle regarda à nouveau Conrad et serra contre elle les pans de sa robe de chambre.

— Tu ne crois pas qu'elle aurait pu sortir sur le palier?...

Elle s'interrompit brusquement et son visage prit une couleur de cendre. Une telle expression de terreur s'était peinte sur ses traits que Conrad eut l'impression que son propre cœur allait s'arrêter de battre. Ses jambes semblèrent se dérober sous lui.

— Qu'est-ce qu'il y a? demanda-t-il. Qu'est-ce que?...

— Nathan... (Les mots avaient du mal à franchir ses lèvres.) Mon Dieu... Nathan...

Nathan suivit le regard d'Agatha. La porte d'entrée.

— Mon Dieu!

La chaîne pendait à la serrure. Brisée. Elle avait été coupée en deux moitiés.

Conrad sentit sa gorge se nouer. Il se précipita vers la porte et posa la main sur la poignée. La porte s'ouvrit. Les deux autres verrous avaient également été ouverts. Il regarda dans le couloir. Personne. Derrière lui, il entendit la voix d'Agatha.

— Jessie ! Jessie ! Viens maintenant ! Je t'en prie, ma chérie ! Tu fais peur à maman ! S'il te plaît...

Les yeux fous, Conrad se tourna vers elle. Elle serrait toujours d'une main le col de sa robe de chambre. Son autre main était posée sur sa bouche. Elle le regardait.

— Mon Dieu, Nathan. Ma petite fille. Appelle la police !

Ses genoux se dérobèrent sous elle et elle se rattrapa de justesse au dossier d'une chaise.

Conrad se rua dans le salon, vers la petite table où se trouvait posé le téléphone.

Il décrocha le combiné et voulut appuyer sur les boutons. Mais il interrompit son geste. Il n'y avait pas de tonalité. Mais enfin, où était passée la tonalité ? Il appuya alors rapidement sur les boutons. Aucun son. Mais enfin...

Et puis soudain il entendit un son. Ou plutôt une voix. Dans son téléphone. Une voix claire et forte. Qui s'adressait à lui de façon à la fois calme et ironique.

— Bonjour, docteur Conrad.

DEUXIÈME PARTIE

PAS UN MOT

Cela avait été facile de s'emparer de l'enfant. Comme sur des roulettes.

Un peu après 3 heures, Sport avait quitté l'appartement de Mme Sinclair, gagné le sous-sol en ascenseur et ouvert la porte du jardin avec une clé qu'il avait fait faire auparavant. Puis il avait rejoint l'immeuble de Conrad. La nuit était belle, le ciel clair, l'air frais. Une écharpe d'étoiles brillait entre les deux bâtiments, et il la regarda en fredonnant un petit air.

Le verrou de la porte de l'autre bâtiment était le seul vraiment difficile à forcer. Le pêne était trop gros, son crochet ne le ferait pas tourner. Il fallait utiliser des pinces pour faire levier. Tout en luttant avec le loquet, il fredonnait « All or Nothing at All ». Combien de fois n'avait-il pas passé cette chanson de Sinatra dans les juke-box ! Finalement, le pêne céda. Cela ne lui avait pas pris plus d'une minute.

Il pénétra dans le sous-sol et, en s'éclairant avec une petite lampe de poche, gagna le boîtier du téléphone. Dolenko, qui s'y connaissait en électronique, lui avait donné un petit transmetteur, une boîte en plastique de la taille de la main, équipé de deux pinces crocodiles. Dolenko lui avait expliqué comment le brancher sur la ligne de Conrad. C'était simple. Dans le boîtier, les fiches étaient clairement marquées : 5D. Le transmetteur s'adaptait parfaitement. Facile.

Ensuite, Sport avait grimpé l'escalier en évitant de passer devant le concierge, dans le hall. Cinquième étage.

Il était vêtu de vêtements sombres : un pantalon noir et un anorak léger bleu marine. Les poches de l'anorak étaient gonflées par les outils. Il portait aussi une couverture sous le bras. Pourtant, il avait le sentiment d'avoir une allure normale. S'il rencontrait quelqu'un dans l'escalier, il saluerait avec un bon sourire. Cela dit, il y avait peu de risques de rencontrer quelqu'un dans l'escalier à 3 heures. D'ailleurs, il ne rencontra personne.

Au cinquième étage, il se dirigea directement vers la porte de Conrad. Là, en revanche, ça risquait d'être un peu plus coton. Farfouiller dans une serrure, comme ça, dans le couloir... Mais il n'eut pas le moindre problème. La poignée était bien huilée et recula rapidement. Pour le pêne, ce fut un régal. Il se débloqua dès qu'il eut introduit son crochet. Il poussa lentement la porte pour atteindre la chaîne. Pour cette dernière, il avait amené de grosses cisailles.

Il poussa l'outil dans l'entrebâillement de la porte et disposa soigneusement les deux mâchoires entre deux chaînons. La chaîne claqua avec un bruit sec. On eût dit un coup de feu.

— Merde ! lança Sport d'une voix étouffée.

Il retint sa respiration. On l'avait sûrement entendu. Il s'accroupit dans le couloir. La chaîne pendait en deux parties. Silence dans l'appartement des Conrad. Au bout d'un certain temps, Sport haussa les épaules et entra.

Il referma la porte silencieusement derrière lui et se dirigea rapidement vers la chambre de l'enfant. La petite fille dormait dans son lit surélevé. Elle était couchée sur le côté, face à lui, la bouche ouverte. Sous le bras, elle serrait une peluche rose. *Jolie gamine,* songea Sport, *blottie comme un oiseau dans son nid.* Il sourit. L'idée de l'enlever alors que sa mère dormait à quelques pas de là était particulièrement drôle.

De sa poche, il sortit un pot de confiture contenant un peu de liquide incolore : du chloroforme. Puis il prit un chiffon qu'il imbiba de produit. Lorsqu'il lui appliqua le chiffon sur la bouche, l'enfant se réveilla pendant un bref instant. Elle ouvrit les yeux et le regarda d'un air endormi. Puis elle dut suffoquer, car ses yeux s'agrandirent de frayeur. En souriant, Sport maintint fermement le chiffon en place. Les yeux de l'enfant ne tardèrent pas à se refermer et elle s'amollit sous sa main. Il rit silencieusement.

Il déplia la couverture sur le sol et y étendit la petite fille. Puis il plaça à côté d'elle la peluche. Ça l'aiderait à rester tranquille jusqu'à ce qu'ils puissent la tuer. Enfin, il enveloppa complètement l'enfant dans la couverture.

Il hissa son paquet sur l'épaule. Il avait décidé de laisser Maxwell dans l'appartement de la Sinclair. Ce mastodonte se déplaçait avec la légèreté d'un bataillon de blindés. En outre, une fois qu'il aurait eu posé les mains sur la fille, il aurait pu s'exciter et tout faire rater. Mais à présent, Sport regrettait de ne pas l'avoir amené avec lui. Dieu que cette gamine était lourde ! S'il ne faisait pas attention, il risquait de se bousiller le dos.

Il franchit la porte, longea le couloir et, avant d'atteindre l'escalier, il était déjà à bout de souffle.

En arrivant au bas de l'escalier, il dut se reposer un moment. Il posa la fille, toujours enveloppée dans sa couverture, contre le mur, assise sur une marche. Il s'apprêtait à ouvrir la porte donnant sur le sous-sol lorsqu'il entendit un bruit de chasse d'eau. Juste derrière la porte, au sous-sol même.

Il se figea sur place. C'était le concierge. Il avait dû descendre au sous-sol pour aller aux toilettes. Le cœur de Sport se mit à battre à toute allure. Il gardait les yeux fixés sur la porte, mais la sueur qui dégoulinait de son front venait brouiller son regard. Les pas de l'homme se faisaient entendre à présent juste derrière la porte. Il mit la main dans sa poche pour saisir son couteau à cran d'arrêt, au milieu des pinces et du crochet. Mais le contact du manche ne le rassura pas et il se mit à trembler.

Quel trouillard je suis ! songea-t-il. C'était la voix de sa mère qui parlait en lui, avec cette espèce de miaulement. *Espèce de trouillard de merde !*

Sport se voyait déjà plongeant le couteau dans le ventre de l'homme. La chair qui résiste d'abord, et puis qui cède. Le sang. Il sentait son bras faible et inerte. Il n'y arriverait pas. Impossible.

L'homme passa devant la porte. Un instant plus tard, on entendit les portes de l'ascenseur s'ouvrir, puis se fermer. Silence. Sport prit une profonde inspiration. Il entrebâilla la porte et jeta un coup d'œil par l'ouverture. Le sous-sol était vide.

Il sourit et lâcha le couteau dans sa poche. Puis, poussant la porte du pied, il hissa de nouveau l'enfant sur son épaule. La cour, et enfin l'autre immeuble.

Il était de retour chez la Sinclair – chez lui – dix-sept minutes exactement après en être parti. Facile.

Outre l'enfant, ils étaient trois dans l'appartement Sport, Maxwell et Dolenko. C'était le Freak qui avait amené Dolenko. Ce dernier était l'ami du Freak quand il était encore vivant, avant que Maxwell ne le tue. Dolenko avait rencontré le

Freak dans un de ces bars de nuit que celui-ci fréquentait. Autrefois, le Freak avait amené Sport dans ces bars. Sport n'y avait vu que des pédés en blouson de cuir. Des types avec leurs suspensoirs, qui dansaient la conga. Il y avait même parfois des sex-shows. Une fois, Sport avait vu une fille violée collectivement contre le bar. La fille avait les mains attachées et le visage recouvert d'un masque de cuir. Dans le bar, tout le monde avait applaudi. Sport avait secoué la tête. Cons de pédés, y feraient n'importe quoi ! Mais le Freak aimait ce genre de machins.

Après avoir traîné dans les bars, Sport et le Freak rentraient chez eux, à Flushing, où ils partageaient une maison. De retour chez eux, ils se moquaient des pédés qu'ils avaient vus. Ils dansaient en sous-vêtements, ou même nus, comme le faisaient les pédés. Sport, ça le faisait rire de les imiter. Sport aimait bien traîner comme ça avec le Freak.

Mais ensuite le Freak avait rencontré Dolenko dans un de ces bars. Dolenko était électricien dans les transports new-yorkais. C'était un homme mince et musclé. Quand il ôtait sa chemise, on voyait le moindre de ses muscles jouer sous sa peau. On eût dit qu'il était sans cesse en train de soulever quelque chose. Son visage anguleux était toujours tendu, et ses cheveux poivre et sel taillés en brosse. Les tendons du cou saillaient, il avait les yeux à fleur de tête et sa bouche était sans cesse animée d'un rictus.

C'était en partie parce que Dolenko se camait à la coke. Il était toujours affairé, toujours tendu. Mais le Freak l'aimait bien. Rapidement, le Freak et Dolenko furent inséparables. Le Freak ne rentrait presque plus voir Sport.

— Qu'est-ce que t'es, une pédale ? lui avait demandé Sport. Pourquoi tu traînes sans arrêt avec lui ?

Le Freak avait secoué son épaisse chevelure rousse d'un air dédaigneux.

— Va te faire foutre ! Il est marrant. Et je l'aime bien.

Voilà, c'était tout.

C'était en partie pour ça que Sport s'était branché avec Maxwell : parce que le Freak traînait avec Dolenko. Dès son arrivée à Rikers, Sport s'était débrouillé pour se faire un ami du nouveau prisonnier. Maxwell détestait l'île : les barreaux, le bruit incessant, le regard dur des autres hommes. Il avait l'air d'un animal effrayé qu'on a mis en cage, et il fut heureux de voir qu'un gardien lui témoignait une certaine gentillesse. Sport dit à

Maxwell de venir le voir quand il sortirait de prison. C'est ainsi que, pendant que le Freak et Dolenko traînaient ensemble, Sport traînait avec Maxwell.

— Mais regarde ce mec, lui avait dit le Freak lorsqu'il avait fait la connaissance de Maxwell. C'est un monstre ! C'est un vrai Frankenstein, ce mec ! Tu te trimballes avec Boris Karloff !

— Je l'aime bien, avait répondu Sport en souriant. C'est un marrant. Tu vois ce que je veux dire ?

Au début, l'ambiance avait été plutôt tendue entre eux quatre, mais au bout d'un certain temps ça s'était arrangé. Un jour, Sport avait raconté au Freak ce que Maxwell aimait faire avec les chats. Le Freak avait trouvé ça fabuleux. Il avait apporté un chaton à Maxwell et avait installé Sport et Dolenko autour de la table. Maxwell avait commencé par couper la langue au chat pour qu'il ne puisse pas miauler, puis lui avait brisé les pattes, une par une, avant de l'étrangler. Mais le plus marrant de l'affaire, c'est que le Freak lui avait fait faire ça sans son pantalon. Puis, quand Maxwell avait commencé à être bien excité, il lui avait tiré du caleçon sa bite courte et épaisse et l'avait secouée jusqu'à ce qu'avec un grand cri il se mette à arroser partout.

— Bande de pédés ! avait gueulé Sport.

Mais il riait aussi, tandis que le Freak, lui, était littéralement écroulé de rire.

Après ça, ils étaient tous devenus bons amis.

Maintenant, ils n'étaient plus que trois, et Sport le regrettait. Le Freak lui manquait. Il regrettait que Maxwell eût été obligé de l'égorger. *Ça ne se serait jamais produit,* se disait-il, *si le Freak n'avait pas commencé à traîner avec Dolenko.*

A son retour, Sport amena l'enfant dans la chambre. Il n'avait pas apporté beaucoup de mobilier dans l'appartement de la Sinclair, mais il y avait quand même un matelas et un appareil de télévision dans la chambre, ainsi qu'une petite lampe posée par terre, qui jetait de longues ombres sur les murs blancs.

Il posa l'enfant sur le matelas et ôta la couverture. Elle se retrouva sur le côté, immobile. Elle portait une longue chemise de nuit en flanelle, avec des rubans rouges à hauteur de la gorge, et de la dentelle partout. La chemise de nuit lui était remontée au-dessus de la taille et elle était nue. Sport eut une impression de nausée à la vue de cette nudité. Il rabaissa la chemise de nuit et plaça la peluche rose à côté de l'enfant.

Pendant tout ce temps-là, Maxwell se tenait à ses côtés et observait. Dolenko, lui, n'était pas là. Il était sorti s'occuper d'un certain nombre de choses, au cabinet de Conrad. Maxwell regardait par-dessus l'épaule de Sport. Les yeux brillants, ses deux bras de grizzly pendant de part et d'autre de son corps, et ce sourire rêveur, cet air étrange sur le visage. Sport n'aimait pas ça. Une fois que Maxwell était bien excité, il n'y avait plus moyen de l'arrêter.

Lorsqu'il en eut fini avec l'enfant, il se tourna vers Maxwell.

— Écoute, Max, avertit-il en pointant un index autoritaire vers le visage poupin aux yeux enfoncés dans leurs orbites, à la moue boudeuse, maintenant, il faut que tu la laisses ! Compris ? Pour l'instant, tu ne peux pas te la faire. Ça foutrait tout par terre ! Tu comprends ?

Maxwell se massait les mains. D'un air embarrassé, il regarda l'enfant couchée sur le lit.

— Je pourrais la toucher. Ça foutrait rien par terre.

— Non ! dit fermement Sport, comme s'il s'adressait à un chien. Tu ne peux pas la toucher. Ça t'exciterait, et ensuite tu serais plus capable de te retenir. Tout serait terminé avant même que tu t'en rendes compte. Tu sais bien que j'ai raison, non ?

Pendant quelques instants, le regard de Maxwell passa de Sport à la fille. Un frisson parcourut l'échine de Sport. Il revoyait le Freak qui tremblait et donnait de furieux coups de pied tout en se vidant de son sang, sur le sol, et Maxwell qui le regardait. Maxwell qui bandait.

— J'fais que r'garder, se défendit Maxwell.

— T'es un brave mec ! dit Sport en lui administrant une claque sur l'épaule. Tu peux la surveiller, pour moi ? Mais laisse la porte ouverte. Je vais essayer de dormir pendant une heure.

Maxwell hocha la tête d'un air reconnaissant. Il plaça une chaise contre le mur et s'installa. Les épaules penchées en avant, ses grosses mains pendant entre ses jambes, il se mit à regarder la fillette. Sport, lui, gagna le salon en ayant soin de laisser ouverte la porte de communication. De toute façon, il avait décidé d'attendre Dolenko avant d'aller dormir.

Dans le salon il y avait deux canapés, une table basse, trois fauteuils en toile et deux lampadaires. En dehors de cela, l'immense surface de parquet était vide. Tous les meubles de Lucia Sinclair avaient disparu : les beaux fauteuils, les grosses bibliothèques et

106

les vitrines en bois de rose avec leurs bibelots en porcelaine. Le petit-fils de Lucia Sinclair s'en était occupé. Il était venu de San Francisco pour assister à l'enterrement et était resté quelque temps pour s'occuper du mobilier. Le jour même où la police eut terminé ses investigations sur place, il fit déménager l'appartement. Dix jours après la mort de la vieille dame, les lieux étaient vides. Le lendemain, Sport, Maxwell et Dolenko emménageaient.

Dès que Dolenko fut revenu du cabinet de Conrad, Sport s'allongea sur l'un des canapés. Il ferma les yeux et s'efforça de trouver le sommeil. Il s'imagina chantant dans un night-club. C'était ainsi qu'il se détendait. Il se voyait en smoking, une cigarette à la main, chantant « All or Nothing at All ». A leurs tables, les femmes poussaient des soupirs. Leurs maris le regardaient avec admiration. Au bout d'un certain temps, les pensées de Sport devinrent plus confuses. Il essayait toujours de chanter, mais il pétait bruyamment. C'était horrible. On aurait dit une trompette. Le public se moquait de lui. Les hommes s'esclaffaient en frappant les tables du plat de la main. Les femmes cachaient leurs bouches fardées de rouge derrière leurs mains blanches. Lui ne pouvait s'arrêter. C'est alors que Dolenko le secoua par l'épaule.

— Hé, Sport, elle se réveille !

Il ouvrit les yeux et s'assit d'un bond.

— Hein ? Quoi ?

— Elle se réveille, mec.

— Ah. D'accord, d'accord.

Il se frotta le visage et regarda Dolenko d'un œil vague. Dolenko se balançait d'avant en arrière sur ses pieds, et sans raison, hochait sans arrêt la tête. Il mâchait son chewing-gum à toute allure. Les muscles de sa mâchoire saillaient.

— Merci, Dolenko. Merci.

Sport regarda sa montre. 5 h 30.

Il se leva et se rendit dans la chambre à coucher.

L'enfant s'étirait sur le lit. Elle était allongée sur le dos et se frottait les yeux. Maxwell était debout, devant sa chaise. Il la regardait. Sport l'entendait respirer bruyamment.

La petite fille ouvrit les yeux et regarda autour d'elle.

— Maman ?

Puis elle se tourna et découvrit alors Sport et Maxwell.

— Maman ? Où est maman ?

Elle s'assit et porta aussitôt la main à sa tête, prise de vertige. Puis elle regarda à nouveau les deux hommes et sa lèvre inférieure se mit à trembler. Ses joues s'empourprèrent.

— Ça va aller, ma petite chérie, dit Sport avec la plus grande gentillesse.

— Où est maman ?

Sport lui adressa son sourire le plus éclatant.

— Écoute, ma petite chérie, ta maman ne peut pas venir maintenant, mais on va bien s'occuper de toi. On a une télévision et tout ce qu'il faut. On va bien s'amuser.

— S'il vous plaît, je veux voir maman. (Elle se mit à pleurer.) Mais où est-elle ?

Et merde ! se dit Sport sans cesser pour autant de sourire.

— Allez, ne pleure pas. On va bien s'occuper de toi. On peut même allumer la télé tout de suite et...

Mais les pleurs de la fillette redoublèrent, et elle se mit à hurler : « Maman ! Maman ! »

— Merde, merde ! murmura Sport.

Rapidement, il alla chercher le chloroforme dans l'autre pièce. Derrière lui, l'enfant continuait de hurler. Elle sanglotait si fort qu'elle parvenait à peine à articuler les mots : « Maman ! Maman ! »

Sport imbiba un chiffon de chloroforme et retourna à la chambre. Maxwell se tenait contre le lit, les mains levées devant lui, haletant. L'enfant, elle, était recroquevillée contre le mur, serrant contre elle sa peluche rose. Elle regardait Maxwell et pleurait si fort qu'elle était incapable de prononcer un mot. Mais lorsqu'elle aperçut Sport, elle parvint quand même à dire, entre deux sanglots :

— S'il vous plaît, s'il vous plaît, je veux voir maman.

Sport se pencha vers elle. Elle recula, mais il lui attrapa la nuque avec une main. De l'autre il voulut lui enfoncer le chiffon dans la bouche, mais elle recula en secouant la tête.

— Non, non, hoquetait-elle, s'il vous plaît !

Sport réussit à lui enfoncer le chiffon dans la bouche, mais une nouvelle fois elle s'en débarrassa. Nouvelle tentative. Cette fois-ci, elle se pencha en avant et vomit sur le lit un épais liquide jaune.

— Et merde ! lança Sport en se reculant.

— Non, non ! s'écria la petite fille en voyant le vomi.

Sa lèvre saignait, elle sanglotait.

Sport lui ramena la tête sur le chiffon.

— Allez, reste tranquille.

Cette fois-ci, la fillette ne put s'échapper. Elle regarda l'homme, les yeux remplis de larmes. Puis ses paupières se refermèrent et elle s'affaissa. Sport la laissa retomber sur le lit, puis agita la main devant lui pour chasser l'odeur de vomi.

En jurant, il tira la couverture de sous la fillette, la roula en boule avec le vomi à l'intérieur et la jeta dans un coin. Puis il leva les yeux et aperçut Maxwell.

Maxwell avait toujours les mains levées devant lui. Ses joues étaient rouges. Il semblait pétrifié. Et sa bite tendait l'étoffe de son pantalon comme un mât de drapeau.

Sport se redressa et administra une claque sur l'épaule de Maxwell.

— Allez, viens, dit-il en s'efforçant de chasser toute trace de colère de sa voix.

Ils laissèrent l'enfant dans la chambre et refermèrent la porte.

Au matin, Maxwell était toujours assis devant la porte, la regardant fixement.

Sport et Dolenko se trouvaient de l'autre côté de la pièce, devant les baies vitrées. Sport était assis dans l'un des fauteuils en toile, le téléphone portatif sur les genoux. Dolenko était debout à côté de lui et regardait aux jumelles l'immeuble d'en face en se balançant sur ses talons.

Dolenko se mit à glousser. Il avait un petit rire de fille.

— Hi hi hi! y s'en sont même pas rendu compte. Il s'assied pour prendre son petit déjeuner. (Même sa voix était tendue.) Ah, ça devient intéressant. V'là Gros Nichons qui entre dans la chambre de la gamine. Hi hi hi! ils la cherchent. Où est-ce qu'elle est, papa? J'sais pas, maman. Mais ousqu'elle a bien pu passer? Hi hi hi!

Sport secoua la tête comme s'il était affligé par le piètre humour de Dolenko, mais il ne pouvait cependant s'empêcher de sourire. Même sans jumelles, il apercevait distinctement les Conrad s'agiter dans leur appartement.

Dolenko accentua son balancement d'avant en arrière.

— Ils ont vu la porte! Ils ont vu la porte!

Sport posa la main sur le combiné de son appareil. *On peut penser ce qu'on veut de Dolenko*, songea-t-il, *mais faut reconnaître qu'il s'y connaît en électronique*. Au départ, Sport voulait truffer l'appartement de micros et même y installer des caméras.

Lorsque cela se fut révélé infaisable, Dolenko avait avancé l'idée du transmetteur. Désormais, le téléphone de Conrad était branché directement sur l'appareil portable de Sport. Celui-ci pouvait appeler, mais Conrad ne pouvait joindre que lui.

Sport approcha le combiné de son oreille.

Un instant plus tard, il vit Conrad se ruer sur son téléphone et entendit le déclic, puis le claquement des touches sur lesquelles appuyait le médecin. Il y eut un moment de silence.

Sport se mit à parler avec le plus grand calme, en dépit de son excitation.

— Bonjour, docteur Conrad. Je m'appelle Sport.

Nouveau moment de silence.

— Mais enfin...

Sport l'interrompit.

— Écoutez-moi. Et pas un mot ! J'ai votre fille.

Cette fois-ci, le silence fut plus long.

— Qui êtes-vous ? Mais enfin qui êtes-vous ?

— Ça fait plusieurs jours que je travaille dans votre appartement, docteur Conrad. J'y ai installé des micros et je peux entendre ce que vous dites ; j'y ai aussi installé des caméras et je peux voir ce que vous faites. Par exemple, je trouve que vous avez une très jolie chemise. L'orange vous va bien. Et vous devriez porter des jeans plus souvent.

— Regarde-le, regarde-le, murmura Dolenko, il cherche les caméras ! Hi hi hi ! Où qu'elles sont ? y se dit. (Il rit.)

Sport lui fit signe de rester tranquille. Il gardait les yeux fixés sur la silhouette de Conrad.

— Si vous essayez de sortir, reprit Sport, si vous essayez de contacter qui que ce soit, je tue votre fille. Si vous essayez de démanteler mon installation, si vous tentez la moindre chose suspecte, je la tue.

— Espèce de salopard ! Où est ma fille ? Je veux parler à...

— Tut, tut ! dit Sport en souriant. Ça, c'était une erreur. Si vous commettez encore une erreur, votre fille en souffrira. Si vous commettez encore une erreur après ça, votre fille mourra.

Il attendit un moment. *Est-ce que le riche médecin de Park Avenue allait encore la ramener ?*

— C'est bon, dit Conrad au bout d'un moment. Qu'est-ce que vous voulez ?

Le sourire de Sport s'élargit. Ses yeux étaient brillants.

— A la bonne heure, docteur. Écoutez-moi bien : avez-vous des rendez-vous aujourd'hui ? Attendez-vous des visites ?

Silence à l'autre bout du fil. Puis :

— Non. Non.

— Il vaut mieux me le dire maintenant, parce que si quelqu'un se pointe plus tard, ça veut dire couic pour la chère petite Jessica.

— Non. On devait aller... Non, il n'y a rien. Non.

— C'est bien. Je veux que vous restiez là où vous êtes et que vous ne fassiez rien. Vous pouvez manger et vous pouvez aller chier, mais même quand vous irez chier, je vous surveillerai. Je vous rappellerai ce soir à 19 heures. Je vous dirai alors que ce que vous aurez à faire pour revoir votre fille vivante.

— Écoutez...

Sport raccrocha le combiné et se mit à rire doucement. « Hi hi hi ! », lança Dolenko derrière lui.

Maxwell était toujours assis dans son fauteuil de toile, les épaules voûtées, le regard fixé sur la porte de la chambre.

DUR

Lentement, Conrad reposa le combiné sur l'appareil.

— Nathan ?

Il prit une profonde inspiration.

— Nathan, qu'est-ce qui… ?

Finalement, il parvint à se tourner vers elle.

— Mon Dieu, Nathan, qu'est-ce qui se passe ?

Agatha était penchée vers lui, les mains serrées entre ses seins.

Il mit un moment à pouvoir répondre.

— Quelqu'un l'a enlevée.

— Enlevée… ?

— Écoute-moi, Aggie.

Il s'avança vers elle et la prit par les épaules.

— On l'a enlevée ? répéta Agatha. On a enlevé mon enfant ? Mais pourquoi… ?

— Chut, Aggie, écoute-moi.

— Mais pourquoi est-ce qu'on a enlevé ma petite ? Pourquoi… ?

— Je n'en sais rien. Je t'en supplie, Aggie, écoute-moi, je n'en sais rien.

— Il faut qu'ils la ramènent. Pourquoi est-ce qu'ils ne la ramènent pas ? Ils veulent de l'argent ? On peut leur en donner, on peut leur donner tout notre argent. Tu leur as proposé ? Il faut leur dire ça, comme ça ils nous la ramèneront. Nathan…

— Mon Dieu…

Conrad la prit dans ses bras et la serra contre lui. Ses yeux se remplissaient de larmes, mais il parvint à les refouler. Agatha tremblait et continuait de parler contre sa poitrine.

— Ils ne peuvent quand même pas venir ici, chez nous ! Prendre mon enfant ! Ils ne vont pas lui faire de mal, hein ? Ce n'est qu'une petite fille.

— Chut ! lui murmura Conrad à l'oreille. Chut !

— On devrait appeler la police. Peut-être que si on appelait la police...

— Impossible. Ils nous observent, ils nous écoutent. Ils ont... Ils ont placé des caméras dans l'appartement. Et aussi des micros.

— Mais il faut... il faut faire quelque chose.

— Il faut attendre. Ce type – il s'appelle Sport – va nous rappeler à 19 heures pour nous dire ce qu'on doit faire. Mais si on ne se contente pas d'attendre, s'ils nous voient faire la moindre chose... ils feront du mal à Jessica.

— Oh non ! Oh, mon Dieu !

Conrad la serra contre lui.

— Chut, lui murmura-t-il à l'oreille, chut.

Au bout d'un moment, Agatha s'écarta doucement et leva les yeux vers lui. Elle ne pleurait plus, mais ses yeux étaient grands ouverts, comme quelqu'un qui vient de recevoir un coup de poing dans le ventre. Elle plongea le regard dans celui de son mari, pour y quêter quelque chose, n'importe quoi qui vînt de lui.

Conrad lui caressa doucement la joue.

— Ça va aller.

— Mais pourquoi ça, Nathan, pourquoi ?

Finalement, elle se mit à pleurer.

— Oh, mon Dieu, ma petite Jessica. Ma Jessie, mon bébé...

Elle sanglotait, couvrant sa bouche de sa main. Puis, à tâtons, avec l'autre main, elle trouva une chaise et s'y effondra. Elle s'approcha de la table et ses pleurs redoublèrent. Elle portait la robe de chambre blanche de son mari et, avec ses cheveux défaits, ses joues rondes trempées de larmes, elle avait l'air vieille et désespérée.

Conrad détourna le regard et passa la main dans ses rares cheveux. Il se sentait incapable de la regarder. Au bout d'un moment, il quitta la pièce et se rendit dans leur chambre. Sa mallette se trouvait dans le placard. Il s'agenouilla et fouilla à l'intérieur jusqu'à ce qu'il eût trouvé un flacon de Xanax.

Maladroitement, il versa deux comprimés dans le creux de sa main. *Ça va aider*, murmura-t-il pour lui-même. Les comprimés, ovales et de couleur violette, étaient dosés à un milligramme. Il reboucha le flacon, puis l'ouvrit à nouveau et sortit un autre comprimé.

Il alla prendre un verre d'eau à la salle de bains et ramena le tout à Agatha, toujours assise à la table de la salle à manger. Elle regardait le mur, en silence, mais des larmes roulaient sur ses joues et elle continuait de se frotter les mains l'une contre l'autre.

— Tiens, dit Conrad en déposant devant elle les comprimés et le verre d'eau.

Il détourna les yeux et son regard rencontra la porte d'entrée, avec sa chaîne coupée.

— Ça va t'aider, reprit-il.

Aggie leva les yeux vers lui, stupéfaite.

— Quoi?

— Ce sont des médicaments. Ça va t'aider.

Agatha regarda les pilules violettes, puis leva à nouveau les yeux vers lui. Sans cesser de pleurer, elle se mit à rire. Puis son rire se figea. Soudain, comme si elle le giflait, elle fit voler le verre d'eau d'un revers de main. Le verre atterrit sur la moquette marron, faisant une large tache.

— Va te faire foutre, Nathan, lança Agatha d'une voix qu'il ne lui avait jamais entendue. Va te faire foutre !

Conrad eut l'impression de recevoir un coup à l'estomac, ses jambes faillirent se dérober sous lui. Il s'assit sur une chaise en face d'elle.

— Excuse-moi, Aggie, je t'en prie, excuse-moi.

Il voulut lui prendre la main, mais elle le repoussa. Elle refusait de le regarder. Conrad sentit sa gorge se serrer. Il dut faire un effort immense pour ne pas pleurer.

— Je ne supportais pas de te voir comme… Je ne pouvais pas…

Il ne put en dire plus et baissa les yeux sur la table. Quelques secondes plus tard, Agatha se tourna vers lui et lui prit la main. Conrad serra entre les siennes la main de sa femme.

— Je sais, dit-elle doucement. Je sais.

Les premières heures qui suivirent l'appel de Sport, Conrad crut qu'il allait devenir fou. Agatha et lui demeurèrent assis à regarder les murs, à regarder les fenêtres, comme des prisonniers. Prisonniers dans leur propre appartement. Ils ne parlaient pas. Que se dire? Et puis *eux*, ce type nommé Sport, pouvaient les entendre. Ils étaient assis sur le canapé, main dans la main. Conrad songeait à ce Sport.

Il songeait à la voix de ce Sport.

Si vous commettez une erreur…

Il entendait encore cette voix douce, assurée, enjôleuse…

… ça veut dire couic pour la chère petite Jessica…

Cette voix ne lui disait rien, il ne la reconnaissait pas. Mais ce ton lui était familier. Il avait déjà entendu parler comme ça. Dans les hôpitaux. Dans les chambres blanches, sans ombres, fermées à clé.

Si vous commettez une erreur…

Au bout d'un certain temps, Conrad se leva et se mit à faire les cent pas. Il fallait réfléchir. Réfléchir à ce qu'avait dit Sport.

Bonjour, docteur Conrad.

Il l'avait appelé docteur. Il savait qui il était. C'était peut-être un ancien patient. Peut-être voulait-il seulement qu'on s'occupe de lui. Ou alors il voulait de la drogue. Il se disait peut-être qu'un médecin pourrait l'aider à obtenir de la drogue. Il devait bien vouloir quelque chose. De la drogue. De l'argent. Quelque chose.

Conrad continua de faire les cent pas. A 19 heures, Sport et lui se parleraient à nouveau.

Puis Agatha se remit à pleurer. Il interrompit ses allées et venues. Il s'assit et la prit dans ses bras. Ils essayèrent de se réconforter mutuellement, ils se dirent qu'il fallait garder leur calme, manger. Mais ils ne purent rien avaler. C'était impossible. Ils attendaient. Sur la montre de Conrad, les aiguilles semblaient ne pas avancer. A travers la fenêtre, la lumière grise semblait ne pas changer.

La mort du temps s'était comme insinuée à l'intérieur de Conrad. Il avait envie de s'arracher la peau pour pouvoir l'extirper de lui. Il avait envie de se ruer sur la porte et d'aller appeler la police. Il avait envie d'attraper ce Sport, de lui hurler : « Où est ma fille ? » Au bout de deux heures, il eut même envie de prendre un couteau de cuisine, de tuer sa femme et de se tuer lui-même. N'importe quoi, mais en finir.

Ce furent les pires moments. Après cela, le déroulement du temps leur sembla différent. Il parut s'accélérer. Le mari et la femme regagnèrent ensemble leur chambre à coucher. Assis au bord du lit, ils regardèrent la télévision. Les nouvelles, sur le câble. Un bulletin toutes les demi-heures. Des soulèvements en Europe de l'Est. Un pétrolier en feu dans le golfe Persique. De demi-heure en demi-heure, la journée commença à s'écouler. Tout en regardant la télévision, Conrad songeait à Sport. Il se souvenait de la voix de Sport et de la sienne. Il avait laissé sa peur transparaître dans le ton de sa voix.

A ce souvenir, il serra les dents. Il se remit à regarder la télévision. Mel Gibson allait tourner un nouveau film. La neige était tombée dans les États de l'Ouest. Le froid arrivait dans l'Est. Derrière la fenêtre, la lumière changeait, prenait une nuance d'acier poli. Conrad et Agatha s'allongèrent sur le lit. Elle dormit un peu dans ses bras. Lui songeait à Sport en regardant le plafond.

A son réveil, Agatha décida de s'habiller. Elle se mit dans un coin et Conrad déploya sa robe de chambre devant elle. Rapidement, elle enfila un jean et un sweat-shirt tout en regardant autour d'elle pour tenter de repérer la caméra. Lorsqu'elle alla aux toilettes, elle se couvrit les genoux avec une serviette. Même ainsi, elle se sentait humiliée.

A 17 heures ils dînèrent, assis au comptoir de la cuisine, de sandwiches au fromage et au jambon. Agatha était occupée à couper des tartines lorsqu'elle éclata en sanglots. Conrad eut presque envie de la gifler, de lui hurler : « Assez ! » Mais il la serra tendrement dans ses bras. Sans cesser de pleurer, elle se remit à couper du pain.

A la fin, le temps se ralentit à nouveau. Il semblait même s'être arrêté. Dehors, la lumière disparut et les ténèbres s'installèrent. Jusqu'à ce moment, Conrad avait regardé la lumière et s'était dit : *Quand il fera noir, il appellera.* Mais une fois la lumière disparue, il ne restait plus rien à regarder. Pendant la dernière demi-heure, Agatha et lui demeurèrent assis à la table de la salle à manger. Main dans la main, s'efforçant de sourire.

A 18 h 55, Agatha prit entre les siennes les mains de son mari. Elle s'efforçait de sourire encore, mais elle se mit à pleurer.

— Dis-leur, Nathan... Dis-leur qu'on fera n'importe quoi.

Arrête, songeait-il, *arrête !* Mais il lui tapota la main en s'efforçant lui aussi de sourire.

— Ça ira, la rassura-t-il d'une voix rauque.

Il jeta un coup d'œil à sa montre. 19 heures précises. La sonnerie du téléphone retentit.

Conrad bondit sur l'appareil, Agatha à ses côtés. La sonnerie retentit une nouvelle fois. Il décrocha. Silence à l'autre bout du fil. Il ne dit rien. Il attendit.

— Alors, docteur, on ne dit même pas bonjour? C'est important, les bonnes manières, vous savez.

Conrad mit un moment avant de répondre. Il avait eu onze heures pour y réfléchir. Il fallait y aller directement.

— Bonjour, Sport.

Et c'était bon. La voix était ferme, décidée. Toute l'assurance du médecin.

— Bonjour, Sport. Parlons donc de ma fille.

Il y eut une hésitation, que Conrad perçut. Puis :

— J'vais vous dire une chose, docteur. C'est moi qui parle et vous qui écoutez. C'est comme ça que ça se passe chez les psys, non? Moi je parle, et vous, vous écoutez! (Il gloussa.) Alors vous allez m'écouter et je vais vous dire exactement ce que vous allez faire...

— Non! dit Conrad en pressant fortement le combiné contre son oreille.

Il enfonça profondément sa main libre dans sa poche pour que ce salaud ne le voie pas trembler.

— Non, répéta-t-il. J'ai peur que ça ne suffise pas.

— Nathan! s'écria Agatha, horrifiée.

Il lui tourna le dos.

A l'autre bout du fil, la voix doucereuse se fit dure.

— Attention, docteur, n'oubliez pas ce que je vous ai dit à propos des erreurs à ne pas commettre.

— Je m'en souviens... (il dut avaler sa salive pour pouvoir prononcer son nom), Sport, mais avant de continuer, avant d'écouter ce que vous voulez que je fasse, je veux parler à ma fille.

— Écoutez, docteur, y'a quelque chose que vous semblez pas avoir pigé. Je me fous éperdument de ce que vous voulez. Ce que vous voulez, c'est de la merde pour moi!

— Je comprends parfaitement votre point de vue, mais...

Mais Sport l'interrompit en hurlant :

— Ne me parle pas avec ce ton de psychiatre, espèce d'enculé de suceur de bite! Je vais lui ouvrir le ventre comme un poisson, moi, tu vas voir ça, docteur Trouduc! T'as compris?

Conrad en eut le souffle coupé. Les mots ne parvenaient pas à franchir ses lèvres. Il s'y efforça pourtant.

— Je... si je... si je ne peux pas lui parler, j'en déduirai qu'elle est morte.

Agatha laissa échapper un petit cri.

— Et si elle est morte, je vais aller voir la police.

— C'est ça, espèce de petit con, je vais te dire plutôt ce que…

Nathan raccrocha.

Il demeura immobile, la main posée sur l'appareil. Il n'y avait plus qu'à attendre. *Ils observent,* se disait-il. *Il n'y a plus qu'à attendre.* Sa main s'ouvrit lentement sur le combiné.

— Nathan ! s'exclama finalement Agatha, qui venait de retrouver l'usage de la parole. Nathan, mon Dieu, qu'est-ce que tu as… ?

— Écoute…

Il lui serra fortement les épaules et plongea ses yeux dans les siens. Puis il lui parla d'une voix forte, de façon à ce que Sport pût l'entendre.

— Écoute-moi, Aggie, on va aller trouver la police. Il faut aller voir la police.

Appelle ! songeait-il. *Rappelle-moi, espèce de salopard !*

Il avait eu près de onze heures pour y réfléchir. Il avait pris sa décision. Ces gens-là avaient commis un acte terrible. Ce qu'ils voulaient obtenir représentait pour eux quelque chose d'immensément important. De la drogue… de l'argent… des soins médicaux… quelque chose qu'il possédait et qu'ils devaient absolument lui arracher. Là était son atout. S'il ne s'en servait pas, s'il n'insistait pas pour parler à Jessica, quelle raison auraient-ils de la garder en vie ?

— Il faut aller voir la police, répéta-t-il.

Le téléphone demeurait silencieux. Agatha le regarda en secouant la tête.

— Non… non…

— Il faut y aller !

Et il se dirigea vers la porte d'entrée.

La sonnerie se fit entendre.

Conrad s'immobilisa et se retourna. Deuxième sonnerie. Agatha ne pouvait détacher son regard de l'appareil.

Conrad revint sur ses pas et décrocha le combiné à la troisième sonnerie.

— Alors ? dit-il.

A l'autre bout du fil, le silence lui fit l'effet d'une grande route au Texas : infini et immuable. Et puis, doucement d'abord et de plus en plus fort, Sport se mit à rire. Un ricanement mauvais.

— Oh, oh! C'est un dur, ce docteur-là. Un vrai dur. Et si je l'amenais au téléphone pour que vous entendiez ses cris? Hein, qu'est-ce que ça vous ferait?

— Non, dit Conrad avec le plus grand calme. Quoi que vous vouliez de moi, vous ne l'aurez pas si vous lui faites mal.

Sport continua de rire.

— Ça va, ça va, j'ai pigé. Un papa dur, ce docteur-là! (Un moment de silence.) Je vais vous dire, en fait, ça me plaît. Non, c'est vrai... c'est le genre d'attitude qui me plaît bien. C'est comme ça que je réagirais moi aussi. Vous savez quoi? En d'autres circonstances, vous et moi, je crois qu'on s'entendrait bien.

Conrad serra le poing au fond de sa poche. *Je l'ai eu,* se dit-il.

— C'est bon, dit alors Sport. Ne quittez pas, monsieur le dur à cuire.

Un déclic, puis un murmure de voix. Conrad tendit l'oreille, mais n'entendit rien de plus.

— Nathan..., murmura Agatha, que se passe-t-il?

Il se tourna vers elle et lui posa la main sur l'épaule. Le visage d'Agatha était pâle, elle avait les traits tirés. Il lui sourit.

Un déclic dans l'écouteur.

— Papa?

— Jessica?

— Papa. (Elle se mit à pleurer.) J'ai peur, papa!

Des larmes jaillirent des yeux de Conrad.

— Je sais, ma chérie, mais ne t'inquiète pas: ça va s'arranger.

— Je ne veux pas rester ici, papa. Ils sont méchants. Pourquoi est-ce que je peux pas rentrer à la maison? Je veux rentrer à la maison.

— Ça va s'arranger, Jessie. Tu seras bientôt à la maison. (Il ferma très fort les yeux.)

— Mon Dieu, Nathan, s'il te plaît...

Agatha tendit les deux mains vers le téléphone.

Mais Conrad écarta le combiné. Il entendait déjà Jessica qui criait...

— Non! Je veux parler à ma maman! Je veux ma maman! S'il vous plaît. S'il vous plaît... Papa!

Mais ses sanglots se faisaient de moins en moins distincts: on l'emmenait.

— Et maintenant, dit Sport quelques instants plus tard, voici ce que vous allez faire, docteur.

Conrad se couvrit les yeux de la main. Il savait qu'on le regardait, il savait qu'il y avait des caméras, mais il ne pouvait s'en empêcher.

— Vous allez rendre visite à une de vos patientes, reprit Sport. Une femme nommée Elizabeth Burrows…

UNE QUESTION TOUTE SIMPLE

Vous serez suivi. A chaque instant vous serez surveillé. Conrad enfila son imperméable. Agatha l'accompagna jusqu'à la porte.

Si vous vous arrêtez, je la tue. Si vous tournez dans la mauvaise direction, je la tue. Si vous jouez le moindre tour, si vous prononcez le moindre mot, si vous commettez une erreur... elle mourra.

A la porte, Agatha leva les yeux vers lui. Sans un mot. Il lui caressa la joue et pressa ses lèvres sur les siennes.

— Ne leur montre pas que tu pleures, Aggie, lui conseilla-t-il. Elle secoua la tête avec un petit sourire crispé.

— Non.

— N'ouvre la porte à personne.

Elle fut incapable de répondre.

— Je vais revenir.

Elle hocha la tête.

Il sortit sur le palier. La porte de l'appartement se referma derrière lui.

Il y aura quelqu'un derrière vous tout le temps, lui avait dit Sport. *Ça pourra être n'importe qui. Ça pourra être votre concierge ou votre meilleur ami. Ça pourra être le boucher ou le boulanger. Mais il y aura quelqu'un.*

Conrad marcha lentement jusqu'à l'ascenseur et appuya sur le bouton. La lumière au-dessus de la porte indiqua que la cabine descendait : 12... 11... 10... Il jeta un coup d'œil dans le couloir. Personne. Son regard rencontra la porte de l'appartement 5C. Celle de ses voisins. Scott et Joan Howard, des bijoutiers à la retraite, se trouvaient derrière cette porte. Il se sentait attiré comme par un aimant. Il s'entendait déjà dire : « Appelle la police, Scott. » Il se pencha même vers la porte.

Mais il porta la main à sa gorge.

Je trouve que vous avez une très jolie chemise. L'orange vous va bien.

C'est alors que derrière lui une autre porte s'ouvrit. Conrad pivota sur ses talons. Billy Price sortit de son appartement, une boîte dans chaque main. Conrad se rappela l'avoir rencontré dans l'ascenseur : c'était son nouveau voisin, le type de Wall Street avec son humour faisandé.

Le jeune homme lui adressa un sourire timide.

— Bonjour, docteur, comment allez-vous ?

Conrad hocha la tête en souriant.

— Et un autre samedi de foutu ! lança Price en ouvrant la porte du vide-ordures et en la maintenant avec l'épaule. Vous vous rendez compte que je suis encore en train de déballer des cartons ?

Je m'en fous éperdument, songea Conrad sans se départir de son sourire.

— Et où est donc votre petite fille, aujourd'hui ? demanda Price.

— Euh… eh bien… elle est sortie, elle est… avec des amis.

— Ah bon. Eh bien ! à bientôt.

Un signe de la main, et Price reprit lentement le chemin de son appartement.

La porte de l'ascenseur s'ouvrit. Conrad s'engouffra dans la cabine.

— C'est ça, à bientôt.

Il y aura quelqu'un derrière vous tout le temps. Ça pourra être votre concierge ou votre meilleur ami. Ça pourra être le boucher, ou le boulanger. Mais il y aura quelqu'un.

Dans l'ascenseur, Conrad regarda défiler les chiffres lumineux : 5… 4… 3… Si quelqu'un le surveillait, ils sauraient s'il arrêtait l'ascenseur, s'il sortait avant.

Il descendit jusqu'au rez-de-chaussée.

En se dirigeant vers la porte du hall, il aperçut le concierge. Ce soir, c'était Ernie. Un grand et mince Hispanique, avec un large sourire, amical. Ernie lui ouvrit la porte vitrée.

— Bonsoir, docteur.

Conrad lui rendit son sourire.

Dehors, la nuit était froide et un peu humide. Un mince banc de brume s'était accroché à la façade de la bibliothèque Morgan, de l'autre côté de la rue. Les projecteurs braqués dessus soulignaient le relief des frises et plongeaient les niches dans une obscurité plus profonde. La lueur des projecteurs baignait également les sycomores et leurs feuilles jaunes en train de mourir.

Des gens passaient sous les arbres. Un Noir en veste de cuir, avec une fille à son bras, qui riait ; un homme en complet sombre, aux cheveux argentés ; une vieille femme aux cheveux teints en roux, qui promenait son cocker. Un jeune sans-abri était assis sur les marches de la bibliothèque, la tête sur les genoux.

Conrad s'immobilisa un instant et les regarda. Des gouttes de sueur perlaient à ses tempes. L'une d'elles roula sur sa joue, puis sur son menton.

Si vous vous arrêtez, je la tue. Si vous tournez dans la mauvaise direction, je la tue. Si vous jouez le moindre tour, si vous prononcez le moindre mot, si vous commettez une erreur... elle mourra.

Il se dirigea vers le garage, à côté de là.

— Comment ça va, docteur ? On va vous chercher la vieille Rolls ?

Conrad regarda dans les yeux l'employé du garage, Lar. Ce visage lui était familier : nez retroussé, joues rubicondes. Lar travaillait là presque toutes les nuits. Il saluait toujours Agatha quand il la voyait. Et quand il voyait Jessica, il faisait semblant de lui voler son nez. Et à présent que Conrad le regardait droit dans les yeux, Lar lui rendait son regard, sans ciller.

— Oui, merci, dit Conrad.

Lar disparut dans les profondeurs du garage.

Conrad attendit, les mains dans les poches de son imperméable. Nerveusement, il jeta un coup d'œil par-dessus son épaule. Son cœur se mit à battre plus fort.

De l'autre côté de la rue, juste à côté d'un frêle ginkgo, un homme le regardait. Conrad se figea sur place.

Avec un crissement de pneus, la Corsica bleue de Conrad jaillit des profondeurs du garage et s'immobilisa devant lui. L'employé en descendit.

— Merci, Lar, dit Conrad d'une voix rauque en se glissant au volant.

Et maintenant, docteur, voici ce que vous allez faire. Il est 19 h 05. Dès que vous aurez raccroché, vous enfilerez votre manteau et vous sortirez. Vous vous rendrez en voiture à Impellitteri, l'asile de fous. Le trajet devrait durer vingt, vingt-cinq minutes.

La Corsica roula lentement sur la 36e Rue en direction du tunnel de Midtown. Au coin de Lexington, Conrad s'arrêta à un feu rouge. Une Grand Am verte vint se ranger à côté de lui. Conrad tourna la tête et aperçut un jeune homme musclé au volant. Il avait les cheveux coupés en brosse et portait un tee-shirt blanc. Il regarda Conrad, lui fit une grimace et d'un coup d'accélérateur fit hurler son moteur.

Conrad détourna le regard. Il jeta un coup d'œil dans son rétroviseur, mais ne réussit pas à voir le visage du conducteur derrière lui... il n'y avait que deux phares allumés et... quelqu'un qui le regardait.

Le feu passa au vert. Il démarra et prit la direction du tunnel.

Bon, avait dit Sport. *Il est maintenant 19 h 30. Vous entrez dans l'hôpital et vous allez voir Elizabeth. Directement. Ne perdez pas de temps, ne parlez à personne. Parce que du temps, docteur, vous n'en avez pas, vous comprenez ce que je vous dis ? Vous allez voir Elizabeth. Vous lui parlez. Comme vous le faites d'habitude. Pas de médicaments, ça ne marchera pas, il faut qu'elle ait l'esprit clair. Parlez-lui, faites en sorte qu'elle se détende. Qu'elle bavarde avec vous. Je vous donne environ une demi-heure pour ça, peut-être même quarante-cinq minutes si ça peut vous arranger. Bon, maintenant il est 20 h 15. Elle parle, elle est détendue, elle vous fait confiance. A ce moment-là, au bon moment, vous voyez ce que je veux dire ? Eh bien ! au bon moment, je veux que vous lui posiez une question toute simple.*

Plusieurs routes se rejoignaient et plongeaient dans l'ouverture du tunnel. La Corsica se glissa dans le flot des voitures. Quelques instants plus tard, Conrad devait cligner des yeux pour se protéger des lumières du tunnel. Des lumières disposées sur les céramiques jaunes et crasseuses des parois. Des phares qui l'éblouissent, en sens inverse. Des feux de position rouges et les éclairs rouges des feux de freinage devant lui.

Un ouvrier de la voirie marchait sur le trottoir, à sa droite, et jeta un coup d'œil à la voiture de Conrad. Un camion de Coca-Cola le talonnait. Devant, l'homme qui conduisait la Chevrolet bleue regarda dans son rétroviseur ; Conrad aperçut ses yeux.

« Elizabeth, quel est le numéro ? » C'est ça, la question. C'est tout ce que vous avez à dire. C'est tout ce que vous avez à lui demander. Une fois qu'elle sera lancée, une fois qu'elle se sera mise à vous parler, tout ce que vous aurez à faire, c'est de vous pencher vers

elle, amicalement, comme font les psys, et de lui dire : « Elizabeth, quel est le numéro ? » Rien d'autre. C'est pas plus compliqué que ça.

Au débouché du tunnel, il se retrouva dans la nuit brumeuse, poussé en avant dans la file de voitures vers la cabine de péage. Bientôt, il roula sur la voie express de Long Island.

Il serra fort le volant entre ses doigts. A présent, il sentait la sueur transpercer sa chemise, dans le dos et sous les bras. La Corsica se frayait son chemin sur la large route. Au milieu des voitures qui le dépassaient, le croisaient, roulaient à ses côtés. Des silhouettes sombres au volant.

Des phares comme des yeux.

Il était 19 h 25 lorsqu'il se gara sur le parking d'Impellitteri. Il avait cinq minutes d'avance sur le programme de Sport.

Vous serez de retour à 21 heures. Pas une minute de plus. Pas une seconde. Je n'attendrai pas une seconde de plus, docteur. Après 21 heures, ça sera terminé pour vous, terminé pour votre fille. Ne l'oubliez pas.

Conrad gara sa voiture dans un emplacement réservé, juste au pied du bâtiment. Il tapota la poche intérieure de son imperméable et sentit le petit magnétophone à cassette. Il l'avait amené pour que tout lui paraisse normal.

Elizabeth, quel est le numéro ? Une seule question, toute simple.

Il sortit de la voiture et referma la portière.

Là, loin de l'abri que constituaient les gratte-ciel de Manhattan, la nuit était froide. La brume le glaçait jusqu'aux os. Il frissonna.

Pendant une seconde, il demeura là où il se tenait, s'efforçant de retrouver son calme. Ses mains tremblaient fortement et il ne parvenait pas à reprendre son souffle. Lentement, en se passant la langue sur les lèvres, il parcourut du regard le bâtiment d'Impellitteri.

La tour de l'horloge. C'est ce que Sport lui avait dit. Quand elle vous aura donné le numéro, venez à la tour de l'horloge sur Leonard Street. Vous la connaissez ? C'est très loin, alors laissez-vous au moins une demi-heure pour y arriver. Ça veut dire que vous devez quitter Impellitteri à 20 h 30 au plus tard. Vous aurez tout juste le temps. 21 heures. Vous avez rendez-vous à 21 heures. Pas une minute de plus. Pas une seconde de plus.

Haletant, Conrad regarda l'austère cube de pierre gris qui luisait dans la nuit. Un fin brouillard l'enveloppait. Des écharpes de brume s'accrochaient aux rayons lumineux des lampadaires. Là où, derrière les fenêtres, il y avait de la lumière, elle faisait ressortir le treillis métallique incorporé au verre des carreaux. Là où il n'y avait pas de lumière, les fenêtres le regardaient d'un regard sans vie.

Je ne veux pas rester ici, papa. Ils sont méchants. Pourquoi est-ce que je peux pas rentrer à la maison ? Je veux rentrer à la maison.

— Mon Dieu, murmura Conrad.

Elle avait si peur.

Pourquoi est-ce que je peux pas rentrer à la maison, papa ?

Elle avait si peur et lui ne savait pas. Il ne savait pas qui l'avait enlevée, ni pourquoi. Il ne comprenait même pas ce qu'ils voulaient.

Je ne veux pas rester ici, papa.

Mon bébé, songea-t-il. *Ma petite fille.*

Mais il chassa ces pensées de son esprit. Il fallait rester calme, compétent, professionnel. L'autorité du médecin. Il appuya ses mains contre ses flancs pour faire cesser leur tremblement.

Elizabeth, songea-t-il, *quel est le numéro ?*

Une question toute simple. C'est tout ce qu'il avait besoin de savoir.

Il pénétra dans l'hôpital.

Le hall était plongé dans l'obscurité.

Au plafond, les néons violets crachotaient et grésillaient. L'infirmière derrière le guichet de la réception, le garde à l'entrée, tous deux se découpaient comme des ombres chinoises.

Ne perdez pas de temps, ne parlez à personne.

Conrad sortit sa carte médicale et la montra au passage à l'infirmière. Elle lui adressa un signe de tête sans sourire. Puis il accrocha la carte au revers de son imperméable ; cela lui donna une contenance tandis qu'il s'avançait sous le regard du garde.

Arrivé devant l'ascenseur à la large porte argentée, il appuya sur le bouton.

— Hé, Nate !

Une voix tonitruante à l'autre bout du hall.

Merde ! se dit Conrad. Il ne se retourna pas. La porte de l'ascenseur s'ouvrit et il s'engouffra à l'intérieur.

— Hé, Nate ! Attends ! Attends-moi !

Ne parlez à personne...

Conrad avait besoin de sa clé pour gagner le quatrième étage. Il la rechercha frénétiquement sur son trousseau. Bon sang de bon sang...

Ne perdez pas de temps.

La voix de Jerry Sachs devenait de plus en plus forte au fur et à mesure qu'il traversait le hall.

— Nathan ! Retiens l'ascenseur !

La porte se referma. Conrad introduisit la clé dans la serrure et la tourna en regardant les numéros illuminés.

Puis la porte de l'ascenseur se rouvrit. Jerry Sachs pénétra à l'intérieur.

Le gros homme était hors d'haleine. Des gouttes de sueur luisaient sur son crâne chauve et rose. Sa chemise rose et son complet vert, sous les bras, étaient également trempés.

— Mais enfin, Nathan, tu ne m'as pas entendu ? Tu veux bien appuyer sur le troisième étage, pour moi ?

Il s'essuya le visage d'un revers de main.

— Excuse-moi, Jerry, j'étais…

Sans terminer sa phrase, Conrad appuya sur le bouton du troisième étage. Les portes de l'ascenseur se refermèrent.

Conrad étudia les chiffres lumineux qui s'inscrivaient au-dessus de la porte : 1… 2… Sachs, lui, le considérait d'un air jovial.

— Alors, on est de sortie le samedi soir ? Je parie que les gens de Central Park Ouest, dans ton genre, ne sont pas habitués à ces horaires de médecin. (Il pouffa.)

Conrad se tourna vers lui et le regarda, plongea son regard dans ces yeux agrandis par les épais verres teintés.

Des yeux d'imbécile, comprit-il soudain. Un homme vénal et grossier, c'est vrai, mais surtout un imbécile, effrayé par l'intelligence et la complexité de la vie.

« Jerry, dit brusquement Conrad. Ma fille a été enlevée. Mon appartement est sous surveillance. Je t'en prie, appelle la police. »

Mais il resta muet. Les mots ne purent franchir ses lèvres.

Il y aura quelqu'un derrière vous tout le temps. Si vous jouez le moindre tour, si vous prononcez le moindre mot, si vous commettez une erreur… elle mourra.

— Oui, effectivement, je crois qu'il est tard, dit-il doucement.

L'ascenseur s'arrêta au troisième étage. La porte s'ouvrit.

— Salut, Nate.

Sachs sortit. Conrad poursuivit seul jusqu'au quatrième.

Il était à présent 19 h 40. Il lui restait cinquante minutes. Il passa devant la gardienne de prison – la même femme obèse –

assise à son bureau, ouvrit la porte du couloir et se dirigea vers la chambre n° 3.

Des aides-soignantes le croisaient ou le dépassaient dans le couloir faiblement éclairé. Conrad évitait leur regard. Il serrait fortement son trousseau de clés dans sa main.

Quel est le numéro ? ne cessait-il de se répéter. *Une seule question, toute simple.*

Il introduisit la clé dans la serrure…

C'est alors que la panique s'empara de lui. Sa main se mit à trembler sur la poignée de la porte.

Je ne peux pas… Je ne peux pas faire ça.

Le souffle coupé. Autour de lui, le couloir, les lumières, les silhouettes semblaient s'estomper…

Je ne peux pas faire ça, Aggie…

Il l'avait laissée.

Aggie.

Il avait laissé sa femme seule.

Avec eux.

Avec eux. Mais qui étaient-ils, eux ? Ils l'observaient, ils l'écoutaient. Et ils pouvaient entrer. Ils pouvaient forcer la serrure comme ils l'avaient déjà fait. Agatha ferait tout ce qu'ils lui demanderaient de faire. Elle ferait n'importe quoi pour sauver son enfant. Comment avait-il fait pour la laisser là-bas ? Quel homme était-il pour…

Je ne peux…

Et à présent il allait voir une patiente. Une femme gravement perturbée qui avait commencé à lui faire confiance. Il allait lui poser une question, et il ne savait… rien. S'ils la connaissaient, s'ils pouvaient l'aider… si leur question risquait de la blesser ou de la rendre enragée. Il pouvait détruire ce qui lui restait de raison. Il ne savait rien.

Quel numéro ? Pourquoi Elizabeth ? Pourquoi moi ? Mais enfin bon sang, pourquoi moi ?

Je veux pas rester ici, papa. Ils sont méchants. Pourquoi est-ce que je peux pas rentrer à la maison ?

Il aurait dû refuser. Il aurait dû appeler la police. Il aurait dû négocier…

Sa vue se brouilla. Sa main continuait de trembler. *Mon Dieu,* songea-t-il, *ils vont tuer ma fille.*

Et il ne pouvait pas l'aider. Contre eux, il était impuissant, il n'était rien, il ne pouvait pas...

— Nom de Dieu de nom de Dieu! murmura-t-il.

Il s'efforça de retrouver la maîtrise de lui-même, de calmer sa respiration. L'assurance... l'assurance du médecin.

— Nom de Dieu!

D'un revers de main rageur il essuya la sueur sur son visage et les larmes au coin de ses yeux. Il serra la clé si fort que le métal s'imprima dans ses doigts. Si fort que le tremblement de sa main finit par se calmer.

Quel est le numéro, Elizabeth? C'était tout, c'était tout ce qu'il avait à lui demander. Il était quand même capable de faire ça! Il pouvait maîtriser la situation suffisamment longtemps pour faire ça. Il se rendrait ensuite à la tour de l'horloge sur Leonard Street et leur donnerait le numéro. Alors, ils lui rendraient sa fille vivante.

C'est pas plus compliqué que ça.

Avec un terrible effort de volonté, il balaya ses dernières hésitations. La lourde porte s'ouvrit sur la chambre d'Elizabeth. Conrad y entra et ôta la clé de la serrure. La porte se referma derrière lui avec un bruit sourd.

Une fois le seuil franchi, il leva la tête... et s'immobilisa. Pétrifié.

Mon Dieu! Mon Dieu!

La chambre était vide.

LA FEMME AU FOYER

Dans sa chambre, Jessica avait un jardin secret : la grande penderie. Agatha en avait libéré le sol. Lorsqu'elle voulait être seule, Jessica avait l'habitude de s'y installer pour dessiner ou faire des puzzles. Ou alors elle jouait avec ses poupées, absorbée par ses histoires, incarnant tour à tour les différents personnages.

Ses peluches étaient disposées le long des murs de la penderie, comme un public de cinéma. Il y avait là des ours, des alligators, des martiens, des clowns. Elle les appelait ses amis. « Est-ce que je peux amener un ami au parc ? » Ou alors : « Est-ce que tu pourrais recoudre l'œil de mon ami ? »

Agatha se tenait à présent sur le seuil de la penderie et regardait les amis de Jessica. Il y en avait tellement ! Des dizaines ! Jessica ne voulait jamais qu'on en jette aucun. Dans ces cas-là, elle levait sur sa mère un regard suppliant. Comment résister ?

En y songeant, Agatha se mit à sourire. Ils avaient dû garder toutes les peluches qu'on lui avait offertes depuis sa naissance. Il y avait Pluto (son favori pendant près de six mois, lorsqu'elle avait trois ans) ; et puis Peggy la Cochonne, qui avait partagé le lit de Jessica au cours du printemps dernier ; et aussi Neige-Blanche, au fond de la penderie. Neige-Blanche.

— Nè lanche, dit Agatha à voix haute.

C'était un petit ours blanc, gris à présent, et même noir par endroits. Il lui manquait un de ses yeux orange. De la bourre s'échappait de sa patte droite. Il avait en outre une tache de Mercurochrome sur le flanc : il s'agissait d'une urgence, et Agatha n'avait que du Mercurochrome sous la main. C'était triste de voir le vieux Neige-Blanche relégué comme ça dans le fond de la penderie, à moitié enfoui sous Sébastien le Crabe et Pound Puffy.

Supplanté par une dizaine d'autres personnages que Jessica avait vus à la télévision ou chez ses petites copines.

Neige-Blanche était là d'abord, c'était lui le premier. La mère d'Agatha l'avait apporté à l'hôpital le jour même de la naissance de Jessica. Elle lui avait glissé sous le bras, alors qu'Agatha était couchée, en disant « Il était temps. » Pour toute réponse, Agatha n'avait pu que hocher la tête d'un air las. Elle avait été la première de son clan à décrocher un diplôme universitaire ; elle avait renoncé à une morne carrière d'assistante sociale pour l'amour, l'argent, les paillettes, et même une petite réputation d'artiste ; elle avait épousé un homme qui, aux yeux de sa mère, représentait la quintessence de la respectabilité : un médecin juif ! Et pourtant, c'était la première fois que sa vieille mère, déçue, désagréable, s'était montrée fière de ce qu'accomplissait sa fille.

Un ours. Neige-Blanche.

Bien sûr, le bébé ne s'était pas intéressé à l'ours, au début. Pendant plus d'un an et demi, la fidèle créature, sans nom, avait été reléguée dans un coin de son parc. Mais un dimanche après Noël, Jessica avait dix-neuf mois, son heure était arrivée. Nathan lisait dans son fauteuil, Agatha était installée sur le canapé et récitait à voix haute les définitions des mots croisés du *Times*. Jessica, assise par terre, faisait des « grabouillages » avec un crayon de couleur sur un bloc de dessin appartenant à sa mère.

Soudain, l'enfant leva la tête. Les yeux agrandis par la surprise, elle montra du doigt les baies vitrées donnant sur le balcon.

— Garde… garde… ! s'écria-t-elle.

Nathan jeta un coup d'œil à la fenêtre.

— C'est la neige, articula-t-il en souriant. La neige.

— Nè ! dit Jessica.

Elle répéta le mot avec stupéfaction

— Nè !

Jessica se mit maladroitement debout et se dirigea le plus rapidement qu'elle put vers son parc. Agatha se mit à rire. *Quand elle se dépêche comme ça,* disait Nathan, *on dirait un robot qui titube dans une descente.* Mais déjà Jessica se penchait sur son parc et en extirpait son vieil ours fidèle qu'elle tendit ensuite à Nathan.

— Nè ! s'exclama-t-elle d'un ton impératif.

— Bravo, c'est ça, approuva Nathan en riant. La neige est blanche. Neige blanche.

— Nè lanche ! renchérit Jessica d'un air triomphant. Nè lanche !

Elle serra très fort l'ours contre elle et se mit à le bercer en lui roucoulant dans l'oreille : « Nè lanche, Nè lanche. »

A partir de ce jour-là – et pendant au moins un an ! – elle avait traîné cet ours partout avec elle. Elle enseignait à Neige-Blanche les nouveaux mots qu'elle apprenait. Elle lui montrait les images dans ses livres. Le mettait au lit pour qu'il fasse la sieste. Le tenait sous son bras quand elle-même allait se coucher. Agatha se souvenait même de l'époque où elle devait donner un baiser à l'ours au moment du coucher.

Agatha s'agenouilla au fond de la penderie, devant l'ours. Elle voulait le redresser, le débarrasser de Sébastien le Crabe et de Pound Puffy. Peut-être même le mettre un peu plus en avant. Pas trop. Pour que Jessica ne s'en aperçût pas... c'est-à-dire, quand elle reviendrait... quand Nathan la ramènerait...

Agatha étouffa un sanglot, prit le vieil ours dans ses bras et frotta sa joue contre la fourrure grise et élimée.

— Nè lanche, dit-elle.

Ses yeux se remplirent de larmes. Elle serra l'ours borgne contre sa poitrine. Elle se rappelait, elle sentait la chaleur du nouveau-né à cet endroit-là. Le médecin l'avait plaquée sur ses seins gonflés comme un poisson qu'on vient de sortir de l'eau. Elle était encore haletante de l'accouchement et ne cessait de répéter : « Oh, un bébé, un bébé ! » Ils avaient dû attendre si longtemps. Jusqu'à ce que Nathan fût prêt, qu'il fût installé, qu'il eût de l'argent, qu'il se sentît sûr de lui. Elle avait levé les yeux et aperçu Nathan debout devant elle. Il pleurait et souriait en même temps. « Oh, Nathan, un bébé », lui avait-elle dit. Un peu plus tard, sa mère était venue à l'hôpital lui apporter l'ours en peluche. Neige-Blanche.

Agatha refoula énergiquement ses larmes et s'essuya les yeux avec l'oreille de l'ours. *Il ne faut pas qu'ils me voient pleurer,* se dit-elle. *Plutôt crever !* Elle sentait la présence des caméras tout autour d'elle, sur elle, comme des mains d'inconnus. Elle les imaginait la reluquant, le regard mouillé.

Mais qui êtes-vous, bande de salopards ? Pourquoi est-ce que vous nous faites ça ?

Elle demeura ainsi un long moment à serrer l'ours en peluche contre elle, puis, lentement, elle le reposa sur le sol. Au fond de la penderie. Appuyé contre le mur.

Ne t'inquiète pas, dit-elle, silencieusement à l'ours. *Nathan va la ramener. Il s'en occupe.*

Ces paroles-là, elle se les était répétées une bonne centaine de fois depuis son départ. En ce moment même, Nathan la récupérait. Il ne lui avait pas dit où il se rendait. Ils ne le lui permettaient pas, avait-il expliqué. Mais il était prêt à faire n'importe quoi, à faire tout ce qu'on lui demanderait pour récupérer sa fille. Elle ne cessait de se répéter ces paroles. Bientôt... à 21 h 30 au plus tard, il rentrerait avec leur fille dans les bras.

Elle jeta un dernier regard au vieil ours gris. *Ça va bien se passer,* songea-t-elle. *Tiens bon, Neige-Blanche, Nathan va la ramener...*

A cet instant précis, la sonnette de la porte d'entrée retentit.

Pétrifiée. Le souffle coupé.

N'ouvre à personne.

Nouveau coup de sonnette.

Du regard, Agatha chercha les caméras dissimulées. Dans le plafond ? Ailleurs ? Que faire ? Que voulaient-ils qu'elle fasse ?

A présent, on frappait à la porte. Des coups plutôt faibles, mais réguliers et insistants. Et si c'était eux ? S'ils voulaient entrer ? Et s'ils se fâchaient parce qu'elle ne répondait pas ?

Les coups s'interrompirent. De nouveau la sonnette. Puis des coups frappés.

— Madame Conrad ?

C'était une voix d'homme.

Lentement, Agatha quitta la chambre d'enfant, comme en transe, poussée par quelque force mystérieuse. Du regard, elle continuait de chercher les caméras dissimulées. Un coup d'œil au téléphone : *Appelez, bande de salauds. Dites-moi ce que je dois faire. Dites-moi ce que vous voulez ? Je vous obéirai, mais appelez !*

— Madame Conrad ?

Et toujours ces petits coups rapides frappés à la porte.

Agatha se tenait à présent devant la porte et se passait la main dans les cheveux.

Lentement, elle écarta le cache du judas.

L'homme qui se tenait derrière la porte lui adressa un signe de la main. C'était un homme jeune, aux cheveux noirs et brillants.

— Bonjour, madame Conrad, c'est moi.

Pendant une seconde, elle ne parvint pas à se souvenir de lui. Puis elle le reconnut. C'était Billy Price, leur nouveau voisin du

5H. Elle s'était contentée de le saluer dans l'ascenseur. La rumeur de l'immeuble disait qu'il était agent de change, qu'il avait vingt-cinq ans et qu'il était originaire de Topeka, dans le Kansas. Célibataire. Études à Harvard. Trois frères plus jeunes, des parents toujours en vie.

— Euh... bonjour.

Elle dut s'éclaircir la gorge et s'approcher de la porte.

— Pourriez-vous revenir plus tard? Le moment n'est pas très bien choisi... je ne suis pas habillée.

— Oh, ça ne me dérange pas du tout, dit Price en riant. Laissez-moi entrer. Je sais que vous êtes seule, mais...

Agatha ne répondit pas. Elle jeta un coup d'œil au téléphone. *Appelez,* songeait-elle. *Dites-moi ce qu'il faut faire.*

Laissez-moi entrer.

Pourquoi insistait-il comme ça? Et comment pouvait-il savoir qu'elle était seule? Peut-être avait-il vu Nathan sortir, mais... Il l'avait déjà vue avec Jessica, il savait qu'elle avait une fille. Comment pouvait-il savoir que Jessica non plus n'était pas là?

— Ma-da-me Conrad!

Il chantonnait son nom et elle sentit une menace dans sa voix. S'il n'était pas avec eux, pourquoi n'appelaient-ils pas?

— Laissez-moi entrer, ma-da-me Conrad.

Sans plus réfléchir, Agatha ouvrit la porte.

Billy Price pénétra immédiatement dans l'appartement et Agatha dut se reculer pour le laisser passer. Il referma la porte derrière lui et lui adressa un sourire timide.

— Bonjour. Vous vous souvenez de moi? Je m'appelle Billy Price. J'habite sur le même palier.

Son regard la détaillait de bas en haut. Elle portait encore son jean et son sweat-shirt et n'avait pas mis de soutien-gorge. Sous son regard, elle sentit ses seins libres, Il lui adressa à nouveau son sourire timide mais lorsqu'elle leva les yeux, elle vit que son regard, lui, n'avait rien de timide. Il avait le regard brûlant, rieur.

— Excusez-moi, reprit-il, je voulais vous emprunter l'annuaire aux pages jaunes. Je n'ai pas encore le mien. Et... en fait, je savais que vous étiez chez vous et... comme je n'avais pas eu l'occasion de faire votre connaissance... je me disais que ce serait l'occasion... Vous voyez?

— Eh bien...

Agatha essayait de former une phrase, mais les pensées tourbillonnaient dans son esprit. Était-il avec eux ? Pourquoi badinait-il ainsi avec elle ?

— Le... l'annuaire est dans la cuisine. Je vais le chercher.

— Oh, il n'y a pas d'urgence, dit Price.

Il avança d'un nouveau pas vers elle. Il était à présent tout près, elle sentait son haleine chaude sur son visage.

— En fait... ce que je veux dire, c'est que je vous avais remarquée dans le couloir, alors... j'ai pensé que, puisque votre famille n'était pas là, on pourrait passer un petit moment ensemble, je ne sais pas, à bavarder, à faire connaissance.

Alors, avec un bruit de scie taillant dans la pierre, la sonnerie du téléphone retentit derrière elle.

Agatha sursauta violemment.

— Mon Dieu !

Nouvelle sonnerie.

Haletante, elle jeta un coup d'œil à Billy Price. Il la regardait fixement. Elle réussit à lui sourire.

— Euh... il y a le téléphone. Vous m'excusez ?

Son cœur cognait dans sa poitrine. Elle tourna le dos à Price et décrocha le combiné.

— A... Allô !

Un hurlement dans ses oreilles.

— Qui c'est, espèce de salope ? Je vous avais dit de ne laisser entrer personne ! Je vais lui ouvrir le ventre, je vais découper ta gamine en morceaux, salope ! Dis-moi qui c'est, allez, tout de suite ! Tout de suite !

— Je... Comment est-ce que je peux... ?

— C'est bon, salope ! Va me chercher la fille ! ajouta-t-il à la cantonade.

— Non, je vais...

Terrifiée, Agatha entendit les cris de sa fille dans le lointain : « Laissez-moi partir ! Non ! S'il vous plaît. S'il vous plaît... » L'enfant se mit à sangloter.

— Je vous en prie, murmura Agatha. Je ne sais pas quoi lui dire...

La voix de l'homme se fit subitement plus calme. On entendait encore Jessica pleurer, mais c'était plutôt dû à la peur, semblait-il, et non à la douleur.

— Jessie, murmura-t-elle.

— Écoutez, dit l'homme. Faites comme si j'étais votre amie. Votre amie Louise. Vous me comprenez ? Vous allez dire : Oh, salut, Louise.

— Oh, salut... (Agatha s'interrompit brutalement.) Oh, salut, Louise.

— C'est bon. Et maintenant, vous allez dire : Je peux te rappeler, Louise ? Il y a Untel qui vient d'arriver pour telle et telle raison.

— Je dis...

— Vas-y, dis-le, espèce de connasse !

— Euh... Je peux te rappeler, Louise ? C'est Billy Price, notre nouveau voisin, il est venu m'emprunter un annuaire, oui... seulement un annuaire.

— C'est bon, concéda l'homme. Et maintenant, fous-moi ce connard dehors, et rapido ! Espèce de connasse, espèce de salope ! Je te donne une minute, montre en main. Après ça je la découpe en morceaux !

Il raccrocha brutalement.

Agatha reposa le combiné sur l'appareil et se retourna vers Price. Ce dernier n'avait pas cessé de la regarder.

— Je vais chercher l'annuaire, murmura-t-elle.

— Euh... vous savez, ça n'est pas vraiment pressé...

— Si, dit Agatha. Justement, c'est très pressé.

Elle le laissa planté là et se rua dans la cuisine.

L'annuaire se trouvait toujours là : Aggie donnait la plupart de ses coups de fil dans la cuisine. Cette fois-là, elle avait laissé l'annuaire sur l'appui de la fenêtre, recouvert d'une grosse boîte de biscuits, d'une boîte de Baggies et d'un sachet de bretzels à moitié vide. D'une main elle maintint l'empilement en place et de l'autre saisit l'annuaire.

Qui c'est, espèce de salope ? Je vous avais dit de ne laisser entrer personne !

Elle entendait encore sa voix. Cette voix terrible. Elle lui brûlait les oreilles, marquait son esprit au fer rouge.

Dis-moi qui c'est, allez, tout de suite ! Tout de suite !

Elle retira l'annuaire. La boîte de biscuits et les autres emballages demeurèrent sur l'appui de la fenêtre.

Pourquoi ne le savait-il pas ?

Mais elle n'avait pas le temps de réfléchir. Courir. Vite. Avec l'annuaire.

Mais pourquoi ? songeait-elle. *Pourquoi ne savait-il pas son nom ? Il s'était pourtant présenté. Bonjour. Vous vous souvenez de moi ? Je m'appelle Billy Price. J'habite sur le même palier.* Voilà ce qu'il avait dit en entrant dans l'appartement. Comment l'homme du téléphone avait-il pu ne pas l'entendre ? Il y avait des micros !

Peut-être n'écoutait-il pas. Peut-être n'était-il pas à côté de son appareil à ce moment-là.

Elle pénétra dans le salon. Le pauvre Billy Price avait l'air passablement décontenancé. Les mains dans les poches, dansant d'un pied sur l'autre, les yeux scrutant les moindres détails de la pièce.

Au téléphone, l'homme avait piqué une véritable crise d'hystérie. Il était paniqué. Il ne savait pas qui c'était parce que...

En s'efforçant de sourire, elle tendit à Price le lourd annuaire.

— Le voici.

Il n'y a pas de micros, songea-t-elle. *Il y a des caméras, il peut nous voir, c'est vrai. Il a vu Billy Price entrer ici. Il peut voir tout ce qu'on fait. Mais il ne peut pas nous entendre. Il ne nous a pas entendus parler à travers la porte, et c'est pour ça qu'il n'a pas appelé à ce moment-là. Il a appelé quand il a vu Price. Il a dû hurler pour savoir ce qui se passait. Il n'y a pas de micros !*

— Euh... euh... eh bien ! merci, ânonna Billy Price.

En prenant l'annuaire, il tenta une dernière fois sa chance.

— Je suppose que ça signifie que je ne suis pas invité pour le thé, c'est ça ?

Agatha lui adressa son plus large sourire de bon voisinage.

— Écoutez-moi, espèce de petit con, s'énerva-t-elle. Vous allez foutre le camp tout de suite d'ici et m'aider. Ma fille a été enlevée. Mon appartement est sous surveillance. Appelez la police et dites-leur tout. Tout de suite !

Le sourire de Price se figea sur ses lèvres. Puis, lentement, le sourire disparut et il demeura bouche bée.

— Faites pas cette tête-là, mon garçon, ils nous observent, dit Agatha avec son plus charmant sourire. Souriez et prenez votre annuaire.

Elle lui fourra le livre dans les mains et partit d'un petit rire tout à fait détendu.

— Ne croyez pas que je plaisante, reprit-elle. Pas du tout. Retournez chez vous et appelez le 911. Et dites-vous que la vie d'une petite fille en dépend.

Elle le poussa vers la porte. Price avait réussi à accrocher un pâle sourire à ses lèvres et la regardait d'un air ahuri.

Elle ouvrit la porte.

— Si la police vient ici, ma fille mourra. Dites-le-leur. Faites bien en sorte qu'ils comprennent. Et maintenant, répétez : Merci et au revoir, madame Conrad.

— Merci et au revoir, madame Conrad, dit Price.

Elle le poussa dans le couloir et lui referma la porte au nez.

Agatha pivota sur ses talons et regarda le téléphone. Si elle s'était trompée, s'il y avait des micros, s'ils pouvaient l'entendre, ils appelleraient. Brusquement, elle eut le sentiment que ce téléphone allait sonner, qu'elle s'était forcément trompée. Tout ça s'était passé si vite qu'elle n'avait pas eu le temps de réfléchir. Bien sûr qu'elle s'était trompée. Le téléphone allait sonner et elle entendrait à nouveau cette voix horrible, cet homme ignoble. Elle entendrait sa fille pleurer, hurler. Elle ne parvenait pas à détacher le regard de l'appareil. L'appareil silencieux. Mais si elle s'était trompée…

Et pourtant le téléphone ne sonnait pas.

Elle traversa le salon sur la pointe des pieds, comme pour ne pas réveiller la bête endormie – le téléphone silencieux. Elle franchit le couloir, gagna la chambre d'enfant. Le plus loin possible du téléphone. Si elle pouvait s'en éloigner, peut-être ne sonnerait-il pas.

Toujours pas de sonnerie. Elle avait eu raison. Ils ne pouvaient pas l'entendre. Il n'y avait pas de micros. Seulement des caméras. Elle avait eu raison. Et petit à petit, la terreur s'évanouit. Son esprit devint plus clair. Elle pénétra dans la chambre d'enfant et entra dans la penderie. Elle se sentait plus en sécurité au milieu des amis de Jessie. Elle se sentait protégée du téléphone.

Au fond de la penderie, elle prit le vieil ours gris et se mit à le bercer.

Ça y est, mon vieux Neige-Blanche, songea-t-elle, *on a réussi. On a prévenu la police. Ils vont les arrêter. Ils vont nous ramener Jessie. Je le sais.*

Elle serra l'ours plus fort contre elle. « Oh, Seigneur, murmura-t-elle à voix haute, aidez-nous, je vous en prie ! ».

Dans l'autre pièce, le téléphone se mit à sonner.

GARDE-ROBE

Hébété, Conrad regardait la chambre vide. Le temps se ruait contre lui tandis qu'il demeurait là, immobile. Il était... 19 h 41 ? 42 ? Il ne pouvait se résoudre à regarder sa montre, mais il savait qu'il devait avoir quitté cet endroit à 20 h 30. Tout en fouillant la chambre du regard, il sentait ce moment approcher. Sur sa table en plastique, la bassine n'avait pas bougé et la chaise se trouvait toujours devant la fenêtre au treillis métallique. Le lit vide, à la couverture soigneusement bordée. Le temps se précipitait à sa rencontre comme une locomotive.

Que faire à présent ? Où se trouvait Elizabeth ? Mais où pouvait-elle bien être, bon sang ? C'était quand même une malade violente, et placée dans un service de détention hospitalière ! Et Sport lui avait dit qu'il avait prévenu l'hôpital de son arrivée. Elle aurait dû être là.

Il tourna les talons, mit la main sur la poignée de la porte...

... qui s'ouvrit, livrant le passage à Elizabeth.

Elle entra dans la pièce et s'immobilisa devant lui, fièrement, un sourire de triomphe aux lèvres. Elle était habillée différemment. Elle portait des vêtements de ville et non plus les nippes fournies par l'hôpital. Ses vêtements n'avaient d'ailleurs rien d'extraordinaire, puisque sa vieille robe rose était plutôt informe, mais sans son vieux pantalon et sa chemise défraîchie elle avait moins l'air d'une vagabonde. En outre, ses cheveux étaient noués sur la nuque avec un joli ruban noir. Elle portait un rouge à lèvres d'un rouge orangé qui s'harmonisait bien avec la pâleur de son teint, et le trait de crayon sur ses paupières mettait en valeur la profondeur de ses yeux verts. Elle était magnifique et, même en cet instant, Conrad s'en rendait compte.

Une aide-soignante se tenait derrière elle, une jolie petite Hispanique, qui s'était effacée pour laisser Elizabeth apparaître dans toute sa splendeur. Comme Conrad ne disait rien, elle prit la parole.

— Elle a voulu s'habiller pour vous. Elle était très contente que vous veniez. Elle est belle, hein?

— Euh… quoi? (Conrad hocha la tête.) Oui… oui, bien sûr. Elizabeth… vous êtes ravissante. Vraiment. Vous êtes… superbe.

Elizabeth sourit et ses joues s'empourprèrent.

— Ce ne sont que mes vieux vêtements. Ceux que je portais quand je suis arrivée ici.

— Vous êtes… très belle, réussit à répéter Conrad.

Elizabeth se mit à rire. Elle semblait sur le point de parler, puis se ravisa et jeta un coup d'œil à l'aide-soignante.

— C'est bon, c'est bon, je vais partir maintenant, dit la femme.

— Hein? dit Conrad. Ah oui, bien sûr. Et merci.

L'aide-soignante partit après avoir refermé la porte derrière elle.

Mais Elizabeth ne parlait toujours pas. Conrad se tenait devant elle, d'un air gauche, se frottant les mains l'une contre l'autre.

— Euh… eh bien, dit-il.

Parlez-lui. Comme vous le faites d'habitude. Parlez-lui, faites en sorte qu'elle se détende. Faites en sorte qu'elle bavarde avec vous. Je vous donne peut-être une demi-heure pour ça.

— Bon, eh bien, Elizabeth…

— Docteur… (elle prit une profonde inspiration), j'ai pris une décision.

Conrad attendit. Le temps continuait de l'assaillir. Lentement, Elizabeth s'approcha de la chaise près de la fenêtre. Conrad la suivit. Elle s'assit. Dans sa position habituelle: la tête droite, les mains sagement croisées sur les genoux. Conrad sentit une goutte de sueur perler à sa nuque. *Vas-y,* songeait-il.

Je vous donne peut-être une demi-heure.

— J'ai décidé de vous parler de Robert Rostoff, dit-elle.

— Robert…?

— Oui. L'homme que… qu'il a tué, que l'ami secret a… tué. La chose pour laquelle je suis ici.

Elle leva les yeux vers lui, le regard ferme et sincère.

— Je n'en ai parlé à personne. Je n'ai pas dit toute l'histoire. J'ai décidé de vous la raconter à vous.

Bouche bée, Conrad la regardait.

— Vous avez décidé...

Son esprit fonctionnait à toute allure. Quel est le numéro ? Est-ce que ça a un rapport avec ça ? Avec Robert Rostoff ? Pourquoi ma fille, Elizabeth ? Pourquoi moi ?

Il jeta un coup d'œil à sa montre : 19 h 46. Il se passa la langue sur les lèvres.

Parlez-lui. Comme vous le faites d'habitude. Parlez-lui, faites en sorte qu'elle se détende.

— Eh bien... Oui, d'accord, je suis prêt à vous écouter, Elizabeth.

Il se détourna pour se donner le temps de reprendre une contenance, alla chercher la chaise en bois et s'installa face à elle, comme d'habitude, à califourchon.

Comme vous le faites d'habitude.

D'un geste négligent, il se débarrassa de son imperméable et le jeta sur le lit. Elizabeth le regarda avec surprise.

— C'est samedi, dit-il en souriant.

Mais il est vrai qu'il se sentait comme déshabillé, sans son complet et sa cravate.

Il croisa les bras sur le dossier de la chaise. Il avait l'impression de lui apparaître calme et attentif.

— Allez-y, Elizabeth.

Mais elle hésitait, cherchait son regard.

— En fait... j'ai compris que vous n'étiez pas l'un d'eux. C'est ça l'important, vous saisissez ? Je ne voulais pas vous soupçonner, mais... il faut me comprendre : c'est si difficile de parler... on ne sait jamais. Les gens sont gentils, et brusquement, ils... ils changent. Vous comprenez ?

Conrad hocha la tête d'un air solennel.

— Oui. Je comprends.

— C'est bon, dit-elle avec un petit mouvement volontaire du menton. C'est bon... (Elle lui jeta un regard.) Vous ne voulez pas allumer votre appareil ?

— Hein ? Ah oui !

Merde ! Il alla chercher l'enregistreur dans la poche de son imperméable et l'installa sur la table.

— Allez-y, dit-il en reprenant place sur sa chaise.

Je vous donne peut-être une demi-heure. Conrad avait l'impression d'entendre la voix de Sport comme s'il était là,

20 h 30, songeait-il. *A 20 h 30 il faut que je sois parti d'ici.*

LE MEURTRE DE ROBERT ROSTOFF

— Il est toujours différent. Je veux dire l'ami secret. Je crois que je vous l'avais déjà dit, mais c'est important. Il n'est jamais le même. Ça, il faut que vous le compreniez. Le Dr Holbein, lui, il ne le comprenait pas. C'était lui qui était mon médecin à l'hôpital de l'État. Après que l'ami secret a blessé le marin – le marin qui avait touché mon... enfin, qui m'avait touchée, comme on dit... – eh bien ! après ça, j'ai été envoyée à l'hôpital de l'État. Là-bas on m'a donné des médicaments et le Dr Holbein a travaillé avec moi. Le Dr Holbein était bien, il était gentil. Il était un peu comme vous, sauf qu'il était plus vieux et qu'il avait une barbe grise. Et il n'avait pas un visage triste comme vous, il riait tout le temps. En tout cas, il venait de Californie, alors je ne peux plus le voir. Mais je l'aimais bien.

« Ses médicaments m'endormaient, mais ils m'ont aussi fait du bien au bout d'un certain temps. Je n'étais plus aussi confuse. Et l'ami secret a cessé de venir, en tout cas c'est ce que je croyais. En fait, on n'est jamais sûr. J'ai essayé de le dire au Dr Holbein : on n'est jamais sûr, parce qu'il n'était jamais le même.

« Mais le Dr Holbein a dit que je pouvais vivre en dehors de l'hôpital. Lucy – l'assistante sociale – m'a aidée à trouver un boulot au Liberty Center pour l'enfance. C'était un centre de jour, pour les enfants pauvres. Mon travail, c'était de nettoyer l'endroit le soir. La cafétéria, les chambres, et puis faire les vitres. C'était beaucoup de travail. Il y avait beaucoup de choses à se rappeler. Mais ça me plaisait. J'aimais bien être près des enfants, même si à l'heure où j'arrivais ils étaient en général partis. Ça me plaisait bien d'être là où ils étaient. De temps en temps, j'aimais bien aller dans les classes quand il n'y avait personne, simplement pour m'asseoir, vous voyez ? Je m'asseyais et je me disais comme ça que j'étais à l'école, à l'école du soleil. Mais c'était pas du tout comme dans la folie, non. C'était bien.

« Et puis l'autre chose, le mieux, c'est que j'avais une chambre, un appartement, rien que pour moi. J'étais dans un immeuble en pierres brunes sur la 81e Rue, du côté de Columbus Avenue. Il y avait un animateur social qui vivait en bas, au rez-de-chaussée. Il montait souvent me rendre visite ; le reste du temps, j'étais toute seule. Il n'y avait qu'une seule pièce, mais j'avais une petite cuisine et une salle de bains, et un canapé que je pouvais déplier la nuit, pour en faire un lit. J'adorais ça. J'aimerais encore y être, vous savez. Mais je crois qu'après ce qui s'est passé, je n'y retournerai jamais.

« Ça a été le moment le plus heureux de ma vie. Ça a duré peut-être sept ou huit mois. Je travaillais au centre le soir et je vivais dans mon appartement. Je me sentais bien. J'étais pas confuse. En fait, le seul ennui, c'était que je me sentais si heureuse que j'avais peur... j'avais peur que l'ami secret revienne. On n'est jamais sûr, il était toujours... enfin, je l'ai dit au Dr Holbein. Il m'a dit qu'il fallait que j'arrête de m'inquiéter. Il pensait que l'ami secret était parti pour toujours.

« Mais je m'inquiétais quand même. J'y pensais beaucoup. J'y pensais tout le temps.

« Le Liberty Center, l'endroit où je travaillais, se trouvait dans une petite vallée, dans le Village. Une allée étroite, pavée, avec des vieux lampadaires. Le centre était installé dans un immeuble en brique qui occupait un des côtés de l'allée, et de l'autre côté de la rue il y avait le mur en brique d'une église. Parfois, quand j'étais dans l'allée, les cloches de l'église sonnaient ou jouaient même un air de Noël.

« Quand je quittais le travail, vers 23 heures, l'allée était sombre et vide. Il n'y avait qu'un seul lampadaire qui était éclairé. Et il n'y avait personne, sauf au bout de l'allée, sur MacDougal Street.

« Et puis une nuit, quand je suis sortie du travail, il y avait quelqu'un. Je croyais... je m'en souviens, quand je suis sortie, la cloche de l'église sonnait 23 heures, et j'ai cru... j'ai vu quelqu'un. Une silhouette, derrière le lampadaire, qui se cachait. Il me regardait...

« Je... j'ai eu peur. J'ai eu peur, mais j'ai essayé de l'ignorer. J'ai commencé à marcher vers MacDougal Street. J'ai marché... je ne sais pas, quatre ou cinq pas. Et à ce moment-là, la cloche a cessé de sonner l'heure. L'écho s'est dissipé peu à peu et tout est devenu tranquille. Alors j'ai entendu la voix d'un homme, juste derrière moi, dans mon oreille, et il disait : "Elizabeth."

« Je me suis arrêtée et je me suis retournée.

« — Allez-vous-en, j'ai dit. Très fort. Allez-vous-en !

« Mais il ne s'en allait pas, il s'avançait vers moi. J'ai vu son visage. Il avait les cheveux roux, la peau blanche, des taches de rousseur. Il portait un manteau sombre et il avait les mains dans les poches.

« — Allez-vous-en ! j'ai crié. Non !

« Mais il avançait toujours vers moi, et je l'ai encore entendu dire : "Elizabeth."

« Alors je suis partie en courant.

« J'ai couru vers MacDougal Street. Il y avait des gens, là, des jeunes de l'université et du quartier. Il y avait les lumières des lampadaires, des magasins et des restaurants. J'ai couru vers les lumières aussi vite que j'ai pu. Je regardais par-dessus mon épaule pour voir s'il était derrière moi... et en faisant ça, j'ai manqué le bord du trottoir.

« A ma gauche, j'ai entendu un hurlement de freins. Un coup de klaxon. Je me souviens de l'avant d'un taxi, comme la gueule d'un monstre prêt à me dévorer. J'ai hurlé, j'ai mis les mains sur mon visage...

« Et brusquement, quelqu'un m'a saisie. On m'a prise par la taille et on m'a tirée en arrière, sur le trottoir. Le taxi est passé en trombe devant moi.

« Mais le bras ne me lâchait pas. Je me suis dit : C'est lui. Il m'a attrapée. Alors je l'ai frappé, je lui ai donné des coups de poing sur le bras, je lui ai donné des coups de pied et j'ai crié : Laissez-moi tranquille !

« — D'accord, d'accord, il a dit. Et il m'a reposée à terre. Je me suis retournée et je l'ai regardé. Il riait. Et il m'a dit : C'est comme ça qu'on dit merci, à New York ?

« Parce que, vous savez, ça n'était pas lui du tout. C'était quelqu'un d'autre. Un homme jeune et beau. Avec un visage rond, un peu enfantin. Une mèche de cheveux bruns qui lui tombait dans les yeux. Et il avait un gentil sourire, même si je savais qu'il se moquait de moi.

« J'ai regardé derrière lui, dans l'allée : l'homme aux cheveux roux était parti. Moi, j'étais devant cet inconnu, j'essayais de reprendre mon souffle, j'étais embarrassée.

« — Excusez-moi, j'ai dit. Je ne savais pas. Excusez-moi.

« Je ne savais pas quoi dire. J'étais gênée. J'ai commencé à m'éloigner, mais il m'a suivie.

« — Hé, attendez une minute ! qu'il m'a dit. J'ai attendu toute la journée à ce coin de rue qu'une jolie fille se jette sous un taxi, et que je puisse lui sauver la vie. Ne me dites pas que c'était du temps perdu.

« C'était drôle ce qu'il disait. Je ne... je ne savais pas quoi répondre. J'ai continué à marcher très vite. "Hé, attendez", qu'il m'a dit. Et il m'a pris le bras. Je me suis arrêtée et je l'ai regardé. Il m'a dit alors : "Vous savez ce que disent les Japonais ? Que quand un homme sauve la vie d'une femme, il doit lui acheter un magasin de voitures. Ou alors lui offrir un verre. Je ne sais plus très bien : c'est tellement difficile à comprendre, le japonais."

« Alors je... j'ai simplement dit : "Le japonais ?"

« Il s'est de nouveau mis à rire (il avait un très beau rire), et il m'a dit qu'il voulait seulement m'offrir un verre, que c'était ça qu'il voulait. "Pourquoi ?", je lui ai demandé. "Pourquoi ? qu'il a répété. Eh bien ! voyons... parce que vous êtes la plus belle femme que j'aie jamais vue de ma vie et que je vous ai sauvé la vie. Et que ça ne risque pas de m'arriver à nouveau avant plusieurs heures. Alors la moindre des choses, pour vous remercier, c'est de vous offrir un verre."

« — Je ne bois pas, je lui ai dit. Vous voyez, je ne voulais pas lui dire que je prenais des médicaments. Mais j'accepte un soda, je lui ai dit.

« — Alors ça je ne sais pas, qu'il a dit. On est jeudi, et les règlements sont très stricts. Mais enfin, pour une fois ! Le comité central ne s'en rendra même pas compte.

« — Le comité central ? j'ai demandé.

« Il s'est mis à rire... "Allez, venez, mademoiselle l'extra-terrestre."

« Il m'a emmenée dans un petit café appelé The Alamo, sur la Sixième Avenue. On a pris deux Coca et des trucs à grignoter. C'était très bon. Il m'a dit alors qu'il s'appelait Terry Somerset. Il était acteur. Il jouait dans une pièce au théâtre de MacDougal Street. Je connaissais ce théâtre. Je passais devant tous les jours en allant prendre le métro. J'avais toujours eu envie d'y entrer. Il m'a dit qu'il travaillait là, donc, mais aussi qu'il corrigeait de temps en temps des textes, pour gagner de l'argent. Moi, je lui ai

dit que je travaillais dans un centre de jour pour enfants. J'ai dit
ça comme si j'étais une des filles qui s'occupaient des enfants. Je
devais essayer de l'impressionner.

« — Eh bien ! vous êtes en retard, ce soir.

« — Oui, j'ai répondu, je travaille souvent tard le soir.

« — Vous avez débouché de cette allée comme si quelqu'un
vous poursuivait...

« J'ai répondu très rapidement : "Il faisait sombre et il y avait
quelqu'un là. Je crois que j'ai eu peur, c'est tout."

« Terry m'a dit qu'à New York on n'est jamais trop prudent. Et
puis on a parlé d'autre chose.

« Quand on a fini de parler, au café, il était très tard. Terry m'a
mise dans un taxi et il a payé le chauffeur. J'étais contente de rentrer chez moi. Je n'avais jamais rencontré un homme comme Terry
auparavant. En fait, j'étais jamais sortie avec personne, réellement.
C'était bien. J'avais passé un bon moment.

« Pendant quelques jours j'ai pas eu de nouvelles de Terry,
mais il m'a appelée le lundi. Il m'invitait à dîner. J'ai menti et j'ai
dit que je travaillais tard à nouveau. Je ne voulais pas lui dire que
je travaillais tard tous les soirs, que j'étais seulement femme de
ménage au Liberty Center. Mais il m'a donné rendez-vous à The
Alamo après le travail.

« Toute cette journée-là, j'étais inquiète. Le Dr Holbein m'avait
dit que l'ami secret apparaissait chaque fois que j'étais anxieuse
par rapport... vous savez, quoi, au sexe, comme on dit. Mais moi,
j'arrêtais pas de me dire que c'était seulement histoire de prendre
un verre. Terry, il n'avait jamais rien essayé de me faire. Pourquoi
est-ce que l'ami secret serait fâché ? Mais tant pis, j'étais quand
même inquiète.

« Ce soir-là, j'ai quitté le travail un petit peu plus tôt, vers
22 h 45. Mais quand je suis sortie dans l'allée, l'homme roux m'a
prise par le bras.

« Il a voulu m'entraîner, et il a approché son visage, et sa voix
était partout, dans ma tête, tout autour de moi.

« — Ne vous approchez pas de lui, Elizabeth, qu'il me disait.
Il veut seulement sortir votre mère. Il faut que vous le compreniez. Il essaie seulement de sortir votre mère. Ne vous
approchez pas de lui.

« J'ai hurlé : "Non !", mais il continuait à dire des choses terribles à propos de Terry et à propos de ma mère. J'ai encore crié et

j'ai réussi à me dégager. J'ai couru, j'ai couru dans l'allée aussi vite que j'ai pu.

« Je suis allée au café, pour voir Terry. J'étais bouleversée. Terry m'a demandé plusieurs fois ce qui n'allait pas, mais je lui ai dit qu'il n'y avait rien et j'ai changé de sujet de conversation. Je lui ai dit que j'avais toujours eu envie d'aller au théâtre de MacDougal Street. Pourquoi pas ? qu'il a dit. Et il m'y a emmenée. Le théâtre était fermé, mais il avait une clé. Il m'a montré une photo de lui, accrochée à un mur. Il y avait une affiche d'une pièce appelée *Ombres* et des photos des acteurs épinglées sur un panneau, dans le hall. La photo de Terry était juste au centre du panneau. Moi, je trouvais que c'était lui le plus beau.

« Ensuite, il m'a emmenée à l'intérieur et on est allés sur la scène, ensemble. C'était très excitant. Tout était arrangé comme dans un salon, sauf qu'il y avait des draps sur les meubles. Terry m'a récité quelques répliques, comme si j'étais dans la pièce, ça m'a beaucoup fait rire.

« Après, il m'a demandé ce qui me tracassait depuis le début de la soirée.

« Il fallait bien que je lui dise quelque chose, alors je lui ai dit que c'était encore cet homme, celui qui m'attendait dans l'allée. Qu'il m'ennuyait, qu'il me disait des choses affreuses.

« Terry avait l'air vraiment fâché. Il m'a dit que, désormais, il m'attendrait à la porte. Qu'il valait mieux pour cet homme qu'il ne l'attrape pas en train de m'importuner. Je regrettais un peu de lui avoir dit, mais en même temps, c'était bien d'entendre Terry me parler comme ça, me dire qu'il allait me protéger, et tout. Ensuite, il m'a prise par les épaules et il m'a embrassée. Là, sur la scène. Comme si on était des amants dans une pièce. C'était très romantique.

« Le lendemain, je devais aller à la consultation pour prendre mes médicaments. Le médecin, là-bas, m'a demandé si tout allait bien, si j'entendais des voix, si je voyais des choses.

« Je voulais lui dire la vérité, mais j'avais peur. J'avais peur qu'il me remette à l'hôpital et que je ne voie plus Terry. Je lui ai dit que tout allait bien, alors il m'a donné mes médicaments et il m'a laissée partir.

« Ensuite, le samedi, Terry et moi on est allés dîner ensemble dans un restaurant de Chelsea. Après on est allés au cinéma, on a pris un café et on parlé du film. Terry parlait des différents acteurs, s'ils étaient bons ou pas. Et puis on est allés se promener.

« A ce moment-là, je crois qu'il devait être tard. Quelque chose comme 23 heures. Et on marchait dans un quartier qui n'était pas très joli. Il y avait partout de grands immeubles vides – des entrepôts – et des groupes d'hommes dans l'ombre des entrées. Et puis des sans-abri, rassemblés autour de feux d'ordures. On était à la fin septembre et il commençait à faire froid, surtout là où on était, du côté du fleuve.

« Finalement, on s'est arrêtés devant un vieil immeuble en pierres brunes, un pâté de maisons avant l'Hudson, dans une petite rue appelée Houses Street. Il faisait très sombre. On voyait les ombres d'un grand entrepôt, de l'immeuble en pierres brunes et d'un terrain vague. Il n'y avait pas de lampadaires, et l'immeuble devant lequel on se trouvait, celui en pierres brunes, était le seul où il y avait de la lumière.

« — C'est là que j'habite, m'a dit Terry. Tu veux venir ?

« Il me regardait, il attendait ma réponse. Moi, j'étais nerveuse. J'avais peur. J'avais peur qu'il n'arrive quelque chose de pas bien. Mais en même temps, je voulais que tout se passe bien. Comme pour les gens normaux, vous voyez ? Alors j'ai dit d'accord. J'ai accepté de le suivre.

« Dans le couloir, en bas, il n'y avait pas de lumière et j'étais très nerveuse. Mais une fois en haut, dans l'appartement de Terry, je me suis dit que tout se passerait bien.

« L'appartement était au premier étage. C'était un petit studio et il n'était pas beau. C'était... je ne sais pas... miteux. Mais en même temps c'était un appartement d'homme, vous voyez ce que je veux dire ? Il y avait un vieux canapé déglingué et deux fauteuils défoncés. Le sol était couvert de magazines de sport et d'électronique. Et puis, contre le mur, il y avait un petit lit.

« Terry m'a dit alors que, le jour où il serait une grande vedette à Broadway, il pleurerait toutes les larmes de son corps en se rappelant cet endroit.

« Moi ça me plaisait. J'aimais bien être là.

« Il n'y avait pas de cuisine, seulement un petit frigo et une plaque chauffante. Mais Terry a trouvé une boîte de Coca dans le frigo. On s'est assis sur le canapé et on s'est passé le Coca. Ensuite, Terry a posé la boîte et il s'est approché de moi. On s'est remis à s'embrasser. Très fort. Sur la bouche. Il a mis ses mains sur moi, sur mes seins comme on dit. Mais ça m'était égal. C'est vrai, vous savez. Je me sentais bien. Ça me plaisait bien. Au bout d'un certain temps, il a même mis sa main sous ma jupe. Il a mis ses doigts sous ma culotte.

« C'est là que j'ai ouvert les yeux et que je l'ai vu.

« Le roux : il était à la fenêtre. Il nous observait. Il avait le regard fou. Il avait l'air fou de rage.

« J'ai hurlé et j'ai bondi sur mes pieds.

« — Qu'est-ce qui se passe ? a demandé Terry. Moi, en hurlant, je lui ai dit : "Il faut qu'on parte ! Il faut qu'on parte ! Je t'en supplie ! Il faut que j'm'en aille !"

« Terry s'est levé aussi, il m'a prise par les épaules et m'a demandé ce qui se passait. Je lui ai dit qu'il ne pouvait pas comprendre, qu'il était en danger, qu'il courait un danger terrible. Et comme il ne comprenait toujours pas, je lui ai dit que c'était à cause du roux. Que c'était lui. Je lui ai montré la fenêtre, mais il n'y avait plus personne. Alors j'ai commencé à pleurer, je ne pouvais pas m'arrêter. "Il faut qu'on s'en aille d'ici. Ramène-moi chez moi ! Tout de suite. — Explique-moi ce qui se passe", qu'il me disait. Mais moi, je ne pouvais pas. Alors je me suis enfuie. J'avais tellement peur. J'avais peur que l'ami secret lui fasse du mal. J'ai dévalé l'escalier et je me suis retrouvée dans la rue.

« Terry m'appelait : "Elizabeth !" Mais je ne me suis pas arrêtée. J'ai couru. Il faisait noir, je suis passée devant ces hommes, dans l'ombre. Je ne sais même pas comment je suis arrivée à rentrer chez moi. J'imagine que j'ai dû courir jusqu'au moment où je suis tombée sur une bouche de métro. Je me souviens du trajet en métro… et puis, chez moi. J'ai allumé la lumière et j'ai fermé ma porte. Je me suis allongée sur mon lit et je me suis mise à pleurer. Je tremblais.

« Au bout d'un long moment, je crois que je me suis endormie. »

Elizabeth interrompit son récit pendant un instant. Conrad regarda sa montre : 20 h 04. Bientôt, il faudrait qu'il l'interrompe. Il ne pouvait la laisser poursuivre son histoire trop longtemps.

Mais il ne pouvait s'empêcher de se dire qu'il y avait peut-être là quelque chose. A propos du numéro. De sa fille. D'un homme nommé Sport. Peut-être y aurait-il un détail qui pourrait l'aider.

Quel est le numéro, Elizabeth ? Pourquoi moi ?

Il leva les yeux vers elle et la regarda en souriant. Puis il lui adressa un signe de tête encourageant.

154

Elizabeth reprit son récit.

« Et puis, brusquement, je me suis assise dans mon lit, le cœur battant. Il y avait eu un bruit. C'était la sonnette de la porte d'en bas. Elle a recommencé. C'était fort comme une sirène d'alarme.

« J'ai regardé autour de moi, confusément. Il faisait sombre. Je n'étais même pas sûre de l'endroit où j'étais.

« La sonnette a encore retenti. Je me suis levée. Le réveil sur ma table de nuit marquait 2 heures. En titubant, j'ai gagné l'interphone et j'ai appuyé sur le bouton.

« — Oui ? Qui est-ce ?

« — Elizabeth. Elizabeth, c'est moi (C'était Terry.) Tu vas bien ?

« — Ça va... Je dormais. Qu'est-ce que tu...

« — Laisse-moi entrer. Laisse-moi monter. J'ai besoin de te voir.

« Je m'apprêtais à lui répondre quand une main est venue se plaquer sur ma bouche.

« J'ai été tirée loin de l'interphone. J'ai vu une main qui s'approchait du bouton et j'ai essayé de l'arrêter, mais l'homme était trop fort pour moi. Il a appuyé sur le bouton qui ouvrait la porte de l'immeuble.

« Je me suis débattue, j'ai essayé de crier, mais il m'a prise par la taille et m'a entraînée en arrière. Il me parlait à l'oreille. "Ça va aller, Elizabeth. Je vais vous protéger contre lui. Je vais m'occuper de vous. Je suis votre ami." Je lui ai griffé la main, j'ai voulu crier, lui dire qu'il me laisse, mais sa main sur ma bouche étouffait mes cris. Il m'a emmenée dans la salle de bains.

« On frappait à la porte d'entrée. J'ai entendu la voix de Terry : "Elizabeth ! Ça va ? Ouvre-moi !"

« J'ai crié : "Terry, sauve-toi !" Mais sa main est venue se plaquer sur ma bouche.

« Il m'a jetée dans la salle de bains, j'ai atterri sur le carrelage. Il a fermé la porte. Je me suis relevée et j'ai essayé d'ouvrir. Impossible. Il avait poussé quelque chose devant. Alors j'ai tapé contre la porte avec mes poings.

« — Terry ! Oh, Terry ! Je vous en supplie ! Ne lui faites pas de mal ! Terry, sauve-toi !

« Je me suis déchiré le front avec mes ongles. Je voulais arracher la folie de moi. Il fallait arrêter ça avant que Terry ne soit blessé. Le sang me coulait dans les yeux. Je continuais de hurler : "Terry ! N'entre pas ! Sauve-toi !"

155

« Et alors j'ai entendu un bruit sourd, comme si ça venait d'un autre monde, d'un autre pays, comme étouffé par le brouillard. J'ai entendu un homme hurler : "Non !" et il y a eu un bruit terrible. Un bruit... je ne sais pas... d'étranglement. Alors j'ai baissé les yeux, et j'ai vu... du sang sur mes mains. Du sang. Du sang partout. Et je n'étais plus dans la salle de bains. J'étais sortie. J'étais dans l'obscurité. Je pleurais, et le sang et les larmes coulaient sur mes joues. Alors, brusquement... brusquement je l'ai senti. J'étais étendue par terre et je le sentais sous moi. Et je sentais le sang. Le sang partout. Il y avait du sang partout. Et des gens qui hurlaient. Des gens qui hurlaient mon nom. Et puis les lumières se sont allumées. J'ai été aveuglée. J'avais la lumière dans les yeux. Et les gens hurlaient toujours. J'étais couverte, couverte de sang.

« J'ai regardé et je l'ai vu. Il était étendu sous moi. Il était... découpé... ses yeux ! Mon Dieu, ses yeux ! Il était mort. Je savais qu'il était mort. Et je savais ce qui s'était passé. Enfin. Désormais, je savais tout. Vous comprenez ?

« Parce que ce n'était pas Terry. Ce n'était pas Terry qui était mort, docteur Conrad.

« C'était lui. C'était le roux. C'était Robert Rostoff.

« Terry l'avait tué. L'ami secret, c'était Terry. »

QUEL EST LE NUMÉRO ?

Conrad leva les yeux de sa montre.

— Hein?

Devant lui, Elizabeth pleurait doucement, la tête penchée. Les larmes coulaient sur ses genoux, sur ses mains croisées.

Conrad secoua la tête pour tenter de revenir à la réalité du moment présent. Il était tard. Il ne pouvait penser à rien d'autre. 20 h 12. Il ne restait plus que dix-huit minutes. Il fallait lui poser la question, obtenir le numéro. Impossible de penser à autre chose.

Mais quand elle eut terminé, il lui demanda :

— Qu'avez-vous dit?

— J'ai dit que c'était le roux, pas Terry.

— Mais comment est-ce possible? Je croyais que...

— On m'a dit... c'est la police qui m'a dit qu'il était employé au métro. Ils m'ont dit qu'il m'avait donné un rendez-vous et que moi je... (Ses pleurs commençaient à se tarir.) J'ai essayé de leur parler de Terry. Je les ai conduits au théâtre de MacDougal Street. J'ai voulu leur montrer sa photo, celle qui était sur le mur, vous savez? (Elle déglutit avec difficulté.) Or il n'y avait pas de photo de lui. Et les autres acteurs n'avaient jamais entendu parler de lui. Ensuite... je leur ai dit que j'étais allée chez lui. Je leur ai donné l'adresse. Ils m'ont regardée d'un air bizarre. Ils m'ont dit que dans ce pâté de maisons les immeubles étaient tous abandonnés. Ils m'y ont même conduite. Ils m'ont montré l'immeuble de pierres brunes. Le numéro 222. L'immeuble était vide... il n'y avait que des ordures.

Conrad regarda la jeune femme.

— Il est toujours différent, dit-elle en secouant la tête. L'ami secret. Il n'est jamais pareil.

Pendant quelques secondes, il la regarda. Elle avait baissé les yeux. Ses cheveux d'or rouge pendaient de part et d'autre de son visage, presque jusqu'aux genoux. Les larmes coulaient plus doucement à présent. Conrad sentit sa gorge se serrer. Il savait qu'il n'avait plus de temps.

— Elizabeth, commença-t-il doucement en repoussant sa chaise.

Il se tenait debout, devant elle. Sans lever les yeux, elle s'essuya la joue. Elle continuait de pleurer doucement. Il s'éclaircit la gorge.

— Elizabeth, répéta-t-il, je dois vous poser une question.

Lentement, elle leva le visage vers lui. En dépit de ses larmes, on avait l'impression de plonger au fond de son être à travers ses grands yeux. Il y lut un appel. Il détourna le regard.

— Et merde ! murmura-t-il.

Il prit une profonde inspiration et la regarda dans les yeux.

— Écoutez-moi. Je peux vous aider. Vous me comprenez ?

— C'est... c'est vrai ?

Elle prit une main de Conrad entre les siennes.

— Vraiment ?

— Oui. Et je vais vous aider, Elizabeth.

— Je sais qu'il y a des mauvaises choses qui sont arrivées. Mais il peut aussi y en avoir de bonnes. Pendant un certain temps, ça allait bien. Après l'hôpital. Au Liberty Center. J'allais mieux. Vraiment mieux. J'essayais de le dire au Dr Holbein. Il est toujours différent. Il peut revenir parce qu'il n'arrête pas de changer. Vous voyez ? Lui, il ne me croyait pas, mais vous, vous me croyez, n'est-ce pas ?

Conrad étreignit les mains d'Elizabeth et s'approcha d'elle.

— Écoutez-moi, je vous en prie.

— Vous l'empêcherez de revenir. Je sais que vous y arriverez. Je peux aussi faire des choses bonnes, vous savez...

— Elizabeth.

Le ton était sec. La jeune femme cessa son babillage et le regarda dans les yeux, pleine d'espoir. Conrad reprit, plus doucement cette fois-ci.

— Elizabeth... Je peux vous aider. Et je vais vous aider. Vous me comprenez ? (Elle hocha vigoureusement la tête.) Mais aujourd'hui, c'est à moi de vous demander de l'aide. Je dois vous poser une question, Elizabeth, et il est très important que vous me répondiez du mieux que vous le pourrez. Vous me comprenez ?

J'ai besoin... que vous me répondiez avec la plus grande exactitude. Entendu?

A nouveau, elle acquiesça.

— Qu'est-ce que c'est? demanda-t-elle.

Conrad prit une profonde inspiration. Ce n'était guère facile avec son cœur qui battait la chamade.

— Elizabeth... quel est le numéro?

Les larmes roulaient doucement sur les joues blanches de la jeune femme. Un faible sourire d'espoir jouait au coin de ses lèvres.

C'est alors que les mots de Conrad la heurtèrent de plein fouet.

— Quel est le numéro? répéta-t-il.

Le visage d'Elizabeth vira au gris de cendre. Elle se recroquevilla contre le dossier de sa chaise. Ses yeux virevoltèrent de droite et de gauche. Sa respiration devint sifflante.

— Elizabeth?

— Mon Dieu, murmura-t-elle en écartant vivement les mains de lui. Mon Dieu.

— Écoutez... Elizabeth...

Elle porta la main à sa bouche et se mit à secouer la tête.

— Oh non, mon Dieu, non...

Et soudain elle hurla : « Non ! » et bondit sur ses pieds. Sa chaise tomba sur le sol avec fracas. Conrad s'avança vers elle, les mains tendues.

— Elizabeth, tout va bien. S'il vous plaît...

Mais elle reculait en direction de la fenêtre, secouant la tête.

— Non ! Oh non ! Mon Dieu, mon Dieu...

— Je vous en prie, Elizabeth, acceptez seulement de m'écouter...

Elle finit par heurter du dos le grillage en métal et regarda autour d'elle d'un air traqué, cherchant une façon de lui échapper. Elle leva les mains pour le repousser.

Conrad fit un nouveau pas dans sa direction.

Alors elle parla à nouveau, et le son de sa voix, distante et frémissante, lui glaça le cœur. Son regard se mit à errer autour d'elle, comme à la recherche d'un visage invisible.

— Non, il n'est pas comme ça, dit-elle d'une voix grinçante. Il est bon. Il est bon. C'est vrai.

Elle parlait à l'ami secret.

Conrad s'immobilisa. *Putain*, songea-t-il, *je suis baisé*.

Elizabeth se mit alors à chuchoter :

— Oh non, mon Dieu, laisse-le, ne fais pas ça, je t'en supplie...

Elle semblait clouée à la fenêtre derrière elle et hochait la tête de façon saccadée. De l'écume blanche était apparue à ses lèvres.

— Oh, mon Dieu, ne fais pas ça, non… il… n'en fait pas partie… allez-vous-en, allez-vous-en, vous… vous en faites tous partie. Tous. Tu as raison, ils en font tous partie. Je le sais.

Elle renversa la tête en arrière, ses yeux roulèrent dans leurs orbites et elle poussa un véritable feulement.

Conrad jeta un regard par-dessus son épaule…

Une fois, elle a transformé en charpie un marin hollandais. Elle lui a cassé les deux bras et lui a broyé un testicule. Et elle est petite…

Il se trouvait assez loin de la porte, et il lui faudrait encore ouvrir le verrou.

Elizabeth se mit à hurler.

— Tous ! Tous ! Vous en faites tous partie !

Elle s'éloigna du mur et le fixa d'un regard brûlant. La bave coulait de sa lèvre inférieure et venait s'écraser sur le sol.

Conrad recula, leva les mains.

— Euh… s'il vous plaît, il faut absolument que vous m'écoutiez.

— S'il vous plaît, il faut absolument que vous m'écoutiez, répéta-t-elle d'une voix de fausset.

Elle jeta un regard autour d'elle et se mit à agiter les mains d'un air sauvage.

— Il faut absolument m'écouter ! répéta-t-elle. Le Dr Conrad va m'aider. Il va m'aider…

Mais elle le guettait, grondante, les doigts recourbés comme des griffes.

— Non, non, non ! Il est comme l'autre ! Exactement comme l'autre ! Quel est le numéro ? D'abord, ils font semblant, d'abord ils disent : « Mais oui, Elizabeth, il faut que vous parliez au docteur », et ensuite ils posent la question, ils posent la question… Ils en font tous partie !

Elle s'avançait lentement vers lui. Conrad recula encore d'un pas et jeta un nouveau coup d'œil à la porte. Une enjambée, peut-être deux, et il pourrait l'atteindre, peut-être même glisser la clé dans la serrure. Il mit la main dans sa poche.

— Elizabeth, je veux vous aider. J'essaie de…

Mais les mots moururent sur ses lèvres. Il la regarda dans les yeux.

— L'autre ? dit-il.

160

Comment savait-elle, comment savait-elle que j'allais venir ?

— Exactement comme l'autre, répéta Elizabeth.

Elle se rapprocha encore de lui, les mains levées, le regard froid et dur.

— L'autre docteur ? demanda Conrad.

Elle s'est habillée pour moi. Comment le savait-elle ?

— Ils disent qu'ils sont médecins, expliqua-t-elle avec un accent de douleur dans la voix. Oh, ils disent qu'ils sont gentils. Ils disent qu'ils sont bons. Et ensuite ils posent la question. Ils posent la question…

— Un autre docteur vous a demandé le numéro ? demanda Conrad.

— Quel est le numéro ? gronda-t-elle en s'approchant encore de lui. Il m'a demandé : « Quel est le numéro ? »

A un pas de la porte, Conrad s'immobilisa.

— L'autre docteur ? Le Dr Sachs ? Jerry Sachs ?

— Sachs, oui ! Quel est le numéro ?

— Il vous a demandé ça ? C'est ça, hein ? C'est pour ça que vous êtes devenue enragée. C'est pour ça qu'au début vous ne vouliez plus parler. Mon Dieu, vous avez raison. Sachs en fait bien partie.

Elizabeth se mit alors à hurler :

— Je vais vous tuer ! Je vais vous tuer !

Conrad fit un nouveau pas en arrière… et heurta la porte avec son dos. Elizabeth s'avança sur lui.

— Je vous déteste ! cria-t-elle. Je vous déteste à cause de ça !

— Elizabeth, non ! Non !

Elle ne s'arrêta pas. Elle lança les mains vers sa gorge.

— Elizabeth ! (Il agrippa le devant de sa robe.) Je vous en supplie ! hurla-t-il. Aidez-moi ! Aidez-moi ! Ils ont enlevé ma fille !

Elle avait les mains sur son cou, il sentait la chaleur des doigts qui s'enfonçaient dans sa chair, des ongles qui la déchiraient. Il tenta de la repousser, la secoua, son visage contre le sien. Les yeux de Conrad se remplissaient de larmes.

— Je vous en supplie ! Je vous en supplie ! hurlait-il. Aidez-moi !

Elizabeth fronça les sourcils, hésita.

— Ils ont enlevé ma petite fille ! Il faut que vous compreniez. Je vous en prie. Il le faut. Ils ont enlevé ma fille !

Elizabeth sembla se détendre, sa tête se mit à dodeliner, son regard se fit vague, et elle commença à remuer les lèvres comme pour prononcer des mots silencieux. Puis d'un geste brusque, elle posa une main sur la bouche de Conrad.

— S'il vous plaît, dit-il avec le goût de ses doigts dans la bouche.

— Votre fille ?

— Je vous en prie. J'ai besoin de votre aide.

— Mon aide ?

— Oui.

— A cause d'eux ? A cause des méchants ?

— Oui.

Elle recula en titubant.

— Vous voulez dire… qu'ils sont réels ? (Elle plaça les mains sur ses tempes, comme pour les empêcher d'éclater.) Je ne… Je ne… Ils sont réels, vous dites ?

Haletant, Conrad fit un pas en avant et s'appuya sur le bord de la table.

— Oui, chuchota-t-il. Je vous en supplie. Il faut que vous me disiez qui sont ces hommes. Il faut que vous me disiez ce qu'ils veulent.

Elizabeth frissonna et sembla se raidir.

— Ça, je ne le comprends pas. Je ne comprends pas ce qui se passe en ce moment. Pas du tout. Pas du tout.

— Ma petite fille… (Il regarda sa montre : 20 h 26.) Mon Dieu ! Ma petite fille.

Il leva les yeux vers elle ; elle hocha la tête. *Il faut qu'elle comprenne*, se disait-il. *Il me faut du temps pour qu'elle comprenne. Il me faut plus de temps.*

Soudain, on entendit des coups violents frappés à la porte.

— Hé, Nate ? Nate ? Tout va bien là-dedans ?

Conrad pivota sur ses talons et aperçut le visage de Sachs plaqué contre la vitre de la porte.

Il ferma les yeux.

Puis on entendit le bruit de la clé que Sachs introduisait dans la serrure.

D'ANNUNZIO

Étendue sur le canapé, Agatha regardait le plafond blanc. Juste au-dessus d'elle, il y avait une longue craquelure en forme de Y.

Le bras gauche sur le front, elle tenait au creux de son bras droit, sur son ventre, le vieil ours Neige-Blanche. Elle songeait à la police.

Billy Price était parti depuis une demi-heure. Cela faisait une demi-heure qu'après avoir refermé la porte sur ce visage ahuri, elle avait entendu la sonnerie du téléphone,

Elle se trouvait alors dans la chambre de l'enfant, serrant contre elle le vieil ours en peluche, et la terreur l'avait alors envahie. Elle était sûre d'avoir tout perdu. Il y avait des micros ! Ils pouvaient l'entendre ! Ils avaient entendu ce qu'elle avait dit à Billy Price.

A présent, s'ils l'appelaient, c'était pour lui annoncer qu'ils avaient tué sa fille. Ils l'appelaient pour lui faire entendre les hurlements d'agonie de Jessica.

Ces pensées s'étaient bousculées dans sa tête alors qu'elle franchissait les quelques pas séparant la chambre d'enfant du salon. Ce court trajet lui avait paru durer des heures. Le téléphone n'arrêtait pas de sonner.

Pourquoi était-elle arrivée à la conclusion qu'il n'y avait pas de micros ? Parce que ce type horrible, celui que Nathan avait appelé Sport, n'avait pas entendu le nom de Billy Price ? Mais enfin, comment n'avait-elle pas compris que ce Billy Price pouvait être l'un d'eux ? Ils auraient pu la mettre à l'épreuve. Ou alors leurs appareils auraient pu mal fonctionner. Elle aurait pu se livrer à tant d'autres déductions ! Mais en l'espace de quelques secondes, elle avait pris une décision qui pouvait entraîner la mort de sa fille. Et ce n'était qu'un pari fondé sur une simple supposition !

La sonnerie du téléphone retentit à nouveau et Agatha se précipita vers l'appareil. Elle entendait déjà les hurlements de Jessica : « Maman ! » Elle imaginait déjà ses cris tandis que leurs mains se refermaient sur elle.

Elle pressa le combiné contre son oreille.

— Oui, murmura-t-elle.

C'était la même voix qu'auparavant. Celle du ravisseur. Mais elle avait perdu son caractère rageur, elle était plus douce, presque amicale.

— C'était très bien, madame Conrad.

Agatha ne répondit pas.

— Vous avez été parfaite, reprit l'homme.

— Oui, murmura Agatha, j'ai fait exactement ce que vous m'avez dit.

— C'est parfait. C'est parfait. Et votre fille est très contente que vous ayez agi ainsi, madame Conrad. Croyez-moi. Très, très contente.

Elle étouffa un soupir de soulagement. Elle avait eu raison : il n'y avait pas de micros !

— Continuez de jouer franc jeu avec moi, ma petite, et tout se passera bien. C'est compris ?

— Oui. Oui...

— Qui sait... si vous vous montrez vraiment gentille, je pourrais venir vous rendre une petite visite. Qu'est-ce que vous en dites ? Ça vous dirait ?

L'homme eut un petit rire mauvais, comme dans un film, songea Agatha, *comme le méchant dans un film. Comme s'il jouait un rôle...*

Puis il raccrocha.

A son tour, Agatha avait reposé le combiné sur l'appareil. C'est alors qu'elle était allée s'étendre sur le canapé, un bras sur le front, l'autre serrant contre elle l'ours en peluche, et qu'elle avait regardé le plafond avec sa craquelure en forme de Y.

Elle s'était mise à songer à la police.

Elle ne cessait de revoir la scène dans son esprit. Nathan était là. Il se tenait sur le toit d'un immeuble. Le ravisseur et ses complices sans visage tenaient Jessica au-dessus du vide et menaçaient de la jeter en bas. Soudain, en hurlant, les policiers faisaient irruption sur le toit. Nathan se précipitait en avant. Héroïquement, il arrachait l'enfant des mains de son ravisseur. Alors... la police ouvrait le feu.

Elle imaginait les ravisseurs titubant en arrière, tournoyant sous l'impact des balles. Le sang, les bouts de chair éclatée. Dans leurs yeux il y aurait la douleur… La douleur et une insupportable terreur. Ils tomberaient dans le vide en hurlant. Ils agoniseraient pendant longtemps.

Étendue sur le canapé, Agatha imaginait la scène. Lorsqu'elle en avait fini, elle la reprenait au début. Lentement. L'irruption des policiers. La fusillade. Le sang des ravisseurs et leur douleur… cette douleur terrible qui pour l'heure était sienne.

Agatha regardait le plafond. Elle songeait à la police et imaginait la fusillade. Un pâle sourire flottait sur ses lèvres.

C'est alors que quelqu'un entra. Un homme.

Avec un petit cri, Agatha s'assit sur le canapé. Elle voulut dire « Nathan ? », mais le mot mourut sur ses lèvres. L'homme referma la porte derrière lui.

Il était jeune, la trentaine, peut-être même moins. Il était vêtu d'une combinaison de travail verte et portait une boîte à outils.

En apercevant Agatha, il s'immobilisa, stupéfait.

— Oh… euh… excusez-moi. Je… enfin, Roger, le concierge, m'a dit qu'il n'y avait personne. Il m'a donné la clé. Je suis… Je suis le plombier.

Agatha le regardait, bouche bée.

— C'est à cause de l'appartement d'en dessous, les Coleman, reprit-il. Il y a une fuite dans leur salle de bains. Ça pourrait venir de chez vous. Alors je voulais vérifier. Ça vous ennuie ? Roger, lui, m'avait affirmé que l'appartement était vide.

Agatha le regarda pendant un moment, puis posa les yeux sur le téléphone. Longuement. Or aucune sonnerie ne se fit entendre.

— Euh… Ça vous ennuie ? répéta le plombier en montrant le couloir d'un geste du pouce.

Stupéfaite, Agatha se mit à regarder l'homme. *Il n'a pas un visage de plombier,* se dit-elle vaguement. Il avait une voix rude d'ouvrier, mais pas une allure d'ouvrier. Le jeune homme avait un visage rond, doux, un peu enfantin. Il était beau, et une mèche de cheveux bruns lui tombait dans les yeux. Et puis un regard vif, observateur, intelligent. Pas des yeux de plombier…

Elle regarda à nouveau le téléphone. Aucune sonnerie.

— Ça ne me prendra qu'une minute, dit l'homme en se dirigeant d'autorité vers la salle de bains.

— Mais on ne m'a pas appelée, dit Agatha, une seconde trop tard. D'habitude, le concierge m'appelle dans un cas pareil.

Agatha se leva et croisa les bras sur sa poitrine. Son regard se dirigea à nouveau vers le téléphone.

— Il est... il est si tard, dit-elle en jetant un coup d'œil à sa montre. Il est plus de 20 heures.

— Mais qu'est-ce que c'est que ça ? dit le plombier depuis la salle de bains.

On entendit des coups de marteau, métal contre métal. Agatha s'avança dans le couloir et aperçut la lumière filtrant sous la porte de la salle de bains. Elle se passa la main dans les cheveux. Nouveau coup d'œil au téléphone. Pourquoi n'appelaient-ils pas ?

Les bruits de marteau cessèrent. Agatha retint sa respiration. Elle s'avança dans le couloir.

— Madame Conrad ? lança le plombier.

Elle ne répondit pas.

— Madame Conrad ? dit-il plus fort.

— Euh... oui. Oui, qu'est-ce qu'il y a ?

— Pourriez-vous venir un instant, s'il vous plaît ?

Agatha ne bougea pas. Elle secoua la tête et murmura « Non. » Des gouttes de sueur perlaient à ses lèvres.

— Je... je ne... D'habitude, dit-elle d'une voix faible, ils appellent avant que quelqu'un...

Un silence. Puis de nouveau la voix du plombier.

— Madame Conrad, je crois que vous devriez vraiment venir voir.

Pas de doute. C'était un ordre. Lancé d'une voix froide, autoritaire. Après un court instant d'hésitation, elle gagna la salle de bains. Il était à genoux à côté de la baignoire et lui tournait le dos. Il tenait une clé à écrou à la main et tapait sur le tuyau d'évacuation des eaux.

C'est alors que son regard se porta sur la boîte à outils posée à côté de lui. Elle était vide. Pas un tournevis, pas même un de ces longs furets qu'elle avait vu utiliser par les plombiers pour déboucher les tuyaux.

Agatha porta la main à sa bouche. L'homme, lui, continuait de taper sur le tuyau.

Un moment plus tard, il jeta un coup d'œil par-dessus son épaule et s'aperçut qu'elle regardait sa boîte à outils vide. Il lui adressa un large sourire.

— Vous avez raison, je ne sais pas ce que je suis en train de fabriquer. (Il retourna à son tuyau.) En fait, je ne suis pas vraiment plombier, dit-il en se remettant à taper distraitement sur le tuyau. Je m'appelle Doug D'Annunzio, et je suis inspecteur au commissariat de Midtown South. Je vous montrerais bien mon insigne, mais votre voisin, Billy Price, nous a dit que les malfaiteurs vous surveillaient. C'est exact ?

Silencieusement, Agatha hocha la tête. Elle risqua un nouveau coup d'œil dans le couloir. Le téléphone ne sonnait toujours pas. Puis elle regarda à nouveau l'homme agenouillé à ses pieds. *Ça n'est pas la même voix*, se dit-elle, *ça n'est pas la voix du ravisseur. Et pourquoi ferait-il semblant d'être inspecteur de police ? Les ravisseurs pouvaient venir chez elle quand bon leur semblait. Ils pouvaient faire ce qu'ils voulaient. Ils avaient sa fille. Pourquoi faire semblant ?*

— Vous êtes de la police ? Vous…

Brusquement, les choses semblaient se mettre en place. Tout concordait. La voix d'ouvrier, le regard observateur, intelligent. Ce n'était pas un visage de plombier, mais un visage de flic.

L'homme continuait de taper sur son tuyau.

— Vous voulez que je vous montre mon insigne ou pas ?

— Non, non, répondit-elle rapidement. C'est impossible.

Avec un grognement, D'Annunzio changea de position.

— Mais qu'est-ce qu'ils ont fait ? Ils ont truffé votre appartement de caméras ?

Agatha opina du chef.

— Oui. Ils nous ont dit qu'il y avait des caméras.

Elle leva les yeux vers le plafond de la salle de bains, mais n'aperçut aucune caméra.

— Ils peuvent nous voir, reprit-elle. Vous n'auriez pas dû faire ça. Vous n'auriez pas dû venir comme ça.

— Il fallait bien faire quelque chose, madame, dit D'Annunzio. Ces gars-là n'ont pas l'air de plaisanter. Des caméras, c'est pas rien ! Je me suis déjà occupé d'affaires semblables. Quand ils prennent la peine d'installer des caméras, on peut être sûr que les types ne rigolent pas.

Agatha jeta un regard inquiet dans le couloir.

— Vous n'auriez pas dû. Je ne…

— Du calme, du calme, pas de panique ! dit D'Annunzio.

Il se remit debout et commença de passer la main sur le mur de la douche, comme s'il recherchait quelque chose.

— Il faut que ça ait l'air vraisemblable. Souriez. Vous êtes en train de discuter avec un plombier.

Agatha ne sourit pas. Elle continuait de regarder l'homme. *Oui*, se disait-elle, *il pourrait être flic. Il pourrait*.

— Je ne devrais quand même pas rester trop longtemps, dit D'Annunzio. Racontez-moi tout ce que vous savez, le plus rapidement possible.

Agatha continuait de se tordre les mains. Des mains froides et humides. *D'accord*, se dit-elle.

Elle lui adressa un sourire, le même sourire qu'elle avait adressé à Billy Price.

— Ils ont enlevé ma fille, dit-elle en souriant. La nuit dernière. Ils sont entrés, ici... Ils nous surveillent. Ils se sont branchés sur notre téléphone. Ils disent qu'ils nous écoutent, qu'ils ont placé des micros, mais je crois que c'est faux. Mais ils peuvent nous voir, ça c'est sûr. Ils me forcent à rester ici.

— Continuez. A quoi ressemble Jessica? Quel âge a-t-elle? (Il continuait d'explorer le mur du plat de la main.)

Agatha se força à garder le sourire.

— Elle a cinq ans. Des cheveux longs, blonds, des yeux bleus, des joues rondes. Elle est très mignonne. Elle portait une chemise de nuit avec des rubans...

Elle dut s'interrompre ; elle aurait éclaté en sanglots.

— Et les ravisseurs? Vous leur avez parlé?

— Oui, à l'un d'entre eux. Un homme visiblement cruel. Furieux.

— Rien qui puisse indiquer où ils se trouvent? Un bruit sur la ligne, un lapsus?

Elle réfléchit un moment en jetant un regard vers le téléphone silencieux.

— Non. Écoutez, vous ne devriez pas rester plus longtemps. Il faut vous en aller.

D'Annunzio se retourna vers elle. Un regard de flic, un peu triste. Il hocha la tête.

— Entendu.

Il s'agenouilla et replaça sa clé dans la boîte à outils.

— Où est votre mari?

— Je ne sais pas. Il est parti. Il devait faire quelque chose, et ensuite ils nous rendraient notre fille. Ils ne l'ont pas laissé... Ils lui ont dit de ne pas me dire où il allait... Mais il m'a dit qu'il allait les rencontrer... (elle s'éclaircit la gorge) à 21 heures.

D'Annunzio hocha la tête en souriant et lui adressa un clin d'œil. Il aurait pu lui dire quelque chose comme : « Y'a pas de fuite ici, m'dame. Tout est impec. » Mais il annonça :

— C'est bon. On va le rechercher.

Agatha lui rendit son sourire.

— Soyez prudent. Pour l'amour du ciel, soyez prudent !

D'Annunzio quitta la salle de bains le premier et ouvrit lui-même la porte d'entrée. Sur le palier, il lui adressa un signe de la main.

— Nous vous la ramènerons, madame Conrad, la rassura-t-il en souriant. Vous avez ma parole. Mais ne faites rien qui puisse paraître suspect. Et essayez de garder votre calme.

Les yeux d'Agatha se remplirent de larmes. Elle ne dit rien, s'efforçant de conserver son sourire idiot. Elle s'approcha de la porte.

Elle observa D'Annunzio tandis qu'il s'éloignait dans le couloir. *Un pas. Un pas au-delà du seuil et elle serait libre.*

Un dernier sourire à D'Annunzio qui s'éloignait. Puis elle poussa la porte, s'enfermant dans son appartement.

A nouveau, elle regarda le téléphone. Toujours pas de sonnerie.

LE COLLÈGUE DU PLOMBIER

Dès qu'il eut quitté l'appartement des Conrad, Sport se débarrassa de sa combinaison de plombier et se dirigea vers l'appartement 5H, à l'autre extrémité du couloir, non sans s'être assuré, d'un coup d'œil par-dessus son épaule, qu'Agatha Conrad avait disparu.

Maligne, la garce, se dit-il en pliant la combinaison sur son bras. *Ça c'est sûr ! Une petite maman futée ! Ah, ça jouait les femmes au foyer qui ne feraient pas de mal à une mouche ! Mais pendant ce temps-là, ça gambergeait. Pendant tout ce temps-là, elle cherchait à le baiser !* Sport connaissait ce genre de bonnes femmes, et il ne pouvait pas les saquer. Le toubib, il lui en voulait moins. D'une certaine façon, il l'aimait bien, ce toubib. C'était un dur. Sport respectait ce genre de bonhomme. Mais celle-là...

Combines et ficelles ! Elle avait joué sur ses erreurs.

Il faut bien reconnaître, se disait-il, *que c'était sa faute.* Il lui avait fourni les indices. Il l'avait compris au moment même où il avait raccroché. Dès qu'il s'était un peu calmé, il avait su qu'il venait de se trahir. Il l'avait alors surveillée aux jumelles pour voir si elle s'était rendu compte de quelque chose. Et c'était bien le cas ! Maligne, la petite salope ! Sport l'avait vu tout de suite sur la tête de tapette de ce Billy Price ! Elle lui racontait tout, elle lui disait d'appeler les flics. Elle avait compris qu'il n'y avait pas de micros.

Il frappa doucement à la porte de l'appartement 5H, mais ses lèvres remuaient en silence tandis que des pensées rageuses se bousculaient dans son esprit.

Depuis le début, il avait fait en sorte d'éviter une telle situation. Il fallait éviter le moindre contact personnel, en sorte que, s'ils se faisaient prendre, il ne pût y avoir aucune reconnaissance possible. Or il avait fallu que cette garce se rende compte de quelque chose... et à présent elle l'avait vu.

— Merde ! lança-t-il à voix haute.

A présent, ils allaient devoir vider les lieux. Cette salope s'était aperçu qu'il n'y avait pas de micros, et elle n'allait pas tarder à se demander pourquoi elle ne voyait pas non plus aucune caméra. Elle finirait par comprendre qu'ils l'observaient par la fenêtre depuis l'immeuble en face. Alors, si elle parvenait à prévenir les flics...

Il fallait seulement donner à Sport le temps de se mettre en route, et ensuite Maxwell ramènerait la gosse à l'ancienne planque.

Il frappa de nouveau à la porte, plus fort cette fois-ci. Il était à présent vêtu de sa veste et de sa cravate. Le costume de D'Annunzio. La veste bleu marine, la chemise bleue, la cravate rayée. Le flic américain classique. C'était ainsi qu'il avait réussi à pénétrer dans l'appartement de Billy Price. Il enroula sa combinaison autour de la boîte à outils et plaça celle-ci sous son bras.

Ça n'aurait jamais dû arriver, songea-t-il. *Ça n'aurait même jamais dû commencer.* Tout ce qu'il voulait, au début, c'était quitter l'administration pénitentiaire, cesser d'être gardien de prison et se lancer dans sa nouvelle carrière de chanteur. C'était tout. Et il avait assez d'argent pour ça. Après son accident, avec la pension que lui versait la municipalité, il avait assez d'argent pour ça, et même plus. Mais il avait fallu qu'il joue les malins ! Il avait fallu qu'il se mette à écouter Eddie le Maton. Bon Dieu, mais qu'est-ce qui lui avait pris ? Ce vieux jeton, Eddie ! Ça faisait trois mois, depuis qu'il était sorti de prison, qu'il passait ses journées au Harbor Bar, là où se retrouvaient les gardiens de Rikers. Il répétait inlassablement la même histoire à qui voulait l'entendre, à tous les gardiens de Rikers suffisamment jeunes, suffisamment polis ou suffisamment soûls pour l'écouter : « Ah, quand j'étais gardien comme vous, j'étais pas con, moi ! C'est moi qui tenais le commerce de la drogue dans ma division, et je me suis fait une petite fortune. Et quand les fédéraux me sont tombés sur le paletot, vous croyez qu'ils ont trouvé quelque chose ? Que dalle ! Je les ai bien blousés, tous autant qu'y sont ! » Tous les soirs, tous les soirs il répétait son histoire. Personne ne le croyait, personne ne lui prêtait la moindre attention.

Jusqu'au jour où Sport avait eu sa subite illumination et s'était dit que peut-être le vieux était sérieux. Ensuite, ça avait été la connerie, cette espèce de chasse au trésor...

Il entendit glisser le cache du judas, puis la porte de l'appartement de Billy Price s'ouvrit devant lui.

Maxwell referma la porte derrière lui. Le colosse avait les épaules voûtées et son visage poupin tendu vers l'avant. Il avait toujours, après, cet air de petit garçon pris en faute. Mais aussi énervé que fût Sport, il ne parvenait pas à lui en vouloir.

— Est-ce qu'il a rappelé le flic ? demanda Sport.

— Ouais, répondit Maxwell avec un petit rire. Et même que D'Annunzio était encore là. Il lui a dit de ne pas venir. Il lui a dit qu'y z'avaient retrouvé la fille.

— C'est bon.

Maxwell rit à nouveau. Presque un gloussement.

— J'lui avais enlevé son pantalon et je lui tenais les couilles.

— J'imagine que ça devait être convaincant, remarqua Sport.

— J'y ai dit que j'le laisserais tranquille s'il obéissait.

Il éclata d'un rire d'enfant, comme une rafale de mitraillette.

Sport eut un sourire en coin et regarda le monstre en hochant la tête. Quel putain de personnage, celui-là !

Presque à regret, Sport quitta le vestibule pour s'enfoncer dans l'appartement. *Allons voir ce qui s'est passé ici*, se dit-il.

L'appartement n'était pas encore complètement meublé. Il n'y avait aucune décoration sur les murs ni aucun tapis sur le parquet. On apercevait des cartons encore fermés. Mais les bibliothèques en verre et en métal avaient été montées, et l'homme avait disposé sur les étagères livres, photos et bibelots. Près de la fenêtre, le coin salon avait été aménagé, avec un canapé, des fauteuils et une table basse.

Billy Price était assis dans l'un des fauteuils, vêtu d'un sweat-shirt noir mais nu à partir de la taille. Un sparadrap lui fermait la bouche et il avait les mains liées derrière le dos. Sa tête était inclinée sur le côté comme celle d'une poupée de chiffon. Ses yeux étaient ouverts.

Il avait la gorge ouverte, béante. En le voyant, Sport émit un petit sifflement. Puis il baissa les yeux sur l'entrejambe de Price et secoua la tête. *Quel cinglé, ce Maxwell.*

Maxwell se tenait derrière lui. Il observait Sport ardemment, l'air d'en attendre quelque chose. Sport se tourna alors vers lui et lui adressa un large sourire assorti d'un clin d'œil, puis lui tapota l'épaule.

— Bon travail, mon grand. Maintenant faut y aller.

Maxwell hocha la tête en souriant. Sport jeta un dernier coup d'œil autour de lui.

— D'accord, allons-y.

Le sourire disparut des lèvres de Maxwell.

— Et la femme de Conrad ? On devrait pas se la faire, aussi ?

Sport secoua la tête.

— Elle ne sait rien. Elle ne sait pas où on est. Elle croit encore qu'il y a des caméras chez elle.

Maxwell soupira d'un air sombre. Sport, lui, éclata de rire.

— Tu comprends, maintenant elle croit que les flics sont sur l'affaire. Elle va plus bouger. Elle fera rien avant qu'on ait terminé.

— Si elle était morte, elle ferait rien non plus, rétorqua Maxwell.

Sport se mit à rire de nouveau. *Merci, tête de lard,* songea-t-il.

— Mais non, mais non. Parce que, dans ce cas-là, on aurait des problèmes avec le médecin, tu vois ? C'est un malin, y sait comment ça marche. Il m'a obligé à lui passer sa fille avant. Il pourrait encore s'amuser à ça. S'il se rend compte qu'on a touché à sa femme ou à sa fille, il continuera plus, et nous on sera baisés. Tu comprends ce que je veux dire ?

Maxwell continuait de le regarder. *Est-ce qu'il comprend ce que je suis en train de lui raconter ?* se demanda Sport. Mais la question elle-même était idiote : ce type-là serait incapable d'arracher les ailes à une mouche sans un mode d'emploi.

Sport donna une petite tape joueuse sur l'énorme bras de Maxwell.

— Hé ! Tu veux être riche, non ? Tu veux t'en sortir ?

Maxwell hocha la tête.

— Tu veux avoir tous les garçons et les filles dont t'as envie, et plus jamais aller en prison, pas vrai ?

— Ouais, dit le colosse d'un air ennuyé.

— Alors il faut se magner, mon vieux. J'ai plus que vingt minutes pour aller à la tour de l'horloge. Toi, tu remballes. Tu retournes à l'ancienne planque.

— Beuh, fit Maxwell.

— Mais enfin, bon sang, ça n'est que pour quelques heures !
C'est pour le cas où la bonne femme pige le truc. Elle a déjà
compris, pour les micros.

— Elle pigerait pas si elle était morte, grommela Maxwell.

Sport se mit à rire à nouveau et se dirigea vers la porte en
secouant la tête. En traînant les pieds, Maxwell le suivit.

L'ENFANT

Ils avaient laissé Jessica allongée sur le lit, les mains liées derrière le dos et les chevilles entravées. Ils avaient aussi laissé la télévision allumée. « Ça l'occupera », avait dit Sport. La pièce était plongée dans une obscurité que seule venait trouer la lueur de la télévision.

La petite fille était couchée sur le côté. Elle s'efforçait de garder les yeux ouverts, mais ses paupières ne cessaient de retomber sur ses yeux bleus un peu brumeux, comme si leur éclat allait à tout moment se ternir. Ses joues rondes présentaient des taches rouges par endroits. Sa mère lui avait fait une natte pour la nuit, mais ses cheveux commençaient à se défaire.

Jessica se sentait nauséeuse. Le chloroforme lui faisait mal au ventre et elle avait peur de vomir car elle se disait qu'à cause du sparadrap, elle serait obligée de ravaler son vomi. Elle avait aussi uriné sur le matelas et se sentait mal à cause de cela. Mais elle n'avait pu se retenir plus longtemps. A présent, elle était étendue sur un lit trempé. Et sa chemise de nuit à volants, sa préférée, était également trempée. Au bout d'un moment elle se remit à pleurer. Elle eut peur de suffoquer, ce qui lui donna des vertiges. Elle ferma les yeux.

Elle dormit, mais même dans son sommeil elle avait trop chaud. A son réveil, elle avait le front couvert de sueur. Cela lui rappelait la fois où elle avait eu la varicelle, avec cette vilaine fièvre. Elle avait envie de dormir encore, mais elle se sentait trop mal.

Elle regarda la télévision. Deux hommes parlaient. Elle espérait que son papa allait venir bientôt. Il lui avait dit au téléphone : « Tu seras très bientôt à la maison. » Mais c'est maintenant qu'il aurait dû venir la chercher. D'abord, il allait taper très fort sur le mur, si fort que les méchants auraient peur et qu'ils seraient forcés de le laisser entrer. Et puis après, les méchants le verraient, et là ils auraient vraiment très, très peur, parce que, lui, il serait fou de rage. Il leur ferait des yeux terribles, comme la fois où elle était montée sur le gros rocher de Central Park, alors qu'il lui avait dit de ne pas le faire. Et papa les taperait. (Papa trouvait que c'était pas bien de taper, c'est pour ça qu'il lui donnait jamais de fessée, mais pour une fois il le ferait.) Il donnerait un énorme coup de poing sur le nez des méchants. Mais pour le grand, il faudrait qu'il le tape avec un bâton ou qu'il le tue avec un fusil. Ensuite, elle-même irait les taper.

Mais à présent, elle se sentait malade. Tellement malade. Elle allait vraiment vomir. Le sparadrap sur sa bouche l'étouffait. Ses yeux se remplissaient de larmes. *Maman !* songea-t-elle. Brusquement, rendue furieuse, elle essaya de libérer ses mains. En pleurant, elle se jeta d'avant en arrière sur le lit. Elle voulut inspirer et n'y réussit pas. Ses yeux roulèrent dans leurs orbites. Elle retomba allongée sur le lit. Elle avait chaud et se sentit partir...

Elle se réveilla un peu plus tard, plus nauséeuse encore qu'avant. Elle allait éclater en sanglots et ne parvenait pas à inspirer. *Maman !* songea-t-elle. D'une brève saccade, elle tenta de lever une des deux mains.

La main se libéra.

Aussitôt, sans réfléchir, elle arracha le sparadrap qui lui fermait la bouche. Avant tout, respirer !

Elle se redressa : une envie de vomir. Un spasme la secoua, mais elle ne vomit pas. Elle se rallongea sur le matelas en évitant la partie mouillée et prit de longues goulées d'air.

C'est alors qu'elle prit toute la mesure de ce qui lui arrivait : ses mains étaient libres.

Ses bras étaient raides, douloureux, et elle se massa les poignets. Elle se sentait mal, mais n'avait plus aussi chaud et n'éprouvait pas autant de nausées qu'auparavant.

Mais l'inquiétude ne tarda pas à s'emparer d'elle et elle jeta un coup d'œil en direction de la porte. Peut-être fallait-il remettre le sparadrap. Les méchants allaient être fâchés en voyant qu'elle l'avait enlevé. Mais elle l'avait pas fait vraiment exprès. C'était arrivé comme ça, parce qu'elle n'arrivait plus à respirer. Mais ça, peut-être qu'ils ne le comprendraient pas. Ils penseraient sûrement qu'elle était méchante.

Mais peut-être aussi qu'elle pouvait attendre. Ça faisait déjà un bout de temps qu'elle avait entendu le méchant sortir. Peut-être qu'elle pouvait attendre son retour et, à ce moment-là, remettre rapidement le sparadrap avant qu'il la voie.

Moe, la tortue Tot, se trouvait sur le lit à côté d'elle. *Ça te tiendra compagnie,* lui avait dit Sport après lui avoir collé le sparadrap sur la bouche. Jessica prit la tortue, la serra contre sa joue et se mit à sucer son pouce. Elle savait bien que c'étaient les bébés qui faisaient ça, mais là, elle ne pouvait pas s'en empêcher. Elle regarda la télévision. Il y avait une publicité où l'on voyait des filles et des garçons jouer sur un terrain de jeux. L'un des garçons tomba et salit sa chemise. Sa mère dut la mettre dans la machine à laver.

Oh, comme Jessica aurait aimé que sa maman fût là !

Elle dormit un petit peu : elle n'aurait su dire combien de temps. A son réveil, il y avait d'autres publicités à la télévision. L'espace d'un instant, elle se sentit heureuse parce qu'elle n'éprouvait plus autant de nausées qu'auparavant.

Mais ensuite elle se demanda avec effroi si les méchants n'étaient pas revenus pendant son sommeil. Elle regarda la porte. Elle écouta. A part la télévision, on n'entendait rien.

D'abord, elle pensa qu'elle ferait mieux de remettre son sparadrap, au cas où... Mais elle finit par y renoncer et se dit qu'elle pourrait aller jeter un coup d'œil dans l'autre pièce pour voir si les méchants n'étaient toujours pas rentrés.

Elle se redressa et, lentement, défit le ruban adhésif qui lui entravait les chevilles. Cela ne lui fit pas aussi mal que sur la bouche. Une fois ôté l'adhésif, elle le posa sur le lit de façon à pouvoir le remettre quand les méchants reviendraient. Puis elle quitta le matelas, et, la tortue Moe sous un bras, gagna la porte de la chambre.

Elle avança doucement, sur la pointe des pieds ; la lueur bleue de la télévision dansait sur la porte. Contre sa jambe, elle sentit la tache mouillée de sa chemise de nuit. Ça ne lui plaisait pas du tout. Elle avait fait pourtant tout ce qu'elle pouvait pour se retenir. Sûrement que maman le comprendrait quand elle le lui expliquerait, mais quand même, ça ne lui plaisait pas.

Arrivée à la porte, elle retira son pouce de sa bouche et tourna doucement la poignée. Tout doucement...

Jessica passa la tête dans l'entrebâillement. La pièce était plongée dans l'obscurité. Apparemment, il n'y avait personne. Elle avança un peu plus la tête et regarda à droite : des chaises ici et là, les baies vitrées donnant sur le balcon. Les rideaux étaient tirés.

Elle tourna la tête à gauche : personne. Elle s'apprêtait à rentrer la tête à l'intérieur quand elle aperçut la porte d'entrée.

Elle savait que c'était la porte d'entrée parce qu'elle ressemblait exactement à la porte de chez elle. Elle était grande, solide, avec deux verrous et une chaîne. Elle n'était pas loin, cette porte, elle aurait pu courir jusque-là. Parfaitement ! Elle pourrait l'ouvrir et sortir. Ensuite, elle prendrait l'ascenseur jusqu'en bas et demanderait de l'aide au concierge. Le concierge appellerait son papa et lui dirait où elle se trouvait. C'était pour ça que son papa n'était pas encore venu. C'est qu'il ne savait probablement pas où elle se trouvait. Le concierge, lui, il lui dirait.

C'est ça ! songea-t-elle. (Dans les dessins animés, à la télévision, il y a toujours des petites filles à qui il arrivait des tas d'aventures et qui avaient plein d'ennuis. Alors au moment où ça allait très mal pour elles, elles avaient une idée. Elles claquaient des doigts en disant : « C'est ça ! » Mais Jessica ne savait pas claquer des doigts.)

Elle se dit seulement : « C'est ça ! » et se glissa hors de la chambre.

Elle s'immobilisa au premier pas. La pièce était grande, et il faisait très sombre. Elle regarda la silhouette des meubles dans l'obscurité. Et si les méchants étaient quand même là ? S'ils se cachaient dans le noir ? Et si, en partant, ils avaient laissé un gros chien qui allait lui sauter brusquement dessus en aboyant ?

En serrant Moe contre elle, Jessica recula d'un pas vers la chambre à coucher. Mais son regard ne pouvait se détacher de la porte d'entrée. Elle était là, devant elle, à quelques pas. Et sûrement que son papa ne savait pas où elle était. Parce que, s'il avait su, il serait déjà venu la chercher.

Elle cessa de reculer et promena son regard autour d'elle. Elle n'éprouvait plus de nausées, mais avait quand même mal au ventre. En frissonnant, elle serra plus fort contre elle sa tortue rose. Puis, les épaules voûtées pour paraître plus petite, elle se mit en marche sur la pointe des pieds.

Lentement. Le parquet était froid sous ses pieds nus. Elle avait le ventre vide. Elle jeta un coup d'œil par-dessus son épaule. Quelque chose aurait pu la suivre en rampant, dans l'obscurité.

Puis son regard revint à la porte d'entrée. Elle ne paraissait plus si proche, à présent. Ça allait prendre du temps pour y arriver. Pourtant, en regardant la porte de la chambre, elle avait l'impression d'avoir déjà fait beaucoup de chemin. Trop de chemin pour revenir en arrière.

Elle accéléra le pas, atteignit la porte d'entrée. La poignée était juste à hauteur de ses yeux. La tortue sous un bras, elle tourna la poignée. Un petit mouvement sur la gauche, et puis elle se bloqua. Elle insista. La porte ne s'ouvrait pas.

Elle était fermée à clé.

Elle leva les yeux. La chaîne pendait sur le côté. Les deux verrous étaient très haut. Il y en avait un qui ressemblait simplement à une serrure sur la porte, et l'autre était comme une grosse plaque de cuivre avec un bouton dessus. Ils avaient l'air difficile à ouvrir, mais elle savait comment procéder. A la maison, elle l'avait fait quelquefois. Pourtant, d'habitude, c'était quand même maman qui devait l'aider.

Elle essaya d'ouvrir celui qui était le plus bas, la serrure, mais il était trop dur pour elle. Elle posa Moe sur le sol et essaya à nouveau, mais avec les deux mains. Cette fois-ci, il tourna : il y eut un déclic.

— Ouais ! murmura-t-elle.

A présent, elle savait qu'elle pourrait réussir. Elle leva le bras pour ouvrir le deuxième, mais ses doigts ne pouvaient atteindre le bouton. Elle se dressa sur la pointe des pieds, mais ne put toucher que le bord de la molette.

Alors, derrière la porte, elle entendit le bruit de l'ascenseur qui s'ouvrait. Puis des voix d'hommes.

— ... Et t'oublieras pas d'emporter le téléphone avec toi. Hein, oublie pas.

C'étaient les méchants.

Elle voulut refermer le verrou d'en bas pour qu'ils ne se rendent compte de rien. Mais ils allaient l'entendre.

— Ouais, j'oublierai pas, répondit le deuxième.

Il était juste derrière la porte.

Jessica se précipita vers la chambre. Il fallait remettre le sparadrap pour qu'ils ne s'aperçoivent pas qu'elle avait fait quelque chose de mal...

Au moment où elle se glissait dans la chambre, elle entendit le bruit de la clé dans la serrure. Elle jeta un regard en arrière et vit le bouton du verrou du haut qui tournait. Puis, en baissant les yeux, elle aperçut Moe. La tortue rose se trouvait toujours sur le sol.

Que faire ? A présent, les deux verrous étaient tournés, la porte allait s'ouvrir. Mais s'ils voyaient Moe à cet endroit...

Sur la pointe des pieds, elle alla ramasser sa tortue. La clé tournait dans la deuxième serrure. Elle entendit le méchant pousser la porte.

— Merde ! T'as oublié de fermer celui-là ?

Il l'avait refermé, parce qu'il ne savait pas que Jessica l'avait tourné dans l'autre sens.

Jessica courut jusqu'à la chambre. Cette fois-ci, le verrou tournait dans le bon sens. Sans cesser de courir, elle jeta un regard en arrière.

Elle heurta alors la porte de la chambre et tomba à terre avec un bruit sourd.

Elle poussa un cri.

La porte d'entrée s'ouvrit. Une lumière s'alluma. En pleurant, Jessica se retourna et vit Sport qui la regardait. Maxwell se tenait derrière lui, regardant par-dessus sa tête.

Maintenant mon papa va venir, songea Jessica. *Mon papa va venir et va les taper.*

Une grimace de fureur tordit le visage de Sport.

— Espèce de petite salope ! s'écria-t-il. Espèce de petite salope !

Il s'avança vers elle tandis que Maxwell refermait la porte.

Jessica pleurait très fort.

— Je voulais pas le faire, dit-elle.

Sport l'attrapa par le bras, arrachant un cri à Jessica. Puis il la gifla, durement. Jessica se mit à hurler.

Viens papa, viens papa ! songeait-elle.

— Toi et ta putain de mère, espèce de petite salope ! s'écria Sport. Ta putain de mère, je l'ai tuée, hein, qu'est-ce que tu dis de ça ? Elle est morte, ta mère, espèce de petite salope !

— C'est même pas vrai ! sanglota Jessica.

— Si, elle est morte ! Et c'est bien fait pour elle !

— Mon papa va venir ! hurla Jessica à travers ses larmes. Il va venir et il va vous taper ! Et quand il viendra, il va vous jeter par la fenêtre !

Sport lança un regard par-dessus son épaule. Maxwell se tenait derrière lui et regardait Jessica.

— Va me chercher le chloroforme, dit Sport.

— Non ! hurla Jessica.

Puis, en sanglotant, elle se mit à appeler sa mère. Et lorsque Sport s'approcha d'elle à nouveau, elle ne put que mettre la main devant son visage, sans cesser de pleurer.

LA CHAISE DE DOULEUR

— Salut, salut, les amis de la psychiatrie, lança le Dr Jerry Sachs en refermant derrière lui la porte de la chambre d'Elizabeth. Ça va bien, ici?

Conrad le regarda sans répondre.

Il en fait partie.

Et il songeait : *Il faut... il faut que je fasse quelque chose.*

Mais il n'y avait rien à faire. Il n'avait toujours pas le numéro. Et Elizabeth était toujours agitée, peut-être au bord d'une crise de violence... Il était 20 h 24 et à présent, Sachs...

A travers les verres épais de ses lunettes, Sachs regarda Elizabeth puis Conrad. Il continua son badinage jovial, mais son débit était un peu heurté. Son sourire — son sourire mouillé, tout en gencives — semblait un peu tordu.

— Il y a un problème, ici? Il y a quelque chose qui ne va pas? Deux amis comme vous, vous n'allez tout de même pas vous disputer! Hein, Nate?

Il fit face à Conrad d'un air engageant. Déformé par l'épaisseur des verres, le regard semblait plus mielleux que jamais.

— Hein, Nate? répéta-t-il de façon suppliante.

Conrad regarda la grosse tête rose dégoulinante de sueur.

20 h 26. Il faut...

Les mots déchiraient son esprit comme des traînées noires, puis s'évanouissaient.

— Espèce de salaud! murmura-t-il sans réfléchir.

Sachs feignit d'ignorer ses propos et regarda sa montre.

— Dis donc, il est tard! Ouah! Regarde-moi ça : il est presque 20 h 30. Il est vraiment très, très tard. (A nouveau le même regard suppliant.) Si j'étais toi, Nate, je me dépêcherais. Vraiment!

Et sur ces mots, il tourna les talons et fit retraite vers la porte.

Conrad attrapa Sachs par le coude et le força à se retourner.

— Espèce de salaud, répéta-t-il sans le lâcher des yeux. Tu en fais partie. Tu... tu sais ce qu'ils ont fait ? Tu le sais ?

La peur se lisait dans les yeux du gros homme.

— Eh, du calme ! Personne ne t'a dit que... parce que, qui t'a dit ça ? Ils n'étaient pas censés te le dire. Ils ne devaient le dire à personne.

— Mais enfin, Jerry, comment as-tu pu faire une chose pareille ?

Le visage de Sachs se ferma. D'un geste sec, il se débarrassa de la main de Conrad sur son bras.

— Toi, commence pas à me raconter tes salades, d'accord ? Tout le monde n'a pas la chance, comme monsieur, d'habiter Central Park Ouest, tu sais ? Tout le monde n'est pas suffisamment plein aux as pour se permettre de refuser une somme pareille ! (Il commençait à haleter. Il déglutit avec difficulté, et ses yeux firent un rapide aller-retour entre Conrad et Elizabeth.) Écoute, dit-il en chuchotant presque, je ne savais pas qu'ils allaient faire ça, t'as compris ? Bon, je leur ai dit que toi, tu n'accepterais pas d'argent, mais... je ne savais pas qu'ils allaient faire ça. (Il jeta un nouveau coup d'œil à sa montre.) Tu sais, il faut vraiment que tu te dépêches. Ces gars-là, ils ne plaisantent pas. Il faut s'en tenir au plan fixé ! (Il posa la main sur la poignée de la porte.)

— Vous !

Le mot, lancé d'une voix profonde, gutturale, le cloua sur place. Conrad et lui se retournèrent vers Elizabeth.

Jusque-là, elle était demeurée au même endroit, pétrifiée, les mains sur les tempes, la bouche ouverte, les yeux grands ouverts. Sa tête allait de droite et de gauche, comme si elle répétait : non, non, non.

A présent, elle pointait un doigt en direction de Sachs, tandis que son autre main restait posée sur sa tempe, les doigts serrés sur ses cheveux cuivrés.

— Vous, gronda-t-elle à nouveau, vous êtes réel.

L'espace d'un instant, ils demeurèrent ainsi figés dans la même posture. Conrad sentit comme un souffle glacial contre sa nuque.

Il faut que... je fasse quelque chose... il faut...

Ce fut Sachs qui rompit le silence.

— Eh bien... Elizabeth, je vois que vous faites de grands pas... Eh bien ! je crois que maintenant je vais faire la même chose. Au revoir.

186

Elle s'avança vers lui, le doigt toujours pointé sur son visage.

— C'est vous le mauvais. Vous en faites partie.

Les yeux de Sachs s'agrandirent de surprise. Il jeta un regard en direction de Conrad.

— Tu lui as dit, à elle ? Nom de Dieu !

Conrad leva la main.

— Non, Elizabeth, non !

Elle ne lui accorda même pas un regard.

— Le Dr Conrad est bon. (Elle s'avança encore d'un pas en direction de Sachs qui, lui, semblait incapable de bouger, hypnotisé comme la proie d'un serpent.) Je le savais. J'avais raison. Le Dr Conrad est bon et vous... vous avez enlevé sa fille. Vous avez enlevé sa petite fille pour le forcer à faire des choses.

— Mon... mon Dieu...

— Vous avez enlevé la fille du Dr Conrad. Et tout ça est réel. Et... ça n'est pas moi. C'est pas seulement moi.

— Elizabeth, ça suffit, dit Conrad en s'interposant entre eux. (Il prit le bras d'Elizabeth, le caressa tendrement et lui parla avec douceur.) Ça suffit, je vous en prie.

— Mais vous êtes bon, dit-elle. Vous me l'avez dit : ils sont mauvais, ils sont réels.

— Je vous en prie, répéta Conrad, je vous en prie. Calmez-vous à présent.

Il la repoussa doucement vers le lit. Elle secouait lentement la tête. Elle porta la main à ses lèvres, ses yeux se remplirent de larmes.

— Je ne... je ne peux pas...

Conrad la força à s'asseoir sur le lit.

— Ça va aller. Tout va bien se passer.

C'est alors que Sachs répéta :

— Mon Dieu, Nathan, tu lui as dit. Tu lui as tout dit.

Conrad se retourna vers lui. Sachs se tenait devant la porte.

— Merde, Nathan, merde ! Tu ne devais rien dire à personne ! Personne ne devait rien dire ! C'était ça le plan !

A présent, c'était sur son front à lui que Conrad sentait perler la sueur.

— Jerry...

Sachs s'avança vers lui.

— Mais bon Dieu, Nathan. Tu ne devais en parler à personne, absolument personne !

— Écoute, Jerry, on peut se sortir de tout ça si on marche ensemble.

— Bon Dieu, c'est pas ce qu'ils t'avaient dit ? De ne parler à personne ?

— On peut s'en sortir si...

— Impossible ! Moi, je ne peux pas me sortir de ça ! Elle va parler. Toi, tu pourrais parler. Et eux...

— Mais bon sang, Jerry !

— La police, je m'en fous. Mon boulot, je m'en fous. Mais eux ? Eux... ils vont être fous de rage ! (Sachs passa la main sur son crâne suant.) Mais enfin, putain, Nathan, putain, tu te rends compte de ce que je suis en train de te dire ? T'étais censé seulement lui poser la question ! Tu pouvais pas lui demander ce putain de numéro et te barrer ensuite ?

— Jerry, dit calmement Conrad. Ils ont ma fille. Il faut marcher ensemble. On ne peut pas leur parler de ça.

— Ne pas leur en parler ? s'écria Sachs d'une voix perçante. Ne pas leur en parler ? Mais ils vont appeler ici ! Ils vont appeler pour être sûrs que tu es parti. Il faut qu'ils se débrouillent avec ça, sinon... la police, mon boulot, je vais...

— Si tu leur dis... si tu leur dis, ils tueront ma fille.

— Ah oui ?

— Ils la tueront, Jerry.

— Ah oui ? Vraiment ? Alors ce que tu veux, c'est qu'ils me tuent, moi ? Tu veux qu'ils croient que j'ai dissimulé quelque chose, que je les ai trahis ? Hou ! là ! là ! mon vieux, pas question ! Le jour où ça arrivera, je préférerais être dans la peau de quelqu'un d'autre, crois-moi !

— Nom de Dieu ! s'exclama Conrad.

Il faut que... il faut que..., songeait-il.

— Nom de Dieu, répéta-t-il doucement. Ils la tueront. Elle n'a que cinq ans. Ce n'est qu'une petite fille. Elle est au jardin d'enfants. Elle a cinq ans !

— Qu'elle aille se faire foutre !

Sachs se pencha vers l'homme plus petit qui lui faisait face. Conrad sentit son haleine aigre.

— Tu aurais dû y penser quand tu as commencé à lui en parler, reprit Sachs. (Il promena un regard autour de lui, comme s'il cherchait une issue.) On pourrait peut-être la camer, murmura-t-il. C'est ça. On leur dira... On la camera jusqu'à ce que tout soit fini. Peut-être qu'ils marcheront. On leur refilera. Ils pourront... ils pourront se débrouiller avec elle.

Conrad recula d'un pas.

Il faut... Il faut... Il essuya ses lèvres d'un revers de main. La sueur froide semblait jaillir de tous les pores de sa peau. *Il faut que je l'empêche,* songea-t-il. Un nouveau pas en arrière. Sa jambe heurta la chaise sur laquelle il s'asseyait lors de ses entretiens avec Elizabeth.

Sachs continuait son bavardage.

— Écoute, Nathan, ça pourrait marcher. D'accord? Peut-être même qu'ils relâcheront la gamine, on ne sait jamais. Mais le plus important, c'est qu'il ne faut pas les rendre enragés. Il faut jouer cartes sur table avec eux et espérer que ça marchera. D'accord? Quand ils appelleront, on leur dira que tu lui as tout raconté, c'est vrai, mais qu'on l'a camée et qu'ils pourront venir plus tard, et... Voilà, c'est tout. D'accord? On leur dit, et puis c'est tout.

Conrad baissa les yeux. *Il faut que...* Ses mains reposaient sur le dossier de la chaise. *Il faut que je l'assomme. Il faut que je l'assomme avec cette chaise.*

Sachs jeta un coup d'œil à sa montre.

— Mon Dieu, il est presque 20 h 25. Ils vont appeler dans cinq minutes. Bon, il faut que tu y ailles. Tu as le numéro? Il faut que tu partes d'ici! Moi, je descends pour prendre la communication. D'accord? On marche comme ça?

Conrad agrippa le dossier de la chaise avec les deux mains. *Il faut... avec la chaise...* Il la souleva de terre.

— Allez! dit Sachs. Qu'est-ce que tu fabriques? Tu as le numéro? Allons-y!

Conrad se précipita sur lui.

Il leva la chaise. Deux pas. Son genou se déroba sous lui et il poussa un grognement de douleur. *Prendre appui sur l'autre jambe! Abattre la chaise.*

Elizabeth poussa un cri. Sachs recula d'un pas en se protégeant du bras. La chaise l'atteignit mollement à l'épaule. Il recula jusqu'au mur en titubant.

— Mais qu'est-ce qui te prend, Nathan?

La chaise avait échappé aux mains de Conrad. Elle retomba sur le sol.

Conrad haletait. La douleur au genou lui arracha une grimace. Il avait les bras ballants, le menton sur la poitrine.

189

Mais qu'est-ce que je fais ? Qu'est-ce que je fais ?

— Bon Dieu, Nathan ! s'écria Sachs, adossé au mur. Mais enfin, tu aurais pu me tuer !

Conrad se passa la main dans les cheveux. Les yeux baissés, il se mit à hocher la tête.

— Ex... excuse-moi. Je ne sais pas ce qui... Je suis bouleversé...

D'un air absent, il se baissa, releva la chaise et la posa devant lui.

— Je suis au bout du rouleau, ajouta-t-il.

— Ouais, dit Sachs en se frottant l'épaule. Bon Dieu, ça fait sacrément mal ! Enfin, est-ce que c'est comme ça que deux médecins doivent se comporter l'un avec l'autre ?

— Non, non... Je deviens fou...

Conrad contemplait la chaise, incapable de croire à ce qu'il avait fait.

Sans cesser de se frotter le bras, Sachs regarda de nouveau sa montre.

— Bon, il faut y aller ! On doit respecter le programme. Allons-y !

Conrad acquiesça d'un air las. Il ramassa la chaise et frappa Sachs sur le côté du crâne. Ses lunettes volèrent jusqu'au mur et retombèrent sur le sol.

A nouveau, Conrad lâcha la chaise, qui tomba par terre. Il titubait, mais parvint à conserver son équilibre.

Il leva les yeux. Sachs était lui aussi debout, le regard vide, immobile, et sa bouche s'ouvrait et se fermait comme celle d'un poisson. Sur le côté de son crâne, on apercevait une plaie béante.

La plaie vira au rouge vif et le sang se mit à couler dans ses yeux, sur sa joue.

— Vraiment, Nathan, vraiment...

Puis il s'écroula à genoux et bascula vers l'avant. Il toucha le sol avec un bruit sourd et ne bougea plus.

IL EST EN CHEMIN

Elizabeth était debout et observait Sachs.

— Vous l'avez frappé avec la chaise.

Haletant, Conrad regardait aussi, les yeux écarquillés par la surprise.

— Je... Je...

— Vous l'avez frappé à la tête avec la chaise.

— Il fallait l'arrêter. Il allait leur dire... Ils l'auraient... ils l'auraient tuée.

— Mais vous l'avez frappé avec la chaise. Vous l'avez frappé sur...

— Mais bon sang, Elizabeth, je le sais bien !

Elle eut un mouvement de recul devant l'aboiement de Conrad, puis se ressaisit et le considéra en silence.

Toujours haletant, Conrad essuya la sueur qui perlait à son front.

— Allez, dit-il, radouci, aidez-moi à le ligoter.

Il s'approcha du lit, jeta son imperméable sur le sol et se mit en devoir d'ôter les draps, la couverture et la taie d'oreiller. Il ramena le tout près de Sachs.

Ce dernier gisait toujours sur le sol, la tête de côté. La partie visible de son visage était recouverte de sang, qui coulait sur le sol avec un bruit de goutte-à-goutte.

Conrad s'agenouilla à côté de Sachs et réprima une grimace de douleur : son genou le faisait souffrir. Avec difficulté, il lui ramena les deux bras dans le dos et les attacha avec le drap.

De temps à autre, il jetait des coups d'œil à la petite fenêtre dans la porte. Personne ne regardait. Puis un coup d'œil à Elizabeth : elle se tenait au-dessus de lui et l'observait. *Peut-être n'est-ce pas là le meilleur traitement pour elle,* songea-t-il en souriant. Il se mit ensuite en devoir de lier les jambes de Sachs.

Il lui attacha les chevilles avec le drap du dessous, puis prit une profonde inspiration : il allait devoir bâillonner Sachs avec la taie d'oreiller. Il commença par tourner la tête pour glisser la taie en dessous. Du sang gicla sur ses mains et sur les manchettes de sa chemise. C'était chaud et gluant. Lorsqu'il tourna la tête de Sachs, du sang accumulé dans l'oreille se répandit sur le sol. Conrad déglutit rapidement. Même à la faculté de médecine il n'avait jamais aimé le sang. Il enroula la taie autour de son visage, mais s'aperçut qu'elle ne rentrait pas dans sa bouche. Il dut forcer le passage pour l'enfoncer entre ses dents, puis fit un nœud derrière le crâne.

— Il ne va pas s'étouffer ? chuchota Elizabeth.

— Hein ? Quoi ?

Elizabeth ne répéta pas sa question.

Conrad se releva.

— Docteur !

Son genou venait de se dérober sous lui. Au même moment, une douleur fulgurante lui transperça le front et il aperçut les formes familières des nuages du couchant sur Seminary Hill.

Elizabeth le rattrapa par le bras. Il s'appuya sur l'épaule de la jeune femme.

— Ça ira, dit-il rapidement.

— Ça va, vraiment ?

— Oui, oui, ça va. Ça va bien.

Les éclairs rouges continuaient. Il ressentait toujours des élancements douloureux dans le genou. Il se raidit et cessa de s'appuyer sur Elizabeth. Elle laissa glisser le bras de Conrad entre ses mains.

Lentement, il retourna à sa besogne. Il se pencha, attrapa Sachs par les pieds et le tira le long du lit. La tête traîna dans la flaque de sang, laissant une trace sur le sol.

Avec un grognement de douleur, Conrad s'agenouilla près de Sachs. Le visage sanglant était tourné vers lui, les yeux à moitié ouverts, les dents serrées sur la taie d'oreiller.

Est-ce que c'est comme ça que deux médecins doivent se comporter l'un avec l'autre ?

Conrad se mit alors à pousser l'épaule de Sachs. La masse de chair gélatineuse ne bougea pas le moins du monde. Il poussa plus fort, puis se tourna vers Elizabeth, qui se tenait derrière lui et se tordait les mains.

— Aidez-moi, dit-il.

Pendant une seconde, elle ne bougea pas, continuant d'agiter ses mains. Puis elle s'agenouilla à côté de Conrad et se mit à pousser aussi.

Ils poussèrent ensemble les épaules, la poitrine, puis les jambes, puis de nouveau les épaules et la poitrine. Petit à petit, le corps de Sachs s'enfonçait sous le lit en fer ; lorsqu'il eut complètement disparu, Conrad dut lui replier les jambes de façon à ce que les pieds ne dépassent pas.

Puis Elizabeth se leva et aida Conrad à se relever lui aussi en lui permettant de s'appuyer sur son épaule. Sa jambe s'étira lentement.

— Merci. Essayez de voir si vous pouvez nettoyer ce sang.

Elizabeth acquiesça et alla tremper sa serviette dans la bassine. Puis, à genoux, elle essuya la traînée de sang. Ses cheveux cuivrés, attachés par le ruban noir, se défirent. Elle les ramena derrière ses épaules d'un geste vif.

Pendant ce temps-là, Conrad remit la couverture sur le lit en laissant pendre un côté pour dissimuler le corps de Sachs.

— Ça, je ne peux pas, dit Elizabeth.

Elle était toujours à genoux et le regardait. Elle avait nettoyé la traînée de sang, mais n'avait pas touché l'endroit où il avait formé une petite flaque.

— Ça va faire une grosse tache, remarqua-t-elle. Il me faudrait une serpillière.

— Euh… ça ira comme ça, mettez simplement la serviette dessus et fichons le camp d'ici.

Il regarda sa montre : 20 h 40.

— D'accord, dit Elizabeth.

On entendit alors un bruit de clé dans la serrure.

Elizabeth se pétrifia. La porte s'ouvrit, livrant le passage à la tête de l'aide-soignante. Elle souriait.

— Tout va bien, maintenant ? demanda-t-elle.

Elizabeth, à genoux sur le sol, et Conrad, debout devant le lit, la regardèrent en même temps.

— Tout va très bien, croassa Conrad.

— Et le Dr Sachs ? Il est reparti ?

— Oui, acquiesça Conrad en mettant les mains derrière le dos pour dissimuler les taches de sang.

— C'est bon, je venais simplement jeter un coup d'œil, dit-elle joyeusement.

Elle commença à refermer la porte, puis se ravisa. Sa tête réapparut dans l'entrebâillement. Elle fronçait les sourcils.

— Ce sont vos lunettes ? demanda-t-elle.

— Oh ! (Conrad aperçut les lunettes de Sachs, sur le sol.) Oui, oui, ce sont mes lunettes.

— Il faut y faire attention, dit l'aide-soignante avant de refermer la porte pour de bon.

Conrad ramassa son imperméable et l'enfila. Elizabeth se leva, sans le quitter des yeux.

— Venez, dit-il.

— Moi ?

— Je ne peux pas vous laisser ici. Il faut que vous veniez avec moi. Dépêchez-vous !

Il la prit par l'épaule et la poussa vers la porte. Un dernier regard en arrière.

Les lunettes.

Il alla les ramasser et les glissa dans sa poche. En se redressant, il aperçut son magnétophone à cassette sur la table.

— Parfait ! dit-il en le glissant également dans sa poche.

Il prit alors Elizabeth par le bras et lui fit quitter sa chambre d'isolement.

Dans le couloir, il marchait à grands pas en la tenant par le coude. Il devait peu s'appuyer sur sa jambe droite pour ménager son genou. Tandis qu'ils avançaient dans le couloir sombre, des aides-soignantes les regardaient. Sur leur passage, l'infirmière de garde jeta un regard par-dessus son épaule.

Lorsqu'ils franchirent la porte, la gardienne de prison était assise à son bureau. La grosse femme leva les yeux de son journal, dévisagea Conrad, et, sans un sourire, hocha la tête. Puis elle se replongea dans sa lecture.

Conrad conduisit Elizabeth jusqu'aux ascenseurs. Il appuya sur le bouton. Il attendit avec elle, écoutant la gardienne tourner ses pages.

Lorsque finalement ils pénétrèrent dans la cabine, ils se retrouvèrent seuls. Il ne cessa pas de la tenir par le bras. Enfin, les portes s'ouvrirent et ils se précipitèrent au-dehors.

En bas, le hall était parfaitement tranquille. Conrad prit la main d'Elizabeth et la tira derrière lui. Toujours boitant, il se précipita dans le bureau de Sachs.

Il était 20 h 42 lorsqu'il pénétra dans la pièce. La porte était ouverte. Le téléphone se trouvait sur le bureau, à côté d'une longue plaque portant l'inscription : *Gerald Sachs, M.D., Director*, et de papiers en désordre.

Pendant un moment, Conrad observa le téléphone silencieux.

— Bon, on va y aller, dit-il enfin. On ne peut pas attendre.

La sonnerie retentit.

Conrad prit le combiné avant la deuxième sonnerie et se mit à parler tout doucement, du coin de la bouche.

— Gerald Sachs à l'appareil.

— Mais putain, où est-ce que vous étiez ? (Conrad se raidit, il avait reconnu la voix de Sport.) J'ai dû appeler deux fois, espèce de connard !

Le cœur battant, Conrad s'efforça de parler plus doucement encore.

— Il est en chemin.

— Espèce de connard ! répéta Sport avant de raccrocher.

Conrad raccrocha à son tour, la main tremblante. Il eut un moment d'hésitation : il pouvait appeler la police.

Il n'y a pas le temps. Les choses pouvaient mal tourner. Il n'avait même pas le temps de tout expliquer.

Il se retourna et vit Elizabeth qui se tenait encore dans l'encadrement de la porte.

Elle le regardait. Une main sur le front, elle se massait les sourcils.

— C'est vous ? demanda-t-elle.

— Quoi ?

— Je veux savoir si c'est vous, l'ami secret ? Êtes-vous l'ami secret ?

Conrad se mit à rire. Il s'avança vers elle et, sans cesser de rire, la prit par le bras.

— Allons-y, dit-il.

Il lui restait dix-huit minutes pour gagner la tour de l'horloge.

LE TEMPS A TUER

Vous serez de retour à 21 heures. Pas une minute de plus. Pas une seconde.

Samedi soir. La circulation était dense mais fluide. La Corsica se frayait son chemin comme un poisson à travers les algues. Conrad étreignait le volant entre ses mains. Il avait mal à la tête et ressentait des élancements dans le genou. L'éclair d'un feu de signalisation l'éblouit, mais il continua d'appuyer sur l'accélérateur. Ses yeux étaient sans cesse en mouvement : la rue devant lui, le rétroviseur intérieur, le rétroviseur extérieur, l'horloge du tableau de bord.

Sous les roues, le revêtement était inégal, et la Corsica bringuebalait de partout. Devant lui, des voitures s'arrêtèrent brutalement. Feux rouges de freins. Conrad, lui, ne freina pas. Ses yeux virevoltaient entre la route, les rétroviseurs et l'horloge du tableau de bord. 20 h 50. Il abordait à présent la 42ᵉ Rue.

Quel est le numéro ? Quel est le numéro ?

Du siège voisin lui parvint un doux murmure. Elizabeth chantait pour elle-même, à mi-voix :

— Quarante-neuf bouteilles de bière sur le mur, quarante-neuf bouteilles de bière. Une de ces bouteilles est tombée, quarante-huit bouteilles de bière sur le mur...

Elle avait une voix douce et claire.

Conrad glissa un coup d'œil dans sa direction. Elle était assise comme toujours, droite, calme, le regard portant loin devant elle, les mains croisées sur les genoux.

Quel est le numéro ?

Il fut sur le point de lui poser à nouveau la question. Mais si elle réagissait mal, si elle piquait une crise de démence et se jetait sur lui, à cette vitesse, au milieu de cette circulation...

197

— … une de ces bouteilles est tombée, quarante-six bouteilles de bière sur le mur…

Il regarda devant lui. La route était libre sur une longue distance. A sa gauche, les lumières de Brooklyn se reflétaient sur l'East River. Sur la rive, le fin brouillard glacé formait des halos autour des lumières et celles-ci, à leur tour, coloraient les nuages de blanc et de violet.

— … une de ces bouteilles est tombée…

Le son de sa voix le fit frissonner.

Êtes-vous l'ami secret ?

Conrad fixa les phares dans son rétroviseur. Est-ce qu'ils le suivaient encore ? L'avaient-ils vu quitter l'hôpital avec Elizabeth ? Non, il ne le pensait pas. Pourquoi Sport aurait-il appelé à l'hôpital s'il avait mis quelqu'un à ses trousses ? Il y avait de fortes chances pour qu'il se trouvât seul. Et pourtant…

Pourtant, même s'ils ne le suivaient pas dans l'instant présent, ils seraient à la tour de l'horloge, ils l'attendraient. Ils pourraient la remarquer, là-bas. L'enlever. Ils la tortureraient. La tueraient. Et ensuite ce serait lui. Puis Jessica.

— … quarante-cinq bouteilles de bière. Une de ces bouteilles est tombée…

— Elizabeth.

Elle cessa de chanter. Il ne pouvait pas lui parler. Le ruban noir se ruait à leur rencontre, disparaissait sous les roues. Il tournait le volant.

— Elizabeth, répéta-t-il. Pouvez-vous m'aider ?

Pas de réponse. Il ne pouvait pas la regarder.

— Il faut me dire ce qu'ils attendent de vous. Il faut que vous m'aidiez à récupérer ma fille. Ce numéro qu'ils veulent… est-ce que c'est un numéro de téléphone ? Une adresse ? La combinaison d'un coffre ? Est-ce que ces gens vous connaissent ? Est-ce que vous savez qui ils sont ou… ?

— Est-ce que votre fille a une jolie chambre ? demanda soudain Elizabeth.

— Hein ?

Devant eux, les feux arrière d'une Cadillac virèrent, puis s'éloignèrent.

— Est-ce qu'il y a des images sur les murs ? Je parie qu'il y en a ! Je parie qu'il y a des posters de Mickey. Ou de Big Bird. Les enfants, maintenant, ils aiment Big Bird, hein ?

Conrad hocha lentement la tête.

— Oui. Big Bird. Elle a… elle a des Big Bird sur son édredon, sur sa couverture…

— Maintenant, maman est gentille, dit Elizabeth. Maintenant elle vient dire bonne nuit. Maman est gentille, maintenant.

Conrad attendit sans rien dire. Quelques instants plus tard, elle reprit :

— Quarante-quatre bouteilles de bière sur le mur, quarante-quatre bouteilles de bière…

Finalement, il se décida à la regarder. Elle était toujours aussi droite, le regard vide, fixé sur la circulation et sur la nuit, tandis que, dans le pare-brise, son propre reflet ne la quittait pas des yeux. *Étrange… La nuit précédente, il avait eu des fantasmes en pensant à elle, tandis qu'il faisait l'amour à sa femme.* Il s'était endormi en songeant à Elizabeth. Il attendait avec impatience ses séances avec elle, son rire, un brusque éclair de raison dans ses yeux.

Je suis encore là.

A présent, tout avait disparu, tout était froid. Il se rappelait encore avoir éprouvé de tels sentiments, mais pas leurs effets sur lui. Il ne se rappelait que cette peur terrible. Pendant un moment, il songea à Timothy, son patient atteint du sida : il était seul, terrorisé, et fait de chair et de sang ; il n'avait plus rien d'autre. *C'était comme ça,* se dit Conrad : *la nausée du temps, de la présence du temps, du temps qui s'enfuit.*

Je n'attendrai pas une seconde de plus, docteur. Après 21 heures, ça sera terminé pour vous, terminé pour votre fille. Ne l'oubliez pas.

Conrad se frotta le genou. Il avait mal : il était obligé de garder sans cesse le pied appuyé à fond sur l'accélérateur. Passer dans la file de gauche alors que les voitures s'agglutinaient vers la sortie de la 14e Rue. Au milieu quand la file de gauche ralentissait. Se faufiler dans la circulation. Vérifier sans cesse dans le rétroviseur. Un coup d'œil à l'horloge. 21 h 54…

— Quarante-trois bouteilles de bière sur le mur, quarante-trois bouteilles de bière…

Elizabeth, toujours aussi droite, le regard perdu dans le lointain. Elle chantait sans émotion. Sa voix était claire et pure comme un signal électronique.

Il ne lui restait plus que quatre minutes lorsqu'il quitta Canal Street, mais il se forma alors un bouchon. Samedi soir à Chinatown. De longues files de voitures qui piaffaient au feu vert ou se

199

pressaient les unes contre les autres au feu rouge. Dans la rue, les gens déambulaient devant les banques et les restaurants aux toits semblables à ceux des pagodes, aux façades chinoises. De jeunes couples chinois, de vieilles Chinoises, mais aussi des groupes de jeunes Blancs venus d'autres quartiers, des familles de jeunes Noirs... la déambulation tranquille des samedis soir. Du temps libre, du temps à tuer.

20 h 57.

— Trente-deux bouteilles de bière sur le mur, trente-deux bouteilles de bière...

— Et merde ! s'écria Conrad.

Mais il y eut ensuite Lafayette Street, où la circulation était plus fluide. Direction le bas de la ville, en brûlant les feux, à coups de klaxon. Il avait des plaques de médecin et savait que les flics ne l'arrêteraient pas. Seul espoir que les gens le laissent passer.

De part et d'autre défilaient les jeunes encombrant la large avenue, les massifs immeubles de bureaux rococo, les petits magasins d'électroménager, les murs recouverts de graffitis, les groupes rassemblés autour du bonneteau, les vendeurs à la sauvette proposant chandails, montres et radios. Puis, à sa gauche, les Tombs. La ziggourat en pierre calcaire le contemplait du haut de ses quatre tours. Il lui restait deux minutes.

Il tourna à droite en direction de Franklin Street. C'était le mauvais chemin : une ruelle étroite et sombre, bordée par le mur de granit noir du tribunal des affaires matrimoniales, dans laquelle il n'y avait aucune circulation. Un couple passait par là, empruntant ainsi un raccourci vers Chinatown. Ensuite, plus personne. Peut-être pourrait-il laisser Elizabeth dans cette rue. La Corsica s'arrêta dans un hurlement de pneus près d'un panneau d'interdiction de stationner.

Les mains de Conrad se mirent à virevolter : couper le contact, éteindre les phares, détacher la ceinture de sécurité...

Elizabeth se tourna lentement vers lui.

— On est arrivés ?

— Attendez-moi ici, dit-il, Ne bougez pas. Ne parlez à personne. Si la police vous demande quelque chose, répondez que vous attendez un médecin, en urgence. Vous comprenez ?

— Vous partez ?

— Je suis obligé. Sans ça ils feront du mal à ma fille. J'ai rendez-vous avec eux.

Elle l'observa en silence.

Il ouvrit la portière, allumant ainsi le plafonnier. Il vit alors son visage et l'expression de ses yeux.

Il s'immobilisa, un pied déjà posé sur la chaussée.

— Elizabeth…

Elle attendait, les yeux toujours rivés sur lui. Il secoua la tête.

— … pardonnez-moi.

Elle ne bougea pas. Doucement, elle lui dit :

— Cinq cent cinquante-cinq, trois cent treize.

— Hein ?

— Cinq cent cinquante-cinq, trois cent treize.

Conrad posa la main sur le bras d'Elizabeth. Celle-ci baissa les yeux sur la main.

— Je reviens, dit-il d'une voix rauque.

Il descendit de voiture et claqua la portière.

Il lui restait environ soixante secondes.

Elizabeth le regarda s'éloigner, mince silhouette s'effaçant rapidement dans l'obscurité brumeuse. *Il avait l'air un peu fou à courir comme ça*, se dit-elle. *Mais pourvu qu'il retrouve sa fille.*

Elle sourit, puis se mit à rire en silence. Il avait frappé le Dr Sachs avec la chaise. Elle était sûre que ça s'était vraiment passé. Il l'avait frappé sur la tête. Il était exactement comme l'ami secret. D'ailleurs il était l'ami secret. Sauf qu'il était réel. De ça aussi, elle était sûre.

Elle le regarda s'effacer et se prit à songer à son visage. Un visage triste. Un visage long de chien battu. Il avait des yeux de vieillard, tristes et fatigués. Il avait les sourcils broussailleux et était presque chauve. Elizabeth était assise dans la voiture, les mains croisées sur les genoux. Elle le regardait s'éloigner et souriait. Elle en avait chaud au cœur.

Il allait l'aider. C'était ce qu'il avait dit. Les choses, désormais, ne seraient plus aussi sombres. Elle se sentirait mieux, comme à l'époque où elle travaillait au centre de jour. Ça, ça lui avait plu. C'était le Dr Holbein qui avait fait ça pour elle. Le Dr Holbein avait été gentil aussi.

Parce que le Dr Conrad était gentil. Elle en était sûre. Cette certitude la rendit plus calme, plus heureuse. C'était comme une lumière chaude autour d'elle.

Puis elle vit sa silhouette disparaître au coin de la rue et la lumière s'évanouit. Elle cessa de sourire. Brusquement, elle se retrouvait seule. Toute seule dans cette rue obscure...

Ne parlez à personne. Ne bougez pas. Attendez-moi.

Elizabeth frissonna. Elle sentit la chair de poule sur ses bras et les frotta jusqu'à éprouver un peu de chaleur. A travers le pare-brise, elle regarda l'endroit où avait disparu le Dr Conrad et se mit à chantonner.

— Vingt-six bouteilles de bière sur le mur, vingt-six bouteilles de bière.

Un homme s'assit sur la banquette derrière elle.

Elle voulut se retourner et, comme dans un cauchemar, aperçut un visage tendu, les lèvres serrées, les yeux exorbités. Elle voulut crier, mais une main se plaqua sur sa bouche. Il la tira en arrière, contre le siège. Les bras d'Elizabeth battirent l'air. En vain. Elle entendit un ricanement derrière elle : « Hi hi hi hi ! »

Et puis elle sentit quelque chose de froid contre sa gorge.

Un couteau.

LE TEMPS DÉPASSÉ

L'annexe de la cour criminelle était un bâtiment massif lourdement orné. Occupant à elle seule un pâté de maisons, sa façade de marbre blanc, long alignement de hautes fenêtres et de pierres délicatement ciselées, se découpait sur le ciel pourpre. Au sommet, des aigles sur un balcon guettaient au nord vers l'Empire State Building et au sud vers les tours jumelles et Wall Street. Au-dessus d'eux, presque minable au sommet de tout le reste, se trouvait une tour carrée de couleur blanc cassé, avec un cadran d'horloge sur deux de ses faces. C'était la tour de l'horloge.

Conrad se précipita vers la tour en boitant, presque en sautillant. L'air humide s'engouffrait entre les pans de son imperméable ouvert. Il sentait les secondes s'épuiser comme l'oxygène dans une pièce hermétiquement close. Il tourna le coin de Leonard Street.

L'allée étroite était déserte. Les vieilles dalles inégales qui recouvraient le sol luisaient sous la lueur des lampadaires. Le bâtiment le dominait de toute sa hauteur. Parmi toutes les fenêtres qui découpaient la façade, aucune n'était allumée. L'endroit semblait vide et désolé. Fermé.

Il arriva en courant devant la porte qui s'ouvrit aisément et pénétra dans le hall.

L'immense espace était peuplé d'ombres. Il distingua la courbe grandiose de deux escaliers de marbre, les rampes élégantes striant l'obscurité, et un lustre clinquant, de forme sphérique, suspendu au-dessus de lui. Et puis le silence, et le froid qui lui semblait émaner de la pierre même.

Il gagna les ascenseurs en courant. Il connaissait le chemin. Avant la naissance de Jessica, Agatha et lui étaient souvent venus au musée de la tour de l'horloge. Tout en haut de la tour ils s'embrassaient, se caressaient… Mais ce n'était pas le moment de penser à cela.

Il appuya sur le bouton de l'ascenseur. Une porte s'ouvrit. La lumière crue de la cabine inonda le sol du hall. Conrad y pénétra et pressa sur le bouton du douzième étage.

Son temps fut dépassé alors qu'il se trouvait dans l'ascenseur. En jetant un coup d'œil à sa montre, il vit que l'aiguille des minutes était passée au-delà du chiffre douze. Il sentit sa gorge se serrer. Il fallait qu'ils attendent.

Pas une minute après 21 heures.

Oui, attends !

Pas une seconde.

L'ascenseur montait rapidement. Une sonnette tintait à chaque étage. Sept… huit… neuf… Conrad leva les yeux au plafond et se mit les mains aux tempes.

Je vous en prie. Je vous en prie !

La porte s'ouvrit. Conrad se rua à l'extérieur.

Devant lui, un escalier en colimaçon et une terrasse en bois au-dessus. Conrad s'agrippa à la rampe, et grimpa rapidement, traînant la jambe derrière lui. Arrivé en haut, il s'engouffra dans un couloir bordé de portes grises, fermées. Il sentait, comme si elle avait été en lui, l'aiguille des minutes poursuivre sa course après le chiffre douze. Haletant, toussant, il se précipita vers une porte sur laquelle des lettres en peinture écaillée proclamaient : « Entrée interdite ». Il poussa la porte.

Une autre volée de marches, cette fois-ci en bois. En haut, une porte métallique peinte en rouge. Il sentait à présent le froid de l'extérieur. Il eut une quinte de toux.

Il poussa la porte rouge et se retrouva sur le toit.

Il fut saisi par le froid et par le souffle du vent, la rumeur de la circulation qui montait des rues, avec l'écho assourdi des klaxons.

Il enjamba une petite rambarde métallique pour gagner la terrasse. Autour de lui, les aigles guettaient la ville, tandis qu'en bas les lumières blanches, vertes et rouges trouaient le brouillard. La couronne d'or de la tour municipale s'élevait face à lui, griffant le ciel sans étoiles.

Hors d'haleine, il regarda sa montre. Il eut un haut-le-cœur : 21 h 03.

Il fit un pas sur la terrasse et entendit le carillon.

Fort, solennel. Il couvrit le bruit de la circulation qui ne se fit entendre à nouveau que lorsque son écho se fut dissipé. Conrad leva alors les yeux et aperçut la tour de l'horloge.

Elle se dressait juste devant lui, bloc de marbre sculpté avec son cadran d'horloge illuminé qui semblait le regarder. Sur le cadran, l'aiguille des heures se trouvait sur le neuf et celle des minutes sur le douze.

L'horloge retardait.

Le deuxième coup retentit.

Il est encore temps ! Il est encore temps !

Il aperçut soudain une silhouette noire qui passait derrière l'horloge illuminée. Le carillon sonna une troisième fois.

Conrad se précipita en titubant vers la porte de la tour.

Le carillon retentit à nouveau. Conrad tira la porte et s'enfonça dans l'obscurité. Un étroit escalier en colimaçon se dressait devant lui. Cinquième coup de l'horloge. Une vibration dans l'air. Conrad empoigna la rampe et se mit à grimper.

Péniblement, serrant les dents pour ne pas crier de douleur, il se hissa sur les marches. Il traînait sa jambe derrière lui comme un bloc de ciment. Septième coup de l'horloge, plus fort cette fois-ci, puisqu'il s'approchait du sommet. Il en eut mal à la tête.

Pas une minute. Pas une seconde.

Il est encore temps ! hurla-t-il mentalement. *Il est encore temps !*

En haut de l'escalier, une ouverture donnait dans la salle où se trouvait le mécanisme de l'horloge. Huitième coup du carillon. Il franchit l'ouverture. Un autre pas, encore un autre...

Là, dans l'étroite salle, le dernier coup de l'horloge ébranla l'air comme on frapperait sur les barreaux d'une cage. Conrad sentit les vibrations le traverser. Les nuages rouges du couchant éclatèrent devant ses yeux, brouillant sa vision. Il ferma l'œil droit pour les chasser. Lentement, le bruit du carillon se dissipa, laissant Conrad le dos voûté, la respiration haletante. Devant lui, au centre de la petite pièce, il aperçut les rouages, contrepoids et roues dentées qui montaient et descendaient dans un enchevêtrement de mécanique avec un chuchotement sourd et régulier. L'arbre qui reliait le mécanisme aux aiguilles se mit en mouvement, et l'aiguille des minutes dépassa l'heure exacte avec un bourdonnement et un cliquetis.

Sortant de derrière le mécanisme, l'ombre d'un homme se détacha contre le blanc du cadran de l'horloge.

DANS LA TOUR DE L'HORLOGE

— Vous êtes pas passé loin, docteur. Ma montre indique presque 21 h 05.

— Votre montre avance.

Conrad était encore hors d'haleine, mais il s'efforça de maîtriser sa voix. Calme. L'autorité du médecin.

Sport eut un petit rire.

— Ma montre avance ! Ça, ça me plaît. Ma montre avance !

Un soudain éclair de lumière : gêné, Conrad détourna un peu la tête. La lumière devint jaune : l'homme nommé Sport avait gratté une allumette. Il allumait une cigarette.

Conrad vit alors clairement le visage du ravisseur. *Mon Dieu,* se dit-il, *il est si jeune !* Vingt-six, vingt-sept, trente ans tout au plus. Svelte, vêtu d'un jean et d'une veste en tweed. Et beau garçon avec ça, avec un visage rond et enfantin, et une mèche de cheveux bruns qui lui tombait dans les yeux. Et puis, dans ces yeux, une lueur d'intelligence. Des yeux d'étudiant, d'artiste, ou bien…

Sport agita l'allumette et son visage fut à nouveau plongé dans l'obscurité.

— Qu'est-ce qui se passe, docteur ? Vous avez l'air épuisé. Vous ne vous êtes quand même pas dépêché pour moi ? (Il rit. Conrad ne répondit pas. Sport agita sa cigarette dans sa direction.) Je plaisantais, docteur, je plaisantais. Faut pas le prendre mal. Je vous l'ai déjà dit avant : vous me plaisez bien. Non, c'est vrai.

Conrad garda le silence. Calmer la respiration. Redresser les épaules. L'autorité du médecin.

Sport rit à nouveau. *Un peu nerveusement,* se dit Conrad.

— Vous ne me parlez pas ? D'accord, d'accord. Je m'effondre, monsieur le psy. Je ne peux rien faire face à votre silence. Alors je voudrais vous demander, là, comme ça : c'est quoi, hein, le numéro ? Puisque vous refusez de me parler, alors autant aller droit au but, non ?

Conrad parla alors lentement, d'une voix posée.

— Où est-elle ? Où est ma fille ?

Dans l'obscurité, il vit l'homme secouer la tête. Il l'entendit glousser.

— Ah ! là là ! les psychiatres ! Ça répond toujours aux questions par d'autres questions. (Le bout incandescent de la cigarette pointa vers Conrad.) D'abord vous me dites le numéro et ensuite on parle de la gamine. Vous me suivez ? D'abord le numéro, ensuite l'enfant. C'est pas difficile à piger.

— Non.

Conrad sentait la sueur dégouliner sur son crâne, sous ses aisselles, le long de ses flancs.

— Non, répéta-t-il. Vous aviez dit qu'elle serait ici. Je vous donnais le numéro et vous me rendiez ma fille. C'était ça l'accord.

— Ah ! là là ! docteur, docteur, docteur ! Vous me prenez pour un imbécile ? Pour un simple d'esprit ? Mais enfin, mon pauvre ami ! (Il mit une main dans sa poche, et de l'autre, celle qui tenait la cigarette, il eut un geste négligent.) Il va me falloir plusieurs heures pour vérifier si ce numéro est bien celui que je veux. Lorsque j'aurai confirmation, votre fille vous sera rendue. Disons… vers minuit, au plus tard.

— Non, dit à nouveau Conrad. Je n'ai aucune garantie que…

— Docteur ! (La voix était sèche, il parlait à travers ses dents serrées. Il s'avança d'un pas.) Apparemment, je ne me fais pas bien comprendre. Bon : je ne suis pas un monstre. Je n'ai pas envie de tuer. Pas du tout. Mais je veux ce numéro. Ça, c'est sûr, je veux ce numéro, et pour l'obtenir, je n'hésiterai pas une seconde à découper votre fille en morceaux ! Pigé ? Je la tuerai, elle, vous, votre femme, toute votre famille, votre belle-famille, jusqu'au raseur, l'oncle qui a la cravate avec le palmier. Compris ? Alors bien sûr, vous vous êtes dit que vous m'aviez fait le coup du bluff une première fois et que ça allait peut-être marcher encore. Votre attitude était bien, je vous respecte pour ça. Je vous l'avais dit. Mais maintenant, les choses n'en sont plus au même point. Maintenant, y'a pas trente-six solutions : c'est oui ou non. La question est simple : quel est le numéro ? Vous avez trente secondes pour répondre. Ça n'est pas négociable. Pas de montre qui retarde, pas de prolongations.

Trente secondes. Et si dans trente secondes je n'ai pas la réponse, je m'en vais et votre fille ira servir de pâtée pour les chiens.

Conrad se passa la langue sur les lèvres et avança d'un pas incertain vers l'homme.

— Vous ne jouez pas le jeu. Vous auriez pu déjà la tuer.

— Vingt-cinq.

— Ou vous pourriez la tuer après. Ça ne va pas.

— Vingt.

— Ici, en haut, vous pourriez me tuer, dit Conrad.

— Vous avez raison. Je pourrais. Quinze.

Conrad ferma les yeux. Le sang battait à ses tempes. *Il faut qu'il me retienne,* se dit-il. *Je vais tourner les talons.*

— Il faut au moins que vous me laissiez lui parler, dit Conrad. Sans ça je ne vous dirai rien.

— Dix secondes, docteur, martela Sport avec un rictus qui découvrit ses dents.

Conrad, alors, serra les poings de rage et se mit à hurler.

— Espèce de salopard ! Espèce d'ordure ! Salaud ! Sac à merde !

— Cinq... quatre... trois...

— C'est bon.

— Un.

Conrad laissa retomber les bras et détourna le regard.

— Cinq cent cinquante-cinq, trois cent treize. C'est ce qu'elle m'a dit. Cinq cent cinquante-cinq, trois cent treize.

Bourdonnement de l'horloge. L'aiguille des minutes se déplaça imperceptiblement. Pendant un long moment, les deux hommes n'entendirent plus que le bruit saccadé de leur respiration.

— D'accord, dit Sport en écrasant sa cigarette sous son talon.

Puis il s'avança vers Conrad. Les deux hommes se firent face, ils étaient à moins d'un pas l'un de l'autre. Les yeux de Sport étincelaient, une moue de mépris tordit ses lèvres.

— Qui est le salopard ? demanda-t-il. Qui est l'ordure ? Toi, t'es le grand monsieur, hein ? La grosse bite ! J'te prenais pour un dur. Le psy ! Le célèbre psychiatre ! Le type à la grosse bite qui baise sa salope ! Mais sans tout ton fric et tes conneries, sans tes beaux diplômes, hein, d'homme à homme : qu'est-ce qui reste ? Hein, qu'est-ce qui reste ? Qu'est-ce que t'es ?

Sport lui cracha dessus. Conrad recula, mais le crachat vint s'écraser sur sa joue, juste sous l'œil droit. Conrad l'essuya d'une main tremblante.

— Qui c'est, le sac à merde ? ajouta Sport à voix basse.

Il s'éloigna et gagna l'escalier en colimaçon. Le dos voûté, les mains dans les poches, il s'immobilisa et se retourna vers Conrad.

— Attendez ici cinq minutes, lui dit-il. Jusqu'à 21 h 15. N'oubliez pas : on vous surveille encore. A 21 h 15, descendez, reprenez votre voiture et allez à votre cabinet. Une fois là-bas, n'en bougez plus. Si vous en bougez, on vous verra, et si on vous voit... (il se passa l'index sur la gorge), ça sera terminé pour la gamine ! (Il rit et dut faire un effort pour se calmer.) Bon, sérieusement : si vous êtes sage, vous pourrez sortir à minuit. La gosse sera sur le trottoir d'en face, juste devant votre immeuble.

D'un mouvement leste, il s'engagea dans l'escalier et descendit quelques marches, jusqu'à ce que seule sa tête apparût.

Alors il s'immobilisa et sourit.

— N'oubliez pas : attendez cinq minutes. Jusqu'à 21 h 15, heure de l'horloge.

Une fois seul, Conrad garda les yeux fixés sur l'endroit où Sport avait disparu.

J'ai peur, papa.

Il écouta le ronronnement de l'horloge, le bruit de sa propre respiration.

Je ne veux pas rester ici, j'ai peur.

Les minutes passèrent et il ne bougea pas.

Papa ?

Il fut agité d'un frisson convulsif. Il releva les yeux et regarda autour de lui. L'espace d'un instant, il crut que des larmes coulaient sur ses joues, et leva la main pour les essuyer. Mais il se rendit compte que c'était juste l'endroit où le crachat de Sport l'avait atteint. Il le sentait encore sur sa peau, bien qu'à présent il eût disparu.

Il regarda les aiguilles de l'horloge. Vu ainsi de derrière, le cadran apparaissait à l'envers. L'aiguille des minutes avançait à contresens, vers le trois en chiffres romains. Elle semblait progresser lentement.

Papa, j'ai peur.

— Excuse-moi, Jessie, murmura-t-il.

L'aiguille des minutes atteignit le trois. Conrad gagna l'escalier et regarda en bas.

Il avait décidé d'appeler la police.

S'ils l'avaient vraiment suivi, pourquoi Sport avait-il eu besoin de vérifier auprès de Sachs ? S'ils l'avaient vraiment suivi, comment Sport n'avait-il pas été au courant pour Elizabeth : qu'elle était sortie, qu'elle était venue avec lui ?

Il redescendit en ascenseur jusque dans le hall, puis sortit dans Leonard Street. Dans la nuit.

Ils ne savaient pas, pour Elizabeth, se répétait-il. Ce qui voulait dire qu'ils ne le surveillaient pas. Et donc qu'il fallait appeler la police.

J'ai peur, papa.

Aider Jessica.

Il tourna en boitant le coin de la rue, haletant, jetant des regards autour de lui pour voir si on le suivait. Personne. Aveuglé par les lumières, il remonta Lafayette Street et sa circulation dense. Il sentait sur son visage l'humidité de l'air, et même le froid, en cet endroit particulier, sur sa joue. Il serra les dents, tourna dans Franklin Street et poursuivit son chemin plus au calme sous le haut mur noir du tribunal.

La Corsica était toujours garée au même endroit, dans la rue sombre et silencieuse. Il se mit à courir. Il fallait les appeler, il fallait prendre le risque. Si personne ne le faisait, si elle mourait... Mon Dieu, si elle mourait... Alors, Agatha, lui... tout serait...

Il s'arrêta brutalement au beau milieu de la rue, avec un petit gémissement.

Il venait de s'apercevoir que la voiture était vide.

Il se précipita, introduisit la clé dans la serrure...

Et il vit. Il vit le sang. Une longue traînée de sang sur l'arrière du siège du passager. Puis, sur le tableau de bord, il remarqua quelque chose qu'il mit un certain temps à identifier.

C'était un bout de papier froissé. Il lui fallut un moment avant de comprendre qu'il y avait des mots écrits dessus. Des mots écrits à l'encre rouge : « *Vous êtes toujours surveillé. Allez à votre cabinet et attendez.* »

TROISIÈME PARTIE

DIX HEURES DU SOIR

Moineaux et mésanges pépiaient dans le lierre. Agatha se trouvait à la cuisine, devant la gazinière, revêtue d'un tablier orange et blanc, celui que sa mère mettait d'ordinaire. Elle remuait un bol de pâte à crêpes avec une cuiller en bois. Elle fredonnait en souriant et les oiseaux semblaient presque chanter à l'unisson.

Mais dehors, l'œillet blanc était perdu au milieu d'un pré rempli de fleurs sauvages. Elle ne cessait d'y penser avec agacement. Finalement, elle posa le bol, gagna la porte de la maison et sortit dans le pré.

Rapidement, elle se retrouva au beau milieu de la prairie. La maison était loin derrière elle. Partout il y avait des fleurs des champs. Elle sentait leurs doux pétales contre ses chevilles, leurs tiges fraîches sous ses orteils. Elle regrettait d'avoir quitté la maison, qui était si loin à présent.

C'est alors qu'elle aperçut l'œillet blanc, à ses pieds. Elle était effrayée parce qu'elle avait failli marcher dessus. Elle se baissa pour le cueillir...

Mais au même instant, l'œillet blanc devint rose. Et le rose devint rouge, puis écarlate. Enfin, sous les yeux horrifiés d'Agatha, l'écarlate se mit à couler des pétales de l'œillet, s'enfonçant dans la terre qui semblait déjà gorgée de rouge, ne tardant pas à former des flaques visqueuses...

— Jessie !

Agatha s'assit sur le canapé et regarda autour d'elle d'un air effaré. A côté d'elle était posé l'ours en peluche de sa fille. Elle s'était endormie. Comment avait-elle pu... ?

Un coup d'œil rapide à sa montre : 21 h 15. Elle ne s'était assoupie qu'une minute. Autour d'elle, rien n'avait bougé : sa table de travail près de la porte, la table des repas poussée contre le mur, l'espace vide réservé aux jeux. Personne n'était venu, le téléphone n'avait pas sonné.

Mais pourquoi ce téléphone n'avait-il pas sonné ?

Agatha se frotta les yeux et secoua la tête pour s'éclaircir les idées. Il fallait se lever, faire quelques pas. Cela faisait longtemps qu'elle était assise sur ce canapé. Depuis le départ de D'Annunzio, c'est-à-dire depuis une heure et demie, elle s'était efforcée de réduire ses mouvements au minimum, craignant, par quelque geste inconsidéré de joie ou d'espoir, de se trahir aux yeux des ravisseurs. Elle aurait pu leur faire comprendre que le plombier – D'Annunzio – était en réalité un flic ; qu'elle s'était débrouillée pour avertir la police, et cela sous leur nez.

L'image la réconfortait : les policiers au travail. Leur armée de professionnels. Ils connaissaient leur métier.

Mais pourquoi n'avaient-ils pas… ?

Elle fit taire en elle cette irritante petite voix. Elle se redressa, se passa la main dans les cheveux. Elle était encore un peu ensommeillée.

Elle se rendit dans la cuisine, une petite pièce étroite et toute blanche. Elle y retrouva une partie de son rêve : elle était dans la cuisine, portant le tablier de sa mère… elle ne se rappelait pas le reste.

Elle se versa un verre d'eau au robinet.

Pourquoi le téléphone n'a-t-il pas sonné quand D'Annunzio était là ? Pourquoi est-ce qu'il n'a pas sonné comme avec Billy Price ?

Elle s'étrangla avec son eau et ferma les yeux.

Assez ! Maintenant, les choses vont s'arranger. La police est sur l'affaire. L'inspecteur D'Annunzio a commencé son enquête. Allez, les gars (elle entendait sa voix d'ici), *il faut retrouver cette gamine.* Elle imaginait déjà les policiers repoussant leurs chaises, fourrant leurs pistolets dans leurs étuis, sous l'aisselle.

Elle posa le verre sur la paillasse.

Pourquoi n'ont-ils pas appelé ?

On ne bouge plus ! Elle croyait entendre l'ordre ainsi hurlé, leur ton de commandement. *Bam ! Bam !* Les ravisseurs chancelaient, sidérés. Et le lendemain, à la une du *Daily News* : « Sauvée ! » Avec une photo d'elle tenant Jessica sur ses genoux, la tendre petite Jessica serrée contre sa poitrine, à l'abri entre ses bras…

Agatha se mit à sangloter.

Bon, d'accord, madame Conrad, mais... euh... pourquoi le téléphone n'a-t-il pas sonné?

— Ferme-la! murmura-t-elle.

La cuisine, décidément, lui semblait trop étroite : elle regagna le salon. Elle s'approcha d'une bibliothèque, voulut faire demi-tour... et s'immobilisa.

Reste tranquille... Ne les laisse pas...

Elle demeura figée sur place. Mais l'inquiétude qui la poussait à faire les cent pas la rongeait encore, lancinante. Elle prit une profonde inspiration pour tenter de se calmer.

C'est simplement qu'ils ne l'observaient pas à ce moment-là, se dit-elle, c'est tout. C'est pour ça que le téléphone n'a pas sonné. Ils n'étaient pas chez eux quand D'Annunzio est venu. Ils étaient sortis, ils regardaient la télé, je ne sais pas. Ou alors les caméras étaient détraquées. Ou bien ils ne se sont pas méfiés d'un plombier. Voilà pourquoi. Il y avait des tas de raisons, de bonnes raisons, qui expliquaient pourquoi ils n'avaient pas appelé, pourquoi ils ne m'ont pas menacée comme avec Billy Price...

Tu veux dire, par exemple, que D'Annunzio n'est pas un flic? Qu'il fait partie de la bande? Que Price, peut-être, en fait lui aussi partie?

Elle porta une main à une tempe et se mit à la masser. Elle avait mal à la tête. *Où donc était Nathan? Il devait rencontrer les ravisseurs à 21 heures. Pourquoi n'était-il pas revenu? Pourquoi n'avait-il pas ramené Jessica?*

Excellentes questions. Mais tant qu'on est sur le sujet, pourquoi est-ce que ce téléphone n'a pas sonné?

Agatha avait l'impression de devenir folle. Elle n'avait qu'une envie : faire taire en elle cette petite voix insistante. *D'Annunzio est là-bas,* se répétait-elle. *Avec les autres inspecteurs. Ils vont sauver mon enfant. Ils vont hurler : « On ne bouge pas! » Bam!*

Tremblante, elle demeura immobile près de la bibliothèque. Il ne fallait pas qu'ils la voient pleurer. Elle avait l'impression d'être au bord de la crise d'hystérie. Il fallait se calmer. Penser à D'Annunzio. Sa jeunesse, l'intelligence de son visage. Son regard observateur. Sa voix de flic, ses questions de flic.

A quoi ressemble Jessica? Quel âge a-t-elle? Et les ravisseurs? Rien qui puisse indiquer où ils se trouvent? Un bruit sur la ligne, un lapsus...

— Un lapsus! s'exclama Agatha à voix haute.

Comment savait-il qu'elle s'appelait Jessica ? Son estomac se serra. Ses genoux se dérobèrent sous elle et elle dut attraper le rebord de la bibliothèque pour ne pas tomber.

Lui avait-elle dit le nom de Jessica ? Elle n'arrivait pas à se rappeler... *Non. Non. Ou peut-être que si...* Ou bien alors elle l'avait dit à Billy Price, sauf que... non, elle ne lui avait pas dit ça quand elle l'avait poussé vers la porte.

Ma fille a été enlevée. Mon appartement est surveillé. Appelez la police.

Mais... mais oui, c'est ça ! Price avait déjà rencontré Jessica dans l'ascenseur. Elle les avait présentés. « Voici ma fille Jessica », avait dit Agatha. C'est ça. Et quand Price avait appelé D'Annunzio, celui-ci avait certainement demandé : « Et comment s'appelle l'enfant ? » et Price avait répondu : « Attendez... Ah oui, Jessica. C'est ça. Elle s'appelle Jessica. »

Dans ce cas, D'Annunzio ne le lui aurait-il pas redemandé à elle ? N'aurait-il pas demandé confirmation à la mère de l'enfant : « Et elle s'appelle Jessica, c'est bien ça ? »

Ce qui entraîne une autre question intéressante : pourquoi ce bon Dieu de téléphone n'a-t-il pas sonné pendant qu'il était là ?

En elle, l'inquiétude s'exaspérait. Agatha ne pouvait plus demeurer en place un seul instant, et elle se mit à faire les cent pas dans l'appartement, le plus lentement qu'elle put. Elle se rendit dans leur chambre à coucher et ses yeux se posaient sur tout ce qui s'y trouvait : la table, le lampadaire, la porte, le téléphone...

— Nathan, murmura-t-elle tout en marchant.

Où était-il ? Pourquoi n'était-il pas revenu ? Il devait les retrouver à 21 heures. Il devait leur dire ce qu'ils voulaient à 21 heures, et ensuite ils devaient...

On ne bouge plus ! Bam !

... ils devaient lui rendre son enfant. Ça devrait être fait, à présent. Il aurait dû être de retour. Il était presque... Elle regarda sa montre. Il était presque...

Agatha cessa de faire les cent pas.

Elle se trouvait à l'entrée du couloir. Devant elle, deux portes, leur chambre à droite, et à gauche...

22 heures, se dit-elle. Il est presque 22 heures. L'aiguille des minutes avait presque atteint le chiffre douze.

Un pas, deux pas... surtout ne pas courir.

Elle tourna à gauche. Vers la salle de bains. *Allumer la lumière. Aller vers le lavabo... Et puis faire quelque chose. Quelque chose d'anodin.* Elle prit un gant de toilette sur l'étagère et en mouilla un coin. Maintenant, c'était d'une minute à l'autre. Elle se regarda dans le miroir.

Elle avait le visage tendu, presque terreux. *On dirait que j'ai de la fièvre depuis des semaines.*

D'une main tremblante, elle commença à se laver le visage, insistant au coin d'un œil, comme si quelque chose l'irritait à cet endroit. Il fallait gagner du temps, jusqu'à...

Allez ! songea-t-elle. *Allez !*

Et alors elle l'entendit. Il était exactement 22 h 01.

D'abord un gargouillement sourd. Puis une série de raclements de gorge, gras, rocailleux. Et finalement le crachat et la boule épaisse qui tombe dans l'eau des toilettes. Tout cela, elle l'entendait à travers la grille du chauffage.

Elle ferma les yeux de soulagement. « Le raclement de 22 heures », murmura-t-elle. Elle dut étouffer un fou rire.

M. Plotkin recommençait. Le conduit de chauffage transmit un grognement, suivi du même gargouillement sourd.

Agatha continua de se frotter le coin de l'œil.

— Monsieur Plotkin ! dit-elle d'une voix forte.

Nouveaux raclements de gorge. Au troisième, il parvint à expectorer quelque chose qu'il cracha dans les toilettes.

Elle réprima de nouveau un fou rire.

— Monsieur Plotkin !

Nouveaux raclements de gorge.

— Hein ? Quoi ?

Agatha tremblait si fortement qu'elle dut s'appuyer sur le rebord du lavabo.

— Monsieur Plotkin... (Sa voix tremblait aussi.)

— Hein ? Oui. Oui. Qu'est-ce que c'est ?

— Monsieur Plotkin, vous m'entendez ?

Long silence. Elle se força à se frotter à nouveau l'œil avec le gant de toilette.

— Vous m'entendez ?

— Si je vous entends ? Qu'est-ce que c'est ? Un test pour la défense civile ?

La voix râpeuse du vieil homme avait perdu son accent yiddish, mais les anciennes intonations étaient toujours là.

— Oui, je vous entends, reprit-il. Et vous, vous m'entendez. On s'entend dans ces salles de bains. Mais qui êtes-vous ?

Agatha laissa échapper un soupir et observa dans le miroir son regard effrayé.

— Alors ? insista M. Plotkin. Alors ?

— C'est Agatha Conrad.

Nouveau moment de silence. Puis :

— Ah !

Un son dur, qui évoqua aussitôt dans l'esprit d'Agatha le visage rond du vieil homme, son crâne chauve. La façon dont ils n'échangeaient pas un mot en se croisant dans l'ascenseur. Mais aussi le petit sourire qu'il accordait à Jessica quand elle le saluait.

— Alors quoi, reprit-il, vous allez ennuyer un vieux bonhomme parce qu'il crache ? Croyez-moi, madame dont j'ai oublié le nom, ça n'est pas drôle pour moi non plus.

— Monsieur Plotkin, j'ai besoin d'aide. (Des larmes jaillirent de ses yeux, qu'elle essuya avec son gant de toilette.) J'ai besoin d'aide. Je vous en prie !

Le ton du vieil homme changea immédiatement.

— Hein ? Quoi ? Vous êtes malade ? Qu'est-ce qui se passe ? Vous ne pouvez pas téléphoner, vous avez besoin d'un médecin ?

— Il faut appeler la police, dit Agatha en pleurant si fort qu'elle dut se couvrir les yeux avec le gant de toilette. Appelez l'inspecteur D'Annunzio au commissariat de Midtown South. Je vous en supplie. S'il n'est pas là, demandez quelqu'un d'autre. Ma fille a été enlevée. Les ravisseurs surveillent mon appartement. Dites à l'inspecteur D'Annunzio que je dois lui parler... il est peut-être déjà prévenu, mais je ne sais pas... Dites... Dites-lui de ne pas venir ici, de venir chez vous et de me parler à travers la conduite, comme ça... Et puis, monsieur Plotkin... soyez prudent, parce que je ne sais pas ce qui se passe, je ne sais pas à qui faire confiance, et ces hommes sont dangereux, ils...

Elle ne put continuer et étouffa ses sanglots dans le gant de toilette. Elle releva la tête et aperçut son visage dans le miroir : des larmes coulaient sur ses joues. Elle se mit alors à regarder la grille du chauffage, comme pour apercevoir le vieil homme à travers l'obscurité, à travers le plafond.

Finalement, elle entendit sa réponse. Il lui parlait avec douceur.

— Tenez bon, madame. Je vais chercher du secours.

LE PRINCE DE LA VILLE

L'inspecteur Doug D'Annunzio leva la tête de sa machine à écrire. Sa chaise pivotante grinça sous son poids. D'Annunzio pencha son corps épais d'un côté et laissa échapper un pet. *Saloperies d'imprimés,* songea-t-il.

Cela faisait une heure et demie qu'il remplissait les demandes de mandat de dépôt pour le braquage du Centre du vêtement. Il en avait la nausée. Il avait envie de sortir, de faire quelque chose. Il jeta un coup d'œil à sa montre digitale : 22 h 06. Il avait tout juste le temps de filer au Deuce et de faire cracher Snake-Eyes Jones au bassinet.

— Dieu du ciel, D'Annunzio ! s'écria le sergent Moran, qui se tenait devant le classeur métallique. (Il s'éventa d'un geste de la main.) Faudrait te brancher un pipe-line sur le cul, tu pourrais chauffer des quartiers entiers !

— Gros malin ! grommela D'Annunzio en se levant.

Il gagna la machine à café et se versa un liquide poisseux dans un gobelet propre. En buvant l'épais breuvage, il considéra d'un air pensif le spectacle qui s'offrait à lui : les bureaux métalliques, les chaises pivotantes à moitié délabrées, les murs nus, recouverts seulement de diverses notes tapées à la machine, les vitres recouvertes de crasse. *Ça faisait un bout de temps,* se dit-il, *qu'il n'était pas allé secouer les puces à Snake-Eyes. Ce petit négro devait bien avoir quelques biffetons à cracher. Il avait pratiquement le monopole de la vente du crack dans l'arrière-salle du plus gros sex-shop du Deuce. Il fourguait sa came dans les gogues du peep-show.* Après tout ce temps, il pourrait bien en tirer mille dollars.

En avalant son café il lâcha un autre pet silencieux. Tout ce temps passé assis à remplir les imprimés, ça favorise les gaz !

Sans parler du sauté de veau qu'il s'était offert comme en-cas après le dîner. Mais c'était surtout dû à la position assise.

— Mon Dieu, mon Dieu, D'Annunzio, pitié! s'écria Moran.

Levine et lui étaient les deux seuls autres policiers présents dans la pièce. Levine était assis à un bureau, au fond, et parlait au téléphone.

D'Annunzio ignora Moran. Il posa son gobelet et se dirigea vers son bureau pour prendre sa veste. Il pourrait aller s'occuper de Snake-Eyes et terminer ensuite ses imprimés avant la fin de son service. Il pourrait même ralentir le rythme et faire quelques heures supplémentaires. Il traversa lentement la pièce en respirant bruyamment.

A trente-huit ans, D'Annunzio était gonflé, soufflé, et promenait sa bedaine comme une bouée de sauvetage. Sa chemise à carreaux, voyante, débordait sur son pantalon bleu, large comme une toile de tente. Son cou était une colonne : il ne parvenait pas à boutonner le dernier bouton de son col de chemise et son nœud de cravate était perpétuellement défait. Il avait le visage rond, les joues ballonnées, mais sa peau était pourtant marbrée et rugueuse comme du papier de verre. Des sourcils broussailleux, des cheveux bruns coupés court et des yeux noirs à moitié dissimulés par les replis des paupières achevaient de tracer le portrait de l'inspecteur Doug D'Annunzio.

Arrivé devant son bureau, il ôta sa veste du dossier de sa chaise.

Le téléphone sonna.

Moran leva les yeux de ses dossiers.

— Hé, chauffage urbain! Tu pourrais arrêter de péter un instant et décrocher le téléphone?

D'Annunzio laissa échapper un profond soupir, mais ne répondit pas. Impossible de s'empailler avec Moran, le grand maître de l'arrestation éclair, le serre-file du commissariat, le chouchou du commissaire.

Et merde! Tant pis pour Snake-Eyes. Il tendit un bras saucissonné dans sa manche de veste en direction du combiné. Nouveau soupir, plus fort cette fois-ci.

— Inspecteur D'Annunzio à l'appareil.

— Bonsoir, inspecteur. Je m'appelle Leo Plotkin. J'ai un boulot pour vous.

D'Annunzio leva les yeux au plafond et posa son lourd postérieur sur le rebord de son bureau.

— En quoi puis-je vous aider, monsieur?

— Eh bien... en ce qui me concerne, à moins que vous connaissiez un remède pour l'angine, il n'y a pas grand-chose à faire. Mais il s'agit de ma voisine, Agatha Conrad: elle, vous pourriez l'aider.

— Agatha Conrad..., répéta D'Annunzio en se donnant le temps de ramener le nom à sa mémoire. Ça n'est pas cette dame dont l'enfant aurait été enlevée?

— Vous le savez déjà?

— Oui, oui, j'ai reçu un appel il y a environ deux heures. Ils croyaient que l'enfant avait disparu, et ensuite ils l'ont retrouvée dans l'escalier, c'est ça?

— Ça, ça m'étonnerait, dit la voix râpeuse à l'autre bout du fil. Et ça étonnerait aussi la mère, parce qu'y a deux minutes de ça, elle m'a dit, par le tuyau de chauffage: « Au secours, au secours, appelez la police, mon enfant a été enlevée. »

D'Annunzio secoua la tête d'un air las.

— Vous dites que l'enfant aurait quand même disparu?

— Je l'entends pleurer de mes toilettes. Elle a pas l'air joyeuse, croyez-moi! Elle dit que son appartement est surveillé, que vous ne devriez pas vous rendre chez elle, mais venir chez moi, juste au-dessus, et qu'elle vous parlera par le conduit de chauffage. Je vous assure que ça file un coup, c'est quelque chose qu'on n'oublie pas!

— Attendez une minute, dit D'Annunzio en se grattant le nez, il y a quelque chose que je ne comprends pas.

Son interlocuteur laissa échapper un soupir d'exaspération.

— Et c'est lui qu'elle a demandé en particulier, grommela-t-il. Alors laissez-moi vous suggérer quelque chose, monsieur Sam Spade: venez donc enquêter ici. Comme ça vous vous rendrez compte qu'il s'agit d'une véritable « affaire ». Qu'est-ce que vous en dites?

Après que le vieil homme eut raccroché, D'Annunzio demeura un moment assis sur son bureau, les yeux fixés sur le sol en linoléum. La première personne qui avait appelé, un certain Billy Price, avait précisé que le père était psychiatre. C'était peut-être un des patients du psy qui faisait des siennes ou quelque chose comme ça. Mais si ce n'était pas le cas... et que l'enfant avait réellement disparu depuis tout ce temps-là, et qu'on avait tenté d'écarter la police par un coup de téléphone bidon...

Il se leva avec un grognement. Ce n'était jamais une mince affaire que de se lever !

— Je sors, grommela-t-il.

— Dieu soit loué ! lança le sergent Moran. Bien le bonjour à Snake-Eyes Jones !

D'Annunzio prit sa voiture personnelle pour se rendre dans l'East Side, gara la Pontiac vieille de cinq ans sur la 36ᵉ Rue, à deux pas de Madison, et fit le reste du trajet à pied.

En chemin, il regarda la façade grecque de la bibliothèque Morgan, qu'on apercevait à travers le feuillage d'automne des sycomores, et admira la frise représentant la Vérité guidant les Arts par la main, et la douce lueur des projecteurs sur le marbre.

C'est par là que cette vieille peau s'était fait massacrer, songea-t-il. *Comment s'appelait-elle, encore ? Ah oui, Sinclair. Vraiment l'affaire merdique. Pas de mobiles, pas de pistes, rien. Elle avait été confiée à Moran. Sur cette affaire-là, il n'avait rien ramené.*

Il sourit. Puis, arrivé devant l'immeuble, il poussa la porte vitrée.

Il ne montra pas son insigne au concierge. Mieux valait être prudent avant de savoir où il mettait les pieds. Il lui annonça simplement qu'il se nommait Doug D'Annunzio et qu'il venait voir Leo Plotkin. Le concierge lui ouvrit la porte par l'interphone et l'envoya au sixième étage.

Arrivé devant la porte de Plotkin, D'Annunzio frappa fort et s'efforça de rentrer sa chemise dans son pantalon. Un moment plus tard, Plotkin lui ouvrit.

Le vieux juif typique, se dit D'Annunzio. *Sorti tout droit du moule. Petit, maigre, voûté. Environ soixante-dix ans. Une tête ronde complètement chauve et une vague trace de barbe grise sur son menton ridé. Des yeux chassieux qui n'arrêtaient pas de ciller. Des lèvres rouges, humides, qui s'ouvraient en un sourire narquois. Il portait une chemise blanche dont le col ouvert laissait apparaître un buisson de poils gris. Quant à son pantalon gris, il était devenu trop grand pour le vieux bonhomme que l'âge avait ratatiné.*

D'Annunzio montra alors sa carte et son insigne.

— Inspecteur D'Annunzio.

Le vieil homme ne dit rien et s'inclina pour examiner l'insigne. Il demeura ainsi un long moment, comme s'il détaillait les moindres recoins de l'insigne. Puis il tourna les talons et s'éloigna.

— C'est par ici.

D'Annunzio haussa les épaules et le suivit.

L'appartement sentait le vieillard : une odeur tenace de moisi. Sur les bergères, la tapisserie était luisante. Le tapis était usé jusqu'à la corde. Il y avait de la poussière, plein de poussière, sur la cheminée, sur les étagères et sur la table. Et puis, un peu partout, d'anciennes photos jaunies : une femme vêtue d'un châle ; une forêt ; le pays d'autrefois.

Qu'est-ce qu'ils font avec tout leur argent ? se demanda D'Annunzio en suivant Plotkin. D'après lui, le vieux juif devait avoir des centaines de milliers de dollars dissimulés dans des boîtes de biscuits, des matelas et autres endroits semblables.

Plotkin le conduisit à la salle de bains, où l'odeur était pire encore. Médicaments aigrelets, douleur sourde ; décrépitude. D'Annunzio jeta un regard rapide sur la baignoire tachée et le lavabo un peu grumeleux. Puis, suivant le geste de Plotkin, il regarda la grille du chauffage.

— Allez-y, dit Plotkin. Ne vous occupez pas de moi.

D'Annunzio jeta un regard à Plotkin, qui haussa les épaules. Puis D'Annunzio regarda à nouveau la grille, Plotkin, et encore la grille. Il finit lui aussi par hausser les épaules et s'éclaircit la gorge.

— Madame Conrad ?

Il attendit. Pas de réponse. Un regard en direction de Plotkin. Parler à une grille de chauffage : il avait l'air malin !

Il essaya à nouveau.

— Madame Conrad ?

— Oui ?

La voix qui lui parvenait était faible, mais il la comprenait bien.

Cette fois-ci, quand il regarda Plotkin, le vieil homme lui fit un geste qui signifiait : « Qu'est-ce que je vous avais dit ? » D'Annunzio hocha la tête et fourra les mains dans ses poches.

— Madame Conrad, ici l'inspecteur D'Annunzio, de la police de New York. Avez-vous essayé d'entrer en contact avec nous ?

Un bref moment de silence, puis la voix répondit :

— Est-ce que M. Plotkin est là ?

— Je suis là, dit Plotkin. Nous sommes là tous les deux. Tout le quartier est dans ma salle de bains.

— Monsieur Plotkin, pourriez-vous me dire à quoi il ressemble ? demanda la voix de femme. L'inspecteur. Pourriez-vous... me le décrire ?

Plotkin observa un bref instant le policier, puis haussa les épaules.

— Qu'est-ce que vous voulez que je vous dise ? C'est un gros plein de soupe avec une tête de lune.

— Mon Dieu ! s'écria-t-elle. (D'Annunzio crut qu'elle allait se mettre à pleurer.) Mon Dieu, il y a un autre homme... un autre homme qui a dit qu'il était l'inspecteur D'Annunzio. Ça devait être... Mon Dieu, excusez-moi. J'ai tellement peur. Ma petite fille...

D'Annunzio entendait très clairement les sanglots. *Décidément, voilà un excellent moyen de communication.*

— Madame Conrad, dit-il, vous m'aideriez si vous m'expliquiez exactement ce qui s'est passé. Vous croyez pouvoir le faire ?

— Je ne sais pas. (Elle dut ravaler ses larmes pour pouvoir parler.) Je... Ils sont entrés ici. Pendant la nuit. Ils ont... Ils ont enlevé ma petite fille. Ensuite ils ont envoyé mon mari faire quelque chose. Il ne pouvait pas me dire ce que c'était. Il m'a simplement dit qu'il devait les retrouver à 21 heures. Mais maintenant il est si tard, je...

Les sanglots l'interrompirent.

— D'accord, d'accord, dit D'Annunzio d'un ton qu'il s'efforça de rendre apaisant. Parlons un peu de cette surveillance, voulez-vous ? Vous avez dit que votre appartement était surveillé ?

Il entendit les mots lui parvenir à travers les larmes.

— Ils ont dit... ils ont dit qu'ils avaient placé des micros dans l'appartement. Et des caméras... Je crois qu'ils mentaient pour les micros, mais pour... Oh, je ne sais pas, je ne suis plus sûre de rien maintenant.

Quelle idiote, cette bonne femme ! songea D'Annunzio.

— Ils vous ont dit qu'ils avaient placé des caméras chez vous ? Est-ce que vous voyez des caméras, madame ? Ou des fils, quelque chose ?

— Euh... non.

Un rire fusa entre les lèvres de D'Annunzio.

— Euh... vous savez, madame, je... Je crois qu'ils mentent aussi au sujet des caméras.

— C'est-à-dire que...

— C'est difficile de planquer des micros, fit remarquer D'Annunzio. Quant aux caméras... il faudrait une pièce dérobée pour pouvoir le faire discrètement. Ils n'ont pas pu dissimuler de caméras. Ni de micros. C'est complètement absurde.

226

— Mais ils peuvent nous voir, insista la femme. Je sais qu'ils peuvent nous voir. Ils m'ont dit... Ils voyaient ce qu'on faisait, les vêtements qu'on portait...

— Est-ce qu'il n'y aurait pas une fenêtre ? Est-ce qu'ils ne pourraient pas tout simplement vous regarder par la fenêtre ?

— Je... je ne sais pas. J'imagine que...

D'Annunzio eut un sourire en coin. *Quelle idiote ! Suffit de lui dire qu'il y a la « Caméra invisible » qui surveille son appartement, et elle avale le morceau. Elle a même pas pensé aux fenêtres ! En ce moment même, il y a probablement un nègre d'un mètre quatre-vingt-dix pendu au rebord de sa fenêtre en train de la reluquer !*

— Mon Dieu ! s'exclama soudain la femme.

Elle a dû le voir, se dit-il.

— Mon Dieu, répéta-t-elle. Mme Sinclair !

Le demi-sourire disparut instantanément sur les lèvres de D'Annunzio.

— Hein ? Quoi ? Mme Sinclair ? Vous voulez dire la vieille...

— La vieille dame qui a été tuée, dit Agatha. Vous êtes au courant ?

— Oui, bien sûr. Mais qu'est-ce que ça a à voir avec...

— Eh bien... comme vous avez parlé des fenêtres qui donnent sur notre appartement, eh bien ! je me suis rappelée que sa fenêtre se trouve juste en face, et il y a peu de temps, mon mari a vu quelqu'un... dans son appartement... dans celui de Mme Sinclair... enfin, il a cru voir quelqu'un dedans. Je n'y avais pas pensé... Mais la fenêtre... Cette fenêtre est juste en face de la nôtre, et l'appartement est vide depuis... Mon Dieu !

La voix disparut, mais l'inspecteur entendait encore le bruit étouffé des sanglots. Il regarda la grille du chauffage et se passa la langue sur les lèvres. *Mme Sinclair !*

Son cœur se mit à battre plus fort, mais il s'efforça de se raisonner. *Visiblement, cette femme est hystérique. Elle ne sait pas de quoi elle parle. Pourtant... Si l'appartement de Mme Sinclair était vraiment vide, et s'il était vraiment en face de chez elle, comme elle le disait, alors c'était possible. Peut-être.*

Avec gourmandise, l'inspecteur D'Annunzio songea qu'il pourrait résoudre l'affaire Sinclair après que Moran eut fait chou blanc.

— Et ce dénommé Billy Price ? dit-il en direction de la grille de chauffage. Il m'a appelé en me disant qu'il y avait eu un

227

enlèvement, et ensuite il m'a rappelé pour me dire que tout était arrangé. Qu'est-ce que ça signifie ?

— Je ne... (Il l'entendit lutter contre un sanglot hystérique.) Je ne sais pas... Peut-être fait-il partie de la bande. Je lui ai demandé de vous appeler, et ensuite il y a eu cet homme qui est venu, et qui a dit qu'il était inspecteur de police, l'inspecteur D'Annunzio...

Oh, oh ! Ça ne sent pas bon, tout ça.

Il laissa échapper une véritable ventrée d'air et regarda à nouveau la grille du chauffage.

— Madame Conrad, je vais vous demander de rester là quelques minutes. Je reviens tout de suite. D'accord ?

— Je vous en prie, retrouvez ma petite fille, dit-elle en sanglotant. Je vous en supplie. Empêchez-les de lui faire du mal. Elle n'a que cinq ans, elle est...

D'Annunzio eut envie de dire quelque chose de rassurant, mais tout ce qu'il put trouver, ce fut un autre : « Restez là. »

Il se tourna vers Plotkin.

— Attendez-moi ici.

Le vieil homme acquiesça. Puis son nez se plissa.

— Bêêê, dit-il. C'est vous ?

En bas, personne ne répondit lorsque D'Annunzio sonna chez Billy Price. L'inspecteur demeura un long moment devant la porte, gagna ensuite celle d'Agatha Conrad, puis revint sur ses pas, sonna à nouveau et attendit. *Bien sûr, on était samedi soir. Ce Price pouvait être sorti.*

Mais il décida d'aller demander la clé au concierge.

Ce dernier ne fit aucune difficulté pour la lui donner. C'était un grand et bel Hispanique avec d'épais cheveux noirs et une grosse moustache. Il lui dit qu'il avait un cousin policier à Brooklyn. Lorsque D'Annunzio lui expliqua qu'il était inquiet pour le locataire du 5H, le concierge lui confia la clé sans hésiter.

L'inspecteur remonta au cinquième étage, ouvrit la porte, fourra la clé dans sa poche et pénétra dans l'appartement.

Billy Price n'était plus assis dans le fauteuil. Il était étendu par terre, sur le côté. Son visage avait pris une teinte bleu-gris. Ses yeux regardaient dans le vide et il avait toujours un sparadrap blanc collé sur la bouche. De l'entrée, on apercevait son visage.

D'Annunzio s'immobilisa aussitôt et sortit son pistolet de son étui. Il s'avança lentement, précautionneusement, mais l'appartement était vide. Il le sentait.

Le pistolet toujours pointé, il s'immobilisa à nouveau. Son regard parcourut le corps à demi nu de Billy Price. Lorsqu'il aperçut la masse sanguinolente à la place du sexe, il détourna le regard, puis émit un petit sifflement en réprimant un haut-le-cœur.

Au bout d'un moment, il put à nouveau regarder le corps et remarqua la position étrange du cou, la façon dont il avait été écrasé.

Pas d'excitation. Il n'y a pas de preuve. Pour l'instant, il n'y a pas encore de preuve.

Mais tandis qu'il examinait le cadavre, un sourire mauvais éclaira petit à petit son visage. Quelque chose, une sorte de sixième sens, lui disait qu'il venait d'élucider l'affaire Sinclair.

Il se mit à rire dans l'appartement silencieux.

— Fils de pute ! s'exclama-t-il joyeusement.

Et il laissa échapper un joli petit pet.

L'HISTOIRE ENREGISTRÉE

La Corsica bleu métallisé de Conrad remonta lentement Lafayette Street. Voitures aérodynamiques et taxis jaunes la dépassaient à vive allure des deux côtés. Lueur de phares dans le rétroviseur, coup de vent, puis traînée rouge qui disparaît rapidement sur la large avenue. La Corsica poursuivait lentement sa route. Il laissa sur sa gauche Colonnade Row, avec sa longue enfilade de colonnes en ruine, puis sur sa droite le Public Theater, avec ses arcades aériennes, et la petite foule sortie pour l'entracte, dans le brouillard.

Il atteignit Astor Place, où les trottoirs grouillaient de monde. Sur ces trottoirs, des vendeurs à la sauvette avaient étalé sur de vieilles couvertures vêtements râpés, livres et magazines. Des jeunes gens aux cheveux coiffés en brosse chaloupaient en direction de Saint Mark's Place, les hanches en saillie, les jambes en rythme. Des femmes jeunes, fausses blondes, tout en noir, voyageaient à leur côté.

La Corsica s'immobilisa là à un feu rouge. Sur le trottoir, de l'autre côté de la rue, deux policiers agrafaient un vendeur à la sauvette. Ce dernier, un jeune Blanc, était assis par terre, le dos appuyé au mur d'un immeuble. Il était soûl ou drogué et regardait les flics, la bouche ouverte, l'air idiot. Les flics, eux, lui parlaient, tranquilles et implacables.

De derrière son volant, Conrad observa les policiers. Penché en avant, il étreignait le volant à deux mains. Son visage gris et cireux était trempé de sueur froide.

Il y avait encore du sang sur le siège où s'était assise Elizabeth. Le petit mot, froissé, était toujours sur le tableau de bord.

Vous êtes toujours surveillé. Allez à votre cabinet et attendez.

231

Le feu rouge passa au vert. Conrad le vit du coin de l'œil. Il quitta les policiers du regard et appuya sur la pédale d'accélérateur. La Corsica franchit lentement le carrefour.

Conrad mit longtemps à atteindre l'Upper West Side. Il était près de 22 heures lorsqu'il gara sa voiture dans la 82e Rue. Il tourna le coin de Central Park Ouest en traînant la jambe, le regard baissé, le dos voûté. Il poussa les portes battantes de l'immeuble.

Le concierge lui jeta un coup d'œil.

— Bonsoir, docteur !

Conrad lui adressa un pâle sourire et traversa le hall.

Après avoir ouvert la porte, il demeura sur le seuil, interdit.

Dans la salle de consultation, la lumière était allumée. Il apercevait la lueur blafarde sous la porte de communication. Il referma derrière lui la porte d'entrée. La salle d'attente fut plongée dans l'obscurité.

A pas lents, il se dirigea vers la salle de consultation. Il allait trouver Elizabeth, étendue sur le sol, morte. Il la voyait déjà, ses cheveux cuivrés répandus autour d'elle comme un halo. Encore un pas. Non, ce ne serait pas Elizabeth, mais Jessica. La petite fille serait couchée sur le ventre, encore vêtue de sa chemise de nuit à rubans, le visage tourné vers lui. Les yeux vitreux.

Pourquoi n'es-tu pas venu, papa ?

Conrad ouvrit la porte du cabinet de consultation.

Toutes les lumières étaient allumées : le plafonnier, le lampadaire et la lampe de bureau. Mais la pièce était vide. Il s'avança au milieu et promena le regard autour de lui : le divan, le fauteuil, son propre fauteuil inclinable, en cuir, le bureau à cylindre encombré de papiers. La salle de bains. Il alla jeter un coup d'œil dans cette dernière pièce : personne non plus.

Il se retourna, observa à nouveau la salle de consultation, et c'est en regardant son bureau qu'il comprit ce qui s'était passé.

Le téléphone avait disparu. On l'avait enlevé. Des journaux et des papiers délimitaient la place vide où il se trouvait auparavant. Il frissonna. *Ils sont venus ici,* se dit-il. Il avait l'impression de sentir leur odeur, d'apercevoir leurs silhouettes du coin de l'œil.

D'une main, il déplaça quelques papiers, dégageant ainsi son répondeur téléphonique. Le voyant lumineux clignotait.

D'un doigt tremblant, il appuya sur la touche « retour ». La machine émit un bourdonnement. Puis une voix se fit entendre, qu'il ne connaissait pas. Ce n'était pas Sport. L'homme avait une voix haletante, haut perchée. Il semblait surexcité.

« Bonsoir, bonsoir, docteur Conrad. » Un ricanement : « Hi, hi, hi ! Vous voilà donc arrivé ! Et nous aussi nous sommes là ! Nous sommes partout ! Hou, hou, hou ! Hi, hi, hi ! » Conrad détourna la tête et ferma les yeux. « Alors vous allez rester ici, c'est compris ? Jusqu'à minuit. Minuit tapant ! Ding, dingue, dong ! Sans ça... vous savez quoi ! Alors ne franchissez pas cette porte, marshal Dillon, parce qu'on vous a dans la ligne de mire. Hé, hé, hé, hé, hé ! C'est tout pour aujourd'hui, les amis ! Hi, hi, hi, hi ! » Et le message s'interrompit.

Conrad laissa échapper un soupir, ôta son imperméable et le posa sur le dossier de son fauteuil. Puis il alla s'asseoir sur le divan. La tête entre les mains, il se mit à pleurer.

Il pleura très fort, en sanglotant, en se balançant d'avant en arrière. Les larmes ruisselaient sur ses mains.

— Ma petite fille, dit-il doucement. Ma petite fille !

Il demeura étendu sur le divan pendant une demi-heure, le regard rivé au plafond.

Sans tout ton fric et tes conneries, sans tes beaux diplômes, hein, d'homme à homme, qu'est-ce qui reste ? Hein, qu'est-ce qui reste ? Qu'est-ce que t'es ?

Il sentait ses larmes séchées à l'endroit où le crachat de Sport l'avait atteint. Il ferma les yeux.

Il vit alors sa fille. Étendue sur le sol, morte. Les yeux vitreux.

Pourquoi n'es-tu pas venu ?

Il imagina alors, avec la plus grande netteté, le petit cercueil d'enfant qu'on descendait dans la tombe ouverte. Et la voix qui sortait du cercueil.

Papa ?

Il serra violemment les lèvres.

Puis, l'espace d'un instant, il vit sa fille vivante. Elle était allongée sur un lit, les mains attachées derrière le dos. L'homme qui s'était désigné sous le nom de Sport s'avançait vers elle, un couteau à la main. Jessica hurlait...

Il poussa un cri et ouvrit les yeux. En toussant, il s'essuya les joues d'un revers de main.

Toujours tremblant, il se mit à regarder la lumière que jetait le plafonnier sur le plâtre blanc. Le bord de l'ombre qui se découpait sur le mur. Il remarqua une tache d'humidité, dans un des coins. On descendait le cercueil dans le sol. Le corps de l'enfant était à l'intérieur et bringuebalait de droite et de gauche. Ses mains étaient croisées sur sa poitrine. Il faisait noir dans le cercueil. *Elle aurait eu envie d'une veilleuse*, songea Conrad. Il entendit le bruit des pelletées de terre heurtant le bois.

Papa ?

A présent, les yeux de Conrad étaient secs, son visage dur. Il ricana même un peu lorsque les pelletées de terre s'abattirent sur le cercueil. Il se penchait sur la tombe ouverte. Agatha déclara plus tard que ses yeux étaient semblables à des pierres. Elle frissonna : « Comme des pierres, Nathan. »

Mais c'était pendant l'enterrement de son père. Et à l'époque, cela faisait des années que le vieil homme et lui ne se parlaient plus. Il n'était allé le voir à l'hôpital que sur l'insistance d'Agatha. Lorsque Nathan était entré dans la chambre, le vieil homme reposait sur le lit, recouvert seulement d'un drap. Son visage, autrefois rond et un peu pâle, était à présent amaigri et très, très blanc. Sous le drap, son corps semblait presque inexistant.

— Nathan…, avait-il prononcé faiblement, en levant la main.

Nathan s'était avancé pour prendre cette main. Cette main froide. Le vieil homme avait souri.

— … merci d'être venu.

— Je t'en prie, papa, répondit Nathan, le visage dénué d'expression.

Son père avait pris une respiration laborieuse.

— Je… voulais te dire… que je t'aime… je t'aime.

— Moi aussi je t'aime, papa, répondit Nathan d'une voix machinale.

Il savait qu'il aurait regretté, ensuite, de ne pas le lui avoir dit. Pourquoi rendre triste ce vieil homme en un moment pareil ? Il le regarda.

Son père ferma les yeux.

— Je n'ai pas pu…, murmura-t-il. (Un gémissement de douleur.) Je n'ai pas pu… l'aider, Nathan.

Conrad le regarda, un sourire mauvais aux lèvres. Il pensait à sa mère. A sa mère qui se contorsionnait en hurlant sur le sol de la cuisine, sa chemise de nuit en feu. Cette chemise de nuit en soie, avec des chrysanthèmes pourpres. Il songeait à ces innombrables fois où son père avait dit à sa mère : « D'accord, emporte la bouteille dans la chambre, mais pour cette fois seulement. » Ou bien : « D'accord, voilà l'argent, mais c'est seulement pour que tu n'ailles pas voler dans les magasins. » Ou encore l'inépuisable : « Écoute, n'essaie pas d'arrêter comme ça du jour au lendemain. Ralentis ta consommation, petit à petit. »

— Je n'ai pas pu l'aider, murmura à nouveau le père.

Conrad fit la moue. Il tenait toujours la main froide de son père.

— Tes yeux étaient comme des pierres, lui dit Agatha après l'enterrement.

Elle l'avait serré contre elle en frissonnant.

Comme des pierres.

Conrad quitta le divan et gagna la salle de bains d'un pas incertain. L'estomac noué, il se pencha sur la cuvette des toilettes, eut plusieurs haut-le-cœur et finit par vomir. Il vomit peu : il avait à peine mangé de toute la journée.

Il s'essuya la bouche d'un revers de main et se redressa, puis alla s'asperger le visage d'eau au lavabo. Il se regarda dans la glace.

Je n'ai pas pu l'aider. Pas pu l'aider.

Les tristes yeux bruns le regardèrent en face. Il avait le teint cireux, les joues creusées de rides. Avec ses cheveux cendrés collés par la transpiration, il paraissait presque chauve. Il avait l'air d'un vieillard.

Pas pu l'aider.

A nouveau, ses yeux se remplirent de larmes. L'une d'elles coula sur sa joue. Il n'en supporta pas le spectacle.

— Pas pu l'aider, murmura-t-il en retournant dans le cabinet de consultation. Pas pu !

Il s'installa pesamment dans son fauteuil et ferma l'œil droit, qui avait recommencé à lui faire mal quand il avait vomi. Les nuages rouges brouillaient sa vision. C'était encore et toujours le coucher de soleil sur Seminary Hill.

Il s'enfonça dans son fauteuil et cette fois-ci ferma les deux yeux.

Je n'ai pas pu l'aider.

Il songea à Elizabeth, à la façon dont elle s'était comportée ce soir : si fière de ses vêtements, presque légère. Fière de son maquillage et du ruban noir dans ses cheveux.

Je peux vous aider. Voilà ce qu'il lui avait dit. Il se rappelait la façon dont elle avait tendu les mains vers lui, la façon désespérée dont elle avait serré ses mains entre les siennes.

Vraiment? Vous pouvez m'aider? Je sais qu'il y a de mauvaises choses qui sont arrivées. Mais il peut aussi y avoir de bonnes choses.

— Mon Dieu…

En gémissant, Conrad se couvrit les yeux de la main et se mit à se balancer d'avant en arrière dans son fauteuil.

Il peut aussi y avoir de bonnes choses.

— Ah, le sang, le sang!

Les poings serrés, il se pencha en avant, plié en deux.

— Je n'ai pas pu l'aider!

Puis il retomba au fond de son fauteuil. Les nuages rouges défilaient devant ses yeux. Ses bras retombèrent le long de son corps.

Son imperméable pendait au dossier du fauteuil, et lorsque ses mains étaient retombées, ses doigts avaient heurté quelque chose de lourd dans l'une de ses poches.

Il se tourna et en sortit l'enregistreur à cassette. Il appuya sur le bouton « retour » et regarda la bande défiler. Lorsqu'elle fut arrivée près du début, il appuya sur le bouton « écoute ». Faible et distante, la voix d'Elizabeth lui parvint.

Il est toujours différent. Je veux dire l'ami secret. Je crois que je vous l'ai déjà dit, mais c'est important.

Conrad s'enfonça dans son fauteuil, l'appareil posé sur l'estomac, et écouta le doux murmure…

J'aimais bien être près des enfants, même si à l'heure où j'arrivais ils étaient en général partis. Ça me plaisait bien d'être là où ils étaient.

Il songea à son visage, ce portrait de rose et d'albâtre enchâssé dans la chevelure cuivrée.

… L'endroit où je travaillais se trouvait dans une petite allée, dans le Village. Une allée étroite, pavée…

Ses mains qui se tendaient vers lui. Désespérément. En quête d'aide, en quête d'espoir. Sa voix lui parvenait toujours, et lui faisait mal.

Et puis, une nuit, quand je suis sortie du travail, il y avait quelqu'un…

Et puis la manière dont elle s'était comportée dans la voiture, quand ils roulaient vers Manhattan. Il se rappelait la façon presque mécanique dont elle chantait cette histoire de bouteilles de bière. Le timbre mort de sa voix, comme le sifflement du vent dans une maison en ruine. Sur la bande, elle poursuivait son récit.

J'ai vu son visage. Il avait les cheveux roux, la peau blanche, des taches de rousseur. Il portait un manteau sombre et il avait les mains dans les poches...

Il revoyait Elizabeth en ce dernier instant, lorsqu'il s'était immobilisé une dernière fois dans la voiture, la portière ouverte. Elle avait levé les yeux sur lui, et dans ces yeux il avait découvert un être profondément enfoui. Comme un spectre debout au milieu des ruines d'elle-même. Dans ces yeux il avait découvert, piégée, une âme solitaire.

Et pourtant elle lui avait donné ce dont il avait besoin. Elle lui avait donné le numéro. La voix poursuivit :

... alors je suis partie en courant. J'ai couru vers MacDougal Street... Et brusquement, quelqu'un m'a attrapée...

Il était toujours installé dans son fauteuil inclinable, les yeux fermés. Il se rappelait le sang. La traînée de sang sur le siège d'Elizabeth. Ça aussi, ça faisait mal. Et d'autant plus mal qu'il entendait sa voix. Oui, ça faisait mal. C'était pour ça qu'il avait allumé l'enregistreur.

La voix d'Elizabeth continuait :

... je me suis dit : « C'est lui. Il m'a rattrapée. » Alors je l'ai frappé, je lui ai donné des coups de poing sur le bras, je lui ai donné des coups de pied...

Et il m'a reposée à terre... Il riait...

Parce que, vous savez, ça n'était pas lui du tout. C'était quelqu'un d'autre. Un homme jeune et beau. Avec un visage rond, un peu enfantin.

Conrad laissait la voix s'exprimer en lui. Il imaginait bien ce qu'elle décrivait : la rue du Village, l'allée sombre derrière elle, le bras qui soudain la tire en arrière, et puis ce visage inconnu. Ce visage rond, enfantin. Ce visage sembla lui apparaître, comme s'il était familier...

Une mèche de cheveux bruns qui lui tombait dans les yeux, disait Elizabeth. *Et il avait un gentil sourire, même si je savais bien qu'il se moquait de moi...*

Le visage prit des contours plus nets dans l'esprit de Conrad. Il vit l'homme sortir des limbes et s'avancer vers lui.

J'ai regardé derrière lui, dans l'allée...

Et puis, brusquement, comme éclairé par la flamme d'une allumette, le visage fut illuminé d'une lueur orange : ses cheveux bruns qui lui tombaient dans l'œil, son sourire enjôleur...

Moi, j'étais devant cet inconnu, j'essayais de reprendre mon souffle...

Conrad se redressa brutalement.

— Hein ? Quoi ?

Il regarda l'appareil d'un air étrange, puis appuya maladroitement sur le bouton « stop ». La voix d'Elizabeth s'éteignit.

Il appuya sur la touche « retour ». Puis sur « écoute ».

... ça n'était pas lui du tout. C'était quelqu'un d'autre.

Conrad amena l'appareil contre son oreille.

Un homme jeune et beau. Avec un visage rond, un peu enfantin. Une mèche de cheveux bruns qui lui tombait dans les yeux. Et il avait un gentil sourire...

— Mon Dieu, dit Conrad. Terry, le jeune acteur. L'homme dont elle était tombée amoureuse. L'homme qui avait disparu. Son amant imaginaire.

Il arrêta à nouveau l'appareil, le posa sur ses genoux et le considéra d'un air méfiant, comme s'il allait lui bondir au visage.

Un homme jeune, et beau. Avec un visage rond, un peu enfantin.

— C'était Sport, murmura Conrad.

Terry était Sport. Son ami secret.

UNE ÎLE DANS LE BROUILLARD

Le brouillard dérivait en longs serpents sur les eaux noires et agitées du bras de mer. Le vent froid d'octobre faisait naître des crêtes d'écume en haut des vagues. Sport les entendait frapper les piliers du vieil embarcadère.

La baraque de l'administration pénitentiaire se trouvait juste avant cet embarcadère. Ce n'était qu'une baraque préfabriquée d'un bleu délavé, éclairée seulement par la lueur bleue de la télévision qu'on apercevait par la fenêtre. Engoncé dans son coupe-vent, Sport frappa légèrement à la porte.

A l'intérieur, la télévision s'éteignit. La fenêtre fut plongée dans l'obscurité. Des pas traînants se firent entendre.

Un instant plus tard, la porte s'ouvrit, laissant apparaître le visage carré et brutal d'un homme coiffé en brosse. Il portait son pantalon d'uniforme gris-bleu, mais sa chemise était ouverte et laissait voir un maillot de corps tendu par une imposante bedaine.

— Vous êtes prêts? demanda Sport en frissonnant dans le vent glacé venu de la mer.

— Oui.

— Alors on y va.

Sport, le gardien et le conducteur d'engin montèrent à bord de la vedette de la pénitentiaire. Le conducteur d'engin s'installa à l'intérieur, dans la cabine. C'était un homme de petite taille, les épaules voûtées, le visage tout en rides et en plis, comme celui d'un basset artésien. Il tirait nerveusement sur une cigarette.

Le gardien, lui, avait pris place au gouvernail, aux côtés de Sport qui se tenait au bastingage. Après avoir évalué la courte distance qui les séparait de Hart Island, Sport se retourna pour regarder City Island, l'embarcadère, les maisons blanches, la rangée d'arbres qui s'estompaient dans le brouillard. Il tapotait nerveusement du pied sur le pont du bateau. Il croisait et décroisait sans cesse les doigts, et son regard comme son sourire avaient perdu de leur éclat charmeur. Le vent faisait danser ses cheveux sur son front.

« *All or nothing at all*, chantonnait-il intérieurement. *La-da-da. Da-da-da-daa...* »

Tout ou rien du tout. Tout ou rien, bordel !

Il murmura la vieille chanson jusqu'à ce qu'elle ne fût plus qu'un bruit indistinct perdu dans le grondement du moteur et le sifflement du vent.

— ... *la-da-da-da... nothing at all.*

Enculé, enculé ! songea-t-il.

Enculé de Freak. Tout ça, c'était la faute du Freak. Ils n'étaient pas censés en arriver là : toutes ces conneries avec la gamine, le meurtre... Au départ, ce n'était qu'une idée, une blague, c'est tout...

Sport fredonna une autre mesure de la chanson, puis laissa filer silencieusement le reste de son souffle dans le vent. Il secoua la tête.

— Enculé de Freak, murmura-t-il.

Tout ça, c'était la faute du Freak. C'était à cause de lui que tout avait tourné de travers. C'était même sa faute si Maxwell avait été obligé de le tuer. D'abord, il avait commencé à tortiller du cul avec Dolenko. Et puis, avec Elizabeth, il était devenu complètement naze. Tout était sa faute depuis le début.

Ils devaient se débrouiller pour qu'elle leur donne le numéro, c'est tout. Ça promettait d'être marrant. Le plan, c'était que Sport allait s'arranger pour faire sa connaissance, puis lui faire le coup du beau garçon. Toutes les nanas tombaient devant le coup du beau garçon. Ensuite, ils devaient aller dans un vieil immeuble abandonné que connaissait Dolenko et qu'il utilisait parfois avec des copains pour des fêtes. Il savait comment y installer l'électricité : il l'avait déjà fait. Ils arrangeraient une des chambres et il dirait à la fille que c'était là qu'il vivait. Il ne lui resterait plus qu'à la baiser jusqu'à ce qu'elle s'en fasse péter les neurones. Après ça, il n'y aurait plus qu'à la faire parler de son passé... Finalement, il lui parlerait, comme ça, en passant, de sa mère, et lui demanderait le numéro. Lui, il aurait obtenu ce qu'il voulait, et elle ne se serait même rendu compte de rien. Ensuite, quand elle essaierait de le revoir, il aurait disparu sans laisser de trace.

Même s'ils n'obtenaient pas le numéro, ils étaient sûrs de bien se marrer.

L'idée, c'était ça, pas plus. Ça ne devait pas aller plus loin.

Mais alors le Freak avait vu la fille. Et à partir de ce moment-là, tout avait commencé à aller de travers.

Ils avaient trouvé son nom dans l'annuaire. Sport et le Freak étaient allés l'attendre devant chez elle, de l'autre côté de la rue, dans l'Upper West Side. Ils avaient attendu pendant une heure : tout ce qu'ils savaient d'elle, c'était la couleur de ses cheveux.

Mais dès l'instant où elle était sortie, ils avaient compris que c'était elle.

— Mon Dieu, avait dit le Freak, regarde-la ! Mais mon Dieu, regarde-la !

— Ça doit être elle.

— Doux Jésus ! dit le Freak. Mon Dieu... regarde-la : on dirait un ange.

Ça lui avait suffi. Un seul coup d'œil. Après ça, le Freak n'arrêtait pas de parler d'elle. Ils la suivirent jusqu'au Village, jusqu'à ce centre de jour où elle travaillait. Même après leur retour à la maison, le Freak n'arrêtait pas de parler d'elle.

— Bon Dieu, t'as vu comment elle est ? Non, mais t'as vu ? Son... son allure !

Sport avait fini par se montrer agacé.

— Qu'est-ce que t'as, toi ? T'es amoureux ou quoi ?

En secouant la tête, le Freak avait passé la main dans son épaisse chevelure rousse.

— Écoute... Je sais plus très bien pour cette histoire. Je sais pas si j'ai envie d'en être. De toute façon, tu sais, c'est probablement des conneries tout ce qu'a raconté Eddie le Maton... Enfin, réfléchis deux minutes, Sport. Alors comme ça, c'était le super-dealer quand il était maton. Bon, admettons. Mais tu vas me dire que cette espèce d'éponge s'est ramassé une véritable fortune ? Un demi-million de dollars ? Et qu'il les aurait planqués avant que les fédéraux lui tombent dessus, et qu'ils y seraient encore ? Mais alors, pourquoi il va pas les chercher lui-même ? C'est une histoire de dingue ! Vaut mieux laisser tomber !

— J'arrive pas à te croire, dit Sport. Parce que t'as juste aperçu une gonzesse, brusquement, t'es accro ? T'es une vraie pédale, toi, tu sais ça ?

Après ça, le Freak n'avait plus rien dit. Au moins pendant un bout de temps. Il traînait toute la journée à la maison, morose, irritable. Et puis, un soir, il avait brusquement déclaré : « Bon, moi je laisse tomber. Comptez plus sur moi, d'accord ? Je veux rien avoir à faire avec cette histoire ! »

Sport avait gueulé comme un putois. Comment, laisser tomber les copains pour une petite salope comme ça ? Mais le Freak n'avait rien voulu savoir. Lorsqu'ils avaient commencé les préparatifs dans l'immeuble abandonné de Manhattan, il était resté à l'écart.

C'est du moins ce qu'il leur avait dit. En fait, tandis que Sport essayait de trouver un moyen de lier connaissance avec elle « par hasard », le Freak lui rendait visite en secret et cherchait à la mettre en garde. Malheureusement pour le Freak, Sport avait eu de la chance. Un jour, alors qu'il s'apprêtait à descendre l'allée où elle travaillait, la fille était passée en trombe devant lui et se serait jetée sous un taxi s'il ne l'avait rattrapée à temps. La rencontre de hasard par excellence : il n'aurait pu imaginer meilleures circonstances. Il avait alors agi suivant le plan préparé depuis un certain temps. Il s'était présenté comme un acteur, et l'avait même emmenée dans un théâtre voisin en lui montrant des photos de lui épinglées sur le mur (il avait utilisé pour cela les photos qu'il destinait à sa carrière de chanteur). Rapidement, elle lui avait fait confiance.

Lorsque Elizabeth lui avait raconté qu'un homme l'importunait, Sport n'avait même pas imaginé qu'il pût s'agir du Freak. Le Freak pouvait bien refuser de participer à l'opération, mais il n'allait quand même pas les trahir ! Et pour une petite traînée, en plus !

Mais lorsque la fille lui avait dit que l'homme était revenu, Sport avait commencé à se demander si quelqu'un n'essayait pas de leur couper l'herbe sous le pied. C'est alors qu'avait eu lieu la tendre scène d'amour entre Sport et Elizabeth dans l'immeuble abandonné de Houses Street. Elizabeth avait piqué une crise, commencé à hurler et dit à Sport qu'il était en danger. Ensuite elle avait disparu dans la nuit.

Ça avait inquiété Sport. Et pas qu'un peu. Qu'est-ce qu'il pouvait bien se passer ? Quel danger courait-il ? Qui pouvait bien le menacer ?

Sport avait appelé Maxwell, qui se cachait à l'étage supérieur. Ensemble, ils s'étaient rendus à l'appartement d'Elizabeth, dans l'Upper West Side.

Il avait eu du mal à se faire ouvrir la porte d'en bas, mais ensuite, il était allé directement à l'appartement, tandis que Maxwell attendait dans le couloir. Sport avait frappé à la porte... Et en était resté bouche bée.

C'était le Freak qui lui avait ouvert. Le Freak en personne, avec à la main un couteau de boucher et dans les yeux toutes les flammes de l'enfer.

— Voilà, Sport, c'est terminé, avait-il dit. Je suis avec elle. Je serai toujours là avec elle, partout. T'as compris ? Alors je te conseille de lui foutre la paix !

Entre-temps, il avait enfermé la fille dans la salle de bains et coincé une chaise contre la porte. Elle tambourinait sur la porte en hurlant. Quant au Freak, il continuait de faire des moulinets avec son couteau de boucher en disant :

— Fous-lui la paix, Sport. Je suis avec elle, maintenant. Fous-lui la paix.

Sport, lui, était malade, fou de rage. Le Freak osait lui parler comme ça ? Cet enculé de Freak ?

Il voulut lui attraper le bras, mais le Freak faillit lui couper le bras en deux.

C'est alors que Maxwell était arrivé à la rescousse.

Le géant attrapa le poignet du Freak, et Sport entendit l'os se briser. Une fraction de seconde plus tard, Maxwell avait le couteau de boucher dans la main. D'un seul coup, il l'enfonça si profondément dans la gorge du Freak que la tête partit en arrière comme s'il avait voulu examiner le plafond. Un jet de sang inonda la pièce.

Mais Maxwell n'en resta pas là. Oh non ! La chambre se transforma vite en Carnage City. Stupéfait, Sport contemplait Maxwell à l'œuvre. C'était comme avec les petits chats : Maxwell était trop excité. Personne n'aurait pu l'arrêter.

Et d'ailleurs Sport n'était pas sûr d'avoir envie de l'arrêter. Après tout, le Freak les avait trahis. Et pour une quelconque salope ! Simplement parce que cette connasse avait des beaux

243

yeux ou quelque chose comme ça. Pour Sport, tout ça, c'était des conneries.

De toute façon, l'affaire fut réglée en quelques secondes. Le Freak s'écroula sur le sol en gigotant comme un beau diable, et son bras fit tomber la chaise coincée contre la porte de la salle de bains. La fille sortit et tomba de tout son long sur le Freak en train de mourir.

Sport et Maxwell ne restèrent pas là pour faire des civilités avec la fille. L'immeuble entier était déjà réveillé et des gens criaient dans les couloirs. Panique à tous les étages ! Il fallait quitter l'endroit vite fait et faire le ménage dans l'immeuble avant que les flics ne rappliquent là-bas. Il fallait aussi enlever les photos sur le mur du théâtre. Et ensuite rentrer à Flushing, en sorte que, quand les flics viendraient lui annoncer que son colocataire – Robert Rostoff, alias le Freak – était mort, ils le trouveraient profondément endormi, comme tout bon garçon doit l'être à cette heure de la nuit.

Sport dut littéralement pousser Maxwell dans l'escalier de secours. Le grand imbécile était trop pris par le spectacle du Freak en train de mourir. Il frottait sa queue en érection en regardant le Freak qui gigotait par terre, qui remuait bras et jambes en agonisant.

Dès lors, il leur fallait absolument obtenir le numéro. C'était leur seul moyen de s'en sortir. Avec le numéro, c'est-à-dire avec l'argent, tout serait arrangé, ils pourraient faire tout ce qu'ils voulaient. Il en parla avec Maxwell et Dolenko, qui furent d'accord avec lui. Il faut dire qu'ils étaient morts de peur. Maxwell surtout devenait fou à la seule idée de retourner un jour en prison. Sport leur expliqua que la seule façon pour eux de s'en sortir blancs comme neige, c'était d'obtenir le numéro.

Même à ce moment-là, ça semblait encore simple. La fille fut placée à l'asile de dingues, et lorsque Sport s'en ouvrit discrètement au directeur, le dénommé Sachs, celui-ci embraya immédiatement. Du fric, la promesse d'encore plus de fric, il n'en fallut pas plus pour le faire marcher dans la combine. Malheureusement, le type se révéla être un vrai gland. Lorsqu'il demanda le numéro à la fille, elle piqua à nouveau sa crise. D'après Sachs, elle ne voulait plus parler à personne. Silence total.

Sport était furieux. Il alla voir Sachs, en compagnie de Maxwell, et lui expliqua qu'il avait intérêt à ce que la fille parle, et vite. Panique chez Sachs qui déclara qu'à sa connaissance il n'y avait qu'un seul type capable de faire parler rapidement la fille, le célèbre Dr Nathan Conrad.

— Yo !

Le cri étouffé du gardien ramena Sport au moment présent. Jetant un coup d'œil par-dessus son épaule, il aperçut l'homme debout au gouvernail, qui lui adressa un petit signe de tête. Sport contourna la cabine et leva les yeux.

Sidéré par le spectacle qui s'offrait à lui, il ficha une cigarette entre ses lèvres, mais ne l'alluma pas et demeura ainsi un long moment, une main dans la poche, l'autre posée sur le bastingage. Le brouillard s'ouvrait devant la proue du bateau, laissant apparaître la masse sombre de Hart Island, qui grossissait à vue d'œil.

SKEETER ET McGEE

— On y va ! lança D'Annunzio.

L'homme aux cheveux longs, en civil, ouvrit violemment la porte et fit un saut en arrière. D'Annunzio se colla contre le mur, hors de vue. Derrière lui, l'autre civil, du nom de Skeeter, fit de même. Les trois hommes brandissaient leur arme, prêts à tirer.

Ils attendirent. A l'intérieur, l'appartement était sombre, silencieux.

— C'est bon, murmura D'Annunzio.

En soufflant bruyamment, il bondit à l'intérieur, le 38 à la main. Skeeter et le civil aux cheveux longs, McGee, le suivirent. Skeeter à gauche, McGee à droite. Les deux hommes balayèrent la pièce du canon de leur arme qu'ils tenaient à deux mains.

Devant eux, dans la pièce, des formes immobiles. Des ombres verticales et d'autres, allongées, qui semblaient toutes les observer.

— Allume la lumière, chuchota D'Annunzio.

McGee recula jusqu'à l'interrupteur. La lumière les éblouit tous les trois.

Mais ils ne virent que des meubles. Une table, deux canapés et quelques sièges en toile. Le parquet brillait sous l'éclairage du plafonnier. Il était décoloré par endroits comme si l'on avait récemment retiré un tapis.

D'Annunzio s'avança, encadré par Skeeter et McGee qui se tenaient un peu en retrait.

Une porte sur la droite que D'Annunzio indiqua d'un coup de menton. Virage sur l'aile de Skeeter. Ce jeune policier portait une barbe de trois jours et des vêtements en loques : il jouait les clodos au Grand Central Terminal lorsque McGee était venu le chercher.

Skeeter poussa la porte avec précaution, puis se rua à l'intérieur. D'Annunzio et McGee attendaient.

247

— C'est vide, lança Skeeter.

D'Annunzio rengaina aussitôt son pistolet, mais McGee fut moins pressé : il parcourut une dernière fois la pièce du regard avant de remettre son arme sous son aisselle. Il était jeune aussi, mais semblait plus mûr, plus calme. Il avait de longs cheveux noirs et une moustache en guidon de vélo ; il portait un jean et un coupe-vent kaki. Il était au volant d'une voiture de service lorsqu'il avait reçu un appel lui enjoignant d'appeler Moran.

Après avoir rengainé son pistolet, McGee fit la grimace et se boucha le nez.

— Bêê, ça pue le pet ici.

D'Annunzio détourna le regard en toussotant.

Jusque-là, il avait joué la prudence. Même après avoir trouvé le corps de Billy Price, il avait pris soin de ne pas se découvrir. Retournant à l'appartement de Plotkin, il avait utilisé le téléphone de ce dernier pour appeler Moran.

— J'ai besoin de deux gars pour vérifier des trucs, avait-il dit. Pas d'uniformes. Et des types expérimentés, je ne sais pas ce que ces gars-là ont dans les pognes.

Il n'avait rien dit de l'appartement de Mme Sinclair : pas question que Moran rapplique aussi sec.

Après cela, D'Annunzio avait tourné le coin de la rue, pour faire un brin de conversation avec le concierge de l'immeuble où vivait autrefois Mme Sinclair. Avant d'avoir entendu prononcer le nom de Sinclair, le concierge était un grand Noir, mince, aux dents gâtées. Ensuite, ce n'était plus qu'un grand homme vert, mince, qui suait d'abondance.

— Je sais absolument rien de ce qui se passe là-haut, expliqua-t-il. D'abord, j'en ai rien à secouer, m'en fous complètement. Mais alors là, merde, complètement !

— Est-ce qu'il y a quelqu'un là-haut, en ce moment ? demanda D'Annunzio.

— Non... et même s'il y avait quelqu'un, j'en aurais° rien à foutre. Qu'y ait quelqu'un ou pas, j'm'en fous, parce que tout ça, moi, c'est pas mes oignons !

— Donnez-moi la clé, dit D'Annunzio.

— Et comment ! répondit le concierge. Cette clé, vous pouvez vous la garder, parce que moi, j'en ai rien à secouer.

D'Annunzio prit la clé et, au même moment, Skeeter et McGee débarquèrent de leur taxi. Les trois hommes, alors, montèrent inspecter les lieux.

A présent, D'Annunzio comprenait qu'il allait devoir faire appel à la cavalerie, ce qui lui arracha une moue de dégoût. Dès que Moran serait au courant, il allait rappliquer dare-dare. Viendraient ensuite les techniciens, les costards-cravate et les galonnés. Et pour terminer, les pires, les fédéraux ! D'Annunzio avait travaillé avec les fédéraux après la tuerie de Castellano. Ils laissent les flics de quartier faire tout le boulot, histoire de ne pas tremper leur manucure dans l'écume de la rue, et ensuite, au moment des conférences de presse, ils battent la grosse caisse pour le FBI. D'Annunzio secoua la tête : Moran, les fédéraux, tout le bataclan, il ne manquait plus qu'eux !

Sur sa gauche, à présent, c'était au tour de McGee d'ouvrir la porte d'un petit placard. Il y plongea la tête.

— Y'a une pile de vêtements là-dedans, annonça-t-il.

D'Annunzio jeta un coup d'œil et aperçut un tas de linge sale sur le sol du placard.

— Ne touche à rien, dit-il.

Il regarda ailleurs. Devant lui, devant les baies vitrées donnant sur le balcon, se trouvait un fauteuil en toile. En s'avançant, D'Annunzio avisa une paire de jumelles posée sur le siège. Il se contenta d'abord de les regarder. *Une belle paire de jumelles, qui avait dû coûter plusieurs centaines de dollars,* se dit-il.

Relevant la ceinture de son pantalon, il se pencha pour les prendre.

— Hé, D'Annunzio !

Le gros homme se retourna. Skeeter sortait de l'autre pièce, tenant par l'oreille, entre le pouce et l'index, un animal en peluche de couleur rose.

— J'ai trouvé ça sur le lit. C'est une tortue Tot. Ma gamine en a une aussi.

D'Annunzio hocha la tête.

— C'est bon, va la remettre. Tu risques de la saloper et ça sera foutu pour les empreintes.

— Tu parles, rétorqua McGee en sortant la tête de son placard. Il suffit d'envoyer un brin du rembourrage pour que le labo nous dise qui est son père.

249

Skeeter éclata de rire et ramena l'animal dans la chambre.

— Et maintenant, voyons ce qu'il y a par ici, dit doucement D'Annunzio.

Avec un grognement, il remonta son pantalon au-dessus de la taille et fut dès lors capable de se pencher pour ramasser les jumelles. Il les saisit délicatement entre deux doigts, mais les tubes noirs étaient granuleux : il savait qu'on ne pourrait y relever aucune empreinte. Il regarda alors à travers la baie vitrée.

— Hou la, dit-il à voix haute, qu'est-ce qu'elles sont puissantes !

Il regardait droit dans l'appartement des Conrad. Il le savait parce qu'il parvenait à lire une adresse sur une enveloppe posée sur l'appui de la fenêtre. Il tourna légèrement les jumelles sur la droite.

— D'accord, murmura-t-il pour lui-même. Mme Conrad, je présume.

Il venait de l'apercevoir dans le couloir, dans l'embrasure de la porte de la salle de bains. Elle devait attendre qu'il revienne chez M. Plotkin pour pouvoir lui parler à nouveau par le conduit de chauffage.

Elle avait le bras levé, la main appuyée contre le chambranle ; elle inclinait la tête, et ses cheveux roux lui dissimulaient le visage.

D'Annunzio eut une moue approbatrice.

— Beaux Nichons, remarqua-t-il.

Skeeter jaillit de la chambre.

— Hein ? Quoi ?

McGee sortit lui aussi de son placard et s'avança vers D'Annunzio.

— Fais voir, dit-il.

LE SPECTRE

Agatha fut surprise par le bruit de la sonnette. Elle se trouvait dans la salle de bains, attendant que D'Annunzio se manifestât à nouveau à travers le conduit de chauffage. Elle se tenait dans l'embrasure de la porte, un bras levé, la main appuyée sur le chambranle, la tête inclinée et le visage disparaissant derrière ses cheveux roux. Elle ne pleurait plus. Son angoisse lui vrillait à ce point le corps qu'elle se sentait même incapable de verser une larme. Le regard perdu dans le vague, elle attendait. C'est alors que retentit le coup de sonnette.

Elle ferma les yeux et secoua la tête. Puis elle les rouvrit et regarda la grille du chauffage, comme on regarde vers le ciel. Ses lèvres tremblaient, mais ses yeux étaient secs.

Un coup frappé à la porte.

— Madame Conrad ? C'est l'inspecteur D'Annunzio. Tout va bien. Vous pouvez ouvrir maintenant.

Elle déglutit avec difficulté, mais la boule dans sa gorge ne disparut pas. Son cœur battait si vite qu'elle se croyait sur le point de mourir. Elle se redressa, se passa la main dans les cheveux et regarda autour d'elle comme si elle ne savait plus où elle se trouvait. Puis, lentement, elle se dirigea vers l'entrée.

D'Annunzio continuait de frapper à la porte.

— Madame Conrad ?

Elle reconnut la voix rude qui lui parlait à travers le conduit de chauffage.

Pourtant elle hésita et demeura longtemps devant la porte, la considérant d'un air méfiant.

D'Annunzio, lui, continuait de frapper et de l'appeler.

— Madame Conrad ? Vous pouvez ouvrir, maintenant. Tout va bien.

Alors, lentement, comme si sa main ne lui appartenait pas, Agatha tourna la poignée de la porte.

Devant elle, dans le couloir, se tenait un homme. Il était obèse ; gras et négligé, débordant de graisse comme s'il avait avalé tant de nourriture qu'il semblait impossible qu'il pût en ingurgiter encore. Une chemise à carreaux et un pantalon bleu, tous deux tendus à éclater. Sa veste pendait sur ses flancs comme si on venait d'en arracher les boutons.

Agatha remarqua les petits yeux durs. Et elle sentit aussi ce qui émanait de lui : ses gaz, sa sueur pas lavée, sa corruption.

L'homme était immobile, mais il haletait comme s'il venait de courir. Il leva un bras boudiné et, dans la paume de sa main, elle vit un insigne et une carte de police.

— Inspecteur D'Annunzio, madame Conrad. Les ravisseurs ont quitté l'appartement de Mme Sinclair. Ils ne vous surveillent plus. Vous pouvez sortir à présent.

Agatha ne bougea pas. Elle continuait de le regarder.

— Sortir ?

Sa propre voix lui semblait faible. Faible et lointaine.

Le gros homme opina du chef. D'un pas incertain, Agatha s'avança vers lui et sortit de son appartement, sur le palier. Elle aperçut la rangée de portes brunes sur la droite, les portes d'ascenseur sur la gauche, puis se retourna et regarda le gros homme.

Elle était tout près de lui à présent. L'odeur de sueur rance et de vieux pets l'entourait comme un halo. Elle sentait aussi son haleine, chaude et aigre. Elle le regarda dans les yeux. C'était un minable, et elle le savait.

Elle avança encore d'un pas et posa la tête sur sa poitrine. L'odeur de l'homme l'enveloppait tout entière. C'était chaud et elle ferma les yeux.

La main grassouillette de D'Annunzio vint lui tapoter l'arrière du crâne.

Elle se retrouva ensuite assise dans un fauteuil, entourée d'hommes et de voix d'hommes. Elle avait un verre d'eau à la main, qu'on lui avait donné, et qu'elle serrait fortement. Cette fraîcheur, contre sa paume, lui faisait du bien. De temps en temps elle en avalait une gorgée. Le contact de la glace contre ses lèvres sèches, aussi, lui faisait du bien.

Elle écoutait le brouhaha des voix d'hommes. Des voix profondes et assurées, ce qui la réconfortait. Cela lui rappelait l'époque où, enfant, assise dans le salon, devant la télévision, elle entendait les adultes discuter autour de la table de la cuisine. Il y avait là son père, sa mère, l'oncle Barry et la tante Rose. *Quoi qu'il pût se passer,* se disait-elle, *les grandes personnes sauraient faire face.*

Elle but une gorgée d'eau. Ses yeux parcouraient vaguement la pièce. Elle les regardait parler. Deux de ces hommes, en uniforme, n'arrêtaient pas d'aller et venir. Ils étaient très jeunes, c'étaient encore des gamins, mais ils avaient l'air sérieux, et semblaient à la fois très forts et très occupés. A la ceinture, ils arboraient de lourds revolvers. Tous les autres portaient veste et cravate, ce qui leur donnait l'air compétent et l'allure d'hommes d'affaires. L'un d'eux, pourtant, mit la main à sa ceinture et, repoussant sa veste en arrière, dévoila un pistolet dans son étui.

Ses yeux finirent par se poser sur D'Annunzio, qui se tenait près de la chambre d'enfant. Un des pans de sa chemise était à présent complètement sorti de son pantalon, révélant un morceau de peau blanche, près du nombril. Sa cravate était dénouée, et l'on apercevait son cou épais, sa nuque poilue. Agatha se rappela sa puanteur et l'humidité chaude de sa chemise contre sa joue. Comment un homme pouvait-il se laisser aller à sentir de la sorte ? En le regardant, elle se dit qu'il s'en moquait. Il vivait seul, n'aimait personne et s'en foutait. Elle l'imagina se livrant à des choses peu ragoûtantes sans en éprouver la moindre gêne : dormir avec une putain ou voler de l'argent. Ou même tuer. Ce devait être le genre d'homme à tuer quelqu'un et à cracher ensuite à terre.

Elle espérait qu'il ne la quitterait pas. Elle voulait le voir. Avec lui à ses côtés, elle se sentait un peu plus calme.

D'Annunzio s'entretenait avec un homme de haute taille, vêtu d'un complet noir. Elle se rappela qu'il s'agissait d'un agent spécial. L'agent spécial Calvin. Il s'était présenté et lui avait posé des questions. Il avait fait preuve de beaucoup de sérieux et d'intelligence, mais il était un peu trop joli garçon avec ses cheveux blonds ondulés et une mâchoire carrée qui semblait taillée dans la pierre.

Et puis il y eut un éclair de flash : on prenait des photos dans la chambre de Jessica. Elle aperçut une partie de l'arc-en-ciel qu'elle avait peint sur le mur. Pendant un moment, son angoisse reprit le dessus : peut-être les ravisseurs l'observaient-ils encore, peut-être avaient-ils...

Elle se pencha un peu en avant, frissonnante, luttant pour reprendre sa respiration.

Oh, Jessie. Oh, Nathan, notre pauvre enfant.

Elle se redressa, chassa lentement l'air de ses poumons et porta le verre à ses lèvres. Sa main tremblait tellement que le bord du verre se mit à tinter contre ses dents. Elle avala une gorgée d'eau, puis se laissa envelopper par l'insistant murmure des voix d'hommes, qui, de temps à autre, seulement, se laissait traduire en mots :

— ... à mains nues ?

— ... ce qu'a dit le médecin.

— ... une sorte de monstre...

— ... ressemble à l'affaire Sinclair. Je me souviens qu'ils disaient...

— Regarde ce qu'on a trouvé.

Cette dernière phrase ayant été prononcée un peu plus fort que les autres, Agatha leva les yeux. Un jeune homme se tenait dans l'embrasure de la porte, un petit sac en plastique à la main.

— C'est un transmetteur. Il était branché sur la boîte, en bas. Le téléphone a été rétabli ? Essayez, pour voir.

L'un des hommes prit le combiné.

— Oui, ça marche maintenant.

— Madame Conrad ?

A l'odeur rance, elle sut que c'était D'Annunzio. Elle se tourna vers lui avec un faible sourire.

Le gros homme essayait avec peine de poser un genou à terre pour se retrouver à la hauteur d'Agatha, assise dans son fauteuil. Finalement il y parvint, et elle remarqua qu'il tenait à la main un petit carnet ouvert. Elle remarqua aussi ses yeux qui s'attardaient un bref instant sur sa poitrine. Quelque chose se serra dans sa gorge.

— Euh... écoutez, madame, est-ce que vous connaissez un médecin nommé... attendez... Gerald Sachs ? C'est le... le directeur de l'hôpital psychiatrique Impellitteri.

Agatha acquiesça.

— Oui. Nathan le connaissait. Le connaît. Pourquoi ?

— C'est un ami de votre mari?

— Non. Non, Nathan ne l'aimait... ne l'aime pas beaucoup. Il le trouve trop... compromis dans des histoires politiques.

— Et une femme nommée... ah oui, voilà : Elizabeth Burrows? Vous avez entendu parler d'elle?

Elle secoua la tête.

— C'est une malade d'Impellitteri.

— Non, répondit-elle. Vous savez, Nathan ne me donne pas le nom de ses patients. Mais pourtant... Pourtant ce nom-là me dit quelque chose.

— Oui. Vous l'avez peut-être lu dans les journaux.

— C'est ça! C'est ça! Une affaire de meurtre, dans les journaux.

D'Annunzio hocha la tête, puis se frotta le menton en regardant à nouveau son calepin.

— Écoutez, je ne sais pas exactement ce que ça signifie, mais je vais vous dire ce qui se passe. Le Dr Sachs a été retrouvé il y a environ une demi-heure, ligoté sous un lit à l'hôpital Impellitteri. Le lit était celui d'Elizabeth Burrows, placée dans le service de détention de l'hôpital. Sachs avait été assommé, avec une chaise apparemment. Et votre mari a été vu quittant l'hôpital en compagnie d'Elizabeth Burrows... (Il jeta un coup d'œil à son bracelet-montre.) Il est maintenant 23 heures, c'était donc il y a plus de deux heures.

Agatha secoua la tête.

— Nathan serait incapable de frapper quelqu'un avec une chaise. Il serait incapable de frapper qui que ce soit.

— Bon... Enfin, vous savez...

Il referma son calepin et le fourra dans la poche de sa veste.

— Le problème, reprit D'Annunzio, c'est que ce dénommé Sachs refuse de parler, cet enc... euh, enfin... il ne veut rien dire, quoi. Il est encore un peu sonné, mais il parle déjà de prendre contact avec un avocat, alors vous comprenez qu'on a peu de chances d'en tirer quelque chose ce soir. Je ne...

Il ne termina pas sa phrase et demeura silencieux pendant un moment. Puis, avec un grognement, il se releva.

— Vous pensez que Nathan a pu l'aider à s'échapper? demanda soudain Agatha.

— Eh bien! on ne...

— Vous croyez qu'ils ont pu enlever Jessica pour forcer Nathan à faire évader une meurtrière?

D'Annunzio haussa ses larges épaules.

— Qu'est-ce que vous voulez que je vous dise ? C'est possible. On n'en sait rien.

Aggie leva les yeux vers lui et vit à nouveau son regard quitter sa poitrine. Il soutint son regard. *Il se comportait,* se dit-elle, *comme s'il savait quelque chose sur elle.*

— Vous savez, il en serait capable, dit-elle doucement.

— Pardon ?

— De frapper un homme avec une chaise. S'il le fallait. Il pourrait même le tuer s'il y était obligé. Il ferait n'importe quoi.

D'Annunzio hocha la tête.

— Je comprends, madame.

— D'Annunzio !

C'était l'agent spécial Calvin qui l'appelait depuis la chambre d'enfant. Il avait le regard brillant.

Agatha se détourna et se replongea en elle-même, s'efforçant de ne pas trembler, de ne pas laisser la peur l'envahir à nouveau. Serrant très fort son verre d'eau, elle se laissa bercer par les voix hypnotiques des hommes autour d'elle :

— … le concierge du coin…

— Ouais, il suait comme un porc.

— Tu te rends compte : il croyait que c'était seulement des trafiquants de drogue.

— … un pauvre type, je te le dis…

— … aider le Dr Conrad…

— … t'en as entendu parler… ?

— … a retrouvé un autre macchabée…

— … quel endroit… ?

— … à la radio…

— … faut l'aider, le Dr Conrad…

— … ils pensent que c'est lié à cette affaire. La fille, la malade…

— Il faut aider le Dr Conrad.

— … et le type qui pleure, non mais tu te rends compte… ?

— … carrément découpé…

— … le Dr Conrad. Aidez-le.

— … le mort… ?

— … sous une benne à ordures…

— … qui a dit que c'était lié…

— Il faut aider le Dr Conrad ! Il faut l'aider ! Je vous en supplie !

Les voix d'hommes s'interrompirent toutes en même temps. Le hurlement semblait encore faire vibrer l'air de la pièce. C'était un hurlement de femme. Agatha, surprise, leva les yeux.

— S'il vous plaît, s'écria de nouveau la femme. S'il vous plaît, écoutez-moi. Il faut l'aider. Le Dr Conrad. Ils ont enlevé sa fille. Et maintenant ils essaient de sortir ma mère. S'il vous plaît !

C'est alors qu'Agatha l'aperçut. Elle passait au milieu des hommes comme un spectre. Raide, titubante. Et les hommes, autour d'elle, silencieux, frappés de stupeur. Ses mains paraissaient liées derrière son dos. Ses yeux étaient si grands et si larges qu'ils semblaient lui manger le visage entier. Et puis le sang. Elle était couverte de sang. Elle en avait sur ses cheveux cuivrés, sur ses joues et partout sur sa robe rose toute chiffonnée.

— Il faut y aller. Il faut aller l'aider. S'il vous plaît... Il faut aider le Dr Conrad. C'est Terry. Il est réel. Il va sortir ma mère. S'il vous plaît !

— Hé, mademoiselle... bon Dieu ! Attendez un instant !

L'ordre ainsi lancé d'une voix autoritaire sembla réveiller la pièce entière. Le brouhaha de voix reprit de plus belle.

— Pourquoi est-ce que vous l'avez amenée ici ?

— Restez où vous êtes, mademoiselle.

— Saisissez-la ! Saisissez-la !

— Hé, n'avancez plus !

Le groupe d'hommes qui avait semblé s'ouvrir devant elle se referma brutalement. On la saisit par ses bras nus et ensanglantés. Les mains toujours derrière elle, elle se débattit. Agatha vit alors les menottes à ses poignets.

— Non ! hurla la femme. Il faut m'écouter ! Vous devez l'aider !

— C'est bon, mademoiselle, calmez-vous, calmez-vous.

— Tenez-la !

— S'il vous plaît !

Le cri semblait jaillir du plus profond de sa gorge. Les bras solidement maintenus des deux côtés par des policiers, elle renversa la tête en arrière, vers le plafond.

— S'il vous plaît !

— Attendez !

Agatha voulut poser son verre sur la table, mais elle manqua le bord, et le verre alla s'écraser sur le sol.

— Arrêtez, bon sang !

Elle était debout, les mains levées devant elle.

Le son de sa voix, le bruit du verre brisé interrompirent à nouveau le brouhaha. Le silence s'installa et tous les visages se tournèrent vers Agatha. Elle lança un coup d'œil à D'Annunzio. Lui aussi la regardait, et attendait.

Elle balaya du regard l'ensemble des policiers.

— Laissez-la parler, dit-elle doucement.

Lentement, l'étreinte se relâcha sur les bras de la jeune femme, les hommes reculèrent un peu. Mais elle gardait toujours la tête rejetée en arrière, les yeux au plafond.

Puis elle baissa le menton, lentement, et son regard rencontra celui d'Agatha.

— Qui êtes-vous ? demanda la jeune femme.

— Je suis sa femme, répondit-elle avec douceur. Et vous ?

Elle secoua la tête pendant un moment, puis :

— Je suis son Elizabeth.

Et elle s'effondra sur le sol.

EDDIE LE MATON

La vedette de l'administration pénitentiaire venait cogner contre l'embarcadère de Hart Island. Sport, un filin à la main, sauta sur le quai et maintint le bateau. Le conducteur d'engin vint le rejoindre, et Sport relança le filin à bord. Le gardien lui adressa un signe de la main.

— A 23 h 10 au plus tard, Sport. Je dois être de retour pour la relève.

— Ça me laisse une heure et demie. Je serai là. T'inquiète pas.

La vedette fit demi-tour vers City Island. Une minute plus tard, le brouillard l'avait engloutie. Le bruit du moteur disparut peu à peu.

En dehors du bruit des vagues qui venaient s'écraser sur la plage, le plus grand silence régnait sur l'île.

Sport sortit une lampe torche de la poche de son anorak et en promena le faisceau devant lui. Au loin, derrière une rangée d'arbres, on apercevait la masse des vieilles baraques grises, derrière une clôture de fil de fer barbelé. A l'époque où Sport travaillait sur l'île, les prisonniers volontaires dormaient dans ces baraques. A présent, pour économiser de l'argent, on les amenait de Rikers tous les jours.

Désormais, la nuit, Hart Island était complètement déserte.

Une petite route goudronnée partait de l'embarcadère : Sport et le conducteur d'engin la suivirent. Les feuilles mortes s'étaient accumulées sur les bas-côtés. Entre les branches dépouillées, on apercevait des bâtiments de brique, en ruine. La torche de Sport joua sur les carreaux déchiquetés.

— Quelle merde ! dit-il.

Son compagnon ne répondit rien.

Ils poursuivirent leur chemin sous les arbres.

Sport savait se rendre au cimetière. Cet endroit était inscrit dans sa mémoire au même titre que les rues de son quartier natal de Jackson Heights. Comme un souvenir imprimé dans sa chair, il sentait encore la chaleur de serre au milieu des arbres, pendant l'été, et le vent glacé venu de la mer, pendant l'hiver. Il revoyait le ciel lourd et bas, sans couleur et chargé de brouillard certains jours, sans étoiles pendant la nuit. Ce ciel pesait sur les longues tranchées et les pierres tombales blanches. Il revoyait les prisonniers vêtus de leurs combinaisons vertes qui sortaient des baraques grises en traînant les pieds pour aller chercher le dernier chargement de cercueils à l'embarcadère. Ils riaient, heureux de se retrouver en plein air. Heureux d'échapper à Rikers, à l'ennui, aux odeurs de sueur et à l'horizon de béton. Il faut dire que ces fossoyeurs étaient des privilégiés : pour être désigné, il fallait être condamné à moins d'un an et ne pas avoir d'autre affaire en cours. Oui, c'était un privilège que de décharger les boîtes en sapin du camion et de les empiler dans les tranchées ; d'entasser ainsi les corps de putains dans la dèche, de clochards et de nouveau-nés morts l'écume aux lèvres parce que leurs mères avaient l'utérus plein de drogue... Ils se sentaient honorés, privilégiés, fiers et heureux d'être là.

Mais pas Sport. Pas du tout.

Pour lui, cet endroit avait été un véritable enfer. Cet endroit aussi bien que Rikers, d'ailleurs. Là, il avait touché le fond. Sans autre formation professionnelle que l'imitation inlassable des cassettes de Frank Sinatra, qu'il écoutait sur son baladeur, c'était à peu près le seul travail qu'il pouvait espérer trouver. Et encore ne l'avait-il obtenu que grâce à un ami de sa mère (la bite ambulante qui lui filait depuis cinq ans l'argent de sa bibine) qui travaillait dans l'administration pénitentiaire.

Et c'est ainsi que Sport, le futur Frank Sinatra, le futur Julio Iglesias, était devenu, à l'âge de vingt-six ans, gardien de prison à Rikers Island. Ou plutôt agent de surveillance, comme on le désignait officiellement. Et comme c'était un brave garçon, on l'avait rapidement transféré à Hart Island, à Potter's Field, là où, selon les termes mêmes de l'administration, « étaient ensevelis les indigents et ceux dont personne n'avait réclamé le corps ».

Oh, comme il se rappelait cet endroit ! Jamais il ne pourrait l'oublier. Ce n'étaient pas seulement les morts que l'on enterrait là-bas : à l'époque, c'était sa vie même qu'il imaginait marquée par les pires prophéties de sa mère. Dans l'île, au milieu des tombes, Sport avait entendu sa mère ricaner pour l'éternité.

C'est alors que, brusquement, il avait été sauvé par un accident. Il surveillait le travail dans une tranchée. Un prisonnier était occupé à attacher un crochet et une chaîne à la lourde plaque métallique servant à maintenir la pile de cercueils apportés la veille et qui passaient la nuit là avant d'être ensevelis. Le conducteur d'engin mettait déjà en position le bras de sa machine, qui, à l'aide d'un câble, devait soulever la plaque métallique. Pendant ce temps, deux autres prisonniers, armés d'un râteau et d'une pelle, écopaient l'eau qui affleurait sans cesse au fond du trou. Les autres prisonniers, derrière Sport, apportaient les cercueils à la tranchée.

Ce jour-là, la plupart des morts étaient des enfants, et les cercueils à peine plus grands que des boîtes à chaussures. En les sortant du camion, les prisonniers se lançaient des plaisanteries :

— Ah, voilà enfin mes Adidas !

— Hé, Homes, v'l'à la cartouche de cigarettes que t'as commandée.

— Et ça, c'est le nouveau fast-food : le Macbébé dans sa boîte.

Et puis, en se retournant, l'un des hommes laissa échapper le cercueil qu'il portait ; la petite boîte tomba au fond de la tranchée et s'ouvrit.

La petite planche qui servait de couvercle avait sauté, libérant un sac de plastique blanc, qui gisait à présent dans la boue liquide.

Les plaisanteries s'arrêtèrent tout net, et l'on n'entendit plus que le moteur de l'engin de terrassement. Rassemblés au bord de la fosse, les prisonniers contemplaient le sac en plastique tombé aux pieds du jeune homme qui maniait le râteau.

— Vas-y, Homes, dit l'un des prisonniers. Remets-le dedans. C'est rien qu'un mort.

Au fond de la tranchée, le prisonnier secoua la tête, le regard rivé sur le sac en plastique blanc.

— Vas-y, négro ! lança un autre.

— Prends-le, c'est ton déjeuner !

A présent, tous les prisonniers riaient et apostrophaient l'homme au fond de la tranchée.

— Vas-y, mec, ramasse-le !

— Oh, putain ! finit par s'exclamer Sport.

Et sous les applaudissements des prisonniers, il sauta dans la tranchée.

— Et v'là Sport à la rescousse ! Vas-y, Sport, ramasse-le !

De l'eau jusqu'aux chevilles, Sport ramassa le sac en plastique, si léger qu'on l'eût dit rempli seulement de brindilles, et le remit dans la boîte. Après quoi il reposa le couvercle et repoussa les clous dans leurs trous avec la paume de la main.

A ce moment-là, l'engin souleva la grosse plaque métallique au bout de sa chaîne, et la pile de cercueils de la veille, qui n'était plus maintenue, s'écroula avec fracas.

Alors qu'il était accroupi, Sport fut plaqué au sol par l'avalanche de cercueils. Pendant un moment, il ne sentit que le goût de l'eau boueuse dans sa bouche, puis vint la suffocation, la panique...

Et brutalement, la douleur à l'intérieur de son corps, en même temps qu'il essayait de respirer, de hurler.

Son appendice venait de se rompre. A l'hôpital municipal du Bronx, où il avait été transporté, les médecins déclarèrent qu'on l'avait amené tout juste à temps pour l'opération.

Sport engagea immédiatement un avocat qui fit valoir haut et fort que la négligence de la municipalité avait entraîné de telles conséquences que de simples indemnités pour accident du travail ne sauraient suffire. La municipalité offrit alors à Sport, outre les indemnités légales, des dommages et intérêts d'un montant de trente mille dollars. Sport accepta cette offre et quitta immédiatement son emploi.

Il était bien décidé à se lancer dans la chanson. Mais cette fois-ci, sérieusement. Même les coups de téléphone obscènes de sa mère, en pleine nuit, ne purent le dissuader. Il se fit faire de nouvelles photos et se prépara à louer un studio d'enregistrement.

C'est alors que lui vint l'illumination. Sa grande idée à propos d'Eddie le Maton.

Pendant les trois mois précédant l'accident, l'ancien gardien ivrogne, mais également ancien prisonnier, raconta son histoire à qui voulait l'entendre au Harbor Bar, où Sport retrouvait ses collègues de travail. L'histoire était toujours la même : comment Eddie avait eu la haute main sur le trafic de drogue à l'intérieur de la prison ; comment il avait mis de côté un demi-million de dollars en liquide, comment les fédéraux lui étaient tombés dessus, et comment il les avait blousés en achetant pour un demi-million de diamants, qu'il avait réussi à dissimuler.

« C'était il y a neuf ans, disait le vieil homme. L'enquête se resserrait autour de moi, mais moi j'avais toujours mes diamants. A l'époque, il y en avait pour un demi-million de dollars, mais j'vous dis pas ce que ça vaut maintenant ! » Et il racontait cela en hochant sa tête chauve constellée de taches brunes, qui reflétait la lumière de la taverne, et tordait tellement son visage émacié qu'on avait l'impression que son énorme œil droit allait jaillir de son orbite. « A l'époque, ajoutait-il, je travaillais à Potter's Field, sur Hart Island. Et j'me disais que si j'arrivais à rester seul ne serait-ce que deux minutes avec un de ces cercueils, j'y planquerais mes diamants et y seraient en sûreté jusqu'à ce qu'y fasse moins chaud pour moi. Et puis un jour, y a la chance qui m'a souri, j'pouvais pas laisser passer une telle occase. Une petite fille – elle s'appelait Elizabeth Burrows – s'était planquée dans le camion de viande froide. Parfaitement ! Elle voulait voir l'enterrement de sa mère, la pauvre petite, alors on a fait comme si un de ces cercueils, au hasard, était celui de sa mère, et on a organisé une petite cérémonie. C'était émouvant. Sacrément, même. Mais le truc, c'est que pendant que tout le monde s'occupait de la gamine, j'ai grimpé dans le camion, j'ai ouvert le cercueil de la nana et j'ai glissé mon paquet à l'intérieur. Il a été enterré comme ça, devant tout le monde, et personne se doutait de rien. »

Pointant alors en l'air un doigt sentencieux, il ajoutait : « Dès que j'aurai de l'aide pour les sortir, j'irai déterrer ces diamants. Y a personne d'autre qui peut le faire, parce qu'y a que moi qui connais le numéro du cercueil. »

Et il concluait en ricanant :

« Que moi et Elizabeth Burrows. Que moi et cette petite fille. »

Quand donc Sport s'était-il mis à prendre ce bobard au sérieux ? Lui-même ne le savait pas exactement. Il lui était brusquement venu à l'idée qu'il avait tous les atouts en main pour exhumer ces diamants et gagner la fortune qui lui permettrait de se lancer réellement dans sa nouvelle carrière. Il avait de l'argent, il avait des contacts dans l'administration pénitentiaire et il connaissait le système d'ensevelissement de Potter's Field.

Peu après sa sortie de l'hôpital, il se rendit au Harbor Bar, mais Eddie le Maton ne s'y trouvait plus : le barman lui apprit qu'il était mort. Alors que Sport se trouvait à l'hôpital, le vieil homme avait eu une crise cardiaque, et il était mort dans son lit, dans un vieil hôtel, au coin de la rue.

Sport aurait pu en rester là, et à présent il regrettait de n'avoir pas agi ainsi, mais il avait trouvé le nom d'Elizabeth Burrows dans l'annuaire, puis il avait demandé à un ami de lui photocopier les archives des enterrements pratiqués à Hart Island l'année où Eddie avait été arrêté…

Il sortit de sa poche l'une de ces copies. Le conducteur d'engin et lui venaient d'atteindre le cimetière.

Les tombes s'alignaient le long de la route, dans un champ de terre noire. Tous les deux mètres cinquante environ se dressaient de petites pierres blanches, qui brillaient dans la nuit malgré le brouillard et l'absence de lune. Juste devant Sport s'ouvrait la dernière tranchée creusée, au bout de laquelle se trouvaient des cercueils inutilisés. Dans l'un de ces cercueils, Sport savait qu'il y avait des outils de terrassement : pelles, pioches, etc. Une pelleteuse était également rangée le long de la tranchée, qui, dans l'ombre, ressemblait à un animal venu s'abreuver.

Sport demeura un moment immobile, les épaules voûtées, frissonnant dans le vent froid soufflant de la mer. Les vagues giflaient le rivage, ratissant bruyamment le tapis de coquillages et le vent déchirait le brouillard qui s'était accumulé au-dessus des pierres tombales. A l'autre extrémité du champ, les arbres morts se balançaient en grinçant.

— C'est bon, murmura Sport.

Il laissa le conducteur d'engin sur la route et s'enfonça dans le champ.

Sport avait déjà assisté à des exhumations. A Hart Island, il y en avait environ une centaine par an. Comme le vieil Eddie avait pris soin de placer le cercueil de sa bonne femme au-dessus de la pile, il serait facile à retrouver. Il fallait seulement déterminer l'endroit exact de l'ensevelissement.

Sport avança lentement à travers le brouillard, éclairant de temps à autre une pierre tombale avec sa lampe torche. Chaque pierre désignait une tranchée, et chaque tranchée contenait les corps de cent cinquante indigents, répartis en trois sections de trente-six, quarante-huit et cinquante-quatre cercueils ; comme les cercueils étaient empilés par trois sur deux rangées, il avait fallu utiliser un multiple de six. Sport continua sa progression, s'éloignant de la route et se rapprochant des bois.

Arrivé à l'extrémité du champ, il s'immobilisa. Les bois ne se trouvaient plus qu'à quelques pas, et il entendait le crissement des feuilles mortes dans les branches. Il dirigea le faisceau lumineux de sa torche sur la pierre à ses pieds et lut le numéro. Il avait trouvé celle qu'il cherchait.

Les talons collés à la pierre, il prit son départ et se mit à compter ses pas. Le numéro que lui avait donné Conrad correspondait à un autre numéro porté sur la page de registre : 2-16. Le cercueil qu'il cherchait était le seizième de la deuxième section.

Lorsqu'il fut arrivé à l'endroit voulu, il traça un grand X dans la terre avec le doigt, puis regagna la route, là où se trouvait le conducteur d'engin.

— L'endroit est marqué par un X, lui dit-il.

L'homme acquiesça. Sans un mot, il gagna la pelleteuse rangée le long de la tranchée et grimpa dans la cabine.

Un moment plus tard, le moteur démarra et les phares s'allumèrent.

Sport, lui, gagna les cercueils inutilisés qui se trouvaient non loin de là. Il s'assit sur l'un d'eux et observa la pelleteuse qui traversait le champ.

Le conducteur arrêta l'engin devant l'endroit que lui avait signalé Sport et, un instant plus tard, la lourde pelle s'enfonça dans la terre.

LE MARSHAL DILLON

Conrad faisait les cent pas dans la pièce, ignorant la douleur dans son genou, l'enregistreur à la main. *Il pouvait se tromper,* se disait-il. *La description pouvait correspondre à un million de gens différents. Il pouvait se tromper sur toute la ligne...*

Mais en regardant dans le vide, devant lui, il lui semblait voir le visage de Sport. Ce beau visage de jeune homme, avec ses yeux d'artiste. Le même visage qui s'était penché vers lui, ricanant, cette bouche qui lui avait lancé un crachat. Les doigts de Conrad se refermèrent plus étroitement sur l'appareil. Non, il ne se trompait pas.

Ce devait être Sport. Depuis le début. Le dénommé Terry, l'acteur, c'était Sport. C'était lui qui avait embrassé Elizabeth, lui qui avait tué l'homme roux, Robert Rostoff, dans l'appartement de la jeune fille. Elle avait cru qu'il s'agissait d'une hallucination, que c'était son ami secret qui avait fait le coup, mais l'homme était bien réel. Et il avait tenté de la séduire. Or pour une raison quelconque, le roux s'était mis en travers. Le roux savait que Sport allait venir à son appartement. Il s'était caché à l'intérieur et avait enfermé Elizabeth dans la salle de bains pour la soustraire à Sport. Peut-être même avait-il cherché à la protéger. Ensuite, tandis qu'Elizabeth était enfermée, hystérique, et peut-être même déjà en proie à des hallucinations, Sport avait dû faire irruption dans l'appartement et neutraliser le roux. Il avait dû assassiner cet homme qui l'avait interrompu alors qu'il embrassait Elizabeth, qui avait effrayé la fille alors même qu'il avait réussi à l'attirer...

Conrad s'immobilisa. Il regarda l'enregistreur dans sa main.

... chez lui.

Sport avait amené Elizabeth chez lui, dans son appartement. C'était ce qu'elle lui avait dit. Elle lui avait même dit où il se trouvait...

Il regagna rapidement son fauteuil et s'assit. L'appareil coincé entre ses genoux, il appuya sur le bouton « avance rapide », tout en tapant nerveusement du pied sur le sol.

« Stop. » « Écoute. »

... avait l'air vraiment fâché. Il m'a dit que désormais il m'attendrait à la porte...

— Merde ! lança Conrad.

Il appuya à nouveau sur la touche « avance rapide » et regarda sa montre. 23 h 05. Son estomac se noua. Pendant un moment, dans cette petite pièce, c'était comme si l'urgence, comme si le temps avaient cessé d'exister. Mais à présent, le temps avait repris sa course, sa course trop rapide. Il le sentait à l'intérieur de lui, brûlant.

« Retour. »

... Je crois qu'il devait être tard, reprit la voix d'Elizabeth. *Quelque chose comme 23 heures. Et on marchait dans un quartier qui n'était pas très joli.*

C'était là ! C'était bien là ! Il laissa la bande défiler.

... on s'est arrêtés devant un vieil immeuble en pierres brunes, un pâté de maisons avant l'Hudson, dans une petite rue appelée Houses Street...

— Houses Street, murmura Conrad.

Sans quitter son fauteuil, il le roula jusqu'à son bureau, fouilla dans une pile de papiers et trouva un stylo. De la pile de papiers, il tira ensuite une enveloppe. La bande défilait toujours.

Il n'y avait pas de lampadaires, et l'immeuble devant lequel on se trouvait, celui en pierres brunes, était le seul où il y avait de la lumière...

Impatiemment, Conrad appuya à nouveau sur la touche « avance rapide ». La bande défila un long moment. Il dut l'arrêter et vérifier deux fois. Enfin, la troisième fois, il trouva ce qu'il cherchait.

Ils m'y ont même conduite. Ils m'ont montré l'immeuble de pierres brunes. Le numéro deux cent vingt-deux.

Conrad arrêta l'appareil et griffonna l'adresse au dos de la vieille enveloppe : 222 Houses Street.

Il éloigna le fauteuil du bureau et se leva.

Il pouvait se tromper.

Il posa l'enregistreur sur son bureau et se mit à fouiller dans ses papiers. Il avait un plan de la ville quelque part. Dans un de ses tiroirs… Ah, voilà ! Il l'ouvrit à la page de l'index et promena le doigt sur les noms des rues.

Les nuages rouges étaient revenus brouiller son regard. Il secoua la tête pour les dissiper.

Il regarda à nouveau. Houses Street. C'était là, dans Tribeca. La ligne de Broadway l'amènerait tout près.

Mais il pouvait se tromper. La police n'avait-elle pas fouillé l'immeuble ? N'avait-elle pas montré à Elizabeth qu'il était abandonné… ?

Il lança un coup d'œil en direction de la fenêtre aux volets fermés.

Ne franchissez pas cette porte, marshal Dillon, parce qu'on vous a dans la ligne de mire.

Il éteignit la lampe du bureau et alla regarder à la fenêtre.

Ne franchissez pas cette porte…

Puis il alla éteindre la lampe qui se trouvait près du fauteuil du patient. Les nuages rouges passaient devant ses yeux, ses tempes battaient. Il éteignit le plafonnier.

Peut-être se trompait-il, aussi n'appellerait-il pas la police, car si Jessica n'était pas là-bas et que Sport voyait arriver les policiers…

Le cabinet de consultation était à présent plongé dans l'obscurité, mais cela n'empêchait pas les taches rouges de se dilater et de se contracter devant ses yeux. Il regarda la fenêtre.

Et s'il se trompait, il lui faudrait être de retour à temps, c'est-à-dire à minuit. Il lui faudrait partir et revenir sans être vu, pour pouvoir saisir la chance infime que les ravisseurs lui rendent vraiment sa fille, comme ils l'avaient promis. Mais s'il avait raison.

S'il avait raison, et si Sport détenait Jessica là-bas, alors il n'y avait plus une minute à perdre. Il fallait la retrouver avant que Sport eût vérifié le numéro, parce que, ensuite, il n'aurait plus besoin d'otage. S'il la trouvait à temps, alors, mais alors seulement, il pourrait faire appel à la police…

Mais le temps pressait, le brûlait à l'intérieur. Il fallait agir. Vite.

Il s'avança dans l'obscurité. Petit à petit, les nuages rouges se dissipaient devant ses yeux. Il avançait dans l'obscurité, les mains devant lui. Il contourna le divan, ses doigts suivirent le mur et, finalement, atteignirent les volets de bois. Il ouvrit les volets et regarda le puits d'aération.

Ils ne vont pas surveiller par là, se dit-il. *Avec ces volets tout le temps fermés, personne ne connaît même l'existence de cette fenêtre.*

Ne franchissez pas cette porte, marshal Dillon.

De toute façon, ce n'est qu'un puits d'aération, une étroite cou-rette entre cet immeuble et l'autre, celui qui fait le coin de la 83e Rue. L'immeuble voisin était haut : plus de vingt étages. Et s'il y avait bien de petites fenêtres d'aération sur le mur, les plus basses étaient toutes fermées. L'entreprise était compliquée. Il était déjà dur de se glisser par cette fenêtre-ci, et ensuite il faudrait briser l'une des fenêtres du bâtiment voisin pour y pénétrer... sans être vu, sans être pris...

Il passa la langue sur ses lèvres sèches. Il songea au sang qui maculait le siège de sa Corsica. C'était le sang d'Elizabeth. Il ne pensait pas non plus que les ravisseurs le surveillaient à ce moment-là.

Il demeura alors un moment immobile face à la fenêtre.

Je peux me tromper, se dit-il à nouveau.

Mais alors il imagina Jessica, étendue par terre, dans sa chemise de nuit à rubans. Il imagina les cheveux de sa fille (de la même couleur que les siens), emmêlés autour de son visage, et ses yeux vitreux qui le regardaient, à travers une mèche.

Pourquoi n'es-tu pas venu, papa ?

Il songea au sang d'Elizabeth.

Papa ?

— J'arrive, chuchota-t-il.

AGATHA ET ELIZABETH

Les policiers entouraient Elizabeth, et Agatha la perdit de vue. Elle s'approcha lentement du cercle de complets sombres.

— Donnez-lui de l'air, ordonna l'un des hommes.

— Elle se réveille, dit un autre.

Agatha ne pouvait plus avancer : les hommes lui bloquaient le passage. De l'autre côté du cercle, elle voyait des hommes au visage dur.

— Tenez-la bien.

— Faites attention qu'elle ne se blesse pas.

Puis, au milieu du brouhaha, Agatha entendit la voix d'Elizabeth.

— Hein ? Quoi ? S'il vous plaît, s'il vous plaît…

Agatha tapota doucement l'épaule d'un des policiers penchés sur la jeune femme. L'homme, la peau olivâtre, les cheveux soigneusement ondulés, se retourna.

— Je vous en prie, dit-elle.

L'inspecteur s'effaça pour la laisser passer. La voix d'Elizabeth avait pris de l'ampleur.

— Je ne peux pas… je ne supporte pas ça. S'il vous plaît, je ne supporte pas ça. S'il vous plaît…

Les mots s'entrechoquaient, de plus en plus rapidement.

— Je ne supporte pas ça…

La panique semblait s'emparer d'elle.

— Arrêtez, dit Agatha. Vous lui faites peur. Laissez-moi…

Elle s'efforça de jouer des coudes pour pénétrer à l'intérieur du cercle.

La voix de la jeune femme se transforma en hurlement.

— S'il vous plaît ! J'ai peur ! J'ai peur ! S'il vous plaît… !

Après avoir écarté un dernier policier, Agatha put voir Elizabeth, son Elizabeth à lui ! Avec ses cheveux blond vénitien, son visage maculé de sang. Elle se débattait, les yeux agrandis par la terreur, contre tous ces hommes qui l'entouraient.

— Je vous en prie, demanda Agatha d'une voix forte. Écartez-vous d'elle. Vous la terrifiez. Vous ne pourriez pas lui ôter ces menottes ?

Réussissant à pénétrer enfin à l'intérieur du cercle, Agatha finit par voir complètement la jeune femme. Elle était à genoux, le bas de sa robe en corolle. Des hommes la tenaient par les bras, les doigts enfoncés dans sa chair. Sa tête ballottait de droite et de gauche, ses cheveux lui giflaient les joues et les yeux.

— J'ai peur, j'ai peur, je ne supporte pas, s'il vous plaît…

Agatha s'agenouilla devant elle. Une main d'homme s'avança, comme pour l'arrêter.

— Je vous en prie ! lança sèchement Agatha. Qu'on lui retire ces menottes !

Les policiers échangèrent des regards, ne sachant que faire, puis se tournèrent vers D'Annunzio. Ce dernier haussa les épaules.

L'un des agents en uniforme s'agenouilla derrière la jeune femme et l'on entendit le cliquetis des menottes qui s'ouvraient. Mais d'autres policiers lui maintenaient toujours les mains derrière le dos.

Lentement, Agatha repoussa la main d'un inspecteur en civil qui tenait Elizabeth. L'homme la regarda, puis relâcha son étreinte. Elle se tourna ensuite vers un policier en uniforme qui lui tenait l'autre bras et lui dit simplement : « S'il vous plaît. »

L'agent promena son regard autour de lui. Personne ne disait rien. Il lâcha le bras de la jeune femme. Celle-ci ramena alors ses deux bras devant elle et se mit à se masser les poignets.

Elle avait cessé de se débattre, mais respirait encore bruyamment et sa poitrine se soulevait avec rapidité. Le visage toujours dissimulé derrière ses cheveux, elle se massait les poignets.

Finalement, elle leva le visage vers Agatha.

— Il faut l'aider, murmura-t-elle.

Puis elle fondit en larmes.

Elle pleurait comme une enfant, le visage tordu, la bouche grande ouverte. Agatha lui passa le bras autour des épaules et la jeune fille s'abandonna contre elle, la tête sur sa poitrine. Agatha leva les yeux au plafond en se disant : *Mon Dieu, mais où l'as-tu pêchée, celle-là, docteur ? Ce n'était qu'une enfant, une adolescente.*

— Allez, allez, calmez-vous, finit par dire Agatha. Écoutez, maintenant…

La fille reniflait et se blottissait encore plus dans les bras d'Agatha.

— Écoutez-moi, reprit Agatha. Parlez-moi du Dr Conrad. Comment pouvons-nous l'aider ? Essayez de me le dire.

En sanglotant, la fille quitta l'abri des bras d'Agatha, révélant un visage maculé de sang et ruisselant de larmes. Elle se mit à agiter les mains frénétiquement.

— Il faut trouver Terry, s'écria-t-elle. Terry est réel. C'est ce qu'a dit le Dr Conrad. Je l'ai vu, j'en suis sûre !

— Qui est Terry ? demanda Agatha.

— Je n'en sais rien. D'abord c'était l'ami secret, mais ensuite c'était plus lui. L'ami secret était avec moi, mais Terry était réel. C'était lui qui voulait le numéro, exactement comme avait dit le roux. Mais il n'était pas magique. C'était seulement l'ami secret qui était magique.

Mon Dieu ! se dit Agatha. Elle leva les yeux sur les policiers qui échangeaient des regards stupéfaits.

— Bon. Venez ici, allez, venez, levez-vous, ma chérie. Vous vous appelez Elizabeth, c'est ça ? Venez, Elizabeth.

Elle prit la jeune fille par un coude et l'aida à se mettre debout. Le cercle des policiers s'élargit un peu.

— Excusez-moi, dit Agatha en conduisant Elizabeth vers le canapé.

Le cercle s'ouvrit devant elles, puis se referma sur leur passage.

— Regardez-vous, murmura Agatha, vous êtes couverte de sang. Vous saignez ? Vous êtes blessée ?

— Non, je ne crois pas.

— Vous avez faim ?

— Non, mais j'ai soif.

— Vous avez des écorchures partout. Regardez-moi ça. Qu'est-ce qui vous est arrivé ?

Agatha avisa alors D'Annunzio, qui les observait, les mains dans les poches. A ses côtés se tenait l'agent spécial Calvin.

— Voulez-vous aller me chercher un gant de toilette mouillé, s'il vous plaît ? Et un verre d'eau, aussi.

— Vous ne pouvez pas la laver, madame, répondit Calvin. Nous allons devoir prendre des échantillons de sang et de vêtements. Il va également falloir qu'elle soit examinée par...

— C'est bon, c'est bon, coupa Agatha. Alors apportez-moi au moins un verre d'eau.

Calvin demeura silencieux. D'Annunzio s'éloigna.

Agatha assit la fille à côté d'elle, sur le canapé. Elizabeth la regardait fixement, et Agatha se demanda si elle savait où elle se trouvait. Elle prit entre les siennes les mains d'Elizabeth.

— Bon, racontez-moi, Elizabeth. Vous étiez à l'hôpital, n'est-ce pas ?

Elle opina du chef.

— Oui, c'est ça.

— Et vous avez quitté l'hôpital avec le Dr Conrad.

— Oui. Oui. Il a frappé le Dr Sachs avec une chaise.

Agatha faillit éclater de rire. C'était une sensation curieuse.

— C'est bon. Est-ce que vous savez où se trouve le Dr Conrad à présent ?

Elizabeth secoua la tête.

— Non. Non. Il... il a tourné le coin de la rue et il n'est pas revenu. C'est Terry qui est arrivé.

— Terry ?

— Oui. Il est réel. Ça n'est pas lui, l'ami secret. Il a pris la fille du Dr Conrad, votre fille, pour que le Dr Conrad me demande le numéro. Ils savaient que j'allais lui donner ce numéro parce que je... parce que je le connais, le Dr Conrad. Nous... Je le connais.

Agatha fronça les sourcils.

— Vous le connaissez ?

D'Annunzio revint avec un verre d'eau qu'il tendit à Agatha. Celle-ci le donna à Elizabeth.

— Buvez-le doucement.

Elizabeth but à longs traits, et Agatha dut le lui retirer à la fin.

— Elizabeth, savez-vous où est Terry, maintenant ?

Elle hocha la tête.

— Oui, oui. Il est parti sortir ma mère, maintenant qu'il a le numéro.

Avec agacement, Agatha posa le verre sur la table basse. Elle ne comprenait rien à toute cette histoire. Cette fille était complètement folle.

Elle prit une profonde inspiration pour se calmer, puis regarda Elizabeth avant de poursuivre son interrogatoire.

— Où est votre mère, Elizabeth ?

— Elle est morte.

— Elle est morte ?

— Oui, et les vers sortent de son corps.

— Et Terry veut la sortir.

— Oui. Oui.

Agatha la regarda droit dans les yeux.

— Vous voulez dire qu'il veut la sortir de sa tombe.

— Oui. Oui.

— Mais pourquoi ? demanda D'Annunzio, qui se tenait toujours à côté d'elles.

— Hein ?

Le regard d'Elizabeth passa rapidement du policier à Agatha.

— Pourquoi ? reprit-elle. Hein… ? Je ne sais pas… Je ne…

— Ça n'est pas important, nota Agatha. Pour l'instant ça n'est pas important. D'accord ?

— D'accord, d'accord, dit frénétiquement Elizabeth, les yeux rivés sur ceux d'Agatha.

— C'est bon, c'est bon, reprit doucement Agatha en tapotant affectueusement la main d'Elizabeth. Et maintenant, dites-moi, est-ce que vous savez où se trouve la tombe de votre mère ?

— Oui, elle est dans l'île. Là où on met les pauvres.

— A Hart Island ? demanda D'Annunzio.

— Oui.

— L'île est grande, fit remarquer le policier. Elle fait au moins une cinquantaine d'hectares. Il y a beaucoup de gens qui sont enterrés là-bas. Comment peut-il savoir où se trouve votre mère ?

Elizabeth retira ses mains de celles d'Agatha et se mit à les agiter devant elle.

— Grâce au numéro, dit-elle. J'ai dû dire le numéro au Dr Conrad.

— Le numéro de la tombe de votre mère ? s'enquit Agatha.

— Oui ! Oui !

Les autres policiers s'étaient rapprochés et observaient à présent les deux femmes.

— Alors maintenant, reprit Agatha, il s'est rendu sur Hart Island pour sortir votre mère de sa tombe ?

— Oui.

— Vous l'avez vu partir ?

— Euh… oui. Je l'ai vu quitter le grand immeuble avec l'horloge en haut. J'étais cachée. J'attendais le Dr Conrad. Vous voyez, d'abord le Dr Conrad a tourné le coin de la rue, et ensuite il y a eu cet homme à l'arrière de la voiture… il m'a mis un couteau sur la gorge… Et puis ensuite, c'était fini, l'homme était… il était parti.

Elle déglutit avec difficulté. Elle parlait de plus en plus vite, en agitant les mains.

— Après le départ de l'homme, j'avais peur et j'ai tourné au coin de la rue, là où avait disparu le Dr Conrad. Il y avait un immeuble. Un grand immeuble avec une horloge, et j'ai vu Terry qui en sortait. Je me suis cachée derrière l'autre immeuble, le grand immeuble noir. Et je l'ai regardé, lui, Terry. Je l'ai vu qui montait dans une voiture, et puis il est parti. Mais le Dr Conrad n'est pas venu. Il n'est pas venu.

Agatha sentit son cœur se serrer. Elle dut faire un effort pour se ressaisir.

— A quoi… ? commença D'Annunzio.

Mais Agatha fut la plus rapide.

— A quoi ressemblait la voiture, Elizabeth ?

— Euh… (Elle leva les yeux au plafond.) Elle était blanche. Oui, c'était une grosse voiture blanche avec quatre portes. Et il y avait une longue éraflure sur un des côtés, et un des feux arrière, un des feux rouges, était cassé.

— Transmettez ça par radio, lança D'Annunzio.

Agatha ne quitta pas des yeux Elizabeth. Celle-ci la regardait avec espoir.

— Vous avez dit qu'un homme vous avait mis un couteau sur la gorge.

— Oui.

— Savez-vous où il se trouve, à présent ?

— Il est… il y avait… un de ces trucs pour les ordures…

— Une benne ! s'exclama D'Annunzio.

— Il m'a mis un couteau sur la gorge, reprit Elizabeth, et il a dit qu'il allait me tuer. Mais il ne m'a pas tuée, il… il est venu sur le siège à côté de moi, sur le siège du Dr Conrad. Il avait un bout de papier, une note pour le Dr Conrad. Il l'a mis devant… sur le tableau de bord… et puis il m'a dit : « Et maintenant, on va baisser le siège et on va s'amuser un peu. » Alors… il a dit ça, et il… il a mis la main sur moi, sur mes seins, comme on dit.

Elizabeth leva les yeux sur les hommes qui entouraient le canapé, notamment sur D'Annunzio, puis finit par regarder Agatha. Elle secoua la tête. *Presque tristement,* se dit Agatha.

— Et ça, dit doucement Elizabeth, ça a rendu fou l'ami secret.

ET ON CREUSE !

A la fin, le visage de Sport ne montrait pas la moindre trace d'émotion. Tandis que le bateau se dirigeait vers City Island, il se tenait à nouveau sur le pont, appuyé au bastingage, le regard éteint et la bouche molle. Sur le bastingage, ses mains reposaient, immobiles.

Lorsque le conducteur d'engin en eut fini avec sa pelleteuse, Sport avait pris le relais avec une pelle et une pioche. Posant sa torche sur le bord de l'excavation, il s'était mis au travail.

Il avait creusé rapidement mais habilement, utilisant la pelle pour déblayer la couche supérieure de terre. Il s'était complètement absorbé dans son travail, n'entendant plus ni le vent dans les arbres ni les vagues sur la plage. Seul lui importait le raclement de la pelle contre la terre et les cailloux, tandis que, dans sa tête, une voix chantonnait inlassablement : « *All or nothing at all...* »

Creuser, encore creuser. Après neuf ans, il ne devait rien rester du cercueil en sapin. Seulement des os. Continuer de creuser.

Mais est-ce que tu n'es pas complètement cinglé ? se disait-il. *Comment est-ce que t'as pu croire un truc pareil ? Comment est-ce que t'as pu croire un truc pareil, espèce d'abruti ? Espèce de rien-du-tout. Tu n'es qu'un rien-du-tout.*

Tout ou rien du tout. Tout pour rien.

Il creusait la terre. La pelle s'enfonçait, raclait le sol.

Un rien-du-tout, voilà ce que tu es ! T'as toujours été un moins que rien ! Monsieur Superstar, tu parles ! Tu n'es qu'un minable, un rien-du-tout, un raté qui creuse sa tombe !

Il continua de creuser. Lorsqu'il avait commencé, le trou faisait un mètre quatre-vingts de large sur soixante centimètres de

profondeur. Il faisait à présent près de quatre-vingt-dix centimètres. Et pendant tout ce temps-là, il songeait :

Tout pour rien. Tout pour rien.
Tout pour rien du tout.

De retour sur City Island, Sport se rendit dans la baraque de
l'administration pénitentiaire et utilisa la salle de bains pour se
nettoyer et changer de vêtements. Après s'être lavé les mains et
avoir fourré ses vieux vêtements dans un sac-poubelle, il enfila
un jean propre, une chemise rayée bleu et blanc et une veste en
jean. Il se peigna soigneusement et s'aspergea de déodorant.
Seule une mince pellicule de terre sous ses ongles permettait de
deviner qu'il avait pu se livrer à un travail de terrassement.

En sortant de la baraque, il retrouva le gardien et le conducteur d'engin qui l'attendaient au bord de l'embarcadère. A chacun
il tendit une enveloppe contenant mille dollars. Les deux
hommes lui serrèrent la main avec solennité.

— Salut, Sporty, lança le gardien. J'espère que t'as trouvé ce
que t'étais venu chercher.

Le conducteur d'engin, lui, ne dit rien.

Sport s'éloigna et gagna Fordham Street. Sa Chevrolet blanche
était garée là, juste après la barrière. Il lança ses affaires dans
le coffre et s'installa au volant. Après avoir tourné le coin, il s'engagea sur City Island Avenue.

La Chevrolet glissait lentement sur l'avenue déserte, bordée
de restaurants de fruits de mer et de boîtes à matelots, tous
fermés. Devant lui, le feu de signalisation lui sembla particulièrement brillant. Il le contempla d'un air absent, puis chuchota :

— Mon Dieu, mon Dieu !

A quatre-vingt-dix centimètres de profondeur, il avait commencé à trouver des os. La pelle avait heurté quelque chose avec
un bruit sourd, et il avait retourné des bouts d'os salis, des tes-
sons impossibles à identifier.

Ces os, ces os, se disait Sport qui suait abondamment. La sueur
laissait des traces sombres sur ses joues. La pelle continuait de
soulever la terre noire, et Sport de penser :

Tout pour rien, tout pour rien du tout...

Et puis soudain, la pelle rencontra quelque chose qui ne
céda pas.

Dans la lueur de la lampe torche, les yeux de Sport étincelè-
rent. Avec sa pelle, il dégagea l'objet, puis se remit à creuser,
furieusement, avec des grognements que lui arrachait l'effort.

Et brusquement, la pelle fit jaillir un crâne dans sa gangue de
terre, grouillant de mille-pattes.

La tête roula hors de la pelle et oscilla quelques instants avant
de s'immobiliser. Lorsqu'elle ne bougea plus, des vers en sortirent.

Devant lui, Sport avisa une station Sunoco. Il y avait un téléphone public sur le parking, du côté de la rue.

Sport alla se garer près du téléphone, coupa le contact et
demeura un instant immobile. Il regardait à travers le pare-brise,
le visage dépourvu d'expression.

Au bout d'un moment, il se pencha, sortit un petit coffre de
sous le siège et le posa sur ses genoux.

— Putain de bon Dieu ! dit-il alors doucement.

Il avait trouvé le coffret juste sous le crâne, alors qu'avec
rage il enfonçait sa pelle dans la terre. Le bruit métallique lui
avait fait lâcher le manche de la pelle comme s'il avait reçu une
décharge électrique. Sport était tombé à genoux et avait déterré
le coffret avec les mains.

*A l'époque, il y en avait pour un demi-million de dollars, mais
j'vous dis pas ce que ça vaut maintenant !*

C'était un coffret bon marché. Eddie le Maton avait pu l'acheter dans n'importe quel bazar. En tremblant, Sport fit sauter la serrure avec le fer de la pelle.

Même dans l'obscurité, à la seule lueur de la lampe torche, les
diamants étincelaient. Il les fit bouger dans la boîte. Il y en avait
tellement. Tellement…

Il avait rapidement refermé le couvercle et fait signe au
conducteur d'engin, qui, assis au bord de la route sur un cercueil
inutilisé, fumait une cigarette.

— Vous pouvez le reboucher, maintenant, avait-il lancé.

L'homme s'était levé d'un air las, et sans un mot avait regagné
sa pelleteuse.

A présent, assis dans sa Chevrolet, sur le parking, Sport caressait la boîte en métal.

— Putain de bon Dieu ! murmura-t-il à nouveau. Putain de
bon Dieu !

Il sortit de la voiture et alla dissimuler la boîte dans le coffre, sous le tapis du pneu de secours. Puis il se dirigea vers la cabine téléphonique.

Un ordinateur à voix de femme lui ordonna d'introduire dans l'appareil quarante cents pour les cinq premières minutes. Sport glissa les pièces et essuya la sueur qui perlait à ses lèvres pendant qu'à l'autre bout du fil la sonnerie retentissait.

— Ouais ? (C'était Maxwell.)

— Maxie ?

— Ouais, Sport, ouais.

— J'les ai, mon vieux, j'les ai.

Un moment de silence, puis un rire hébété.

— Ah bon ? Tu les as ?

— Oui, oui. (Il dut à nouveau essuyer la sueur sur ses lèvres.) Bon, allez, liquide la gamine et tire-toi. Tu nous retrouves, Dolenko et moi, à la capitainerie du port, comme convenu. Et puis, Maxie...

— Ouais, Sport, ouais.

— Liquide-la rapidement et fiche le camp, d'accord ? Tu la tues et tu te barres. T'as pas le temps de traîner. Compris ?

D'abord, il n'y eut pas de réponse.

— Tu m'as entendu, mon grand ?

La voix de Sport était tendue.

Maxwell mit un long moment avant de répondre.

— Ouais, Sport, j't'ai entendu.

— C'est bien, Max. Alors vas-y.

Il raccrocha, puis se retourna.

Une voiture de police venait de pénétrer sur le parking de la station-service.

SALETÉ DE CHLOROFORME

Maxwell raccrocha. Les traits de son petit visage carré étaient tendus. Sous les épais sourcils, les yeux allaient et venaient nerveusement. Qu'allait-il faire ?

Liquide la gamine. C'est ça qu'avait dit Sport. *Liquide-la rapidement et fiche le camp.*

Maxwell s'avança vers le matelas poussé contre le mur, où dormait la petite fille. Il la regarda d'un air perplexe.

Le problème, c'est qu'elle ne voulait pas se réveiller. Ça faisait une heure qu'il essayait, mais rien à faire. Elle était couchée sur le côté, et ses jambes nues sortaient de la chaude flanelle de sa chemise de nuit. Elle avait les mains attachées derrière le dos avec du sparadrap, et la bouche bâillonnée de la même façon. Les yeux étaient mi-clos, mais il apercevait un bout d'œil vitreux, sous les cils. Elle respirait tout doucement.

Maxwell se pencha et la secoua par l'épaule. La fillette bougea un peu, mais ne se réveilla pas.

Mâchonnant sa lèvre inférieure, Maxwell s'éloigna et se passa la main dans les cheveux. Puis il s'assit dans un fauteuil en toile, laissant pendre ses grands bras entre ses jambes, et observa la gamine.

J'ai trop mis de cette saleté de chloroforme, se dit-il. *Quel imbécile !*

Bon, ça avait été un accident. Il n'avait pas pu faire autrement. Il fallait amener l'enfant depuis l'appartement de la Sinclair jusqu'ici, et il s'était inquiété, voilà tout. Il avait dû la transporter dans un grand sac marin, passer devant le concierge, prendre un taxi. Il avait craint qu'elle ne se réveille en chemin. Alors... il avait imbibé le chiffon de chloroforme et lui avait mis sur la bouche. C'était rien qu'un accident, quoi !

Maxwell se frotta le front. Il aimait pas quand il était comme ça, tout bouché et tout brouillé à l'intérieur.

Le problème, c'était... Après avoir versé le chloroforme, quand il était entré dans la chambre où la fillette était... Eh bien! elle avait l'air... Elle était couchée sur le côté. Elle suçait son pouce en regardant la télévision. Elle avait l'air tranquille, presque rêveur, comme si elle regardait la télévision chez elle, comme toutes les petites filles. Et puis il y avait ces gros bleus sur ses joues, là où Sport l'avait giflée quand elle avait essayé de s'enfuir. Ça, c'était bien. Ça lui plaisait bien à Maxwell, ces bleus.

Quand il s'était avancé vers elle, le chiffon plein de chloroforme à la main, elle s'était mise à pleurer, mais elle n'avait pas essayé de s'en aller. Elle tremblait. La respiration haletante, Maxwell s'était assis à côté d'elle, sur le lit. Puis il l'avait attrapée par les cheveux...

A présent, Maxwell s'étirait dans son fauteuil en toile. Au souvenir de cette scène, quand il l'avait attrapée, son pénis se mit à gonfler dans son pantalon.

Il se rappelait. Il l'avait attrapée par les cheveux, et, en pleurant, la petite fille avait doucement dit : « Non. » Faiblement, elle avait essayé de détourner le visage, mais Maxwell lui avait maintenu le chiffon sur la bouche. C'était très bon. Il avait observé son corps, chaud et plein de vie comme celui d'un petit animal...

Maintenant, il regardait l'enfant entravée sur le matelas. Son sexe en érection tendait l'étoffe kaki de son pantalon. Il posa la main dessus et se mit à le frotter, sans cesser de regarder l'enfant. Il se rappelait.

Il lui avait pressé le chiffon sur le visage et l'avait maintenu là un certain temps. Trop longtemps. C'était ça, le problème. Même après qu'elle eut cessé de gigoter et de se débattre, il avait laissé le chiffon. Il y avait le poids de ce corps entre ses mains. C'était pour ça qu'à présent il n'arrivait pas à la réveiller.

Regarde-la. Couchée. Elle a le visage presque gris.

Liquide-la. T'as pas le temps de traîner.

Assis dans le fauteuil en toile, Maxwell se frottait la bite en regardant la petite fille. Il fallait faire ce que lui avait dit Sport. Il fallait le faire rapidement.

Mais y aurait pas de plaisir si elle dormait.

Assis dans le fauteuil en toile, il la regardait.

Ça pue dans cet endroit, se dit Maxwell au bout d'un certain temps. Il regrettait d'avoir dû revenir là. C'était sale et ça puait. Et c'était sombre, aussi. Il n'y avait que la vieille lampe que Dolenko avait bricolée et qui jetait une faible lueur jaunâtre. On distinguait les murs lézardés, le parquet pourri, les deux fenêtres crasseuses, et même les cafards, près du plafond et dans les coins.

Après avoir tué le Freak, Sport et Maxwell avaient caché tous les meubles à l'étage, mais quand Maxwell avait amené la gamine, il avait redescendu le fauteuil en toile, le matelas et la lampe. *Décidément*, se disait-il, *cette gamine a la peau toute grise, et en même temps crayeuse.* Avant qu'il l'amène là, elle respirait même d'une drôle de façon. Pendant un bout de temps, elle ne respirait pas du tout, et puis tout son corps se raidissait et elle prenait une profonde inspiration. Par le nez, parce qu'elle avait un sparadrap sur la bouche.

Liquide-la. Liquide-la rapidement et fiche le camp.

Mais Maxwell ne bougea pas. Il continuait de regarder l'enfant en tapant du pied sur le sol. Il fallait faire ce qu'avait dit Sport. Oui, il était bien décidé à obéir. Sport allait lui donner beaucoup d'argent, et comme ça il pourrait avoir tout ce qu'il voulait. Il pourrait avoir des filles et des garçons, avait dit Sport, et il ne risquerait pas de retourner en prison. Ça, ça lui plaisait bien à Maxwell. La prison, il n'avait pas aimé ça. Pas du tout. Mais alors là, pas du tout ! La seule chose de bien qui lui était arrivée en prison, c'est qu'il avait rencontré Sport.

Son pied frappait rapidement le sol, et sa main son genou. Peut-être qu'elle se réveillerait bientôt. Peut-être que, s'il attendait rien qu'un petit peu, elle se réveillerait. Déjà, elle respirait un peu mieux qu'avant. Elle respirait très doucement, mais au moins elle ne s'arrêtait pas pour prendre ensuite de profondes inspirations.

Peut-être qu'il devrait lui enlever le sparadrap de la bouche. Peut-être que ça aiderait.

Mais… non. Finalement, non. Même si l'immeuble était vide, il ne voulait pas qu'elle se mette brusquement à hurler. Il fallait attendre le bon moment.

Maxwell tapait du pied par terre et tapait également sur son genou avec la main ; petit à petit, sa tête se mit à dodeliner sur le même rythme rapide.

C'est ça qu'il ferait. Il attendrait rien qu'un petit peu. Pour voir si elle se réveillait.

Rien qu'un petit peu, il attendrait.

QUATRIÈME PARTIE

L'ÉVASION

La fenêtre donnant sur le puits d'aération était à un peu plus de trois mètres de haut, et Conrad distinguait à peine le sol. Les lumières de son immeuble et de l'immeuble voisin jetaient des taches claires par terre, mais la plus grande partie de la courette était plongée dans l'obscurité.

— C'est bon, murmura Conrad.

Il ferma les yeux et chassa l'image de sa fille morte et celle du sang d'Elizabeth sur le siège de la voiture. Il tourna la poignée de la fenêtre et la releva.

L'air humide de la nuit le surprit.

Et s'ils me surveillent ? Et s'ils sont juste là ?

Il chassa également ces pensées de son esprit. Il fallait y aller. Il était 23 h 10. S'il s'était trompé, il lui faudrait être de retour à minuit. Plus de temps à perdre.

La fenêtre était étroite, il dut y glisser d'abord un bras, puis la tête et enfin l'autre bras. Mais à ce moment-là, il n'avait plus de place pour les jambes. En se contorsionnant, il réussit à se mettre sur le dos et poussa avec les jambes pour s'extraire de l'étroite ouverture. Les montants métalliques lui écorchèrent les flancs, puis les hanches, mais finalement, au prix de nombreux efforts, il parvint à s'asseoir sur le rebord et fit passer sa jambe droite. Il voulut ensuite passer la jambe gauche… glissa et se rattrapa de justesse au rebord de la fenêtre du bout des doigts. Ses jambes pendaient dans le vide… et il tomba.

Il tomba dans la rigole d'écoulement des eaux et sentit le choc irradier dans son genou droit qui se déroba sous lui.

Il leva les yeux, regarda autour de lui et laissa échapper un petit rire nerveux.

Bravo, crétin. Tu nous as fait perdre la partie.

La fenêtre de son cabinet était très haut au-dessus de lui, les autres étaient toutes obscures et fermées. Comment faire pour atteindre ces fenêtres qui, bien qu'en rez-de-chaussée, étaient passablement hautes ?

Bravo, crétin.

Il faillit rire à nouveau, mais son rire s'étrangla dans sa gorge. Une vieille nausée, une vieille panique qu'il connaissait bien s'emparaient de lui. Il avait neuf ans, il jouait au base-ball et priait le ciel que la partie se terminât bien. Et puis le long vol de la balle dans sa direction, les cris qui fusaient : « En arrière, en arrière ! », et alors la nausée, la claustrophobie, l'impression d'être piégé dans ce corps titubant aux épaules rembourrées, la certitude que la balle ne ferait que heurter son gant pour retomber mollement sur l'herbe.

Bravo, crétin. Tu nous as fait perdre la partie.

Bon Dieu, il n'allait quand même pas passer la nuit bloqué là-dedans, dans cette saleté de puits d'aération ! A tourner comme un rat en cage alors que sa fille…

Bravo, papa.

Il laissa échapper un gémissement et s'écarta du mur sur lequel il s'appuyait. Puis il leva les yeux sur les fenêtres de l'immeuble voisin.

Toutes obscures, toutes fermées. Et toutes à environ trois mètres du sol, hors d'atteinte. Avec une grimace de douleur, il fit quelques pas en boitant et se retrouva sous l'une de ces fenêtres. En se dressant sur la pointe des pieds, il parvint à atteindre un montant. Il glissa ses doigts et tenta de soulever la fenêtre. En vain. La suivante opposa la même résistance. Il n'y avait là que des bureaux ; médecins, dentistes, autres psys. Toutes ces fenêtres étaient certainement fermées. Conrad s'appuya contre le mur, la joue sur la pierre froide. Ses lèvres tremblaient. La pâle lueur de la courette se brouillait devant ses yeux.

Bravo, crétin.

Il fallait faire quelque chose. N'importe quoi. En jurant, il regarda la fenêtre juste au-dessus de sa tête.

Il se baissa, enleva sa chaussure, et, un pied en chaussette dans l'eau froide de la rigole, disposa comme un gant la chaussure sur son poing…

… et frappa le carreau de toutes ses forces.

Jusque-là, il ne s'était pas imaginé que le bruit pût alerter quelqu'un. A New York, qui allait s'inquiéter d'un bruit de carreau cassé ?

Il n'avait même pas songé qu'il pût y avoir une alarme.

Après tout, dans son propre cabinet il n'y avait pas d'alarme. Il n'en avait pas besoin : en dehors, peut-être, de ses blocs d'ordonnances, il n'y avait aucun objet de valeur. Mais d'autres médecins, en revanche, possédaient chez eux des médicaments et des équipements coûteux. Il n'y pensa que lorsque le verre vola en éclats.

Au moment même où une pluie dangereuse de morceaux de verre jaillit dans la pâle lueur de la courette, l'alarme se mit à sonner.

La sonnerie se vrilla en lui comme un foret à béton. Son esprit sembla exploser : la sonnerie ! l'alarme !

Au-dessus, des fenêtres s'allumèrent. D'autres, déjà allumées, commençaient à s'ouvrir.

Rapidement, Conrad remit la chaussure à son pied, sauta et s'agrippa au cadre de la fenêtre. Des bouts de verre lui entraient dans la main. La sonnerie, l'incessante sonnerie, hurlait et hurlait à ses oreilles.

Il se hissa sur l'appui de la fenêtre, serrant les dents contre la douleur, puis s'insinua à travers le carreau cassé. Les lames de verre lui déchiraient les bras, le ventre, les flancs, et pendant tout ce temps la sonnerie ne cessait de hurler.

Finalement, il tomba tête la première dans l'obscurité et se rattrapa de justesse sur ses mains ensanglantées. La douleur dans son genou devenait intolérable. Il demeura un instant étendu sur le sol, des nuages rouges devant les yeux, le cœur cognant dans sa poitrine.

La sonnerie, encore et encore. Il fallait se lever, partir avant que les gens n'arrivent.

Il tâtonna dans le noir et rencontra un meuble dont il s'aida pour se relever. Puis, une main sur son ventre gluant de sang, une autre devant lui pour éviter les obstacles, il se mit en marche dans la pièce, d'un pas incertain.

Il toucha un mur, recula, se cogna contre un plateau sur lequel étaient posés des objets qui tombèrent avec fracas, et réussit à gagner une porte donnant sur un couloir.

La sonnerie continuait de hurler en lui. Conrad s'approcha du rai de lumière venant de l'extérieur : c'était la porte d'entrée de l'appartement. Mais à présent lui parvenaient d'autres bruits : une voix qui criait. Un cliquetis de clés, la poignée de la porte qui tourne.

Il s'immobilisa. Quelqu'un venait. Probablement le concierge. Ou une personne chargée de l'entretien. Pas la police, pas encore.

La porte s'ouvrit. Un rectangle de lumière illumina l'entrée de l'appartement.

Conrad se plaqua contre le mur. Le rectangle de lumière s'agrandissait comme une tache jaune sur le mur devant lui, sur le sol, avançait vers ses pieds.

La porte s'ouvrit tout à fait et il aperçut la silhouette d'un homme. Grand, costaud. Un Noir en uniforme rouge de concierge.

Conrad s'aplatit le plus possible contre le mur, tandis que l'homme examinait soigneusement l'entrée. La tache de lumière continuait d'avancer, mais elle s'arrêta brusquement à quelques centimètres de ses pieds. La sonnerie continuait de déchirer le silence. Le concierge s'avança dans l'entrée.

Conrad le vit glisser les mains sur le mur d'en face, à la recherche de l'interrupteur. Un pas encore, et l'homme se retrouva juste devant lui. Si Conrad avait expiré, l'homme aurait senti le souffle sur sa joue.

Mais le concierge passa devant lui sans le voir et, dans le raffut de l'alarme, il l'entendit dire : « Ah, c'est là ! »

Conrad se faufila sans bruit et franchit la porte d'entrée au moment même où la lumière inondait le bureau. Il se rua dans le couloir et déboucha dans le hall. Derrière lui, l'alarme continuait de sonner.

Conrad avait l'air hagard, échevelé, le regard fou. Les manches de sa chemise orange étaient maculées de sang, ses mains aussi étaient couvertes de sang. Il déboucha dans le hall en boitant. Le hall était de vastes dimensions, les murs ornés de miroirs et un lustre pendait au plafond. La porte d'entrée, à tambour, se trouvait sur sa gauche.

— Hé !

Il jeta un regard autour de lui. Au fond, sur sa droite, se trouvaient les ascenseurs aux portes dorées. Une de ces portes venait de s'ouvrir, livrant le passage à un homme, un Hispanique trapu, tout vêtu de kaki, la bedaine tendant l'étoffe de sa chemise. C'était l'homme chargé du nettoyage.

— Hé ! lança-t-il à nouveau, le doigt pointé vers Conrad.

Conrad se figea sur place.

— Là-bas ! dit-il en montrant l'endroit d'où il venait. Dans le bureau à côté du mien ! Vite, dépêchez-vous ! Le concierge…

Fronçant les sourcils d'un air farouche, l'homme se précipita dans la direction indiquée.

Conrad s'engouffra dans la porte à tambour et se retrouva sur le trottoir, titubant un peu, surpris par le brouillard de la nuit.

Il se trouvait sur la 83e Rue, Central Park à sa droite. *C'est là qu'ils se tenaient,* se dit-il. *Eux, les ravisseurs. Ils devaient surveiller la sortie de son immeuble, au coin, et certainement pas cette rue, cette porte.*

Il haletait, et chaque respiration lui faisait mal au ventre. Il posa la main sur la blessure sanguinolente et poussa un grognement de douleur. Son genou aussi lui faisait mal.

Pourvu qu'ils ne me surveillent pas ! se disait-il. *Mon Dieu, pourvu qu'ils ne soient pas là !*

Il prit la direction de Columbus Avenue et poussa un cri de douleur en se mettant à courir.

DANS LA CHAMBRE D'ENFANT

Lorsque les policiers amenèrent leur prisonnier, Agatha et Elizabeth se trouvaient dans la chambre d'enfant.

— C'est vous qui avez peint les étoiles ? demanda Elizabeth.

Les deux femmes se tenaient seules dans la chambre : les policiers étaient tous dans le salon. Elizabeth regardait le plafond avec admiration.

— C'est vous qui avez peint les étoiles ? demanda-t-elle à nouveau.

Agatha acquiesça. Elle avait du mal à parler des étoiles de Jessica.

— Oui, répondit-elle finalement.

— Elles sont si belles.

— Merci…, dit Agatha d'une voix faible.

Elizabeth baissa les yeux sur sa compagne, plus âgée et, d'un geste hésitant, posa la main sur son épaule. Puis, rapidement, elle la retira.

— Ça ira, la rassura Elizabeth en baissant les yeux. Elle va revenir. Je le sais.

Agatha hocha la tête en s'efforçant de sourire.

Elizabeth se détourna. D'un regard circulaire elle embrassa toute la pièce, les étoiles au plafond, l'arc-en-ciel sur le mur bleu clair, le château de cristal représenté au milieu des nuages.

— Oui, elle va revenir, reprit-elle d'un ton encourageant. Elle a une si belle chambre !

Elizabeth portait à présent une vieille robe d'Agatha. Les techniciens de la police avaient emporté l'autre, celle qui était tachée de sang. Ils avaient également prélevé un peu de sang collé sur ses joues et un peu de matière sous ses ongles. Ils avaient procédé à ces opérations dans la chambre d'Agatha tandis que D'Annunzio et l'agent spécial Calvin lui posaient des questions.

Agatha était également présente. Elizabeth lui avait demandé de rester avec elle. Assise sur le lit, elle lui tenait la main et avait écouté l'histoire de l'homme dans la voiture avec le couteau. *Mon Dieu*, s'était-elle dit, *elle l'a tué! C'est ça qu'elle raconte? Mais oui, elle l'a tué. De ses propres mains...*

Elle avait cessé de caresser cette main, se contentant de la regarder. Alors, l'image d'un visage de petite fille s'était imposée à elle : Jessica, les lèvres tremblantes, ses yeux bleus dans lesquels on lisait la peur et la stupéfaction.

Agatha avait dû lutter pour vaincre la nausée qui s'emparait d'elle.

Puis elle avait demandé aux policiers de quitter la chambre pour qu'Elizabeth puisse changer de robe, et leur avait tendu par la porte entrebâillée le vêtement taché de sang. A Elizabeth, elle avait donné une vieille robe, de couleur crème, avec des fleurs imprimées. La robe lui arrivait au-dessus du genou, et elle avait dû serrer la ceinture, mais elle lui allait bien.

Agatha avait ensuite conduit la jeune fille à la salle de bains, l'avait fait asseoir sur le siège des toilettes et lui avait nettoyé le visage. Tandis qu'avec le gant elle lui ôtait doucement les taches de sang sur les joues et autour des yeux, Elizabeth la regardait. Agatha, elle, songeait à Jessica. Quand elle lui lavait ainsi le visage, Jessica n'arrêtait pas de poser des questions : « Qu'est-ce que je vais faire, aujourd'hui? Est-ce que papa sera revenu avant que j'aille me coucher? Est-ce que je pourrai regarder la télévision après l'école? » Parfois, Agatha perdait patience : « Jessica! Comment veux-tu que je te lave la figure si tu n'arrêtes pas de bouger comme ça! » Et Jessica se mettait à rire, ce qui n'arrangeait pas les choses.

Mais Elizabeth, elle, ne bougeait ni ne parlait pendant qu'Agatha lui nettoyait le visage. Elle demeurait immobile, le dos droit, les mains croisées sur les genoux. Elle la regardait avec ses grands yeux verts, la bouche entrouverte. Agatha avait envie de lui dire : « Arrêtez! » mais elle ne le fit pas, et Elizabeth continua de la dévisager.

Lorsqu'elle en eut fini, Agatha posa le gant de toilette dans le lavabo. Elizabeth continuait de la regarder, la tête légèrement inclinée de côté.

Agatha se rendit compte alors à quel point elle était belle. Comme une Vénus de Botticelli. *Mon Dieu*, se dit Agatha, *elle aurait pu devenir...* Appuyée au lavabo, Agatha observait Elizabeth, qui, elle, gardait toujours les yeux levés sur elle.

Elle a dû déchiqueter cet homme à mains nues.

— Retournons dans la chambre, dit-elle doucement.

— Non... (Elizabeth cilla rapidement, comme si la voix d'Agatha l'avait réveillée.) Euh... Est-ce que je pourrais voir sa chambre ?

— Sa chambre... ?

— Celle de votre fille.

Elle se tenait à présent à côté du lit surélevé de Jessica et contemplait d'un air hébété les étoiles peintes, le château de cristal, l'arc-en-ciel et les nuages. Rêveusement, elle s'approcha d'une étagère où Jessica rangeait ses jouets, et effleura de la main une petite boîte à musique, un petit carrousel avec des chevaux et de petits fanions flottant en haut de leurs hampes.

Agatha l'observait. Elle la vit sourire aux petits chevaux. A travers le mur, on entendait la voix des hommes.

— Je pensais à cette chambre, remarqua soudain Elizabeth. Je voulais la voir.

— Ah bon ?

Elle dut réprimer un frisson à l'idée que cette folle, dans son asile de fous, pensait à la chambre de sa fille.

Mon Dieu, Nathan ! Tu lui as tout raconté sur notre vie ?

— Oui. Après que l'homme... Il y avait cet homme avec son couteau, et ensuite... Et ensuite les policiers. Ils m'ont trouvée avec lui quand il était... Quand il était mort, vous savez, à cause de l'ami secret et... Et les policiers m'ont fait monter dans leur voiture et je leur ai dit : « Il faut aider le Dr Conrad. » Et j'arrêtais pas de répéter ça, alors ils ont appelé dans leur radio et on leur a dit de m'amener ici, et je... Et j'avais peur. J'avais peur, mais je me disais : « Maintenant je vais voir à quoi ressemble sa chambre. » C'est ça que je me répétais pour ne plus avoir peur. « Maintenant je vais voir à quoi ressemble sa chambre. »

Agatha parvint à lui sourire gentiment en réprimant un nouveau frisson.

— Je comprends.

— Et ensuite..., commença Elizabeth.

Mais elle s'interrompit et poussa un long soupir. L'air stupéfait, elle regardait le grand placard de Jessica.

— Regardez, reprit-elle, elle en a tellement... Des animaux. Des jouets et des animaux.

— Elle les appelle ses amis, dit Agatha d'une voix étranglée.

— Des amis, répéta Elizabeth. Ils sont si doux.

Et elle pénétra dans le placard.

Agatha hésita. Elle n'avait pas le courage de la suivre dans ce placard. Elle s'y sentait trop oppressée.

Elle resta devant la porte.

Elizabeth s'était agenouillée au milieu des animaux : les alligators, Pluto, Peggy la cochonne et Kermit la grenouille.

Mais c'était Neige-Blanche, le vieil ours, qu'elle tenait dans les bras, qu'elle serrait contre sa poitrine.

Agatha sentit les larmes lui envahir les yeux.

Serrant contre elle l'ours en peluche, Elizabeth la regarda.

— Je vais disparaître, dit-elle doucement, d'une voix étrange, curieusement assurée. Le Dr Conrad ne vous en a pas parlé ?

— Non, réussit à dire Agatha. Non. Bien sûr que non.

— Eh bien, c'est vrai, dit tristement Elizabeth. Je le sais. (Elle berçait à présent Neige-Blanche.) Je serai ici, bloquée ici. Avec tous ces amis. Et… les amis parleront et moi… moi je devrai les écouter. Je devrai les écouter, et ensuite, lentement, lentement… je m'en irai.

Elle leva les yeux vers Agatha, qui remarqua à quel point ces yeux étaient clairs et profonds.

— Je les ai vus comme ça, vous savez, reprit Elizabeth. Ceux qui ont disparu. Dans les hôpitaux. Ils sont assis, ils regardent dans le vide. Ils fixent les murs. (Elle frissonna.) On peut presque voir, on peut presque regarder dans leurs yeux et le voir. C'est comme un enterrement : dans la chambre il y a plein d'amis de la personne, la personne elle-même n'est plus là. Il n'y a que les amis qui sont là, ils vivent et ils parlent à l'intérieur. Mais la personne est… Elle est partie. (Elle sourit faiblement, se blottissant contre l'ours en peluche.) C'est pire qu'un enterrement. Je crois que c'est pire que de mourir.

— Ne dites pas ça, dit Agatha en faisant un pas vers elle.

Elizabeth serra plus fort l'ours contre elle et se mit à le frotter contre sa joue. Ses yeux étaient noyés de larmes.

— Quelle belle chambre ! s'écria-t-elle. Je voudrais bien avoir une chambre comme ça !

Les yeux d'Agatha s'emplirent eux aussi de larmes. Elle s'avança dans le grand placard et voulut caresser la joue d'Elizabeth.

C'est à ce moment-là qu'ils amenèrent le prisonnier.

Il hurlait.

— Bande d'enculés! Bande d'enculés! C'est illégal! C'est parfaitement illégal! Espèces de trous-du-cul! Vous croyez que vous allez vous en tirer comme ça? Vous allez avoir la surprise de votre vie! Salopards! Trous-du-cul! Et mes droits? Vous ne m'avez même pas récité mes droits. (Cette dernière phrase, comme psalmodiée.) Avec vos gros culs, vous allez vous retrouver dans la merde! Hé! Hé! Tirez vos sales pattes! Lâchez-moi! C'est de la brutalité! Putain, c'est de la brutalité! Bas les pattes!

— Mon Dieu! murmura Agatha.

Elle se rua dans le couloir puis dans le salon, au milieu des hommes en veston-cravate et en uniforme. Entre le salon et la porte d'entrée, les policiers formaient comme une haie qui s'écarta à son arrivée. Et elle le vit.

C'était l'homme qui s'était fait passer pour D'Annunzio. Il était encadré par deux policiers en uniforme qui le tenaient chacun par un coude, et il avait les mains menottées dans le dos. Il se débattait, faisant voler sa mèche brune sur son front. Il avait les yeux brillants et en ricanant révélait deux rangées de dents très blanches.

— Vous êtes vraiment des enculés! Vous êtes tellement des enculés que vous savez même plus ce que ça veut dire. Bientôt, on mettra vos têtes de nœud dans le dictionnaire à côté du mot « enculé ». Trous-du-cul! Personne ne m'a même averti de mes droits, personne ne m'a rien dit, on a seulement...

Soudain, Agatha se précipita sur lui, s'accrochant à sa veste, à sa nuque, lui tirant les cheveux. Des larmes brûlantes roulaient sur ses joues. Sa voix n'était plus qu'un feulement rauque qu'elle-même ne reconnaissait pas.

— Où est-elle? Je vous en prie, je vous en prie, dites-moi où est mon enfant! Je vous en supplie, dites-moi où elle est, je vous en supplie, je vous jure que je ferai tout ce que vous voudrez...

Vaguement, elle sentit des mains sur elle, des mains qui dépliaient le bras qu'elle avait passé autour de la nuque du prisonnier. Comme dans un rêve, elle entendit des voix qui criaient: « Madame Conrad! » et elle se sentit tirée par les épaules, par la taille.

Mais elle s'agrippait à l'homme, en hurlant, en pleurant.

— Je vous en supplie, je vous en supplie, dites-moi où elle est, dites-moi qu'elle est vivante, dites-moi simplement qu'elle est vivante...

Et tandis qu'on l'arrachait au prisonnier, elle se mit à hurler :

— Obligez-le à répondre, je vous en supplie, obligez-le à me répondre…

Déjà ils entraînaient l'homme loin d'elle, et une voix aboya : « Dans la chambre ! » Agatha sanglotait violemment et ses sanglots lui paraissaient lointains, comme appartenant à quelqu'un d'autre. Retenue par les mains puissantes des policiers, elle vit qu'on poussait l'homme dans le couloir. Il ricanait à nouveau, la mèche dans les yeux. Il se retourna vers elle en riant.

— Désolé, Beaux Nichons ! Je regrette beaucoup, mais vos petits copains se sont plantés. Ils se sont trompés de bonhomme. Cette histoire d'enlèvement d'enfant, moi, j'y suis pour rien. Tout ce que je veux, c'est mon avocat, vous m'entendez ? Pourquoi est-ce que vous ne dites pas à vos petits copains de prévenir l'avocat de M. McIlvaine ?

Agatha s'abandonna mollement entre les mains des policiers.

— Je vous en supplie ! sanglota-t-elle.

Lorsque l'homme eut disparu dans la chambre, on la relâcha, et, lentement, elle tomba à genoux, la tête penchée, le visage dissimulé par ses cheveux.

— Je vous en supplie, faites-le parler, dit-elle en pleurant. Faites-lui dire où est mon bébé. Je vous en supplie !

Puis, un moment plus tard, elle sentit la chaleur de bras qui l'entouraient, et des mains qui lui caressaient doucement les cheveux. Un doux murmure parvint à ses oreilles.

— Ça va aller, ça va bien se passer maintenant, vous allez voir.

En pleurant, Agatha posa la tête sur la poitrine d'Elizabeth.

— Ça va bien se passer, maintenant, répéta Elizabeth. On peut le voir maintenant. Vous ne comprenez pas ? Tout le monde peut le voir. Tout va bien se passer.

222 HOUSES STREET

La rame de métro bringuebalante était brillamment éclairée. Six personnes se trouvaient à l'intérieur : un couple, dans un coin, qui chuchotait ; un jeune Noir en veste de cuir et une jeune femme blanche aux cheveux décolorés. Un ouvrier de la Con Ed, assis sur un des sièges du milieu, qui lisait le *News* ; c'était un Noir massif, vêtu d'une combinaison de travail, son casque de chantier posé sur les cuisses.

Et enfin un homme recroquevillé dans un coin, à l'arrière de la voiture, la tête penchée en avant, découvrant une calvitie luisante sous l'éclairage au néon. Il avait les bras croisés, les mains étreignant ses bras, comme s'il se protégeait. Sa chemise était déchirée et tachée de sang, et des gouttes de sang étaient tombées sur le linoléum, entre ses pieds.

Le métro ralentit en entrant dans la station Canal Street. L'ouvrier de la Con Ed replia son journal et se leva. Son casque de chantier sous le bras, il gagna l'arrière de la rame. Tenant la poignée de la portière de sa main libre, il jeta un regard à l'homme ensanglanté.

— Vous avez besoin d'aide ? demanda-t-il calmement.

Sans même lever les yeux, l'homme secoua la tête. Les fenêtres sombres du train s'illuminèrent lorsqu'il pénétra dans la station. Les carreaux jaunes des murs défilèrent d'abord de façon indistincte, puis la vision se précisa au fur et à mesure que le train ralentissait.

— Vous devriez aller à l'hôpital, murmura l'ouvrier.

L'homme qui saignait leva enfin les yeux.

— Ça va bien.

L'ouvrier de la Con Ed haussa les épaules en soupirant.

— Alors si ça va comme ça…

Les portières s'ouvrirent et l'ouvrier sortit. Les portes se refermèrent et le train repartit.

Conrad regarda alors par la fenêtre pour tenter d'apercevoir l'ouvrier de la Con Ed. Avait-il pris le chemin de la sortie ? S'était-il arrêté à un téléphone pour appeler les autres ravisseurs ? Il ne le voyait pas.

Finalement il l'aperçut, sur le quai, qui regardait autour de lui. Mais un instant plus tard, le train s'engouffrait dans le tunnel et l'homme disparut aux yeux de Conrad.

Recroquevillé sur lui-même, Conrad prit une douloureuse inspiration et jeta un coup d'œil au couple qui se tenait dans le coin, à l'autre bout du wagon. Des éclairs rouges vinrent brouiller sa vision. Puis il vit la jeune femme murmurer quelques mots à l'oreille de son compagnon et lui caresser la joue du bout des doigts. Le jeune homme regardait droit devant lui, un vague sourire aux lèvres.

Conrad se pencha à nouveau en avant. « Ils ne m'ont pas vu », murmura-t-il. Les mots furent perdus dans le fracas du train. Il se frotta les paumes des mains contre les manches de sa veste pour en ôter le sang séché. Il avait l'impression de sentir encore les morceaux de verre plantés dans sa chair.

Le métro entra dans la station Franklin Street. Conrad se leva.

23 h 40. Maintenant, se dit-il, *ça n'est plus possible. Plus possible d'être de retour au cabinet pour minuit. Son seul espoir de lui venir en aide, c'était qu'elle se trouvât bien au 222 Houses Street.*

Il descendit en boitant une petite rue déserte de Tribeca. De longs immeubles d'ateliers se découpaient dans le brouillard de la nuit. Au loin, la flamme dansante d'un feu de poubelle déchira l'obscurité. Autour, des silhouettes d'hommes, les mains tendues vers le feu pour se réchauffer. Le froid humide de la nuit le glaçait jusqu'aux os.

Il continua à marcher, luttant contre la douleur. Tant de choses pouvaient interrompre sa course : l'arrivée d'un bon Samaritain ou celle d'un flic ; un loubard pouvait le laisser pour mort dans la rue.

J'aurais dû les attendre, se disait-il. *J'aurais dû faire ce qu'ils disaient, attendre jusqu'à minuit à mon cabinet. Ou alors appeler la police dès que je suis sorti. Ou bien faire confiance à l'ouvrier de la Con Ed et lui demander d'aller chercher de l'aide... J'aurais dû faire quelque chose...*

Bravo, crétin.

... n'importe quoi mais pas ça. Cette dernière erreur, terrible.

Houses Street. Le coin de Greenwich et Houses Street. Il se rappelait à peine comment il était arrivé là. Il se tenait à l'intersection des deux rues, sous un lampadaire. Devant lui, deux pâtés d'immeubles sombres. La ligne irrégulière des bâtiments dans le brouillard, l'absence de lumière aux fenêtres. L'avenue et l'Hudson tout au bout. Il voyait les voitures débouler. Et puis les lumières sur la rive de l'Hudson. Il avait réussi.

Il se mit à descendre la rue, laissant la lueur du lampadaire derrière lui.

Il marchait plus vite à présent, mais chaque pas lui arrachait un grognement. Sa jambe était raide comme une planche. Au fur et à mesure que la lumière s'estompait, l'obscurité de la petite rue l'enserrait comme la main d'un petit garçon se refermant sur un papillon de nuit. Il y avait une chance, se répétait-il en tirant la jambe. Oui, Jessica devait être là. Devant lui l'obscurité, autour de lui le brouillard.

Il longea un terrain vague envahi de hautes herbes, qui jaillit du brouillard au moment où il arriva à sa hauteur. Les herbes poussaient au milieu d'un tapis de boîtes de soda argentées, de débris de pierres et de papiers que le vent glacé faisait claquer contre le sol. Après le terrain vague, un immeuble de pierres brunes se découpa dans le brouillard, silhouette incertaine dangereusement inclinée vers l'avant, et qui semblait sur le point de s'effondrer.

Il s'immobilisa devant l'immeuble, haletant. Fronçant les sourcils pour tenter de dissiper les nuages rouges qui obscurcissaient sa vue, il parvint à déchiffrer le numéro sur le linteau de pierre à moitié rongé : 222. Il leva les yeux un peu plus haut.

Une des fenêtres du premier étage était faiblement éclairée.

C'était bien ce qu'elle avait dit, non ?

L'appartement se trouvait au premier étage.

N'était-ce pas ce qu'avait dit Elizabeth ? Oui. Oui, il en était sûr. L'appartement était au premier étage. Et le visage du roux était apparu à la fenêtre. Oui, l'homme était apparu à la fenêtre comme un fantôme, comme son ami secret.

301

Mais ce n'était pas son ami secret. C'était un homme. C'était Robert Rostoff, l'homme que Sport avait tué. Et si Robert Rostoff guignait par une fenêtre du premier étage, c'est qu'il y avait...

— Un escalier de secours! s'écria-t-il.

Et toujours boitant, il revint sur ses pas en direction du terrain vague.

De là où il se trouvait, au bord du terrain vague, il apercevait l'escalier de secours qui escaladait en zigzaguant le flanc de l'immeuble et passait juste en dessous de la fenêtre éclairée du premier étage.

Il s'avança dans les herbes folles qui lui arrivaient aux genoux. Ses pieds disparurent à sa vue. Un autre pas, et les herbes s'animèrent autour de lui.

Il s'immobilisa. Frôlements, bruits furtifs dans les herbes. Les rats! Il les voyait : il y en avait des dizaines qui fuyaient devant lui.

Toujours clopinant, il poursuivit sa progression. Lentement, regardant attentivement devant lui.

Saloperies de rats! songea-t-il.

En frissonnant, il leva les yeux vers l'immeuble en pierres brunes. Il marcha sur quelque chose...

Merde, un serpent!

... quelque chose dissimulé par les herbes. Il fit un bond en arrière et aperçut par terre une forme mince et allongée.

... un serpent...

Mais la forme demeurait immobile. Il se pencha. Ce n'était pas un serpent mais un manche à balai, cassé en deux. Une extrémité était arrondie, et l'autre, à l'endroit de la cassure, pointue.

Conrad le ramassa et fit une grimace lorsque la paume de sa main meurtrie se referma sur le bois grossier.

Il reprit sa marche en direction de l'immeuble, le manche à balai à la main.

Il y a une chance.

Une chance qu'elle soit là. Jessica.

L'échelle d'incendie était déjà baissée. Conrad posa la main sur un barreau : le métal rouillé sembla s'enfoncer dans sa chair. Puis il entreprit l'ascension, un barreau à la fois.

Il haletait, la coupure sur son flanc lui faisait mal, mais il sentait qu'elle avait cessé de saigner. Il atteignit enfin le premier palier et leva les yeux vers la fenêtre éclairée. La lumière avait beau être faible, dans cette obscurité elle lui faisait mal aux yeux. Les nuages rouges continuaient de lui brouiller la vue.

Il avança la tête dans l'espace ménagé par le palier de l'escalier de secours et se glissa ensuite tout entier dans l'étroit espace. Puis il regarda à travers le carreau crasseux.

Et il la vit.

Jessica.

Elle était là. A un peu plus de trois mètres de lui, étendue sur un matelas posé à même le sol. Couchée sur le côté, les rubans de sa chemise de nuit entortillés autour des genoux. D'abord, il la crut morte. Elle était raide, immobile. Il sentit quelque chose se briser en lui. Il retint sa respiration.

Elle avait les mains liées derrière le dos, et un morceau de sparadrap blanc brutalement collé sur la bouche. Ses cheveux, ses beaux cheveux bouclés, couleur de sable blond, la même que celle de son père, étaient répandus autour de son visage crayeux. A travers les cheveux, il apercevait son regard fixé sur une partie de la chambre qu'il ne pouvait voir. Et elle était si pâle, si pâle…

Mon Dieu, était-elle morte ainsi ? Le regard vide, terrifié ?

Attendant son père.

Il se mit à genoux pour mieux voir, insensible à la douleur.

— Mon bébé ? chuchota-t-il. Ma chérie ?

Ses yeux se remplirent de larmes, et c'est une main tremblante qu'il posa sur le carreau. Il voulut essuyer la crasse, mais le sang séché sur ses doigts ne fit qu'y dessiner des raies.

— Jessie… ?

Et alors sa fille bougea.

Brusquement. Un mouvement soudain de tout le corps. Elle se tortilla sur le matelas jusqu'à s'adosser au mur. Elle fuyait quelque chose, donnait des coups de pied sur le matelas comme pour reculer encore. Elle avait les yeux agrandis, remplis de larmes, et secouait la tête comme pour dire : « Non ! Non ! » Sous le sparadrap, ses lèvres bougeaient. Conrad la sentait presque hurler.

Elle était vivante. Il fallait aller chercher du secours… Elle était encore vivante. Il fallait redescendre, aller chercher la police. Vivante ! Jessica ! Elle était…

Mais alors une ombre passa devant lui et il vit…

— Et merde ! Oh, mon Dieu ! Mon Dieu !

Maxwell s'avançait vers elle.

LEWIS McILVAINE
ET SES DROITS CONSTITUTIONNELS

— Et maintenant, monsieur McIlvaine, les choses pour vous peuvent se passer soit très bien, soit très mal, dit l'agent spécial Calvin. Vous me comprenez?

L'homme qui répondait au nom de McIlvaine était assis sur le lit, les mains toujours menottées derrière le dos. Il regarda Calvin et hocha la tête.

— Parfait, poursuivit Calvin avec un mouvement de son menton taillé à coups de serpe. Alors maintenant dites-moi : qu'avez-vous fait de la petite Conrad?

Lewis McIlvaine continua de hocher la tête en souriant.

— Monsieur l'agent spécial Calvin, répondit-il avec le plus grand calme, ou plutôt monsieur l'agent spécial trou-du-cul, pour la centième fois, je voudrais parler à mon avocat. S'il vous plaît. Je ne dirai rien à personne avant d'avoir parlé à mon avocat. Et lorsque je verrai mon avocat, je lui dirai ceci : « Cher maître, pourriez-vous m'apporter les couilles de l'agent spécial Calvin sur un plateau, pour que je puisse les bouffer? » T'as pigé?

L'inspecteur D'Annunzio laissa échapper un profond soupir. Il était appuyé contre le mur, les mains derrière lui, coincées entre le mur et son imposant postérieur. Il sortit la main gauche et regarda sa montre : 23 h 45. Puis son regard se posa sur l'agent spécial Calvin, penché sur le suspect. L'agent spécial Calvin et son complet noir de bonne coupe.

Tout en observant son collègue, D'Annunzio songeait à Mme Conrad, à ses yeux bleus, tendres et intelligents, à ses yeux bleus remplis de larmes. Il songea à la forme de ses seins sous son sweat-shirt. Lorsqu'elle s'était blottie contre lui, lorsqu'elle était tombée entre ses bras, il avait senti ces gros seins pressés contre sa poitrine. *Ce Dr Conrad a bien de la chance*, se disait-il.

Quel effet ça doit faire d'avoir une telle femme en dessous de soi ? Une femme sensible et intelligente comme celle-là, qui gémit et qui se débat sous son poids, avec ces seins nus ?

— McIlvaine, reprit Calvin, je suis sûr que vous comprenez pourquoi le temps nous est compté. Si quelque chose devait arriver à cette petite fille, il n'y a pas un avocat au monde qui pourrait vous aider. Est-ce que vous me comprenez ? Vous ne croyez pas que vous vous sentiriez mieux si vous vous ôtiez ce poids de la conscience ?

McIlvaine se mit à renifler de façon ostensible.

— Quelqu'un a pété, ici ? (Il se tourna vers D'Annunzio.) Hé, gros lard ! C'est toi qui sens la rose ? C'est quoi, ça, une nouvelle technique d'interrogatoire ?

L'agent spécial Calvin se dirigea alors vers l'endroit où se tenait D'Annunzio et parla à voix basse, du coin de la bouche, de façon à ce que McIlvaine ne l'entendît pas.

— Je crois qu'il faudrait amener ici Mme Conrad.

— Hein ? (D'Annunzio quittait brutalement son rêve.) Euh… Ah bon, pourquoi ?

— Eh bien… Pour le faire fléchir, pour l'émouvoir.

D'Annunzio regarda l'homme du FBI sans savoir quoi répondre. Calvin eut un mouvement de tête encourageant.

— Allez-y. Allez la chercher.

Mme Conrad se trouvait au salon. Elle était agenouillée et semblait complètement perdue. Elizabeth, également agenouillée, lui avait posé la main sur l'épaule. Lorsque D'Annunzio entra dans la pièce, Agatha leva sur lui un regard plein d'espoir. Un frisson parcourut l'échine du policier.

— Il a parlé ? demanda-t-elle d'une voix tremblante. Il vous a dit quelque chose ?

— Non, madame. Mais l'agent spécial estime que vous pourriez nous aider en lui parlant. En tentant de l'émouvoir.

Mais ces mots mêmes qu'il prononçait lui semblaient idiots.

Pourtant, la femme acquiesça d'un air incertain. Apparemment confiante. Le regard de D'Annunzio se porta automatiquement sur son sweat-shirt. *Qu'est-ce que ça doit être, une femme comme celle-là !*

Il se pencha et prit la femme par le bras pour l'aider à se relever, goûtant à travers l'étoffe le contact de la chair sous ses doigts.

306

Lorsque D'Annunzio amena Mme Conrad dans la chambre, le suspect, toujours assis sur le lit, la regarda en souriant.

— Ma parole, mais c'est Beaux Nichons ! Comment ça va ? Vous savez, si j'étais vous, je n'entrerais pas dans cette pièce. Y'a Gros Lard qui a tellement pété que ça a empuanti l'atmosphère.

Le visage de D'Annunzio s'empourpra et il confia rapidement le coude de Mme Conrad à Calvin. Puis il recula jusqu'au mur, contre lequel il s'appuya à nouveau.

— Et maintenant, McIlvaine, dit doucement Calvin, vous avez devant vous la mère de la petite fille en question. Je veux simplement que vous écoutiez ce qu'elle va vous dire, d'accord ?

Lewis McIlvaine eut alors un large sourire de dément.

Agatha le regarda un instant sans rien dire. Visiblement, elle s'efforçait de ne pas pleurer. McIlvaine, lui, continuait de s'agiter sur le lit en souriant, comme un singe mécanique.

— Je vous en prie, monsieur McIlvaine, dit Agatha d'une voix tremblante. Je vous en prie. Si vous nous dites où se trouve ma fille, je vous jure... que je ferai n'importe quoi... je suis sûre que je pourrai parler à votre juge ou... témoigner à décharge à votre procès... si vous pouviez seulement...

McIlvaine éclata de rire et se mit à se tortiller avec jubilation.

— Mais ma petite chérie, ma Beaux Nichons, il n'y aura pas de procès. Vous ne comprenez pas, beauté ? Ils se sont mis dans la merde. Ils ne m'ont pas récité mes droits. Ils ne m'ont pas laissé appeler mon avocat. Je vais être libéré, ma petite chérie. Je vais m'en tirer, de toute cette affaire.

Agatha baissa les yeux. Il était impossible de continuer. L'agent spécial Calvin lança un regard sévère à McIlvaine.

La respiration bruyante, l'inspecteur D'Annunzio quitta alors son appui contre le mur et s'approcha du lit. Il sentait les gaz gargouiller dans son ventre, mais il se retint pour ne pas en lâcher un devant Mme Conrad.

— Inspecteur ? dit Calvin.

— Je vais énumérer ses droits au suspect, répondit D'Annunzio en jetant un regard à Mme Conrad.

Une larme unique roulait sur la joue d'Agatha.

D'Annunzio se pencha vers McIlvaine, le saisit par un bras et, d'un geste vif, le força à se mettre debout.

— Inspecteur ! lança Calvin en guise d'avertissement.

McIlvaine sourit d'un air inquiet.

— Attention, monsieur Gros Plein de Soupe. N'aggravez pas votre cas. Seulement mes droits, s'il vous plaît.

D'Annunzio hocha longuement la tête.

— Tu as le droit de te plier en deux et de dire « euf ! ».

McIlvaine se mit à rire.

— Qu'est-ce que vous ra...

D'Annunzio ramena sa main en arrière, et, doigts tendus, l'enfonça violemment dans le plexus solaire de McIlvaine.

Celui-ci se plia en deux.

— Euf !

— Inspecteur ! s'écria Calvin. Voyons, inspecteur !

McIlvaine s'était tellement plié que D'Annunzio voyait ses menottes dans son dos.

— Tu as le droit de tomber par terre comme un sac de patates, dit D'Annunzio.

Il leva le poing et l'abattit brutalement sur la nuque de l'homme, comme un marteau. McIlvaine s'effondra comme un sac de patates.

— Inspecteur ! Voyons, inspecteur ! s'écria Calvin d'une voix éraillée.

D'Annunzio porta alors la main à sa fesse, là où se trouvait son étui à revolver, et en tira son arme. Dans sa main gras-souillette, le revolver semblait minuscule.

— Mon Dieu, inspecteur ! Non ! Non ! s'écria à nouveau Calvin.

En entendant l'agent du FBI, McIlvaine leva la tête et regarda D'Annunzio comme à travers un brouillard. Le visage de McIl-vaine était devenu gris et ses lèvres avaient pris une teinte cireuse. Il bougeait les yeux d'une étrange façon, comme s'ils avaient perdu toute attache dans leurs orbites. Il aperçut alors le revolver et cessa de bouger. Ses yeux s'agrandirent et se fixèrent sur la gueule de l'arme.

— Ça suffit ! lança Calvin en s'avançant vers D'Annunzio.

Mais aussitôt, Agatha se jeta entre les deux hommes. Elle attrapa Calvin par les revers de son complet noir.

— Non ! cria-t-elle.

Le jeune policier baissa les yeux sur elle et ses lèvres frémirent comme s'il allait parler. Mais il ne dit rien.

— Non ! répéta alors fermement Agatha. Non !

Elle se tourna et regarda D'Annunzio par-dessus son épaule.

D'Annunzio plongea son regard dans ces yeux bleus, profonds et pleins de larmes, et un faible sourire éclaira son visage.

Alors, devant l'agent spécial Calvin, l'inspecteur D'Annunzio s'agenouilla aux côtés de McIlvaine.

Ce mouvement ne fut guère aisé : il dut d'abord remonter son pantalon sur ses jambes épaisses et s'abaisser avec précaution. Il respirait bruyamment. Finalement, il se retrouva à genoux devant un McIlvaine hypnotisé par la gueule du revolver.

D'Annunzio posa le canon de son arme sur le genou gauche de McIlvaine.

— Tu as le droit de hurler autant que tu voudras, parce que la douleur sera insupportable. Et ensuite, tu auras le droit de gémir en te tortillant sur le sol.

Il leva le chien du revolver.

— 222 Houses Street, prononça McIlvaine d'une voix sourde qui semblait venir du plus profond de lui-même. 222 Houses Street.

Il était à présent 23 h 55.

MAXWELL

A cet instant précis, la petite fille se réveilla.

Assis dans son fauteuil en toile, Maxwell l'observait.

D'abord, elle battit des cils, mais de ses yeux on ne voyait que le blanc. Elle émettait de petits grognements. Son corps se raidit. Maxwell se passa la langue sur les lèvres. Il se pencha en avant pour voir comment elle allait réagir.

Battements de cils, de paupières, les yeux qui se referment, et puis qui s'ouvrent. Les yeux bleus qui regardent dans le vide.

Maxwell sourit.

Il s'apprêta à se lever, mais à ce moment-là les yeux de la petite fille roulèrent à nouveau vers le haut, ne laissant plus voir que le blanc. Les paupières se refermèrent.

Maxwell se rassit et attendit, les mains toujours posées sur les accoudoirs du fauteuil. La gorge serrée, il avait du mal à déglutir.

L'enfant ouvrit les yeux, le regard encore dans le vide. Cette fois-ci, Maxwell attendit. Une minute. Peut-être deux. Elle finit par regarder Maxwell, mais ne bougea pas. Elle semblait regarder quelque chose à travers lui.

Alors Maxwell attendit. Pour être sûr. Pour lui laisser le temps d'être parfaitement réveillée. L'homme et la petite fille s'observaient à travers la sinistre chambre. L'air était lourd et il flottait dans cette pièce une odeur de poussière.

La petite fille respira profondément par le nez. Une fois, puis deux. Elle ne ferma pas les yeux. Au bout d'une ou deux minutes, Maxwell hocha la tête : elle était complètement réveillée. Il se leva.

Apparemment, se dit-il, *ça n'a pas l'air de lui plaire.*

Car dès qu'il s'était levé, elle était devenue comme folle et s'était mise à gigoter sur le matelas. Elle battait des jambes, reculait vers le mur, poussait des cris étouffés sous le sparadrap qui lui fermait la bouche.

Maxwell fut d'abord surpris par cette réaction, mais ensuite il trouva ça bon. Son pénis durcit. Il s'avança vers elle.

La fillette se mit de nouveau à crier sous son sparadrap et agita furieusement ses jambes nues. Sa chemise de nuit remonta sur ses cuisses et Maxwell aperçut son machin, sa petite vulve. Sa gorge se serra et il toucha sa queue à travers son pantalon.

Il s'assit sur le matelas à côté de la gamine. Des larmes ruisselaient sur les joues rondes de Jessica.

Maxwell attrapa une des jambes qui battait l'air et sentit la chaleur de la peau. Il la tira vers lui.

— Mmmm, mmmm ! essayait de crier l'enfant sous le sparadrap.

Tenant toujours la petite jambe d'une main, Maxwell arracha d'un coup sec le sparadrap. La petite fille aspira l'air goulûment, puis se détourna de Maxwell : des spasmes lui soulevaient la poitrine.

Maxwell, pendant ce temps, lui caressait la cheville. Ses yeux brillaient.

Au bout d'un moment, les haut-le-cœur cessèrent ; elle se retourna et regarda Maxwell. Des taches rouges étaient apparues sur ses joues, sous les hématomes violets. Elle se mit à trembler et à secouer la tête.

— S'il vous plaît, réussit à murmurer l'enfant.

Maxwell laissa échapper un grognement, lâcha la jambe de la fillette et se toucha le sexe. Puis, de l'autre main, il la saisit à la gorge, goûtant la pulsation des artères qui remontait dans son bras, jusque dans son propre cœur. Il prit une profonde inspiration.

Derrière lui, la fenêtre explosa.

Maxwell pivota sur le matelas. Dans sa tête, une voix se fit entendre, comme une sirène.

La police. La police. Ils vont m'emmener en prison, j'aurais pas dû, la police, la prison…

Un homme s'était propulsé dans la pièce dans une gerbe d'éclats de verre, et pendant un bref instant, sous les yeux terrifiés de Maxwell, il demeura immobile sur le sol.

Sa chemise était tachée de sang, couverte de morceaux de verre. Il avait le cheveu rare, couleur de sable.

La police… pas la prison, j'aurais pas dû…

Dans la tête de Maxwell, la voix commençait à faiblir. Puis elle disparut.

Lentement, douloureusement, l'homme à terre se mit à bouger. Il était bien petit. Maxwell jeta un coup d'œil à la fenêtre. Il n'y avait personne d'autre avec lui. Il n'y avait que ce petit bon-homme.

Le petit homme leva la tête et regarda Maxwell.

Mais, se dit Maxwell, *c'est quoi ça, ce type, ce type...*

Il entendit un bruit derrière lui et se retourna.

La petite fille avait roulé sur le côté et regardait l'homme à terre. Elle le regardait d'un air rêveur, les lèvres entrouvertes. Les larmes continuaient de rouler sur ses joues, mais elle ne sanglo-tait plus. Elle secouait la tête comme si elle n'arrivait pas à croire ce qu'elle voyait.

Un faible sourire éclaira son visage.

— Papa ? murmura-t-elle.

Maxwell se retourna à nouveau et regarda le petit homme allongé sur le sol. Le petit homme avait levé les yeux sur lui et ses bras et ses jambes commençaient à remuer au milieu des éclats de verre. Il avait l'air d'un bébé qui commence à ramper.

Maxwell éclata d'un gros rire qui lui secoua les épaules.

Et il se leva.

MINUIT

Mon Dieu, se dit Conrad, *il se lève !*

Frénétiquement, ses mains parcoururent le sol autour de lui, au milieu des éclats de verre.

Le manche à balai...

Dans sa chute, il avait perdu son arme. Des taches, des paillettes lumineuses obscurcissaient sa vue. L'énorme créature se levait du matelas comme une colonne de fumée, et son ombre escaladait le mur.

— Merde ! murmura Conrad.

Il fallait se lever.

Lève-toi !

Il essaya de se mettre à quatre pattes, mais une brûlure lui déchirait la jambe.

Après ça, fini les fenêtres !

Avec un grognement, il réussit à s'appuyer sur les mains et les genoux...

— Papa !

Le cri de sa fille lui fit lever les yeux. L'énorme créature se tenait au-dessus de lui, masquant la faible lumière. Il voulut se relever...

La créature l'attrapa alors par la gorge. Un voile noir descendait sur ses yeux, ses membres commençaient à devenir flasques, ses entrailles semblèrent se vider, et il comprit ce qui lui arrivait.

— Papa, papa, papa, papa...

Le hurlement hystérique de Jessica se vrilla dans son cerveau comme un coup de poignard, mais il disparut dans le vaste silence rouge qui l'enveloppait. Tout semblait s'abolir dans ce silence. Tout, sauf le petit visage étrange, le visage de l'animal qui le soulevait de terre. Les jambes de Conrad pendaient dans l'air, inertes. Il n'y avait plus que le silence et les ténèbres qui s'emparaient de lui... et puis ce visage épais, avec ce sourire rêveur, les sourcils broussailleux, les yeux brillants profondément enfoncés dans leurs orbites...

Les yeux brillants...

Comme un pantin désarticulé, Conrad leva un bras, et... enfonça deux doigts dans l'un de ces yeux.

Maxwell poussa un cri et ouvrit les mains.

Conrad essaya en vain de rester sur ses pieds. Le sol semblait avoir disparu. Ne restait que le silence qui l'entourait toujours. Un hurlement vint à nouveau s'incruster en lui.

— Papa, papa, papa, papa, noooon !...

Jessie... Ma Jessica... ? Ma Jessica... ?

Et il la vit, sur le matelas, les mains attachées derrière le dos. Il la vit dans la lueur de l'ampoule nue. Il la vit au milieu des nuages rouges qui explosaient devant ses yeux. Et puis elle disparut.

Tout disparut à ses yeux : la créature, le géant, s'avançait à nouveau vers lui d'un pas lourd.

Maxwell se couvrait l'œil d'une main. Une grimace ourlait ses lèvres épaisses.

— Ça fait mal, dit-il.

Et il frappa violemment Conrad au visage. La tête de Conrad partit en arrière, ses bras battirent l'air.

— Papaaaa ! Ne tapez pas mon papaaaaa !

C'est en heurtant le mur que Conrad entendit le cri plaintif de sa fille. Quelque chose semblait avoir explosé à l'intérieur de son crâne.

Un rugissement. Un rugissement d'animal. Sonné par le coup, Conrad vit Maxwell se ruer vers lui. Le monstre se déplaçait à une vitesse stupéfiante.

— Enculé ! hurla Maxwell.

Ses poings s'abattirent sur Conrad comme des marteaux. Le premier coup le renversa, mais avant qu'il ne tombe à terre, un deuxième coup le cueillit au visage. Il sentit sa mâchoire craquer, son nez éclater. Un goût de sang dans la bouche. Les coups de poing pleuvaient sur lui.

La fillette continuait de hurler. A nouveau, ces cris s'amenuisèrent dans la conscience de Conrad, et la conscience elle-même commença de disparaître. Vaguement, à travers une sorte de brouillard, il vit la silhouette massive s'éloigner de lui.

Jessica hurlait toujours.

Ma Jessica..., songea vaguement Conrad.

— Ferme ta gueule ! rugit Maxwell. Il se rua à travers la pièce pour s'emparer d'elle.

L'ESCALIER

D'Annunzio attrapa McIlvaine par les revers de sa veste et le remit debout. McIlvaine sentit ses jambes se dérober sous lui. Tout en le maintenant solidement, D'Annunzio approcha son visage tout près de celui du prisonnier.

— A Rikers Island, lui dit-il, il y a des cellules qu'aucun avocat n'a jamais vues. Mais moi, je les ai vues. Et je te jure de t'y expédier si jamais tu m'as menti.

— 222 Houses Street, répéta hâtivement McIlvaine. Je le jure. C'est au premier étage. Il va la tuer. Il est fou. Il va la tuer.

— Mon Dieu ! hurla Agatha.

D'Annunzio lança un regard à Calvin.

— On y va !

Le gros inspecteur se rua dans le salon en hurlant.

— Il nous faut du monde au 222 Houses Street, dans Tribeca. Dites-leur de faire gaffe : l'otage est probablement retenue au premier étage : le type est armé et est dangereux.

Puis, s'adressant à l'un des agents en uniforme :

— Amenez ce type que je puisse lui éclater la gueule s'il a menti !

— Entendu.

C'est bon, se dit D'Annunzio. *C'est tout bon*. Il se sentait en pleine forme, rempli d'une énergie dévastatrice. Il allait coincer le type. Parfaitement ! Il sentait Agatha Conrad derrière lui, qui le suivait comme un chiot perdu.

Il se retourna. Effectivement, elle était là. Elle courait, et ses seins se balançaient sous son sweat-shirt. C'était fabuleux.

— Vous pouvez venir avec moi, dit-il.

Elle acquiesça.

D'Annunzio se dirigea avec agilité vers les ascenseurs, précédé de son gros ventre. Derrière lui, une petite escorte : Agatha Conrad, Elizabeth Burrows, l'agent spécial Calvin, puis l'agent en uniforme, qui traînait Lewis McIlvaine.

D'Annunzio marchait fièrement en tête, haletant comme s'il traînait les autres au bout d'une corde.

Arrivés devant les ascenseurs, ils s'aperçurent que les deux portes étaient fermées. Les policiers en avaient bloqué un pour leur usage, mais un des techniciens avait dû l'utiliser pour redescendre. D'Annunzio poussa un juron. Il voulut appuyer sur le bouton d'appel, mais sentit à cet instant le regard d'Agatha.

— C'est bon, aboya-t-il, on va prendre l'escalier !

Et il se précipita vers la porte de l'escalier.

Au même instant, Maxwell assommait Conrad à coups de poing.

LE MANCHE A BALAI

— Papa, papa, papa, papaaaaaaaaaaa... !

Le long hurlement perça les ténèbres de Conrad.

... ma Jessica... ?

Le hurlement plaintif semblait se poursuivre indéfiniment. Venait-il de l'extérieur ou du plus profond de lui-même ? Conrad n'aurait su le dire. Il releva un peu la tête.

... ma Jessica...

Il vit l'homme-montagne qui s'agenouillait près de sa fille. Et elle...

Oh... oh non... oh... ma Jessica...

L'enfant était adossée au mur, pétrifiée, la bouche grande ouverte, le visage écarlate...

Conrad ferma plusieurs fois les yeux pour tenter de dissiper les nuages rouges et le brouillard noir. Et, à ce moment-là, il aperçut le manche à balai.

Par terre, au milieu d'éclats de verre, pas très loin de lui.

Il pouvait l'atteindre.

— Ta gueule ! Mais ferme ta gueule ! hurlait Maxwell.

Conrad se mit à ramper sur le sol.

La douleur dans son genou remontait dans la cuisse, les bourses, l'entrejambe. La souffrance le fit revenir à lui et il se rendit compte à ce moment-là qu'il devait avoir la mâchoire cassée tant sa tête semblait sur le point d'exploser. Du sang coulait de sa bouche ouverte sur son menton, des éclats de verre lui lacéraient le ventre. Une de ses blessures au flanc s'était rouverte et il saignait. Il tendit le bras...

Ses doigts se refermèrent sur le bois.

Il faut que je me lève... il faut...

— Viens ici ! s'écria Maxwell avec colère, en tirant Jessica par une cheville,

— S'il vous plaîîîîîît ! hurla-t-elle.

Conrad se leva.

Le manche à balai à la main, il avança en titubant vers Maxwell.

Ce dernier l'aperçut du coin de l'œil. Il lâcha Jessica et pivota sur ses talons... On eût dit un démon jaillissant des entrailles de la terre. En un éclair, l'énorme masse de chair s'était ruée sur Conrad. Le manche à balai vola de ses mains et atterrit dans un coin, à l'autre bout de la pièce, tandis que Conrad lui-même était violemment projeté en arrière. Il s'écroula sur le sol comme un sac de farine. Alors, au milieu des cris de sa fille, il ne sentit plus que le martèlement des poings...

Frappé au ventre, il se plia en deux et vomit une matière qui vint se mêler au sang dans sa bouche. Un autre coup de poing l'atteignit aux testicules. Il se recroquevilla. Puis une grêle de coups au visage le retourna sur le dos. Il resta étendu, les bras en croix.

Jessica hurlait sans discontinuer.

Avec un rugissement, Maxwell se redressa, agita un poing en l'air, et de l'autre se martela la poitrine. Sa bouche était tordue de rage, ses yeux roulaient dans leurs orbites, hagards. Son rugissement couvrit les hurlements stridents de Jessica.

— Enculé ! rugit-il. Espèce d'enculé !

Et il lui envoya un formidable coup de pied dans les côtes. Le corps de Conrad se souleva et glissa un peu à travers la pièce. Mais Conrad ne sentit pas ce dernier coup. Il n'entendit pas le rugissement. Il était étendu sur le dos dans une chaude obscurité, dans un néant parfait.

— Ta gueule, salope ! hurla alors Maxwell en se dirigeant à nouveau vers l'enfant.

— Non ! S'il vous plaît ! Maman ! Maman ! Maman ! S'il vous plaît ! hurla Jessica.

Conrad était toujours allongé sur le dos, les jambes écartées, les bras en croix.

— S'il vous plaaaaîîît...

... *ma Jessica...*

LE PALAIS HO SUNG'S CHOW MEIN

En arrivant à sa vieille Pontiac, D'Annunzio haletait bruyamment. Agatha Conrad et Elizabeth Burrows se trouvaient seules derrière lui : les autres étaient montés dans leurs propres voitures.

D'Annunzio s'installa au volant et fit démarrer le moteur avant de se pencher, avec un grognement, pour ouvrir la portière du côté passager.

Agatha monta à côté de lui et ouvrit elle-même la portière arrière à Elizabeth. Pendant ce temps, D'Annunzio allumait l'émetteur-radio situé sous le tableau de bord.

Avec un hurlement de pneus, la Pontiac quitta sa place de parking. Devant eux, une autre voiture de police bleu et blanc, la sirène hurlante, le gyrophare tournoyant, se frayait un chemin dans la circulation de la 36ᵉ Rue. Aussitôt après celle-ci, une voiture officielle de couleur noire, celle de Calvin, le gyrophare rouge également allumé, ajouta sa sirène au concert. D'Annunzio plongea la main sous son siège, en tira un gyrophare qu'il plaça sur le tableau de bord, puis alluma sa propre sirène.

Les taxis qui roulaient devant eux se rangèrent sur le côté, laissant passer le bolide bleu et blanc, la voiture noire, puis celle de D'Annunzio. Ils passèrent à toute allure devant la bibliothèque Morgan, avec son imposante façade en marbre, et dont les projecteurs avalèrent rapidement les éclairs rouges des gyrophares. Puis, dans un hurlement de pneus et de sirène, la Pontiac tourna dans Park Avenue.

D'Annunzio glissa un regard à Agatha Conrad.

— Il doit déjà y avoir des unités à nous là-bas, lui dit-il.

Elle acquiesça d'un signe de tête, mais ne répondit pas. Elle se frottait nerveusement les lèvres du bout des doigts. Un bourdonnement se fit entendre sur la radio de bord.

— Allô ! Central, nous n'avons constaté aucune prise d'otage à l'endroit indiqué. A vous.

D'Annunzio lança un nouveau coup d'œil à Agatha, qui à présent regardait l'appareil de radio.

Nouveau bourdonnement.

— … confirmation…

Oui, Central… au premier étage du 222 Houston Street se trouve le Palais Ho Sung's Chow Mein. On y sert une excellente soupe aigre-douce, mais pas la moindre prise d'otage. Terminé.

En étouffant un juron, D'Annunzio, s'empara du micro.

— Allô ! Central ? Ici D'Annunzio, avertissez tous ces crétins que la prise d'otage a lieu au 222 Houses Street et non pas Houston Street. Je répète : 222 Houses Street !

Un court silence. D'Annunzio regarda la route. La Pontiac approchait d'un feu rouge et les voitures devant ne semblaient pas vouloir se ranger. Deux de celles-ci s'apprêtaient même à utiliser les sirènes de police pour griller le feu. Des coups de klaxon fusèrent de l'autre côté du carrefour, on entendit des hurlements de freins. Manœuvrant le volant d'une main, D'Annunzio suivit la Chevrolet noire de Calvin au milieu d'un étroit interstice entre deux files de voitures.

Nouveau bourdonnement sur la radio.

— Toutes les unités ont été prévenues qu'il y avait eu une erreur pour l'adresse…

Grésillements sur la ligne.

— Allô !… et merde, Central.

— Oui, ici Central.

Grésillements.

— Mais où est-ce qu'elle est, cette Houses Street ?

— Houses Street ?

D'Annunzio replaça le micro sur son support et lança un nouveau coup d'œil à Agatha.

La femme lui rendit son regard ; ses lèvres tremblaient.

— Ne vous inquiétez pas, madame.

Agatha rit d'un air lugubre et serra plus fort ses bras contre sa poitrine. Elle frissonnait.

Au même moment, son mari était étendu sur le dos, les bras en croix.

LA MORT

Conrad ne voyait rien, ne savait rien. Il flottait sur le dos à la surface d'une mer noire. Il dérivait.

C'était un endroit immuable, sans horizon. Il n'y avait que l'élément lui-même, le clapotis de l'élément qui s'élevait et s'abaissait sous lui, avec lui.

— Maman, maman, maman !

Le bruit s'amplifiait et disparaissait, comme s'il était une part de son être. Il était lui-même l'élément dans lequel il flottait, l'élément d'un cri.

— Maman !

Deux lourdes syllabes jaillies de la poitrine de sa fille :

— Maman, maman, maman, maman !

... ma Jessica...

Conrad sentait la terreur animale dans ce hurlement. Une terreur qui s'élevait et s'abaissait avec lui, en lui.

— Maman !

Il sentait l'incompréhension de ce qui lui arrivait. Pourquoi ? Pourquoi n'était-elle pas avec sa mère, blottie contre sa mère ?

— Mamaaaaaan...

... ma Jessica...

Et il se releva.

Au début, il n'était pas bien sûr d'y être parvenu. Il se sentait dériver dans le noir. La douleur était intolérable, et il avait le sentiment de vouloir écarter cette souffrance intolérable avec des bras de papier mâché, des jambes de sable...

... Jessica... Jessica... ma...

Le cri de Jessica devint un long hurlement de terreur :

— Noooon... Maman... !

Maxwell, à quatre pattes, s'avançait vers l'enfant... Jessica était plaquée contre le mur, et Maxwell, sur le matelas, s'avançait vers elle...

En titubant, Conrad franchit les quelques pas qui le séparaient du matelas. Courbé en deux, les bras battant l'air, il s'effondra sur Maxwell et lui passa les deux bras autour du cou.

— Enculé! lança Maxwell.

Il attrapa le bras gauche de Conrad et le fit basculer de côté.

Il se leva, Conrad toujours accroché à son cou. L'énorme créature se saisit de ce poids qui l'encombrait.

— Enculé! Enculé! hurlait Maxwell.

Malgré les hurlements de la fillette, malgré ses propres rugissements, Maxwell entendit craquer le bras de Conrad qui poussa un cri de douleur.

L'écume aux lèvres, Maxwell se mit à l'injurier.

— Alors, ça t'a plu? Ça t'a plu, espèce d'enculé? Et maintenant tu vas crever, je vais te crever!

Maxwell se pencha : d'une main il lui serra la gorge et de l'autre le souleva par la ceinture. Conrad ressemblait à une poupée de chiffon avec ses membres ballants et son bras cassé plié suivant un angle anormal. Maxwell le souleva à hauteur de ses épaules. Un flot de sang jaillit de la bouche de Conrad.

Il jeta le corps du petit homme de l'autre côté de la pièce.

— Et maintenant, crève!

Terrorisée, Jessica vit voler le corps de son père. Elle hurlait. Conrad heurta le coin du mur et retomba, le visage contre le plancher. Une mare de sang se forma rapidement autour de son crâne. Ses jambes étaient repliées sous lui, son bras étendu d'une étrange façon.

Il ne bougea plus. Il ne voyait ni n'entendait plus rien. Ni sa fille qui hurlait, ni Maxwell qui éclatait de rire avant de se détourner. Il ne leva pas la tête lorsque le géant se dirigea à nouveau, plus calmement cette fois, vers le matelas où se trouvait la petite fille.

Maxwell s'agenouilla à côté d'elle et la saisit par la cheville. L'enfant appelait sa mère en hurlant. Haletant et riant tout à la fois, il se mit à lui serrer la gorge d'une seule main. Lentement. Presque tendrement.

Jessica poussa un dernier cri.

UN CLOCHARD DANS L'ENTRÉE

Dans une entrée d'immeuble de Houses Street, un clochard entendit ce dernier hurlement : « Maman, maman. Maman ! » Ces mots se vrillèrent sous sa peau comme des vers de terre. Il se réveilla tout à fait, s'étira.

Il regarda autour de lui et, en frissonnant, grommela :

— Que... Qu'esse c'est, ça ?

L'homme, un grand Blanc d'une quarantaine d'années, portait un manteau crasseux par-dessus des haillons non moins crasseux, et s'était installé en face du 222, de l'autre côté de la rue. Le hurlement l'avait réveillé d'un sommeil comateux dû en partie à un exécrable bourbon.

Il avait travaillé dur et longtemps pour se payer ce bourbon. Enfin... pas longtemps, mais plutôt dur. Il avait passé de longs moments, à l'heure des repas, à faire la manche sur Broadway, devant le Broadway Audio. Sa théorie, c'était que les gens se sentaient coupables à l'idée d'acheter des produits de luxe. D'après lui, cela les rendait plus charitables.

Aujourd'hui, la tactique s'était révélée payante. Entre 12 h 30 et 14 heures, il avait ramassé vingt-cinq dollars en petite monnaie. Il avait donc fermé boutique pour la journée, et récompensé sa peine par l'achat d'une bouteille de Kentucky Best. L'heure de sortie des bureaux l'avait trouvé assis sur un banc de la station de métro Spring Street, en compagnie de quelques amis avec qui il discutait des paroles de la chanson « What King of Fool Am I ». Peu après la tombée de la nuit, il était allongé au bord du quai et vomissait sur la voie.

Il était tard, aux environs de 22 heures, lorsqu'il se rendit dans son entrée d'immeuble avec l'intention d'y passer la nuit. Ce n'était pas le moment de l'emmerder.

Mais le dernier cri de Jessica l'avait réveillé. Il s'assit et écouta. Avait-il rêvé ? Oui, ça devait être ça, pourtant…

Pourtant l'effroyable hurlement lui collait à la peau. Il tendit l'oreille vers le silence de la ville : le bourdonnement de la circulation, le grondement des rames de métro…

Et puis, dans le lointain, il entendit un autre hurlement. De plus en plus proche, de plus en plus fort. Un autre hurlement qui s'élevait au moment même où le précédent disparaissait. Plus près. Plus fort. Jusqu'au moment où il comprit qu'il ne s'agissait pas d'un hurlement…

Les sirènes, se dit-il. *Les flics. Merde !*

Il s'accrocha aux montants du porche, et, jurant et crachant, réussit à se mettre debout.

Les flics. Sales Flics !

Le premier gyrophare rouge apparut au coin de la rue. Les sirènes faisaient à présent un vacarme assourdissant. Puis d'autres voitures, d'autres gyrophares, une véritable armée de lumières tournoyantes.

Le dos voûté, les jambes pliées, il prit le chemin du fleuve le plus rapidement possible, puis agita la main en direction des voitures qui arrivaient en trombe derrière lui.

— Bah, murmura-t-il d'un air dégoûté. Qu'esse j'en ai à foutre, moi ? Hein, qu'esse j'en ai à foutre ? Mais qu'esse j'en ai à foutre ?

MAXWELL ENCORE

La voiture de D'Annunzio prit le dernier virage sur les chapeaux de roues et plongea dans une obscurité rougie par les gyrophares.

Agatha était pétrifiée par les pressentiments les plus sinistres. Pendant un instant elle ferma les yeux, et les éclats de lumière semblèrent s'imprimer sous ses paupières tels des nuages rouges. Le hurlement des sirènes battait à ses tempes comme la lourde pulsation qui lui serrait la gorge.

Dans un crissement de pneus, la Pontiac s'immobilisa. Agatha ouvrit les yeux. La petite rue était remplie de voitures de police : voitures pie et voitures banalisées, avec des gyrophares derrière le pare-brise. Des hommes jaillissaient de ces voitures, en uniforme et en costume-cravate. Tous, une fois dehors, s'accroupissaient. Tous avaient le pistolet à la main. Tous avaient les yeux tournés vers l'un des immeubles de la rue.

Agatha leva aussi les yeux. L'immeuble était sombre, à peine éclairé par les gyrophares de la police. C'était une bâtisse en pierres brunes, qui jouxtait un terrain vague. Tordues, déglinguées, ses fenêtres les contemplaient stupidement. Les pierres brisées, éclatées, la porte défoncée, le perron en ruine, cette allure générale de délabrement faisaient penser à un squelette humain.

— Attendez ici, ordonna D'Annunzio avant de sortir de la voiture.

Agatha n'attendit qu'un instant, le temps pour elle de regarder Elizabeth, sur le siège arrière. La jeune fille contemplait les gyrophares rouges d'un air rêveur. Tirée de sa rêverie, Elizabeth adressa à Agatha un sourire doux et lointain.

Agatha s'efforça de lui rendre son sourire, puis ouvrit la portière et plongea dans le tourbillon lumineux de la nuit.

Elle tremblait, ses jambes semblaient en coton. Elle aurait tant aimé se trouver en ce moment chez elle avec sa fille et son mari… Ce serait hier, rien qu'hier, et il ne se serait rien passé. Elle observait la scène, une main encore appuyée sur la portière.

Les autres voitures étaient disposées devant elle de façon dispersée. Une nouvelle voiture de police venait d'arriver, et pendant un instant elle fut aveuglée par la lueur tourbillonnante du gyrophare rouge. Elle leva la main pour se protéger les yeux, mais vit quand même, entre ses doigts, des hommes qui couraient, s'accroupissaient derrière les voitures, le pistolet à la main.

Agatha, elle, ne s'accroupit pas. Debout à côté de la voiture de D'Annunzio, son regard était rivé sur l'immeuble décati.

La forme massive de D'Annunzio passa devant elle. Il essayait de se baisser, du mieux qu'il pouvait, et s'approcha de la voiture qui se trouvait juste devant la sienne.

— C'est ici? demanda-t-il.

Le visage de McIlvaine apparut à la vitre de la voiture. Il lança un regard apeuré au policier.

— Oui, oui, c'est là. Mais je vous préviens tout de suite, il est cinglé. Il a dû déjà la tuer, personne n'aurait pu l'arrêter.

A ce moment, l'agent spécial Calvin se précipita à côté de D'Annunzio, un mégaphone à la main.

— On va l'appeler, dit-il.

Mais le ton était presque interrogatif.

D'Annunzio opina du chef.

— Oui. Essayez de l'appeler. (Un coup d'œil vers McIlvaine.) Comment il s'appelle?

— Maxwell. Max Duval, dit McIlvaine.

D'Annunzio se tourna à nouveau vers Calvin:

— Allez-y.

Nerveusement, Calvin approcha le mégaphone de ses lèvres.

Avant qu'il pût parler, la porte de l'immeuble s'ouvrit.

Les policiers se figèrent sur place, l'arme levée. Dans la lueur intermittente des gyrophares, les regards étaient tendus. La porte s'ouvrit lentement.

Agatha aussi avait les yeux fixés sur la porte. Ses lèvres bougeaient silencieusement. *Je vous salue Marie pleine de grâce, je vous salue Marie pleine de grâce, je vous salue Marie pleine de grâce…* Malgré les coups de marteau de son cœur, malgré la peur nauséeuse qui l'envahissait, les mots semblaient étrangement clairs.

La porte s'ouvrit complètement, et un monstre apparut dans la lueur des gyrophares.

Une montagne de chair, un géant qui clignait des yeux, ébloui par les lumières. Ses jambes étaient comme deux colonnes, ses bras massifs pendaient le long de ses flancs et ses épaules semblaient heurter les deux montants de la porte.

Celle-ci se referma derrière lui. Il demeura sur le perron, immobile. Il les regardait. Tous. Son petit visage épais était tendu comme s'il ne parvenait pas à comprendre qui ils étaient ni pourquoi ils étaient venus. Il fixait sur eux des yeux petits et durs, enfoncés profondément dans leurs orbites. Puis il se remit à avancer.

— N'avancez pas ! hurla quelqu'un.

Et un autre :

— Arrêtez !

— Ne bougez plus !

Des policiers se tenaient derrière leurs voitures, l'arme appuyée sur le capot, d'autres s'agenouillaient, le fusil braqué sur l'homme qui s'avançait.

— Restez où vous êtes !

— Les mains sur la tête !

— Les mains en l'air !

De la voiture devant Agatha monta la voix surexcitée de McIlvaine.

— Vous voyez ? Il l'a tuée ! Je n'ai pas pu l'en empêcher. Personne n'aurait pu l'arrêter. C'est lui, il est fou, je vous jure que je…

Agatha regardait l'homme sur le perron. Jusque-là, elle s'était raccrochée à un frêle espoir, mais à ce moment-là, quelque chose se brisa en elle et le désespoir la submergea. Elle eut le sentiment que son corps allait se déchirer pour lui permettre de pousser un cri, qu'à partir de cet instant elle ne serait plus qu'un hurlement inimaginable de douleur pure.

Elle n'émit pas le moindre son. Elle porta les mains à son ventre et le pressa très fort. Elle continuait de fixer l'homme sur le perron.

L'homme regarda les lumières, les policiers, les armes braquées sur lui, et il sourit d'un air rêveur. Il hocha la tête, rit un peu et se remit à sourire.

Et puis, sans avancer, il se mit à vaciller... et s'abattit droit devant lui, comme un arbre, sur l'escalier de pierre. Il était mort.

Pendant de longues secondes, nul ne bougea. Personne ne comprenait très bien le spectacle qui s'offrait à eux. Agatha continuait de regarder le perron.

Une seconde auparavant, l'homme était là, massif, terrifiant, semblant défier les hommes armés qui le menaçaient. Et à présent il était allongé de tout son long sur l'escalier, la tête en bas, les bras raides le long du corps, et, dans le dos, sa chemise, éclairée par les gyrophares, était trempée de sang.

Alors, la porte de l'immeuble se rouvrit lentement.

Très lentement. Dans la rue brillamment éclairée, les policiers attendaient, le canon de leurs armes à nouveau pointé sur la porte. La tension était extrême. La porte s'ouvrit un peu plus.

Et puis un petit homme titubant apparut sur le seuil.

D'abord, Agatha ne le reconnut pas. Il avait le bas du visage en bouillie, sa bouche n'était plus qu'un trou et son nez était aplati. Tout son visage était couvert de sang. Mais aussi son pantalon et sa chemise.

— Aaaiiie... ?

La voix qui parvint à Agatha était profonde, caverneuse, et semblait sourdre du plus profond de cet homme.

Il considérait sans les voir les gyrophares tourbillonnant et avança une main comme pour chercher son chemin. Son autre bras pendait le long du corps, désarticulé.

— Aaaiiie..., appela-t-il à nouveau.

Les lèvres d'Agatha se mirent à trembler.

— Nathan! hurla-t-elle. Nathan, je suis ici!

— Aaaiiie...

— Mon Dieu, Nathan, je suis ici!

Elle avança d'un pas incertain.

Autour d'elle, des cris fusèrent, gutturaux comme des aboiements, bientôt recouverts par la voix de stentor de D'Annunzio.

— Baissez les armes! Baissez les armes, nom de Dieu! Il a l'enfant! Ne tirez pas! Ne tirez pas!

Il attrapa le mégaphone de Calvin et sa voix résonna, comme venue de partout à la fois.

— Ne tirez pas, ne tirez pas! Il a l'enfant, ne tirez pas!

Agatha aperçut alors la petite silhouette à côté de Nathan. L'enfant s'accrochait au pantalon de son père, la joue appuyée contre sa jambe, regardant la scène qui s'offrait à elle avec des yeux effarés.

— Jessie? murmura Agatha. Jessie?

Elle se mit à courir entre les voitures, entre les hommes.

— Jessie? s'écria-t-elle.

L'enfant cligna des yeux, se pencha un peu en avant.

— Maman?

S'accrochant toujours d'une main au pantalon de son père, elle tendit l'autre devant elle.

— Maman!

Agatha se précipita vers elle.

LES SOUVENIRS DE CONRAD

Plus tard, on demanda à Conrad ce qui s'était passé. Assis sur le rebord de son lit d'hôpital, un carnet à la main, D'Annunzio lui demanda plusieurs fois : « Mais qu'est-ce que vous avez fait, exactement ? » Il n'était pas le seul, car d'autres policiers, des avocats, des médecins (pour comprendre l'origine de ses blessures) lui posaient cette même question. Conrad essayait sincèrement de se rappeler ces derniers moments, mais en vain : l'oubli les avait déjà recouverts d'un voile opaque. Le choc et la douleur avaient eu raison de sa mémoire.

— Ce que j'aimerais bien savoir, lui dit son ami, le Dr Frank Saperstein, venu le voir à l'hôpital, c'est comment, dans l'état où il t'avait déjà mis, tu as trouvé la force d'enfoncer un manche à balai dans les reins de ce type.

— Oi ce eu j'aierais sa'oir, répondit Conrad, la mâchoire maintenue par un appareil, c'est 'omment je'e souis'ouvenu de l'endoit où e t'ouve le wein.

Saperstein éclata de rire.

— La fac de médecine, mon vieux, c'est terminé pour toi !

Conrad se contenta de hocher la tête pour ne pas trop sourire. Il n'avait rien d'autre à dire sur le sujet. Il avait tout oublié.

Enfin... Pas vraiment tout. Il se souvenait d'un bref moment. Un bref moment qu'il n'oublierait jamais.

A la fin, dans la pièce avec Maxwell, la pensée semblait l'avoir abandonné. Il gisait, inconscient, à l'endroit où Maxwell l'avait jeté. Pourtant, en lui, dans son ventre, il éprouvait quelque chose qui aurait pu être l'inverse d'une grossesse : un être qu'il aimait basculait lentement dans le néant. La vie s'en allait. Il fallait arrêter ça. Qu'il essaie d'arrêter ça. Cela faisait si mal. Si mal. Alors, Conrad s'était levé. Une fois encore.

Il ne s'était pas rendu compte que l'homme l'avait projeté dans le coin de la pièce où avait volé le manche à balai. En se redressant, il le découvrit sous ses doigts et s'en saisit. Pour se relever, il dut s'appuyer sur son unique bras valide et sur sa jambe raide, mais, en dépit de l'atroce douleur, il y parvint : la mort imminente de sa fille semblait le soulever.

Pourtant, il tenait à peine sur ses jambes. S'approcher. Traverser la petite pièce en titubant. Si Maxwell avait été debout à ce moment-là, il aurait été incapable de s'attaquer à lui, mais le géant était à genoux sur le matelas, tenant la jambe de Jessica d'une main, et de l'autre cherchant à l'étrangler. Levant haut son arme improvisée, Conrad s'abattit sur l'homme... et enfonça le manche de bois pointu avec une précision chirurgicale.

Maxwell aurait dû mourir sur le coup, mais il se releva en poussant un rugissement. Conrad roula de côté, sur le matelas, et serra sa fille contre lui...

... Jessica... Jessica...

... tandis qu'au-dessus d'eux Maxwell tournoyait sur lui-même en hurlant de rage. Jessica, elle, ne criait plus. Appuyée contre la poitrine de son père, elle regardait la scène en pleurant.

Maxwell battait l'air de ses mains comme pour chasser l'objet qui l'avait frappé. La bave aux lèvres, la tête levée au plafond, il hurlait. Finalement, avec un cri de douleur, il arracha le manche à balai enfoncé dans sa chair. Conrad entendit un bruit sourd, mouillé, et se dit que l'homme allait mourir.

Maxwell devait mourir. Personne n'aurait pu survivre en ayant ainsi arraché l'arme de sa blessure. Avec son bras valide, Conrad serra plus fort sa fille contre lui...

... Jessica...

... et leva les yeux sur l'homme enragé.

... meurs... !

Mais l'homme était toujours debout. D'un geste furieux, il jeta le manche à balai contre le mur, puis baissa les yeux sur la silhouette ensanglantée sur le matelas : la silhouette ensanglantée qui abritait la petite fille sous son bras.

... Jessica..., songea Conrad en serrant l'enfant contre lui sans quitter Maxwell des yeux.

Le géant le regarda un moment, puis secoua la tête tristement et tourna les talons. Lentement, en traînant les pieds, il se dirigea vers la porte.

Toujours étendus sur le matelas, Conrad et Jessica le regardèrent partir. Une traînée de sang coulait à travers sa chemise et venait maculer l'arrière de son pantalon. Branlant du chef, Maxwell ouvrit la porte et sortit sur le palier.

Conrad n'aurait su dire comment il parvint à ôter le sparadrap qui entravait les poignets et les chevilles de Jessica. Ni comment il réussit à sortir de la pièce, à descendre l'escalier et à ouvrir la porte de l'immeuble. Il savait seulement qu'il fallait sortir, s'en aller, éloigner Jessica. Trouver Agatha. Il fallait retrouver sa femme.

... ma femme...

Elle les aiderait. Elle s'occuperait d'eux.

Il descendit l'escalier en titubant, l'enfant accrochée à sa jambe de pantalon, et lui qui posait sur ses cheveux sa main ensanglantée. Puis, brutalement, ce fut le perron, et les lumières, partout. Des lueurs de phares et des lumières rouges clignotantes qui semblaient se fondre dans les nuages rouges qui flottaient et dansaient devant ses yeux.

... ma femme..., songeait Conrad, debout sur le perron.

Il l'appelait à ce moment-là, mais sans en avoir conscience. Une seule chose importait : rester debout. Marcher jusqu'à ce qu'il eût éloigné Jessica et retrouvé Agatha.

— Je suis ici, Nathan !

... ma femme...

— Maman !

Nathan ferma les yeux. Autour de lui, tout se mit à tourner.

... il faut...

Rester debout. Ne pas tomber. Il rouvrit les yeux, regarda les lumières. Et puis les marches. Et il vit le corps de Maxwell. Le corps de Maxwell et...

... ma femme...

Agatha. Agatha qui accourait vers eux, les bras tendus. Puis l'enfant qui s'éloignait de lui, passait à côté du géant allongé sur les marches et se mettait à courir sur le trottoir où se trouvait Agatha, Agatha qui tombait à genoux pour la prendre dans ses bras, la serrer contre elle...

Conrad, qui titubait dangereusement sur le perron, hocha doucement la tête.

— *... ma femme... Jessica... ma femme...*

C'était terminé. Il savait qu'il pouvait s'abandonner, se laisser aller.

Il se laissa couler dans l'obscurité à ses pieds. Mais il ne tomba pas. Son corps ne s'effondra pas. Il y avait des gens autour de lui. Des gens qui le soutenaient, lui tenaient les bras, criaient dans ses oreilles.

— Ça va aller, mon vieux. Ça va aller, tenez bon !

Cet homme…, songea Conrad, *il est gros, il sent mauvais…*

La voix du gros homme malodorant continuait de résonner à ses oreilles.

— Ça va aller, mon vieux. Je vous jure que ça va aller. Tenez bon, maintenant.

Et c'est ce moment dont se souvenait Conrad. Cet instant précis, alors même qu'il allait sombrer dans les ténèbres. Il eut un bref éclair de lucidité.

Il voyait tout : les policiers qui se précipitaient vers lui, les voitures dans la rue, les lumières partout, l'homme mort étendu sur les marches, sa femme qui serrait contre elle leur enfant. Les moindres détails se détachaient sur l'encre de la nuit.

Et il songea : *Je vais vivre.*

Avec la plus grande lucidité, il songea : *Je vais vivre et je verrai mes petits-enfants.*

FIN

— Ça va aller, papa?

— Je l'espère, dit sa mère en pleurant. Je l'espère, ma chérie.

Ils avaient emmené son père à l'hôpital, en ambulance. Elle aussi irait à l'hôpital, mais avec sa mère. Sa mère qui la tenait par l'épaule. Elles se dirigèrent vers une voiture bleu marine, de l'autre côté de la rue. C'était dans cette voiture qu'elles devaient se rendre à l'hôpital.

Jessica avait des vertiges et se sentait toute bizarre. Elle avait mal au ventre et ses pieds étaient tout froids. Elle ne voulait pas aller à l'hôpital. Elle aurait voulu rentrer à la maison et se mettre au lit.

— Le Dr Saperstein, il sera à l'hôpital? demanda-t-elle.

— Oui, répondit sa mère en s'essuyant les yeux.

— Il a jamais de sucettes.

Sa mère se mit à rire à travers ses larmes.

— Je t'achèterai une sucette plus tard, ma chérie. Je te le promets.

Tandis qu'elles s'approchaient de la voiture, un policier ouvrit la portière et en fit descendre une dame. Une très belle dame. Même qu'elle était belle comme une princesse. Mais ses cheveux étaient tout sales. Et puis elle portait une vieille robe de maman : celle avec les fleurs rouges. Ça lui allait pas très bien : la dame était trop grande et trop mince pour cette robe.

Tenant la jeune femme par le bras, le policier la fit monter dans une autre voiture, à l'arrière, et referma la portière. Puis il s'installa au volant.

La jeune femme regarda alors par la vitre et aperçut la mère de Jessica.

Agatha s'immobilisa et lui rendit son salut. Puis, avant que la voiture démarre, la belle jeune femme regarda aussi Jessica, d'une étrange façon. Son regard était à la fois doux et triste. C'était ainsi que Jessica regardait parfois les maisons de poupée dans les vitrines des magasins, ces choses dont elle avait terriblement envie mais qu'elle ne pouvait avoir.

Puis la voiture recula, fit demi-tour et tourna au coin de la rue. La très belle femme avait disparu.

— Qui c'était, maman ? demanda Jessica.

— Oh, une jeune fille. Une patiente de ton papa.

Jessica avait souvent entendu parler des patientes de son papa.

— Est-ce qu'elle est triste ?

— Oui. Oui, elle est triste.

— Mais est-ce que papa va l'aider ?

— Je ne sais pas. Oui. Je crois qu'il va essayer.

Jessica réfléchit un instant, puis repartit en direction de la voiture.

— Papa s'est battu avec le méchant, conclut finalement Jessica.

— Je sais, dit sa maman d'une voix étranglée. (Elle pleurait à nouveau.)

— Le méchant, c'était un géant.

— Oui, c'est vrai. Presque un géant.

— Est-ce que papa l'a tué, maman ?

— Oui, ma chérie.

— Parce qu'il était obligé.

— Oui.

Lorsqu'elles arrivèrent à la voiture, Agatha jeta un regard autour d'elle.

— Dis, maman, est-ce que papa c'est l'homme le plus fort du monde ?

Sa mère se mit à rire.

— Je ne sais pas, dit-elle avec un geste de la main.

Puis elle éclata de rire.

— Probablement.

Comme sa mère, Jessica se mit aussi à regarder autour d'elle. La plupart des voitures de police commençaient à quitter les lieux. Certaines avaient encore leurs lumières rouges qui tournaient sur le toit.

— Pourquoi est-ce qu'on s'en va pas ? demanda Jessica.

— Il faut attendre l'inspecteur, dit Agatha en montrant D'Annunzio. C'est lui qui va nous conduire.

— Le gros monsieur ?

— Chut, ma chérie. Oui.

Jessica observa le gros inspecteur, penché à la portière d'une voiture. Un instant plus tard, il se redressa et s'approcha d'elles. Il baissa les yeux sur la petite fille.

— Bonjour, toi, la salua-t-il.

Jessica se serra contre la jambe de sa mère. Le gros inspecteur sourit. Ça faisait drôle quand il souriait. Puis il regarda Agatha.

— Eh bien...

— Merci de..., commença Agatha.

Mais elle ne put finir sa phrase et éclata en sanglots.

Le sourire de D'Annunzio s'élargit.

— Ça se termine bien, non?

A ce moment-là, une voiture de police se mit à reculer et s'arrêta juste devant Jessica. Les yeux de la fillette s'agrandirent de peur.

— Maman! s'écria-t-elle en s'agrippant plus fermement encore à la jambe de sa mère.

A travers la vitre baissée de la voiture de police, un homme les regardait, et cet homme n'était autre que le méchant. Le dénommé Sport.

— Qu'y a-t-il? demanda Agatha.

— Regarde, maman c'est le méchant!

— Oh... (Agatha serra sa fille contre elle.) Ça n'est rien, dit-elle. Il va aller en prison, maintenant. Il ne peut plus te faire de mal. Allez, viens.

Elle voulut entraîner Jessica vers la voiture bleu marine, mais Jessica résista et leva les yeux vers le gros inspecteur.

— C'est lui qui disait à tous les autres ce qu'il fallait faire, dit-elle.

L'inspecteur baissa la tête, puis se tourna vers l'homme avec un grand sourire.

— Mais c'est très intéressant ce que tu me racontes là. Toi et moi on va en discuter, et tu m'expliqueras tout. D'accord?

— D'accord, répondit Jessica d'une voix hésitante.

— Allez viens, ma chérie, dit sa mère. Monte dans la voiture, on va voir papa.

Sa mère ouvrit la portière, mais Jessica ne bougea pas. Elle regardait le méchant droit dans les yeux.

Le méchant nommé Sport soutint son regard. Ses lèvres dessinèrent une moue. Il émit un grognement.

La petite fille secoua alors la tête d'un air presque triste.

— Je vous l'avais dit. Je vous l'avais dit qu'il viendrait.

REMERCIEMENTS

*Je tiens à faire part de ma gratitude envers les personnes sui-
vantes :*

*Les Drs Maureen Empfield et Howell Schrage, qui m'ont apporté
leurs lumières à propos de l'administration des hôpitaux psychia-
triques, du traitement des maladies mentales, de l'utilisation des
neuroleptiques, etc. ;*

*Tim Scheld, l'un des meilleurs journalistes de radio new-yor-
kais, qui m'a aidé à pénétrer dans certains quartiers interdits ;*

*le Dr Richard Scofield, qui a gentiment accepté de donner des
consultations gratuites aux personnages de fiction ;*

*et ma femme, Ellen, comme toujours, pour sa patience et son
assistance littéraire.*

Cet ouvrage composé
par Atlant' Communication
à Sainte-Cécile (Vendée)

Impression réalisée sur CAMERON par

BRODARD & TAUPIN

GROUPE CPI

La Flèche
en novembre 2001
pour le compte des Éditions de l'Archipel
département éditorial
de la S.A.R.L. Écriture-Communication

Imprimé en France
N° d'édition : 446 – N° d'impression : 10282
Dépôt légal : décembre 2001